Tahereh Mafi
JOIN ME

TAHEREH MAFI

# JOIN ME

Aus dem amerikanischen Englisch
von Mara Henke

cbt

MIX
Papier | Fördert gute Waldnutzung
FSC® C014496

Penguin Random House Verlagsgruppe FSC® N001967

6. Auflage 2025
Erstmals als cbt Taschenbuch März 2024

Published by Arrangement with Tahereh Mafi
Die jeweiligen Originalausgaben erschienen 2012 unter dem Titel »Destroy Me«, 2013 unter dem Titel »Fracture Me«, 2019 unter dem Titel »Shadow Me«, 2019 unter dem Titel »Reveal Me« und 2021 unter dem Titel »Believe Me« bei Harper, einem Imprint von HarperCollins Publishers, New York.
Dieses Werk wurde vermittelt durch die Literarische Agentur Thomas Schlück, 30161 Hannover.

Neumarkter Straße 28, 81673 München
produktsicherheit@penguinrandomhouse.de
(Vorstehende Angaben sind zugleich Pflichtinformationen nach GPSR.)

Übersetzung: Mara Henke
Umschlaggestaltung: Geviert GbR
Umschlagmotiv: © by Colin Anderson. Cover art inspired by a photograph by Sharee Davenport
skn · Herstellung: bo
Satz: GGP Media GmbH, Pößneck
Druck: GGP Media GmbH, Pößneck
ISBN 978-3-570-31655-9
Printed in Germany

www.cbj-verlag.de

# Inhalt

TAHEREH MAFI

# DESTROY ME

»Destroy Me« knüpft direkt an die Ereignisse von »Shatter Me« an.

*Am Ende von »Shatter Me« ist Juliette die Flucht aus den Fängen des grausamen Reestablishment gelungen – indem sie dessen Anführer Warner eine Kugel in den Leib jagte. Doch Warner ist nicht tot, sondern nur schwer verletzt …*

# PROLOG

Ich wurde angeschossen.

Und ich muss sagen: Eine Schusswunde ist wesentlich unangenehmer, als ich vermutet hätte.

Meine Haut fühlt sich klamm an, das Atmen fällt mir übermenschlich schwer. Der Schmerz in meinem rechten Arm ist so grausam, dass ich kaum etwas anderes wahrnehmen kann. Ich kneife die Augen zu, beiße die Zähne zusammen, zwinge mich zur Konzentration.

Um mich herum herrscht ein unerträgliches Chaos.

Alle schreien durcheinander. Einige fassen mich an, man sollte ihnen die Hände amputieren. »Sir!«, schreien sie, als erwarteten sie meine Befehle, als seien sie ohne mich komplett orientierungslos. Diese Feststellung erschöpft mich.

»Können Sie mich hören, Sir?« Eine weitere Stimme, aber gegen diese eine habe ich nichts einzuwenden.

»Sir, bitte, können Sie mich hören …«

Ich zwinge mich zu sprechen. »Ich habe eine Schusswunde, Delalieu, aber ich bin nicht taub.« Ich öffne die Augen. Sehe Delalieu, der mich panisch anstarrt.

Sofort hören alle mit dem Geschrei auf. Es wird still. Delalieu sieht verstört aus.

Ich seufze.

»Bringen Sie mich zurück«, sage ich und bewege mich ein bisschen. Die Welt gerät ins Schwanken, kommt wieder zum Stillstand. »Informieren Sie die Ärzte, lassen Sie mein Bett vorbereiten. Und jetzt heben Sie meinen Arm hoch und üben weiter Druck auf die Wunde aus. Die Kugel hat irgendwas zerschlagen, man wird operieren müssen.«

Delalieu reagiert nicht; und das für einen Moment zu lange.

»Gut, dass Sie am Leben sind, Sir«, sagt er dann mit zittriger Stimme. »Gut, dass Sie am Leben sind.«

»Das war ein Befehl, Lieutenant.«

»Natürlich«, sagt er rasch. »Gewiss, Sir. Welche Instruktionen soll ich den Soldaten geben?«

»Sie sollen sie finden«, sage ich. Das Sprechen fällt mir immer schwerer. Ich atme vorsichtig ein, streiche mir über die Stirn. Es entgeht mir nicht, wie heftig ich schwitze.

»Ja, Sir.« Delalieu will mir aufhelfen, aber ich halte seinen Arm fest.

»Eines noch.«

»Sir?«

»Kent«, krächze ich. »Ich will ihn lebendig.«

Delalieu starrt mich mit aufgerissenen Augen an. »Den Gefreiten Adam Kent, Sir?«

»Ja.« Ich fixiere Delalieu. »Kent will ich mir selbst vornehmen.«

# 1

Delalieu steht am Fußende meines Betts, ein Klemmbrett in Händen.

Er ist mein zweiter Besuch an diesem Morgen. Zuvor waren meine Ärzte erschienen und hatten mich informiert, dass die Operation gut verlaufen sei. Sie sagten, wenn ich diese Woche noch im Bett bliebe, würden die neuen Medikamente, die ich bekommen hätte, den Heilungsprozess enorm beschleunigen. Ferner teilten sie mir mit, dass ich zwar bald wieder meine tägliche Routine aufnehmen könne, aber noch mindestens einen Monat lang eine Armschlinge tragen müsse.

Ich erwiderte, das sei eine interessante Theorie.

»Meine Hose, Delalieu.« Ich hebe den Kopf, wehre mich gegen die Übelkeit, die mit den Medikamenten einhergeht. Mein rechter Arm ist komplett unbrauchbar.

Ich schaue hoch. Delalieu starrt mich unverwandt an. Sein Adamsapfel hüpft an seinem Hals auf und ab.

Ich verkneife mir das Seufzen.

»Was ist los?«

Ich stütze mich mit dem linken Arm ab und setze mich auf. Brauche dazu meine gesamte Kraft und muss mich schließlich am Bettgestell festhalten. Als Delalieu helfen will, schüttle ich den Kopf und schließe die Augen, um den Schwindel zu vertreiben.

»Spucken Sie's aus«, sage ich. »Hat keinen Sinn, schlechte Nachrichten zurückzuhalten.«

Seine Stimme ist rau und bricht zweimal, als er sagt: »Der Gefreite Adam Kent ist entkommen, Sir.«

Unter meinen Lidern scheint ein grellweißes Licht zu explodieren.

Ich hole tief Luft und streiche mir mit der unversehrten Hand durch die Haare. Sie fühlen sich verklebt an – angetrocknetes Blut und Schmutz wahrscheinlich. Ich würde gerne mit der Faust die Wand durchschlagen.

Doch ich reiße mich zusammen.

Plötzlich nehme ich alles wie mit geschärften Sinnen wahr – Gerüche, Geräusche, Schritte draußen vor der Tür. Finde die grobe Baumwollhose, die man mir angezogen hat, unerträglich. Finde es unerträglich, dass ich keine Socken trage. Ich will duschen. Ich will mich umziehen.

Ich will Adam Kent eine Kugel ins Rückgrat jagen.

»Hinweise«, fordere ich. Die Luft ist kalt, als ich mich in Richtung Badezimmer bewege, und ich fröstle, weil mein Oberkörper immer noch nackt ist. Ich versuche mich zu beruhigen. »Sie wollen mir diese Information doch wohl nicht ohne weitere Hinweise übermitteln.«

Mein Hirn ist ein Lagerhaus sorgsam geordneter Emotionen. Ich sehe förmlich vor mir, wie es Bilder und Gedanken aussortiert. Was mir nicht weiterhilft, wird weggepackt. Ich konzentriere mich auf das Notwendigste: die Hauptelemente des Überlebens und die zahlreichen Dinge, die ich an einem Tag erledigen muss.

»Natürlich«, antwortet Delalieu. Die Angst in seiner Stimme kränkt mich ein wenig, aber ich reagiere nicht darauf. »Ja, Sir«, fährt er fort, »wir glauben zu wissen, wo sie sich verstecken – und wir haben Grund zu der Annahme, dass Gefreiter Kent und das – und das Mädchen – und nun ja, dass auch Gefreiter Yamamoto geflüchtet ist – wir vermuten, dass sie alle drei zusammen sind, Sir.«

Die Schubladen in meinem Gehirn rattern und scharren, als wollten sie von selbst aufspringen. Erinnerungen. Vermutungen. Gerüchte und Geflüster.

Ich werfe sie in einen Abgrund.

»Vermutungen gibt es viele.« Ich schüttle den Kopf und bereue es sofort. Schließe wieder die Augen wegen des Schwindels. »Ich will keine Theorien, auf die ich schon selbst gekommen bin«, krächze ich. »Sondern konkrete Fakten. Einen verlässlichen Anhaltspunkt, Lieutenant. Oder Sie verschwinden so lange, bis Sie mir das liefern können.«

»Ein Auto«, sagt Delalieu rasch. »Ein Auto wurde als gestohlen gemeldet, Sir, und wir konnten es bis zu einem bislang unbekannten Ort verfolgen. Aber dann ist es spurlos verschwunden. Als hätte es sich in Luft aufgelöst, Sir.«

Ich blicke hoch. Höre aufmerksam zu.

»Wir sind den Spuren gefolgt, die wir auf dem Radar hatten«, fährt Delalieu fort, jetzt ruhiger. »Sie führen zu menschenleerem Brachland. Wir haben das gesamte Gebiet abgesucht und nichts gefunden.«

»Das ist doch zumindest etwas.« Ich reibe mir den Nacken, kämpfe gegen die lähmende Schwäche an, die meinen ganzen Körper erfasst hat. »Wir treffen uns in einer Stunde im L-Raum.«

»Aber, Sir«, erwidert Delalieu mit Blick auf meinen Arm, »Sie brauchen Hilfe – Sie sind doch verletzt – Sie können nicht ohne Pfleger …«

»Wegtreten.«

Er zögert.

Dann: »Ja, Sir.«

# 2

Es gelingt mir zu duschen, ohne zu kollabieren.

Eigentlich habe ich mich eher mit dem Schwamm gewaschen als geduscht, aber ich fühle mich trotzdem besser. Unordnung kann ich nicht ertragen; ich empfinde sie als persönlichen Angriff. Ich dusche regelmäßig. Ich esse sechs kleine Mahlzeiten pro Tag. Ich wende täglich zwei Stunden für Sport und Krafttraining auf. Und ich hasse es, barfuß zu sein.

Jetzt stehe ich nackt, hungrig, müde und barfuß in meinem begehbaren Kleiderschrank. Eine höchst unerfreuliche Situation.

Mein Schrank hat jeweils separate Fächer für Hemden, Krawatten, Hosen, Blazer, Stiefel, Socken, Handschuhe, Tücher und Mäntel. Alles ist nach Farbschattierungen sortiert. Jedes Kleidungsstück ist maßgeschneidert. Ich fühle mich erst wie ich selbst, wenn ich vollständig bekleidet bin. Das ist ein wichtiger Teil meiner Identität. Damit beginne ich jeden Tag.

Und nun habe ich nicht die geringste Ahnung, wie ich mich anziehen soll.

Meine Hand zittert, als ich nach der kleinen blauen Flasche greife, die man mir morgens gegeben hat. Ich lege zwei der eckigen Pillen auf meine Zunge und warte, bis sie sich aufgelöst haben. Was sie bewirken, weiß ich nicht; aber sie helfen wohl dabei, den Blutverlust auszugleichen. Ich lehne mich an die Wand, bis der Schwindel nachlässt.

So eine banale Tätigkeit wie sich anzuziehen. Ich hatte nicht erwartet, dass sie zu einem fast unüberwindlichen Hindernis werden könnte.

Ich fange mit den Socken an; normalerweise ein simples Vergnügen, aber jetzt ist es aufwendiger, als einen Mann zu erschießen. Einen Moment lang überlege ich, was die Ärzte wohl mit meinen Kleidern gemacht haben. *Nur die Kleider*, sage ich mir, *nur die Kleider*; ich darf nur an die Kleider denken, die ich an dem Tag trug. An nichts anderes. Nicht an andere Details.

Stiefel. Socken. Hose. Pullover. Meine Uniformjacke mit den vielen Knöpfen.

*Den vielen Knöpfen, die sie aufgerissen hat.*

Nur eine kleine Erinnerung, aber sie trifft mich bis ins Mark.

Ich versuche sie wegzudrängen, aber sie lässt sich nicht verscheuchen, und je mehr ich mich bemühe, sie zu vergessen, desto schneller verwandelt sie sich in ein Monster, das ich nicht mehr beherrschen kann. Erst als meine Haut sich eisig anfühlt, merke ich, dass ich an die Wand gesackt bin und viel zu hastig atme. Als mich die Scham überkommt, kneife ich die Augen fest zu.

Mir ist wohl bewusst, dass Juliette verstört und verängstigt war. Aber ich hätte nie vermutet, dass ich diese Gefühle hervorgerufen hatte. Im Laufe unserer gemeinsamen Wochen war sie entspannter geworden, hatte sogar glücklich und gelöst gewirkt. Ich hatte mir erlaubt, mir eine gemeinsame Zukunft für uns vorzustellen; hatte mich dem Glauben hingegeben, Juliette wollte mit mir zusammen sein und wüsste nur nicht, wie wir das verwirklichen könnten.

Niemals wäre ich auf die Idee gekommen, dass Kent der Grund ihrer Zufriedenheit war.

Ich streiche mir übers Gesicht, presse die Hand auf den Mund.

Wie ich mit ihr gesprochen habe.

Ich hole tief Luft.

Wie ich sie berührt habe.

Ich beiße die Zähne zusammen.

Wenn es nur um sexuelle Anziehung ginge, würde ich mich nicht so grenzenlos gedemütigt fühlen. Doch ich wollte so viel mehr als nur ihren Körper.

Jählings flehe ich meinen Geist an, sich Wände vorzustellen. Nur Wände. Weiße Wände. Betonbauten. Leere Räume.

Ich baue Wände, bis sie zu bröckeln beginnen, und dann errichte ich neue. Ich baue und baue und rühre mich nicht von der Stelle, bis mein Geist gereinigt ist, unberührt, keimfrei. Bis er nichts mehr enthält außer einem kleinen weißen Zimmer. In dem eine einzige Glühbirne von der Decke baumelt.

Blitzsauber. Unberührt. Still.

Ich blinzle, um die Katastrophenflut fernzuhalten, die meine kleine makellose Welt bedrängt; ich schlucke heftig, um die Angst zu vertreiben, die mir die Kehle hinaufkriecht. Ich schiebe die Wände beiseite, mache den Raum groß genug, dass ich ausreichend Luft bekomme. Dass ich stehen kann.

Manchmal wünsche ich mir, ich könnte für eine Weile aus mir heraustreten. Könnte diesen abgenutzten Körper hinter mir lassen, doch zu viele Ketten fesseln mich, und die Gewichte sind zu schwer. Mehr als dieses Leben ist nicht mehr von mir übrig. Und ich weiß genau, dass ich für den Rest des Tages nicht mehr in den Spiegel schauen kann.

Schlagartig ekle ich mich vor mir selbst. Ich muss unbedingt dieses Zimmer verlassen, sonst werden meine eigenen Gedanken mir den Krieg erklären. Zum allerersten Mal überlege ich mir nicht, was ich anziehen will, sondern greife nur hastig nach einer Hose. Schlüpfe mit dem gesunden Arm in einen Blazer und lege ihn mir um die Schultern. Ich sehe lächerlich aus ohne Hemd, aber morgen wird mir schon eine Lösung einfallen.

Jetzt muss ich nur schnell raus hier.

# 3

Delalieu ist der einzige Mensch hier, der mich nicht hasst.

Er wirkt zwar meist verängstigt in meiner Gegenwart, hat aber kein Interesse daran, mich zu entmachten. Obwohl ich es nicht verstehe, kann ich es spüren. Vermutlich ist er auch der einzige Mensch in diesem Gebäude, der sich darüber freut, dass ich nicht tot bin.

Ich hebe die Hand, um die Soldaten auf Abstand zu halten, die auf mich zustürzen, als ich die Tür öffne. Es ist unfassbar anstrengend, nicht zu zittern, während ich mir den Schweiß von der Stirn wische, aber ich werde mir nicht gestatten, Schwäche zu zeigen. Diese Männer sind nicht um meine Sicherheit besorgt; sie wollen nur sensationsgierig bestaunen, was aus mir geworden ist. Wollen sich daran ergötzen, dass ich offenbar doch angreifbar bin. Aber mir steht nicht der Sinn danach, mich begaffen zu lassen.

Ich habe meine Rolle als Anführer zu erfüllen.

Ich habe eine Schussverletzung; ich werde nicht daran sterben. Es gibt Dinge zu regeln; ich werde sie regeln.

Die Verletzung werde ich ignorieren.

Den Namen des Mädchens werde ich nicht aussprechen.

Meine gesunde Hand ballt sich zur Faust und löst sich wieder, während ich zum L-Raum gehe. Mir ist noch nie zuvor aufgefallen, wie lang diese Flure sind und wie viele Soldaten hier Wache stehen. Es gibt kein Entkommen vor ihren neugierigen Blicken und ihrer sichtbaren Enttäuschung darüber, dass ich überlebt habe. Ich muss sie nicht einmal ansehen, um zu wissen, was sie denken. Und da ich ihre Gefühle kenne, bin ich umso entschlossener, möglichst lange am Leben zu bleiben.

Ich werde keinem von denen die Genugtuung verschaffen, vorzeitig zu sterben.

»Nein.«

Zum vierten Mal lehne ich Tee oder Kaffee ab. »Ich nehme keine koffeinhaltigen Getränke zu mir, Delalieu. Wieso lassen Sie die immer wieder zu den Mahlzeiten servieren?«

»Vermutlich, weil ich immer noch hoffe, Sie könnten sich umstimmen lassen, Sir.«

Ich schaue auf. Delalieu lächelt wieder so seltsam und unstet. Ich bin mir nicht sicher, aber womöglich hat er gerade einen Scherz gemacht.

»Wozu?« Ich nehme mir ein Stück Brot. »Ich bin vollkommen dazu imstande, wach zu bleiben. Nur ein Idiot würde sich dabei auf die Wirkung einer Bohne oder eines Blattes verlassen.«

Delalieus Lächeln erstirbt.

»Ja«, sagt er. »Gewiss, Sir.« Er starrt auf sein Essen und schiebt seine Kaffeetasse weg.

Ich lasse das Brot auf meinen Teller fallen. »Sie sollten«, sage ich, jetzt ruhiger, »sich nicht so leicht von meiner Meinung beeinflussen lassen, Delalieu. Stehen Sie zu Ihren Überzeugungen. Finden Sie klare und einleuchtende Argumente. Auch wenn ich Ihre Meinung nicht teile.«

»Jawohl, Sir«, flüstert er. Bleibt ein paar Sekunden stumm. Doch dann streckt er die Hand nach seiner Kaffeetasse aus.

Delalieu.

Er ist der Einzige, mit dem ich Gespräche führen kann.

Er wurde diesem Sektor ursprünglich von meinem Vater zugeteilt und hat nun Anweisung hierzubleiben, bis er nicht mehr dienstfähig ist. Und obwohl er wohl gut fünfundvierzig Jahre älter ist als ich, besteht er darauf, mir untergeordnet zu bleiben. Ich kenne Delalieus Gesicht schon seit meiner Kindheit; er nahm bei uns zuhause an den zahllosen Sitzungen vor der Machtübernahme durch das Reestablishment teil.

Bei uns fanden ständig Treffen statt.

Mein Vater plante immer irgendetwas, leitete Diskussionsrunden und geheime Gespräche, an denen ich nie teilhaben durfte. Die Männer von damals beherrschen heute die Welt, weshalb ich mich frage, warum Delalieu nie nach einer höheren Position gestrebt hat. Er war von der ersten Stunde an Teil des Regimes, scheint aber mit seiner jetzigen Stellung vollkommen zufrieden zu sein. Er bleibt unterwürfig, auch wenn ich ihm Gelegenheit zum Sprechen gebe; er will nicht befördert werden, auch wenn ich ihm einen besseren Lohn anbiete. Seine Loyalität weiß ich zu schätzen, aber seine Ergebenheit zerrt an meinen Nerven. Er scheint sich niemals mehr zu wünschen als das, was er hat.

Ich sollte ihm nicht vertrauen.

Und dennoch tue ich es.

Denn ich werde verrückt, wenn ich kein normales Gespräch mehr führen kann. Zu meinen Soldaten muss ich Distanz halten – zum einen, weil sie mich alle tot sehen wollen, und zum anderen, weil ich als ihr Führer neutral bleiben muss, um unabhängige Entscheidungen treffen zu können. Ich habe mich selbst zu einem einsamen Leben ohne Altersgenossen verurteilt, zur Isolation in meinem eigenen Geist. Ich wollte mich zum gefürchteten Führer machen, und es ist mir geglückt; niemand wird meine Autorität in Frage stellen oder mir widersprechen. Ich bin für alle nur der Oberkommandeur und Regent von Sektor 45.

Freundschaft habe ich nie erlebt. Als Kind nicht und jetzt erst recht nicht.

Bis auf eine einzige Ausnahme.

Vor einem Monat bin ich ihr begegnet. Der einen Person, die mir direkt in die Augen geblickt hat. Die unverblümt mit mir gesprochen hat. Die es gewagt hat, in meiner Gegenwart Zorn und Verletzlichkeit zu zeigen. Die keine Angst hatte, mich herauszufordern, mich anzuschreien –

Ich kneife die Augen zusammen, bestimmt schon zum zehnten Mal heute. Lasse die Gabel auf den Teller fallen. Mein Arm schmerzt wieder heftig, und ich greife nach den Pillen.

»Sie sollten davon höchstens acht in vierundzwanzig Stunden nehmen, Sir.«

Ich öffne die Schachtel und stecke mir drei Tabletten in den Mund. Wenn meine Hände bloß nicht mehr zittern würden. Meine Muskeln fühlen sich angespannt und überdehnt an.

Ich warte nicht, bis die Tabletten sich auflösen, sondern zerbeiße sie. Der bittere metallische Geschmack fördert die Konzentration. »Berichten Sie mir von Kent.«

Delalieu stößt seine Kaffeetasse um.

Ich habe das Personal weggeschickt; niemand hilft Delalieu, als er hastig versucht, den Kaffee aufzuwischen. Ich lehne mich zurück, starre an die Wand, addiere im Kopf die Minuten, die ich heute schon verloren habe.

»Lassen Sie den Kaffee.«

»Ich – ja, natürlich, tut mir leid, Sir –«

»Aufhören.«

Delalieu lässt die tropfenden Servietten fallen. Erstarrt.

»Sprechen Sie.«

Ich betrachte seinen Adamsapfel, als er schluckt, zögert. »Wir können es uns nicht erklären, Sir«, flüstert er. »Dieses

Gebäude war unauffindbar und komplett unzugänglich. Die Eingangstür war festgerostet und verriegelt. Aber als wir hinkamen«, er schluckt wieder, »als wir hinkamen, war sie … zerstört. Und wir wissen nicht, wie das geschehen konnte.«

Ich richte mich auf. »Was meinen Sie mit ›zerstört‹?«

Delalieu schüttelt den Kopf. »Es war … unfassbar, Sir. Die Tür … sah aus, als sei ein wildes Tier hindurchgebrochen. In der Mitte befand sich ein großes klaffendes Loch.«

Ich stehe ruckartig auf, halte mich am Tisch fest. Mir stockt der Atem, weil ich eine Vermutung habe. Und ich muss mir den lustvollen Schmerz gönnen, noch einmal an ihren Namen zu denken, da ich weiß, dass nur sie es gewesen sein kann. Sie muss etwas Außerordentliches vollbracht haben, und ich habe es versäumt.

»Rufen Sie mir einen Fahrer«, befehle ich Delalieu. »In zehn Minuten treffen wir uns im Quadranten.«

»Sir?«

Doch ich laufe schon hinaus.

# 4

Als sei ein wildes Tier hindurchgebrochen. Die Beschreibung ist äußerst zutreffend.

Ein Außenstehender würde sich diesen Anblick vielleicht so erklären, doch er ist natürlich völlig abwegig. Kein Tier könnte durch eine derart dicke Stahltür brechen, ohne sich selbst die Gliedmaßen zu amputieren.

Und sie ist auch kein wildes Tier.

Sie ist eine sanfte tödliche Kreatur. Zart und scheu und gefährlich. Sie ist vollkommen außer sich und hat keine Ahnung, wozu sie fähig ist. Und obwohl sie mich hasst, bin ich fasziniert von ihr. Ihre vermeintliche Unschuld bezaubert mich, und ich bin geradezu neidisch auf die Kräfte, über die sie unwissentlich verfügt. Ich sehne mich danach, Teil ihrer Welt zu sein. Ich will wissen, was in ihrem Kopf vorgeht. Was sie fühlt. Es ist gewiss eine schlimme Last.

Und nun ist sie irgendwo da draußen unterwegs, eine frei schweifende Gefahr.

Was für eine wunderbare Katastrophe.

Ich betaste vorsichtig die Ränder des klaffenden Lochs. So etwas Chaotisches ist nicht geplant entstanden. Hier hat jemand mit blindwütiger Kraft gehandelt. Ich frage mich dennoch, ob ihr bewusst war, was sie tat. Oder ob sie so verblüfft war wie an dem Tag, als sie durch diese Betonwand brach, um zu mir zu gelangen.

Ich lächle in mich hinein. Frage mich, welche Erinnerungen sie an diesen Tag hat. Meine Soldaten waren durch

Simulationen bereits auf alle Szenarios vorbereitet, was sie natürlich nicht wusste. Die Situation sollte authentisch wirken, und ich hatte sie möglichst realistisch angelegt. Ich wollte Juliette die Chance geben, ihre wahre Natur zu entdecken, ihre Kräfte in einem gesicherten Raum zu erproben. Und da ich ihre Vergangenheit kannte, wusste ich, dass ein Kleinkind genau der richtige Auslöser sein würde. Doch auf ein derartig überwältigendes Ergebnis hatte ich nicht zu hoffen gewagt. Später wollte ich mit ihr darüber sprechen, aber als ich dann zu ihr kam, plante sie bereits ihre Flucht.

Mein Lächeln erlischt.

»Möchten Sie reingehen, Sir?« Delalieus Stimme reißt mich aus meinen Gedanken. »Es gibt da nicht viel zu sehen. Aber es fällt auf, dass dieses Loch gerade groß genug ist, um hindurchzusteigen. Das scheint also die Absicht gewesen zu sein.«

Ich nicke geistesabwesend. Betrachte den zerstörten Stahl, versuche mir vorzustellen, wie sie sich gefühlt hat, als sie vor dieser Tür stand. Ich würde so gern mit ihr über all das sprechen.

Ich spüre einen Stich im Herzen.

Mir fällt ein, dass sie nicht mehr bei mir ist.

Es ist meine eigene Schuld, dass sie verschwunden ist. Ich hatte mir eingeredet, dass sie sich gut eingelebt hätte, und das trübte mein Urteilsvermögen. Ich hätte besser auf die Details achten müssen. Auf meine Soldaten. Ich hatte mein Vorhaben und mein großes Ziel aus den Augen verloren – nur deshalb hatte ich sie überhaupt zum Stützpunkt bringen lassen. Ich war dumm. Leichtsinnig.

Doch in Wahrheit war ich einfach nur abgelenkt.

Durch sie.

Als sie ankam, war sie kindisch und trotzig; doch im Laufe der Wochen schien sie sich einzugewöhnen, ihre

Angst zu verlieren. Ich muss mir immer wieder aufs Neue klarmachen, dass diese Fortschritte nichts mit mir zu tun hatten.

Sondern mit Kent.

Ein Verrat, den ich nicht begreifen kann. Dass sie mich wegen dieses roboterartigen, gefühlsarmen Idioten verlassen hat. Kent ist ein absoluter Hohlkopf; mit dem zu reden ist so interessant wie das Gespräch mit einer Schreibtischlampe. Ich verstehe nicht, was sie in ihm sah, was er ihr zu bieten hatte. Er kann ihr doch bestenfalls als geeignetes Fluchtwerkzeug erschienen sein.

Sie hat noch immer nicht begriffen, dass es in der Welt der Normalen keine Zukunft für sie gibt. Sie sollte nicht mit Menschen leben müssen, die sie niemals verstehen werden. Ich muss sie zurückholen.

Dass ich den letzten Satz laut ausgesprochen habe, merke ich erst an Delalieus Reaktion.

»Wir haben im gesamten Sektor Truppen eingesetzt«, sagt er. »Und wir haben auch die benachbarten Sektoren informiert, für den Fall, dass die drei die Grenzen –«

»Was?« Ich fahre herum. Meine Stimme ist gefährlich leise. »Was haben Sie gerade gesagt?«

Delalieu wird bleich.

»Eine einzige Nacht lang war ich nicht bei Kräften! Und schon machen Sie diese *Katastrophe* in den anderen Sektoren publik –«

»Ich dachte, Sie wollten die drei unbedingt finden, Sir, und ich dachte, wenn sie anderswo Zuflucht suchen –«

Ich lasse mir einen Moment Zeit, um zu Atem zu kommen und meine Fassung wiederzugewinnen.

»Tut mir leid, Sir, ich hielt es für das Sicherste –«

»Sie ist mit zwei meiner Soldaten unterwegs, Lieutenant. Keiner der beiden ist so dumm, sie in einen anderen Sektor zu bringen. Sie verfügen nicht über die notwendigen Papiere zum Passieren der Sektorengrenzen und werden sie sich auch nicht beschaffen können.«

»Aber –«

»Sie sind erst einen Tag weg, sind schwer verletzt und brauchen Hilfe. Sie sind zu Fuß und mit einem gestohlenen Auto unterwegs, das leicht zu verfolgen ist. Wie weit«, sage ich erbittert, »können sie denn wohl kommen?«

Delalieu bleibt stumm.

»Sie haben eine nationale Warnung ausgegeben. Sie haben mehrere Sektoren informiert, was heißt, dass nun das gesamte Land Bescheid weiß. Damit also auch die Kapitole. Und was bedeutet das?« Ich balle meine gesunde Hand zur Faust. »Was glauben Sie wohl, Lieutenant?«

Delalieu scheint es die Sprache verschlagen zu haben.

Dann …

»Sir«, keucht er. »Bitte verzeihen Sie mir.«

# 5

Delalieu folgt mir zu meiner Zimmertür.

»Versammeln Sie die Truppen morgen um zehn im Quadranten«, sage ich anstelle von Abschiedsworten. »Ich muss eine Ansprache halten zu den jüngsten Ereignissen und zur weiteren Vorgehensweise.«

»Ja, Sir.« Delalieu schaut nicht auf. Seit wir vom Lagerhaus aufgebrochen sind, hat er mich nicht mehr angesehen.

Ich habe andere Sorgen.

Abgesehen von Delalieus idiotischem Verhalten habe ich noch jede Menge andere Dinge am Hals. Weitere Probleme kann ich mir nicht erlauben, und ich darf mich nicht ablenken lassen. Nicht von ihr. Nicht von Delalieu. Von niemandem. Ich muss mich konzentrieren.

Es ist der denkbar ungünstigste Zeitpunkt für eine Verletzung.

Die Bevölkerung des gesamten Landes ist jetzt über unsere Lage im Bilde. Wir müssen die Gerüchte so gut wie möglich eindämmen. Es muss mir gelingen, Delalieus Warnmeldung zu entkräften und beginnende Aufstände im Keim zu ersticken. Die Zivilisten sind bereits in Aufruhr und werden sich durch Anzeichen von Widerstand gestärkt fühlen. Viele sind schon umgekommen, aber sie scheinen noch immer nicht zu begreifen, dass sie genau das geradezu herausfordern, wenn sie sich dem Reestablishment widersetzen. Und ich brauche unbedingt Ruhe in der Zivilbevölkerung.

Ich will keinen Krieg in meinem Sektor.

Mehr denn je muss ich mich selbst und meine Aufgaben im Griff behalten. Aber mein Geist ist aufgewühlt, mein Körper verletzt und erschöpft. Schon den ganzen Tag bin ich kurz vorm Zusammenbrechen, und ich weiß nicht, was ich tun soll. Ich habe keine Ahnung, wie ich meine Situation verbessern kann. Eine solche Schwäche kannte ich bislang nicht.

In nur zwei Tagen hat ein Mädchen es geschafft, mich außer Gefecht zu setzen.

Ich habe noch mehr von diesen widerwärtigen Pillen geschluckt und fühle mich trotzdem schwächer als am Morgen. Ich hatte geglaubt, den Schmerz und die Behinderung ignorieren zu können, merke nun aber, dass ich zur Gänze abhängig sein werde von allem, was mich durch diese nächsten frustrierenden Wochen bringen kann. Medikamente, Ärzte, Bettruhe.

Und das alles wegen eines Kusses.

Absolut unerträglich.

»Ich werde den Rest des Tages in meinem Büro sein«, sage ich zu Delalieu. »Lassen Sie mir Mahlzeiten schicken und stören Sie mich nur, wenn es neue Entwicklungen gibt.«

»Ja, Sir.«

»Das ist alles, Lieutenant.«

»Ja, Sir.«

Wie krank ich mich wirklich fühle, wird mir erst bewusst, als ich die Zimmertür hinter mir schließe. Ich schleppe mich zum Bett und muss mich daran festhalten, damit ich nicht umfalle. Ich schwitze wieder heftig und will den Mantel loswerden, den ich draußen getragen habe. Reiße den Blazer herunter, den ich mir morgens zur Hälfte übergezogen hatte, und sinke aufs Bett. Plötzlich ist mir eiskalt, und ich drücke mit zitternder Hand den Rufknopf für die Ärzte.

Ich muss den Verband wechseln lassen. Muss etwas Nahrhaftes essen. Und vor allem muss ich unbedingt richtig duschen, was mir im Moment aber unmöglich erscheint.

Jemand beugt sich über mich.

Ich blinzle mehrmals, kann nur Umrisse erkennen. Ein Gesicht erscheint, ist aber so verschwommen, dass ich aufgebe. Meine Augen fallen zu. Mein Kopf hämmert. Schmerz tobt in meinen Knochen, kriecht hinauf zum Hals; unter meinen Lidern zerrinnen Farben, Rot und Gelb und Blau. Gesprächsfetzen dringen an mein Ohr.

*– scheint Fieber zu haben –*

*– müssen ihm ein Beruhigungsmittel geben –*

*– wie viele hat er genommen? –*

Mir wird klar, dass sie mich umbringen werden. Das ist die perfekte Gelegenheit. Ich bin geschwächt und kann mich nicht wehren, und nun wird mich jemand töten. Es ist so weit. Der Moment ist gekommen. Und ich will es nicht akzeptieren.

Ich schlage nach den Stimmen; ein unmenschlicher Laut dringt aus meiner Kehle. Etwas Hartes trifft auf meine Faust und knallt zu Boden. Hände packen meinen gesunden Arm und drücken ihn aufs Bett. Etwas wird an meinem Handgelenk, an meinen Knöcheln befestigt. Ich wehre mich und trete verzweifelt um mich. Die Dunkelheit senkt sich auf meine Augen, meine Ohren, meine Kehle. Ich kann nicht mehr atmen, nicht mehr richtig hören und sehen und habe solche Angst, dass ich fürchte, verrückt zu werden.

Etwas Kaltes, Spitzes bohrt sich in meinen Arm.

Mir bleibt nur noch ein Moment, um den Schmerz zu bemerken, bevor er mich überwältigt.

# 6

»Juliette«, flüstere ich. »Was machst du hier?«

Ich bin erst halb angezogen, trage noch kein Hemd, und es ist viel zu früh für Besucher. Diese Stunden vor Sonnenaufgang sind meine einzigen friedlichen Momente des Tages, und niemand außer mir sollte in meinem Zimmer sein. Ich weiß nicht, wie sie es geschafft hat, sich Zutritt zu verschaffen.

Jemand hätte sie aufhalten müssen.

Doch sie steht in der Tür und starrt mich an. Ich habe sie schon so oft gesehen, aber diesmal ist etwas anders. Ihr Anblick bereitet mir körperliche Schmerzen. Dennoch fühle ich mich zu ihr hingezogen, will ihr nah sein.

»Es tut mir so leid«, sagt sie, händeringend, und wendet den Blick ab. »Es tut mir so entsetzlich leid.«

Erst jetzt fällt mir auf, was sie anhat.

Ein dunkelgrünes eng anliegendes Stretchkleid aus Baumwolle, das sich an die weichen Rundungen ihres Körpers schmiegt. Die Farbe unterstreicht die grünen Sprenkel in ihren Augen perfekt. Es ist eines der vielen Kleider, die ich für sie ausgesucht habe. Ich dachte mir, dass sie vielleicht gerne etwas Hübsches zum Anziehen hätte, nachdem sie so lange wie ein Tier gefangen gehalten wurde. Und ich kann es mir selbst nicht erklären, aber ich empfinde einen seltsamen Stolz, weil sie etwas trägt, das ich für sie ausgewählt habe.

»Es tut mir so leid«, sagt sie wieder.

Ich kann nicht fassen, dass sie hier ist. In meinem Schlafzimmer. Sie steht hier und starrt auf meinen nackten Oberkörper. Die Haare reichen ihr fast bis zur Mitte des Rückens. Ich sehne mich so sehr danach, sie zu berühren, dass ich die Hände zu Fäusten ballen muss. Sie ist so wunderschön.

Ich verstehe nicht, weshalb sie sich dauernd entschuldigt.

Sie schließt die Tür hinter sich. Geht auf mich zu. Mein Herz schlägt extrem schnell. Das ist nicht normal. So reagiere ich nicht. Ich verliere niemals die Kontrolle. Ich sehe Juliette täglich, und bislang ist es mir gelungen, wenigstens einen Rest von Würde zu bewahren. Hier stimmt etwas nicht.

Sie berührt meinen Arm.

Streicht mir über die nackte Schulter. Der Schmerz, als ihre Haut meine berührt, ist so schlimm, dass ich am liebsten schreien würde. Aber ich bringe keinen Laut hervor, scheine erstarrt zu sein.

Ich will ihr sagen, dass sie aufhören, dass sie verschwinden soll, doch etwas in mir wehrt sich. Obwohl es weh tut, obwohl es Irrsinn ist, bin ich froh, dass sie mir so nah ist. Aber ich scheine sie nicht anfassen, nicht in die Arme nehmen zu können, wie ich es mir immer gewünscht habe.

Sie sieht mich an.

Betrachtet mich prüfend mit diesen sonderbaren blaugrünen Augen, und ich fühle mich plötzlich schuldig, ohne zu wissen, warum. Etwas in ihrem Blick gibt mir das Gefühl, wertlos zu sein – sie als Einzige scheint verstanden zu haben, dass ich innerlich komplett hohl bin. Sie hat die Risse in dem Panzer entdeckt, den ich tagtäglich tragen muss, und das lähmt mich.

Dieses Mädchen weiß genau, wie es mich zerstören kann.

Juliette legt die Hand auf mein Schlüsselbein.

Dann packt sie meine Schulter, gräbt die Finger so tief in die Haut, als wolle sie mir den Arm abreißen. Der Schmerz ist so grausam, dass ich diesmal wirklich aufschreie. Ich sinke vor ihr auf die Knie, und sie verdreht meinen Arm, bis ich keuche vor Schmerz.

»Juliette«, ächze ich, »bitte –«

Mit der anderen Hand streicht sie mir durchs Haar, zieht meinen Kopf zurück, damit ich sie anschaue. Dann beugt sie sich zu mir herunter. Ihre Lippen berühren fast meine Wange. »Liebst du mich?«, flüstert sie mir ins Ohr.

»Was?«, keuche ich. »Was tust du –«

»Liebst du mich noch immer?« Jetzt streichen ihre Finger über mein Gesicht, ziehen die Konturen nach.

»Ja«, murmle ich. »Ja, das tue ich –«

Sie lächelt.

Ihr Lächeln ist so bezaubernd und unschuldig, dass ich es nicht fassen kann, als ihr Griff noch fester wird. Sie reißt mir den Arm so brutal nach hinten, dass er bestimmt gleich aus dem Gelenk springt. Ich sehe Flecken vor den Augen, als sie sagt: »Gleich ist es vorbei.«

»Was ist vorbei?«, frage ich panisch und versuche mich umzuschauen. »Was –«

»Nicht mehr lange. Dann gehe ich.«

»Nein – nein, geh nicht – wo willst du hin –«

»Es wird dir gut gehen«, sagt sie. »Das verspreche ich dir.«

»Nein«, keuche ich, »nein –«

Sie zerrt mich ruckartig nach vorne, und ich erwache so abrupt, dass ich keine Luft bekomme.

Ich blinzle wie verrückt und merke, dass ich mitten in der Nacht aufgewacht bin. Es ist stockdunkel im Zimmer.

Ich keuche heftig; mein Arm pocht, und mir wird klar, dass die Wirkung meines Schmerzmittels nachgelassen hat. Unter meiner Hand spüre ich eine kleine Fernbedienung; ich drücke auf den Knopf, um mir eine weitere Dosis zu verabreichen.

Es dauert eine Weile, bis ich wieder regelmäßiger atme und meine Gedanken sich beruhigen.

*Juliette.*

Auf Albträume habe ich keinen Einfluss, aber in meinen wachen Momenten gestatte ich es mir lediglich, an ihren Namen zu denken.

Die demütigende Scham, die mit den anderen Erinnerungen einhergeht, ist zu unerträglich.

# 7

»Wenn das nicht hochnotpeinlich ist. Mein Sohn, angebunden wie ein Tier.«

Zuerst kommt es mir vor, als hätte ich wieder einen Albtraum. Ich öffne langsam die Augen, starre an die Decke. Ich spüre Fesseln an meinen Knöcheln und am Handgelenk. Der verletzte Arm ist mit einer Schlinge an meiner Brust befestigt. Der Schmerz in der Schulter ist zwar noch vorhanden, aber erträglicher. Ich fühle mich stärker. Sogar meine Gedanken scheinen wieder klarer zu sein. Doch dann bemerke ich den sauer-metallischen Geschmack im Mund und frage mich, wie lange ich hier schon liege.

»Hast du wirklich geglaubt, ich würde es nicht erfahren?«, fragt er süffisant.

Er kommt näher, und der Klang seiner Schritte erschüttert meinen Körper. »Delalieu muss Entschuldigungen wimmern, weil er mich stört, fleht meine Männer an, ihm die Schuld zu geben für die Unannehmlichkeiten dieses Besuchs. Ich vermute, du hast den alten Mann zusammengestaucht, obwohl er nur seine Arbeit erledigt. Und ich hätte es auch herausgefunden, ohne dass er Alarm geschlagen hätte. So ein Chaos lässt sich nicht verbergen. Wenn du das geglaubt hast, bist du strohdumm.«

Ich spüre Bewegung an meinen Beinen und merke, dass er die Riemen löst. Der Kontakt mit seiner Haut ruft tief in mir eine dunkle Erinnerung hervor, die sofort Übelkeit auslöst. In meinem Mund ist der Geschmack von Erbrochenem, und ich muss mich enorm beherrschen, um nicht zurückzuzucken.

»Setz dich auf, Sohn. Du solltest jetzt fit genug sein, um zu funktionieren. Du warst zu dumm, um dich auszuruhen, als es nötig war, und nun hast du übertrieben. Du bist seit drei Tagen bewusstlos, und ich bin schon seit siebenundzwanzig Stunden hier. Steh jetzt auf. Das ist lächerlich.«

Ich starre noch immer an die Decke. Atme nur flach.

Er ändert die Taktik.

»Weißt du«, sagt er gedehnt, »mir ist eine interessante Geschichte über dich zu Ohren gekommen.« Er setzt sich auf den Bettrand; die Federn quietschen und ächzen unter seinem Gewicht. »Möchtest du sie hören?«

Meine linke Hand beginnt zu zittern. Ich balle sie hastig zur Faust.

»Gefreiter 45B-76423. Fletcher, Seamus.« Er hält inne. »Kommt dir der Name bekannt vor?«

Ich kneife die Augen zu.

»Du kannst dir sicher vorstellen«, fährt er fort, »wie überrascht ich war, als ich erfahren habe, dass mein Sohn tatsächlich einmal etwas richtig gemacht hat. Dass er endlich gehandelt und einen verräterischen Soldaten liquidiert hat, der Vorräte aus unseren Lagern gestohlen hat. Ich habe gehört, dass du ihn direkt in die Stirn geschossen hast.« Er lacht. »Ich habe mich selbst beglückwünscht – habe mir gesagt, dass du endlich zu dir gefunden und gelernt hast, ein wahrer Führer zu sein. Ich war beinahe stolz auf dich.

Deshalb war es ein umso größerer Schock für mich, als ich erfuhr, dass Fletchers Familie noch am Leben war.« Er schlägt die Hände zusammen. »Das ist vor allem deshalb schockierend, weil gerade du über die Vorschriften im Bilde sein solltest. Verräter stammen aus einer Familie von

Verrätern, weshalb auch alle Angehörigen vernichtet werden müssen.«

Er legt mir die Hand auf die Brust.

Ich errichte wieder Mauern im Geiste. Weiße Wände. Betongebäude. Große leere Räume.

Nichts ist in mir. Nichts bleibt in mir.

»Wirklich seltsam finde ich aber«, fährt er fort, »dass ich mir vornahm abzuwarten, bis ich persönlich mit dir darüber sprechen kann. Und dieser Augenblick ist doch ausgesprochen passend, nicht wahr?« Ich höre sein Lächeln. »Um dir mitzuteilen, wie ungemein … *enttäuscht* ich bin. Obwohl ich nicht behaupten kann, dass ich überrascht wäre.« Er seufzt. »In einem einzigen Monat ist es dir gelungen, zwei Soldaten zu verlieren, ein geisteskrankes Mädchen entkommen zu lassen, einen gesamten Sektor auf den Kopf zu stellen und die Unruhen im Volk zu befördern. Das alles erstaunt mich allerdings nicht im Mindesten.«

Seine Hand gleitet nach oben zu meinem Schlüsselbein.

Weiße Wände, denke ich.

Betonmauern.

Große leere Räume.

Nichts ist in mir. Nichts bleibt in mir.

»Doch am schlimmsten«, sagt er, »ist nicht die Tatsache, dass du mich blamierst, indem du die Ordnung zerstörst, die ich endlich hergestellt hatte. Nicht einmal, dass du dir bei alldem auch noch eine Schussverletzung zugezogen hast. Sondern dass du die Angehörigen eines *Verräters* ungeschoren hast davonkommen lassen«, sagt er und lacht, fröhlich und unbeschwert. »Das ist unverzeihlich.«

Meine Augen sind jetzt offen, starren ins weiße Neonlicht an der Decke, bis es verschwimmt. Ich werde mich nicht bewegen. Ich werde nicht sprechen.

Seine Hand schließt sich um meinen Hals.

So abrupt und brutal, dass ich beinahe erleichtert bin. Ein Teil von mir hofft immer, dass er es endlich vollenden wird; dass er mich diesmal wirklich sterben lässt. Doch das tut er nie. Es ist nie von Dauer.

Er lässt zu früh los und bekommt genau das, was er wollte. Ich fahre hoch, keuchend und röchelnd, gebe Laute von mir, die seine Anwesenheit in diesem Zimmer anerkennen. Ich zittere jetzt von Kopf bis Fuß, meine Muskeln sind erschöpft von der Attacke und der langen Reglosigkeit. Der kalte Schweiß bricht mir aus, und das Atmen ist mühsam.

»Du hast großes Glück«, sagt er gefährlich sanft. Er ist aufgestanden. »Dass ich hier war, um die Sache in Ordnung zu bringen. Den Fehler zu korrigieren.«

Ich erstarre.

Das Zimmer dreht sich vor meinen Augen.

»Ich konnte seine Frau ausfindig machen«, sagt er. »Fletchers Frau und seine drei Kinder. Ich habe gehört, dass sie dich grüßen ließen.« Er hält inne. »Bevor sie umgebracht wurden, das ist also wohl nicht mehr von Bedeutung. Aber meine Männer haben es mir ausgerichtet. Sie schien sich an dich zu erinnern.« Er lacht in sich hinein. »Die Frau. Sie sagte, du hättest sie besucht, vor diesem … unerfreulichen Ereignis. Du hast den Siedlungen immer Besuche abgestattet, sagte sie. Und dich nach dem Befinden der Bürger erkundigt.«

Ich flüstere das einzige Wort, das mir über die Lippen kommt.

»Raus.«

»Und das soll mein Sohn sein«, sagt er mit einer verächtlichen Handbewegung. »Ein dummer Schwächling. An manchen Tagen widerst du mich so an, dass ich mir überlege, dich eigenhändig zu erschießen. Und dann wird mir bewusst, dass dir das womöglich gefallen würde, oder? Damit du mir die Schuld an deinem Niedergang geben kannst. Dann denke ich: Nein, soll er doch an seiner eigenen Dummheit krepieren.«

Ich starre ins Leere. Meine gesunde Hand umklammert die Matratze.

»Was ist mit deinem Arm passiert?«, fragt er. »Delalieu schien ebenso ahnungslos wie die anderen.«

Ich schweige.

»Es ist dir peinlich zuzugeben, dass du von deinen eigenen Soldaten angeschossen wurdest, oder?«

Ich schließe die Augen.

»Und was ist mit dem Mädchen?«, fragt er. »Wie konnte sie entkommen? Die ist mit einem deiner Männer davongelaufen, nicht?«

Meine Hand krallt sich in das Laken, ich kann das Zittern kaum noch unterdrücken.

»Sag es mir.« Er beugt sich vor, spricht dicht an meinem Ohr. »Wie würdest so einen Verräter behandeln? Willst du dessen Angehörige auch besuchen? Nett zu seiner Frau sein?«

Ich will es nicht aussprechen, aber es geschieht ohne mein Zutun. »Ich bringe ihn um.«

Er lacht schallend. Streicht mir mit derselben Hand über die Haare, mit der er mich gerade noch gewürgt hat. »Schon besser«, sagt er. »Viel besser. Und nun steh auf. Wir haben vieles zu erledigen.«

Und ich denke, ja, ich möchte sehr gerne Adam Kent erledigen.

Ein Verräter wie er hat es nicht verdient weiterzuleben.

# 8

Ich stehe so lange unter der Dusche, dass ich jegliches Zeitgefühl verliere.

Das ist mir noch nie passiert.

Alles ist aus dem Gleichgewicht, konfus. Ich zweifle meine Entscheidungen an, weiß nicht mehr, woran ich glauben soll, und bin zum ersten Mal in meinem Leben vollkommen erschöpft.

Mein Vater ist hier.

Wir schlafen unter demselben gottverdammten Dach; ich hatte gehofft, das nie mehr durchmachen zu müssen. Aber er ist hier, in seinen Privaträumen, bis er das Gefühl hat, guten Gewissens wieder abreisen zu können. Was heißt, dass er unsere Probleme lösen will, indem er den Sektor 45 terrorisiert. Was heißt, dass ich als seine Marionette und sein Bote zu fungieren habe, da mein Vater sein Gesicht grundsätzlich nur Menschen zeigt, die er kurz darauf umbringt.

Er ist oberster Befehlshaber des Reestablishment und zieht es vor, im Verborgenen zu agieren. Er ist immer nur mit einer Truppe handverlesener Soldaten unterwegs, die für ihn handeln. Das Kapitol verlässt er nur in Extremlagen.

Die Nachricht von seinem Eintreffen im Sektor 45 hat sich inzwischen sicher verbreitet und meine Soldaten in Angst und Schrecken versetzt. Denn für sie hat seine Gegenwart seit jeher immer nur eines bedeutet: Folter.

Es ist so lange her, dass ich mich zuletzt wie ein Feigling gefühlt habe.

Aber das jetzt – das ist pures Glück. Dieser lange Moment – diese Illusion – von Kraft. Aufstehen und duschen: ein kleiner Sieg. Die Ärzte haben den verletzten Arm in eine wasserdichte Folie verpackt, und ich bin endlich kräftig genug, auf den Füßen zu stehen. Die Übelkeit hat nachgelassen, der Schwindel ist verschwunden. Ich sollte eigentlich klar denken können. Dennoch fühle ich mich so verworren.

Ich habe es mir verboten, an sie zu denken, aber mir ist klar geworden, dass ich immer noch nicht stark genug bin; vor allem so lange nicht, wie ich nach ihr suche.

Heute muss ich in ihr Zimmer gehen.

Muss ihre Sachen durchsuchen. Vielleicht finde ich einen Anhaltspunkt. Bett und Spind von Kent und Yamamoto sind ausgeräumt worden; man hat nichts von Bedeutung entdeckt. Aber ich hatte meine Leute angewiesen, ihr Zimmer – *Juliettes* Zimmer – nicht anzurühren. Niemand außer mir hat dort Zutritt. Jedenfalls so lange nicht, bis ich alles in Augenschein genommen habe.

Und das ist, meinem Vater zufolge, meine erste Aufgabe.

»Das wäre alles, Delalieu. Ich sage Bescheid, wenn ich Sie brauche.«

Er folgt mir dieser Tage häufiger als sonst. Offenbar hat er nach mir gesehen, als ich nicht zu dem Appell erschien, zu dem ich selbst vor drei Tagen aufgerufen hatte. Und dann hat er mich halb bewusstlos und im Fieberwahn vorgefunden. Irgendwie hat er es nun geschafft, sich für all das schuldig zu fühlen.

Jemand anderen hätte ich längst degradiert.

»Ja, Sir. Tut mir leid, Sir. Und bitte verzeihen Sie mir – ich wollte wirklich keine zusätzlichen Probleme verursachen –«

»Von mir haben Sie nichts zu befürchten, Lieutenant.«

»Es tut mir so leid, Sir«, flüstert er. Steht mit gesenktem Kopf da.

Seine Entschuldigungen sind mir unangenehm. »Die Truppen sollen sich um dreizehn Uhr versammeln. Ich muss die Ansprache ja immer noch halten.«

»Ja, Sir.« Er nickt ein Mal, ohne aufzublicken.

»Wegtreten.«

»Sir.« Er salutiert und verzieht sich.

Ich stehe alleine vor der Tür zu ihrem Zimmer.

Es ist seltsam, wie sehr ich mich daran gewöhnt hatte, sie hier zu besuchen; wie sonderbar tröstlich es für mich war zu wissen, dass wir beide im selben Gebäude wohnten. Ihre Anwesenheit im Stützpunkt veränderte alles für mich; in der Zeit mit ihr lebte ich zum ersten Mal gern hier. Ich freute mich auf die Treffen mit ihr. Auf ihr Temperament, ihre Wutausbrüche. Ihre albernen Anschuldigungen. Ich wünschte mir, dass sie mich anbrüllte; ich hätte ihr gratuliert, wenn sie mich jemals geschlagen hätte. Ich manipulierte sie, spielte mit ihren Gefühlen. Ich wollte den wahren Menschen kennenlernen, der hinter der Angst steckte. Ich wollte, dass sie sich endlich von ihren selbst auferlegten Beschränkungen befreite.

Denn in der Isolation konnte sie noch Scheu vortäuschen, aber hier draußen, inmitten von Chaos und Zerstörung, würde sie anders sein. Das ahnte ich, und ich hatte darauf gewartet. Tag für Tag hatte ich geduldig darauf gewartet, dass sie die gesamte Dimension ihrer Fähigkeiten begreifen würde. Und dabei hatte ich übersehen, dass ich sie ausgerechnet dem einzigen Soldaten anvertraut hatte, der sie mir wegnehmen würde.

Dafür sollte ich mich eigentlich selbst erschießen.

Stattdessen öffne ich die Tür zu ihrem Zimmer.

Sie schließt sich hinter mir, als ich über die Schwelle trete. Ich bin allein in dem Raum, in dem Juliette sich zuletzt aufgehalten hat. Das Bett ist zerwühlt, der Schrank steht offen, das zerbrochene Fenster wurde behelfsmäßig zugeklebt. Ich habe ein flaues, nervöses Gefühl im Magen, das ich nicht beachten will.

*Konzentration.*

Ich gehe ins Badezimmer, untersuche die Kosmetika, die Schränkchen, sogar die Duschkabine.

Nichts.

Ich gehe zum Bett, streiche über die zerknüllte Decke, das eingedellte Kissen. Erlaube mir einen Moment lang die Erinnerung daran, dass sie hier gewesen ist. Dann ziehe ich das Bett ab. Laken, Kissenbezug, Bettdecke – ich werfe alles auf den Boden. Untersuche jeden Zentimeter des Kissens, der Matratze, des Bettgestells. Und finde nichts.

Der Nachttisch. Nichts.

Unter dem Bett. Nichts.

Die Lampen, die Tapete, jedes einzelne Kleidungsstück im Schrank. Nichts.

Erst als ich wieder zur Tür gehe, spüre ich etwas unter meinem Fuß. Ich blicke nach unten. Und da, unter meinem Stiefel, ragt etwas hervor. Ein kleines unauffälliges Notizheft, nicht größer als meine Handfläche.

Einen Moment lang bin ich so verblüfft, dass ich mich nicht rühren kann.

# 9

Wie hatte ich das nur vergessen können?

Dieses Notizheft hatte sie am Tag ihrer Flucht bei sich. Kurz bevor Kent mir die Pistole an den Kopf hielt, hatte ich es gefunden und wohl in dem Chaos wieder verloren. Genau danach hätte ich schon die ganze Zeit suchen sollen.

Ich bücke mich und hebe es auf. Schüttle vorsichtig Glassplitter heraus. Meine Hand zittert, mein Pulsschlag dröhnt in meinen Ohren. Ich habe keine Ahnung, was ich in diesem Heft finden werde. Zeichnungen. Notizen. Wirre, halb fertige Gedanken.

Es kann alles Mögliche sein.

Ich drehe das Heft in den Händen hin und her. Meine Finger erinnern sich an den rauen abgegriffenen Pappeinband. Er ist schmutzig braun. Ich kann nicht einschätzen, ob er immer so aussah oder ob er diesen Farbton im Lauf seiner Geschichte bekommen hat. Ich frage mich, wie lange sie dieses Heft schon hatte. Und wo sie es gekauft hat.

Ich stolpere rückwärts, bis meine Beine ans Bettgestell stoßen. Meine Knie geben nach, ich muss mich setzen. Ich atme zittrig ein, schließe die Augen.

Ich habe Filmaufnahmen von ihrer Zelle in der Anstalt gesehen, aber sie waren ziemlich unergiebig. Durch das kleine Fenster drang zu wenig Licht in den Raum, und man erkannte sie meist nur so verschwommen wie einen Schatten. Unsere Kameras konnten lediglich Bewegung registrieren; deshalb gab es höchstens ein klareres Bild, wenn einmal ein Sonnenstrahl durchs Fenster fiel. Und Juliette lag die meiste Zeit fast reglos auf ihrem Bett oder saß in einer dunklen Ecke. Sie sprach so gut wie nie. Und wenn sie etwas äußerte, waren es keine Wörter. Nur Zahlen.

Sie zählte.

Es hatte etwas Irreales. Ich konnte weder ihr Gesicht noch die Umrisse ihres Körpers klar erkennen. Doch sie faszinierte mich schon damals. Dass sie so still sein konnte. Stundenlang saß sie an einer Stelle, und ich fragte mich, was wohl in ihr vorging, welche Gedanken sie hatte, wie es ihr gelang, in dieser Einsamkeit zu überleben. Und ich wünschte mir so sehr, sie sprechen zu hören.

Ich war verrückt nach ihrer Stimme.

Ich hatte erwartet, dass sie eine Sprache sprechen würde, die ich verstehen konnte. Ein paar einfache Worte vielleicht. Oder auch irgendetwas völlig Unverständliches. Als ich ihre Stimme dann wirklich zum ersten Mal hörte, war ich wie gebannt. Konnte den Blick nicht abwenden. Saß angespannt da, starrte auf das Bild, als sie die Wand berührte und zählte.

4572.

Ich beobachtete sie beim Zählen. Bis 4572.

Es dauerte fünf Stunden.

Erst später wurde mir klar, dass sie ihre Atemzüge gezählt hatte.

Danach konnte ich nicht mehr aufhören, an sie zu denken. Schon lange, bevor sie auf dem Stützpunkt eintraf, war ich dauernd abgelenkt, weil ich daran dachte, was sie wohl gerade tat und ob sie wieder sprechen würde. Wenn sie nicht laut zählte, tat sie es dann stumm? Dachte sie auch in Wörtern? Vollständigen Sätzen? War sie wütend? Traurig? Warum wirkte sie so gelassen, obwohl man mir gesagt hatte, dass sie sich wie ein tollwütiges Tier benahm? War das eine bewusste Täuschung?

Ich hatte alle Dokumente über ihr Leben eingehend studiert. Kannte jede Einzelheit aus Krankenakten und Polizeiberichten, hatte mich durch Schulbeschwerden, Arztmitteilungen, ihre offizielle Verurteilung seitens des Reestablishment und sogar den Anstaltsfragebogen gearbeitet, den man ihren Eltern vorgelegt hatte. Ich wusste, dass man sie mit vierzehn von der Schule genommen hatte. Dass sie zahlreiche Tests durchlaufen und man sie gezwungen hatte, diverse unbekannte – und gefährliche – Medikamente einzunehmen. Man hatte sie einer Elektroschocktherapie unterzogen. Im Laufe von zwei Jahren hatte sie insgesamt neun Jugendstrafanstalten durchlaufen und war von über fünfzig Ärzten untersucht worden, die sie übereinstimmend als Monstrum beschrieben hatten. Sie bezeichneten sie als Gefahr für die Gesellschaft und Bedrohung für die Menschheit. Als eine Person, die unsere Welt zerstören könnte und bereits damit begonnen hatte, indem sie ein Kleinkind tötete. Als sie sechzehn war, verlangten ihre Eltern, dass man sie wegsperren sollte. Und so geschah es.

Das alles ergab für mich keinerlei Sinn.

Das Mädchen war von der Gesellschaft, sogar von ihren eigenen Eltern verstoßen worden – sie musste doch voller Gefühle sein. Wut. Depression. Aggression. Wo waren all diese Emotionen?

Sie wies keinerlei Ähnlichkeit mit den anderen Insassen der Anstalt auf – den wirklich gestörten. Einige warfen sich stundenlang gegen die Wand, brachen sich die Knochen, spalteten sich den Schädel. Andere waren so wahnsinnig, dass sie sich die Haut zerkratzten, bis sie bluteten, und sich förmlich selbst in Stücke rissen. Wieder andere sprachen laut mit sich selbst, lachten, sangen, stritten. Die meisten zerrten sich die Kleider vom Leib, standen und schliefen in ihren eigenen Exkrementen. Sie war die Einzige, die regelmäßig duschte und sogar ihre Kleider wusch. Ihre Mahlzeiten nahm sie komplett zu sich. Und die meiste Zeit starrte sie aus dem Fenster.

Sie war 264 Tage eingesperrt, ohne ihre Menschlichkeit einzubüßen. Es interessierte mich, wie es ihr gelang, so viel zu unterdrücken; weshalb sie nach außen hin so ruhig wirken konnte. Ich hatte mir die Akten anderer Insassen vorlegen lassen, um vergleichen zu können. Ich wollte wissen, ob ihr Verhalten in dieser Situation der Norm entsprach.

Dem war nicht so.

Ich beobachtete den stillen Umriss dieses Mädchens, das ich nicht genau sehen konnte und nicht kannte, und empfand allergrößten Respekt vor ihr. Ich bewunderte sie, beneidete sie geradezu um ihre Haltung, um diese Zähigkeit – vor allem in Anbetracht dessen, was sie durchgemacht hatte. Meine Gefühle konnte ich damals noch nicht vollständig verstehen. Aber ich spürte, dass ich Juliette haben wollte. Für mich ganz alleine.

Ich wollte ihre Geheimnisse kennen.

Und eines Tages stand sie auf und trat ans Fenster ihrer Zelle. Frühmorgens, als die Sonne gerade aufging, und ich sah zum ersten Mal ihr Gesicht. Sie legte die Handfläche ans Fenster und flüsterte zwei Worte, nur ein einziges Mal.

*Verzeih mir.*

Diesen Moment habe ich mir unendlich oft angesehen.

Ich konnte niemandem offenbaren, wie sehr sie mich faszinierte. Musste ihr gegenüber Gleichgültigkeit, Überheblichkeit heucheln. Sie sollte als unsere Waffe dienen, nichts weiter. Als innovatives Folterinstrument.

Das war mir ziemlich egal.

Meine Recherchen hatten mich durch Zufall zu ihren Akten geführt. Es war Fügung. Ich hatte nicht nach einer menschlichen Waffe Ausschau gehalten. Lange, bevor ich sie in den Videoaufnahmen sah, und noch viel länger, bevor ich zum ersten Mal mit ihr sprach, hatte ich nach etwas ganz anderem gesucht. Aus einem ganz anderen Grund.

Ich hatte meine eigenen Motive.

Dass ich Juliette als Waffe benutzen wollte, behauptete ich meinem Vater gegenüber, um Zugang zu ihr zu bekommen, um mir Einsicht in ihre Akten zu verschaffen. Diese Täuschung musste ich vor meinen Soldaten und den Hunderten von Kameras aufrechterhalten, die mein Dasein überwachen. Ich habe Juliette nicht zum Stützpunkt bringen lassen, um ihre Kräfte auszubeuten. Und ich hatte ganz gewiss nicht damit gerechnet, dass ich ihr verfallen würde.

Aber diese Wahrheiten und meine eigentlichen Motive werden mit mir begraben werden.

Ich lasse mich aufs Bett sinken. Lege mir die Hand auf die Stirn, streiche mir übers Gesicht. Hätte ich selbst Zeit gehabt, mich um sie zu kümmern, hätte ich niemals Kent damit beauftragt. Jede Entscheidung, die ich getroffen hatte, war falsch, jede strategische Erwägung ein Irrtum. Eigentlich wollte ich Juliette dabei beobachten, wie sie sich im Umgang mit anderen verhielt; ich wollte wissen, ob sie mein Bild von ihr zerstören würde, indem sie ganz normal mit jemandem sprach. Doch dann trieb es mich zur Raserei, sie in Gesellschaft von anderen zu beobachten. Ich war eifersüchtig. Lächerlich eifersüchtig. Ich wollte, dass sie *mich* kennenlernte; ich wollte, dass sie mit *mir* sprach. Und damals spürte ich es – dieses seltsame, unerklärliche Gefühl, dass sie vielleicht der einzige Mensch auf der Welt war, für den ich wahrhaft etwas empfinden konnte.

Ich zwinge mich zum Aufsetzen. Wage einen Blick auf das Notizheft, das ich immer noch in der Hand halte.

Ich habe sie verloren.

Sie hasst mich.

Sie hasst mich, und ich widere sie an, und ich sehe sie womöglich nie wieder, und daran trage ich ganz allein die Schuld. Dieses Notizheft ist vielleicht alles, was mir von ihr bleibt. Meine Hand verharrt noch immer über dem Einband, verlangt, dass ich das Heft aufklappe und sie wiederfinde, wenn auch nur für kurze Zeit, wenn auch nur auf Papier. Doch ein Teil von mir fürchtet sich. Das kann übel ausgehen. Vielleicht will ich nicht wissen, was das Heft enthält. Und wenn es sich gar als eine Art Tagebuch erweist, dem sie ihre Gefühle für Kent anvertraut hat, springe ich womöglich aus dem Fenster.

Ich schlage mir mit der Faust an die Stirn. Atme ganz langsam ein.

Dann klappe ich es auf. Überfliege die erste Seite.

Und erst jetzt wird mir die Bedeutung meines Funds wirklich bewusst.

*Ich denke immer wieder, dass ich nur ruhig bleiben muss, dass ich mir alles einbilde, dass alles gut wird, dass gleich jemand die Tür öffnen und mich befreien wird. Ich denke immer wieder, dass das gleich passieren wird. Dass es passieren muss, denn so etwas wie das hier passiert eben nicht. Es kann nicht sein. Menschen werden nicht einfach so vergessen. Im Stich gelassen.*

*Das kann nicht sein.*

*Mein Gesicht ist blutverkrustet, weil man mich zu Boden geworfen hat, und meine Hände zittern immer noch. Der Stift ist meine Stimme, denn ich kann mit niemandem sprechen, habe nur meine eigenen Gedanken, in denen ich ertrinke, und alle Rettungsboote sind weg und alle Rettungsringe sind kaputt, und ich kann nicht schwimmen ich kann nicht schwimmen und es ist so schlimm. Es ist so schlimm. Es ist, als säßen Millionen Schreie in meiner Brust, aber ich kann sie nicht rauslassen, denn was nützt es, wenn man schreit und nicht gehört wird, und hier drin wird mich niemand hören. Niemand wird mich jemals wieder hören.*

*Ich habe es gelernt, auf etwas zu starren.*

*Die Wände. Die Risse in den Wänden. Meine Hände. Die Linien auf meinen Fingern. Das Grau des Betons. Die Form meiner Fingernägel. Ich suche mir etwas aus und starre dann stundenlang darauf. Ich behalte die Zeit im Kopf, indem ich die Sekunden zähle. Ich behalte die Tage im Kopf, indem ich sie aufschreibe. Heute ist Tag zwei. Heute ist der zweite Tag. Heute ist ein Tag.*

*Heute.*

*Es ist so kalt hier. So kalt so kalt so kalt.*

*Bitte bitte bitte*

Ich schlage das Heft zu.

Meine Hand zittert extrem, und ich kann nichts dagegen tun. Das Zittern kommt tief aus meinem Inneren, aus der Erkenntnis, was ich da in Händen halte. Dieses Tagebuch stammt nicht aus ihrer Zeit hier. Es hat nichts mir oder Kent oder sonst wem zu tun. Dieses Tagebuch ist ein Dokument ihrer Gefangenschaft in der Anstalt.

Und dieses kleine schäbige Heft bedeutet mir plötzlich mehr als alles, was ich jemals besessen habe.

# 10

Ich weiß nicht einmal, wie ich es geschafft habe, so schnell in meine Räume zurückzukehren. Ich weiß nur, dass ich die Tür zu meinem Schlafzimmer abgeschlossen habe, dass ich mich dann in meinem Büro eingeschlossen habe, und dass ich jetzt hier sitze, an meinem Schreibtisch. Dass ich Stapel von Papieren und Geheimakten beiseitegeschoben habe und auf den abgegriffenen Einband eines Heftes starre, vor dem ich mich beinahe fürchte. Dieses Tagebuch ist so intim; es scheint aus den einsamsten und verletzlichsten Momenten im Leben eines Menschen zu bestehen. Diese Seiten schrieb Juliette in den dunkelsten Stunden ihres siebzehnjährigen Lebens, und ich kann jetzt bekommen, was ich mir immer gewünscht habe.

Einblick in ihre Gedanken.

Und obwohl ich fast umkomme vor Spannung, ist mir doch bewusst, wie schlimm das enden kann. Ich bin mir plötzlich nicht mehr sicher, ob ich all das wirklich wissen will. Und doch, ja, ich will ich es. Ich will es auf jeden Fall.

Deshalb schlage ich das Heft auf und blättere zur nächsten Seite. Tag drei.

*Heute habe ich angefangen zu schreien.*

Diese sechs Worte quälen mich mehr als der schlimmste Schmerz.

Meine Brust hebt und senkt sich, das Atmen fällt mir schwer. Ich muss mich zum Weiterlesen zwingen.

Bald merke ich, dass die Texte völlig ungeordnet sind. Als sie am Ende des Hefts feststellte, dass sie keinen Platz mehr hatte, schien sie wieder von vorne begonnen zu haben. Sie hatte die Ränder genutzt und mit winzigen, kaum entzifferbaren Buchstaben anderen Text überschrieben. Überall stehen Zahlen, manchmal mehrmals dieselben. Manche Wörter kommen immer wieder vor, sind unterstrichen und umkringelt. Und auf fast jeder Seite sind Sätze und ganze Absätze durchgestrichen.

Ein absolutes Chaos.

Mein Herz krampft sich schmerzhaft zusammen, als mir bewusst wird, was sie für einen schrecklichen Leidensweg hinter sich hat. Ich hatte eine vage Ahnung, was sie unter diesen grauenhaften Umständen in ihrer Gefangenschaft durchleiden musste. Doch was ich nun lese, ist weitaus schlimmer, als ich es mir vorstellen konnte.

Ich versuche chronologisch zu lesen, verstehe aber die Nummerierung nicht; nur sie selbst kann dieses System deuten. Deshalb suche ich nach zusammenhängenden Passagen.

An einem Textteil bleibt mein Blick hängen.

*Niemals Frieden zu finden ist ein sonderbarer Zustand. Zu wissen, dass es keinen Zufluchtsort gibt, nirgendwo. Dass der Schmerz nur einen Atemzug entfernt ist. Dass ich in diesen 4 Wänden nicht in Sicherheit bin, dass ich niemals in Sicherheit war, sobald ich mein Zuhause verließ, und dass ich nicht einmal dort, in den 14 Jahren, die ich bei meinen Eltern lebte, in Sicherheit war. Die Anstalt bringt täglich Menschen um, die Welt hat mich gelehrt, Angst zu haben, und zuhause hat mein Vater mich jeden Abend in meinem Zimmer eingeschlossen, und meine Mutter brüllte mich an, weil sie mich, eine Missgeburt, großziehen musste.*

*Sie sagte immer, es läge an meinem Gesicht.*

*Irgendetwas an meinem Gesicht könne sie nicht ertragen, sagte sie. Etwas an meinen Augen, der Art, wie ich sie ansah, an meinem Dasein als solchem. Ich solle sie nicht mehr anschauen, sagte sie. Als sei das ein Angriff. Hör auf mich anzusehen, schrie sie. Du hörst jetzt sofort auf, mich anzuschauen, schrie sie.*

*Einmal hat sie meine Hand ins Feuer gelegt.*

*Nur um zu prüfen, ob ich brennen würde, sagte sie. Nur um zu prüfen, ob meine Hand normal war.*

*Damals war ich 6 Jahre alt.*

*Ich erinnere mich noch daran, weil es an meinem Geburtstag war.*

Ich werfe das Heft auf den Boden.

Springe auf. Versuche, mein hämmerndes Herz zu beruhigen. Meine Hand verkrallt sich in meinen Haaren. Diese Worte sind mir zu nah, zu vertraut. Die Geschichte eines Kindes, das von seinen Eltern misshandelt wurde. Weggesperrt. Entsorgt. Darüber weiß ich zu viel.

So etwas habe ich noch nie gelesen. Ich habe noch nie etwas gelesen, das so direkt zu meinem Innersten sprach. Und ich weiß auch, dass ich es nicht tun sollte. Ich weiß, irgendwie, dass es mir nicht helfen wird, dass ich nichts daraus lernen werde, dass diese Texte mir nicht offenbaren werden, wo sie sich aufhält. Ich weiß bereits jetzt, dass es mich nur wahnsinnig machen wird.

Dennoch hebe ich das Heft wieder auf.

Und lese weiter.

*~~Bin ich jetzt wahnsinnig geworden?~~*

*~~Ist es jetzt passiert?~~*

*~~Wie finde ich das heraus?~~*

Meine Gegensprechanlage kreischt plötzlich so schrill auf, dass ich über meinen Stuhl stolpere und mich an der Wand hinter dem Schreibtisch abstützen muss. Meine Hände zittern unkontrolliert, Schweiß tritt mir auf die

Stirn. Der bandagierte Arm brennt, und meine Beine sind so schwach, dass ich mich kaum aufrecht halten kann. Ich muss mich extrem konzentrieren, um normal zu klingen, als ich mich melde.

»Was ist?«

»Sir, ich habe mich nur gefragt, ob Sie noch – also, der Appell, Sir, es kann natürlich sein, dass ich die Zeit falsch verstanden habe, es tut mir leid, ich sollte Sie nicht damit belästigen –«

»Ach, du lieber Gott, Delalieu.« Ich versuche das Zittern in meiner Stimme zu unterdrücken. »Hören Sie auf, sich zu entschuldigen. Ich komme.«

»Ja, Sir«, sagt er. »Danke. Sir.«

Ich stecke das Heft in die Tasche und gehe zur Tür.

# 11

Ich stehe am Rand des Plateaus über dem Quadranten und blicke auf die Tausende von Gesichtern, die zu mir heraufstarren. Das sind meine Soldaten. In Reih und Glied, bekleidet mit ihren Appelluniformen. Schwarzes Hemd, schwarze Hose, schwarze Stiefel.

Keine Waffen.

Die linke Faust aufs Herz gedrückt.

Ich versuche krampfhaft, mich auf das zu konzentrieren, was ich tun muss; aber ich kann das Heft nicht vergessen, das sich an meinen Schenkel drückt und mich mit seinen Geheimnissen quält.

Ich bin nicht mehr Herr meiner selbst.

Meine Gedanken haben sich in Worten verfangen, die nicht die meinen sind. Ich atme scharf ein, um meinen Kopf zu klären; löse die gesunde Hand, balle sie dann zur Faust.

»Sektor 45«, spreche ich dann in das Mikrofon vor meinem Mund.

Die Soldaten lassen gleichzeitig die linke Faust sinken, legen die rechte auf die Brust.

»Es gibt mehrere wichtige Punkte auf der Agenda«, verkünde ich. »Der erste ist offensichtlich.« Ich weise auf meinen Arm. Betrachte die bemüht ausdruckslosen Mienen.

Ihre verräterischen Gedanken sind so offensichtlich.

Sie halten nicht mehr von mir als von einem geisteskranken Kind. Sie haben keinen Respekt vor mir und sind nicht loyal. Sie sind enttäuscht, dass ich ihr Führer bin, sind wütend und vielleicht auch aufgebracht, weil ich nicht an meiner Verletzung gestorben bin.

Aber sie fürchten sich vor mir.

Mehr verlange ich nicht.

»Ich wurde bei der Verfolgung zweier abtrünniger Soldaten verwundet«, sage ich. »Die Gefreiten Adam Kent und Kenji Yamamoto haben im Zuge einer Verschwörung Juliette Ferrars entführt, unseren militärisch bedeutsamen Neuzugang im Sektor 45. Sie werden des Kidnappings von Ms. Ferrars angeklagt und – was noch schwerwiegender ist – des Hochverrats. Bei ihrer Festnahme wird man sie sofort hinrichten.«

Angst, stelle ich fest, erkennt man immer. Auch auf den steinernen Gesichtern von Soldaten.

»Zum Zweiten«, sage ich, jetzt langsamer. »Um den Stabilisierungsprozess des Sektors 45 und seiner Bürgerschaft voranzutreiben und das durch die jüngsten Entwicklungen entstandene Chaos einzudämmen, ist der Oberste Befehlshaber am Stützpunkt zu uns gestoßen. Er traf vor siebenunddreißig Stunden hier ein.«

Einige Männer vergessen sich und lassen die Faust sinken. Ihre Augen sind weit aufgerissen.

Jetzt ist ihre Angst offensichtlich.

»Sie alle werden ihn gebührend willkommen heißen«, füge ich hinzu.

Die Soldaten fallen auf ein Knie.

Diese Form von Macht auszuüben, ist ein seltsames Gefühl. Ich frage mich, ob mein Vater eigentlich stolz ist auf das, was er geschaffen hat. Dass ich Tausende von Männern zu einem Kniefall veranlassen kann, nur indem ich seinen Rang erwähne. Es ist entsetzlich. Und es ist suchterregend.

Ich zähle stumm bis fünf.

»Aufstehen.«

Sie gehorchen. Dann exerzieren sie. Fünf Schritte nach hinten, fünf Schritte nach vorne, stillstehen. Den linken Arm heben, zur Faust ballen, auf ein Knie fallen. Diesmal lasse ich sie nicht so schnell wieder aufstehen.

»Bereitet euch vor, Männer«, rufe ich. »Wir werden nicht ruhen, bis Kent und Yamamoto gefunden sind und Ms. Ferrars sich wieder im Stützpunkt befindet. Ich werde mich in den nächsten vierundzwanzig Stunden mit dem Oberbefehlshaber beraten; unsere nächste Mission wird in Kürze bekannt gegeben werden. Bis dahin möchte ich, dass Sie sich zwei Dinge ganz klar vor Augen führen. Erstens: Wir werden die Unruhen in der Bevölkerung unter Kontrolle bringen und den Bürgern ihre Pflichten der neuen Welt gegenüber in Erinnerung rufen. Und zweitens: Wir werden die Soldaten Kent und Yamamoto finden.« Ich halte inne. Blicke in die Gesichter. »Machen Sie sich deren Schicksal bewusst. Verräter sind beim Reestablishment nicht willkommen. Für Verräter gibt es keine Gnade.«

# 12

Einer der Männer meines Vaters steht vor der Tür zu meinen Räumen.

Ich werfe ihm einen kurzen Blick zu. »Was haben Sie zu melden, Soldat?«

»Ich habe Befehl, Sir, Ihnen auszurichten, dass der Oberbefehlshaber Sie um zwanzig Uhr bei sich zum Abendessen erwartet.«

»Nachricht erhalten.« Ich will die Tür aufschließen.

Er tritt vor, stellt sich mir in den Weg.

Ich wende den Kopf, schaue ihn an.

Er ist nicht einmal dreißig Zentimeter von mir entfernt, was eine deutliche Geste fehlenden Respekts ist; nicht einmal Delalieu gestattet sich so viel Nähe. Aber im Gegensatz zu meinen Soldaten halten sich die Männer meines Vaters für privilegiert. Zur Elitetruppe des Oberbefehlshabers zu gehören gilt als Ehre, und diese Soldaten nehmen nur von ihm Befehle entgegen.

Und jetzt gerade versucht dieser Mann klarzustellen, dass er sich mir überlegen fühlt.

Er ist neidisch. Hält mich für unwürdig, Sohn des Obersten Befehlshabers des Reestablishment zu sein. Das steht dem Mann förmlich ins Gesicht geschrieben.

Ich muss mir das Lachen verkneifen, als ich in seine kalten grauen Augen und den schwarzen Abgrund blicke, der seine Seele ist. Er hat die Ärmel hochgerollt, stellt seine militärischen Tätowierungen zur Schau. Auf seinen Unterarmen befinden sich die mit Rot, Grün und Blau akzentuierten schwarzen Bänder, an denen er als ranghöherer Soldat zu erkennen ist. Ich habe mich diesem kranken Ritual der Brandmarkung immer entzogen.

Er starrt mich immer noch an.

Ich nicke, ziehe die Augenbrauen hoch.

»Ich habe Weisung«, sagte er, »auf eine offizielle Zusage zu warten.«

Ich überlege einen Moment, ob ich eine andere Wahl habe. Die habe ich nicht.

Ich muss mich – ebenso wie die anderen Marionetten in dieser Welt – dem Willen meines Vaters unterordnen. Dieser Wahrheit muss ich tagtäglich ins Auge blicken: dass es mir bislang noch nie gelungen ist, mich dem Mann zu widersetzen, der mein Rückgrat fest umklammert hält.

Und dafür hasse ich mich selbst.

Ich werfe dem Soldaten einen weiteren Blick zu und frage mich, wie er wohl heißt. Dann merke ich, dass mich das nicht im Mindesten interessiert. »Betrachten Sie das als Zusage.«

»Ja, S–«

»Und beim nächsten Mal, Soldat, halten Sie einen Abstand von zwei Metern ein, sofern Sie nicht eine andere Weisung erhalten haben.«

Er blinzelt verblüfft. »Sir, ich –«

»Sie sind durcheinandergekommen«, falle ich ihm ins Wort. »Sie gehen davon aus, dass Sie durch Ihren Dienst für den Oberbefehlshaber eine Sonderstellung innehaben und die üblichen Regeln nicht zu beachten haben. Das ist ein Irrtum.«

Er beißt die Zähne zusammen.

»Sie sollten nie vergessen«, füge ich ruhiger hinzu, »dass ich jederzeit Ihren Job haben könnte, wenn ich es wollte. Und Sie sollten außerdem nie vergessen, dass der Mann, dem Sie so eifrig dienen, derselbe Mann ist, der mir das Schießen beigebracht hat, als ich neun Jahre alt war.«

Seine Nasenflügel zittern. Er schaut starr geradeaus.

»Überbringen Sie Ihre Nachricht, Soldat. Und merken Sie sich eines: Sprechen Sie mich nie wieder an.«

Er steht stocksteif da, und sein Blick ist auf einen Punkt hinter mir gerichtet.

Ich warte ab.

Er hat immer noch die Zähne zusammengebissen. Hebt langsam die Hand zum Gruß.

»Wegtreten«, sage ich.

Ich schließe die Schlafzimmertür hinter mir ab, lehne mich dagegen. Ruhe mich einen Moment aus. Dann nehme ich die Flasche vom Nachttisch, schüttle zwei der eckigen Pillen heraus. Stecke sie mir in den Mund, warte, bis sie sich auflösen, schließe die Augen. Die Dunkelheit unter meinen Lidern ist eine Wohltat.

Bis ihr Gesicht wieder vor meinem inneren Auge erscheint.

Ich setze mich aufs Bett, stütze den Kopf in die Hände. Ich sollte jetzt nicht an sie denken. Ich muss Berge von Papierkram erledigen und dann noch mit der zusätzlichen Schwierigkeit fertigwerden, dass mein Vater sich hier aufhält. Mit ihm zu essen wird eine Katastrophe werden. Der reinste Psychoterror.

Ich kneife die Augen zusammen und versuche wieder die Wände heraufzubeschwören, die mir dabei helfen, meine Gedanken zu klären. Aber diesmal funktioniert das nicht. Ständig habe ich Juliettes Gesicht vor Augen, und ihr Tagebuch in meiner Hosentasche scheint mich zu verhöhnen. Und nun merke ich auch, dass ein kleiner Teil von mir die Gedanken an sie gar nicht loswerden möchte. Ein kleiner Teil von mir genießt diese Qualen.

Das Mädchen zerstört mich.

Ein Mädchen, das fast ein Jahr lang in einer Irrenanstalt eingesperrt war. Ein Mädchen, das mich wegen eines Kusses erschießen wollte. Ein Mädchen, das mit einem anderen Mann geflüchtet ist, nur um von mir wegzukommen.

Natürlich muss ich so einem Mädchen verfallen.

Ich presse die Hand auf den Mund.

Ich verliere den Verstand.

Ich ziehe meine Stiefel aus. Lasse mich aufs Bett sinken.

Hier hat sie geschlafen, denke ich. In meinem Bett. In meinem Bett ist sie aufgewacht. Sie war hier, und ich habe sie entkommen lassen.

Ich habe versagt.

Ich habe sie verloren.

Dass ich ihr Heft aus der Tasche genommen habe, merke ich erst, als ich es mir vor die Augen halte. Es anstarre. Den abgegriffenen Umschlag inspiziere und versuche mir vorzustellen, wo sie so etwas gekauft haben könnte. Sie muss es irgendwo gestohlen haben. Ich habe nicht die geringste Ahnung, wo.

So vieles will ich fragen. So vieles will ich ihr sagen.

Stattdessen schlage ich ihr Tagebuch auf und beginne zu lesen.

*Manchmal schließe ich die Augen und streiche diese Wände in einer anderen Farbe.*

*Stelle mir vor, dass ich warme Socken an den Füßen habe und an einem offenen Kamin sitze. Stelle mir vor, dass mir jemand ein Buch gegeben hat, eine Geschichte, die mich von den Qualen meines eigenen Geistes erlöst. Ich will jemand anderes sein, anderswo, mit anderen Gedanken. Ich will rennen, will spüren, wie der Wind mein Haar zerzaust. Will mir einbilden, dass all das nur eine Geschichte in einer Geschichte ist. Dass diese Zelle nur eine Szene ist, dass diese Hände nicht meine sind, dass dieses Fenster zu einem schönen Ort führen würde, wenn ich es zerbrechen könnte. Ich bilde mir ein, dass dieses Kissen sauber und dieses Bett weich ist. Ich bilde mir alles Mögliche ein, bis die Welt unter meinen Augenlidern so atemberaubend ist, dass sie überfließt. Doch dann klappen meine Augen auf, und ich werde gewürgt von Händen, die mich ersticken ersticken ersticken*

*Meine Gedanken, so glaube ich, werden bald zu laut werden.*

*Mein Geist, so hoffe ich, wird bald gefunden werden.*

Das Heft fällt mir aus der Hand, auf die Brust. Ich streiche mir übers Gesicht, durch die Haare. Reibe meinen Nacken, setze mich ruckartig so weit auf, dass ich mir den Kopf am Bett stoße, wofür ich fast dankbar bin. Ich genieße einen Moment lang den Schmerz.

Dann greife ich wieder nach dem Heft.

Blättere um.

*Ich frage mich, was sie denken. Meine Eltern. Ich frage mich, wo sie sind. Ich frage mich, ob es ihnen gut geht, ob sie glücklich sind, ~~ob sie endlich haben, was sie wollten.~~ Ich frage mich, ob meine Mutter noch ein Kind bekommen wird. Ich frage mich, ob jemand irgendwann so nett ist, mich umzubringen, und ob es in der Hölle angenehmer ist als hier. Ich frage mich, wie mein Gesicht inzwischen aussieht. Ich frage mich, ob ich jemals wieder frische Luft atmen werde.*

*Ich habe so viele Fragen in mir.*

*Manchmal bleibe ich tagelang wach und zähle alles, was ich finden kann. Die Wände, die Risse in den Wänden, meine Finger und Zehen. Die Bettfedern, die Fäden in der Decke, meine Schritte in der Zelle. Meine Zähne und die einzelnen Haare auf meinem Kopf und die Sekunden, in denen es mir gelingt, die Luft anzuhalten.*

*Aber manchmal werde ich auch furchtbar müde, und dann vergesse ich, dass ich mir nichts mehr wünschen darf, und dann wünsche ich mir das eine, wonach ich mich immer schon gesehnt habe.*

*Ich wollte immer schon eine Freundschaft haben.*

*Ich träume davon. Ich stelle mir vor, wie es wohl wäre. Zu lächeln und angelächelt zu werden. Einen Menschen zu haben, dem man sich anvertrauen kann; einen Menschen, der nicht Dinge nach mir wirft oder meine Hände ins Feuer legt oder mich schlägt, nur weil ich geboren wurde. Jemand, der hört, dass ich weggeschafft wurde, und der mich sucht. Jemand, der sich nicht vor mir fürchtet.*

*Jemand, der weiß, dass ich ihm niemals etwas antun würde.*

*Ich kauere mich in eine Ecke und lege den Kopf auf die Knie und wiege mich, vor und zurück vor und zurück vor und zurück und ich träume und träume und träume und wünsche mir Unerreichbares, bis ich mich in den Schlaf geweint habe.*

*Ich frage mich, wie es wäre, eine Freundschaft zu haben.*

*Und dann frage ich mich, wer hier wohl noch in dieser Anstalt eingesperrt ist. Ich frage mich, wo die anderen Schreie herkommen.*

*Ich frage mich, ob es meine eigenen Schreie sind.*

Ich versuche klar zu denken, mir zu sagen, dass dies nur leere Worte sind, aber ich weiß, dass ich mich belüge. Diese Sätze zu lesen ist unerträglich, und mir vorzustellen, was Juliette durchlitten hat, ist eine grauenhafte Qual für mich.

Zu wissen, dass sie das alles erleben musste.

Ihre eigenen Eltern haben ihr das angetan, haben sie ihr Leben lang abgelehnt und misshandelt. Bislang war Mitgefühl etwas Fremdes für mich, aber jetzt ertrinke ich darin, werde in eine Welt gezogen, zu der ich früher keinen Zugang hatte. Ich hatte zwar immer geglaubt, dass uns vieles miteinander verband. Aber ich wusste nicht, wie klar ich das spüren konnte.

Diese Gefühle bringen mich um.

Ich stehe auf. Gehe im Zimmer auf und ab, bis ich mutig genug bin weiterzulesen. Hole tief Luft.

Blättere um.

~~Etwas schwelt in mir.~~

~~Etwas, das ich nicht erkennen und nicht anerkennen will. Ein Teil von mir will blindwütig den Käfig zerstören, in dem ich eingesperrt bin, ein Teil von mir hämmert an die Tore meines Herzens, verlangt die Freiheit.~~

~~Verlangt verzweifelt, loslassen zu dürfen.~~

~~Tag für Tag scheine ich denselben Albtraum zu haben. Ich öffne den Mund, um zu schreien, zu kämpfen, die Fäuste zu schwingen, doch meine Arme sind bleischwer, und ich schreie, aber niemand hört mich, niemand kann zu mir kommen, und ich bin gefangen. Das bringt mich um.~~

~~Immer musste ich fügsam und unterwürfig sein, bitten und betteln und mich verbiegen, um die anderen in Sicherheit zu wiegen. Immer habe ich darum gekämpft, unter Beweis zu stellen, dass ich harmlos bin, dass ich nicht gefährlich bin, dass ich unter Menschen sein kann, ohne ihnen Schaden zuzufügen.~~

~~Und ich bin so müde so müde so müde so müde und manchmal bin ich so wütend~~

*Ich weiß nicht, was mit mir geschieht.*

»Gott, Juliette«, keuche ich.

Sinke auf die Knie.

»Rufen Sie mir sofort einen Wagen.« Ich muss raus. Ich muss raus hier.

»Sir? Ich meine, ja, natürlich – aber wo –«

»Ich muss die Siedlungen inspizieren«, sage ich. »Muss vor dem Treffen heute Abend meine Runden machen.«

Das ist zugleich wahr und gelogen. Aber im Moment ist mir alles recht, um dieses Tagebuch aus meinen Gedanken zu vertreiben.

»Gewiss, Sir. Soll ich Sie begleiten?«

»Das ist nicht nötig, Lieutenant, aber danke für das Angebot.«

»Ich – S-Sir«, stammelt Delalieu. »Aber n-natürlich, g-gerne, es ist mir eine Freude, Ihnen behilflich –«

Großer Gott, ich bin völlig kopflos. Ich bedanke mich sonst nie bei Delalieu. Der arme Mann kriegt bestimmt gleich einen Herzinfarkt.

»In zehn Minuten möchte ich losfahren«, falle ich ihm ins Wort.

Er verstummt. Dann: »Ja, Sir. Danke, Sir.« Die Verbindung bricht ab.

Ich presse mir die Faust auf den Mund.

# 13

*Wir hatten Häuser. Früher.*

*Unterschiedliche Arten von Häusern.*

*1-stöckige. 2-stöckige. 3-stöckige.*

*Wir kauften Gartendekor und Lichterketten, lernten Fahrradfahren ohne Stützräder. Wir erstanden ein Leben und richteten uns in diesen Häusern ein, in festgefügten Strukturen.*

*Lebten dort eine Weile.*

*Lebten die vorgegebenen Geschichten, die Prosa jedes Quadratmeters, den wir erworben hatten. Gaben uns zufrieden mit den Wendungen der Handlung, die unser Leben nicht wesentlich änderten. Unterschrieben auf der gestrichelten Linie für Dinge, die wir vorher nie haben wollten. Aßen Dinge, die uns nicht guttaten, gaben Geld aus, obwohl wir zu wenig hatten, vernachlässigten den Planeten, den wir bewohnten, und machten alles kaputt kaputt kaputt. Nahrung. Wasser. Ressourcen.*

*Bald war der Himmel grau durch Verschmutzung, Genmanipulation richtete Pflanzen und Tiere zugrunde, und Gifte waren in der Luft, der Nahrung, unserem Blut, unseren Knochen. Es gab kein Essen mehr. Die Menschen starben. Unser Reich zerfiel.*

*Das Reestablishment versprach, uns zu helfen. Uns zu retten. Eine neue Gesellschaftsform zu schaffen.*

*Doch stattdessen wurden wir zerstört.*

Ich halte mich gerne in den Siedlungen auf.

Ein sonderbarer Zufluchtsort, aber so viele Menschen auf diesem riesigen offenen Gelände zu sehen, ruft mir immer meine eigentlichen Aufgaben in Erinnerung. Ich habe so häufig nur die Wände des Stützpunkts vor Augen, dass ich sowohl die Menschen vergesse, für die wir kämpfen, als auch jene, gegen die wir kämpfen.

Das gefällt mir nicht.

Meist suche ich jeden einzelnen Containerblock auf, begrüße die Leute, erkundige mich nach ihren Lebensbedingungen. Es interessiert mich, wie ihr Leben jetzt aussieht. Denn für alle anderen hat sich die Welt verändert. Nur meine ist gleich geblieben. Reglementiert. Isoliert. Trostlos.

Es gab einmal eine bessere Zeit. Damals war mein Vater nicht immer so wütend. Ich war vier Jahre alt. Durfte auf seinem Schoß sitzen und seine Taschen durchsuchen. Und alles behalten, was mich interessierte, sofern ich einen triftigen Grund dafür angeben konnte. Das war die Vorstellung meines Vaters von einem Spiel.

Doch das war alles vorher.

Ich ziehe meinen Mantel enger um mich, spüre den Stoff im Rücken. Zucke unwillkürlich zusammen.

Jetzt zählt nur noch das Leben, das ich habe. Die erdrückenden Zwänge, der Luxus, die schlaflosen Nächte, all die Toten. Man hat mich den Umgang mit Macht und Leid gelehrt. Macht gewinnen, Leid zufügen.

Ich bereue nichts.

Ich ertrage alles.

Nur so kann ich in diesem versehrten Körper leben. Ich vertreibe aus meinem Geist, was mich plagt und belastet. Und freue mich an den wenigen angenehmen Dingen, die mir begegnen. Ich weiß nicht, was ein normales Leben ist; weiß nicht, was die Bürger empfinden, die ihre Häuser verloren haben. Weiß nicht, wie ihr Dasein aussah, bevor das Reestablishment an die Macht kam.

Deshalb bin ich gerne in den Siedlungen unterwegs.

Ich sehe gerne, wie die Bürger leben; es gefällt mir, dass sie mir von Gesetz wegen meine Fragen beantworten müssen.

Aber heute ist mein Timing schlecht.

Ich habe nicht auf die Uhr geschaut, bevor ich den Stützpunkt verließ. Bald geht die Sonne unter. Die meisten Leute gehen nach drinnen, eilen im eisigen Wind gebückt zu den Containerblöcken, in denen immer mindestens drei Familien untergebracht sind.

Die behelfsmäßigen Unterkünfte bestehen aus Schiffscontainern, die in Vierer- oder Sechsergruppen Seite an Seite und übereinander aufgestellt wurden. Jeder Container wurde wärmeisoliert und mit zwei Fenstern und einer Tür versehen. Solarzellen auf dem Dach versorgen jeden Block mit Strom.

Darauf bin ich stolz.

Weil diese Idee von mir stammt.

Als wir nach einer provisorischen Unterbringung für die Bürger suchten, schlug ich vor, leere Schiffscontainer zu benutzen, die an jedem Hafen der Welt herumstehen. Sie sind nicht nur kostengünstig und leicht herstellbar, sondern auch leicht transportierbar, stapelbar und stabil. Man muss sie nur gering modifizieren, und mit einem guten Team kann man binnen Tagen Tausende von Unterkünften schaffen.

Ich hatte die Idee damals meinem Vater vorgeschlagen, weil ich sie für die beste Option hielt – eine vorübergehende Lösung, die besseren Schutz bot und weniger grausam war als Zelte. Doch dann erwies sich die Idee als so praktikabel, dass das Reestablishment diese Unterkünfte beibehielt. Allein auf diesem Gelände, einer einstigen Mülldeponie, stehen Tausende von Containern – rechteckige Kästen, die man leicht überwachen kann.

Den Bürgern versucht man noch immer weiszumachen, dass dies nur Notunterkünfte sind. Dass sie eines Tages in ihr einstiges Leben zurückkehren können und alles wieder schön und gut wird. Doch das sind Lügen.

Das Reestablishment hat nicht die geringste Absicht, etwas an den Siedlungen zu ändern.

Die Menschen sind hier auf diesem überwachten Gebiet zusammengepfercht; ihre Container sind zum Gefängnis geworden. Alles wurde mit Zahlen versehen. Die Menschen, ihre Unterkünfte, ihr Wichtigkeitsgrad für das Reestablishment.

Die Bürger wurden zum Teil eines gigantischen Experiments funktionalisiert. In einer Welt, in der sie arbeiten müssen, um die Bedürfnisse eines Regimes zu erfüllen, das ihnen Versprechungen macht, die es niemals einlösen wird.

Das ist mein Leben.

Diese trostlose Welt.

An den meisten Tagen fühle ich mich genauso eingepfercht wie diese Bürger; und vermutlich komme ich deshalb hierher. Es ist, als laufe man von einem Gefängnis zum nächsten – ein Dasein ohne Hoffnung, ohne Zuflucht. Ein Dasein, in dem sogar mein eigener Geist ein Verräter ist.

Ich müsste viel stärker sein.

Seit einem Jahrzehnt trainiere ich. Jeden Tag arbeite ich an der Verbesserung meiner körperlichen und geistigen Fähigkeiten. Ich bin 1,75 groß, bestehe aus 55 Kilo Muskelmasse. Ich bin für Ausdauer, Zähigkeit, Überleben geschaffen und fühle mich am wohlsten mit einer Waffe in der Hand. Ich kann hundertfünfzig unterschiedliche Feuerwaffen zerlegen, reinigen, laden. Ich treffe jedes Ziel aus fast jeder Distanz. Ich kann mit einem einzigen Handkantenschlag jemandem die Luftröhre zerquetschen und nur mit meinen Fingerknöcheln jemanden außer Gefecht setzen.

Im Kampf kann ich alles andere in mir ausschalten. Ich gelte als kaltes, gefühlloses Monster, das nichts fürchtet und nichts achtet.

Doch das ist ein Trugbild.

Denn in Wirklichkeit bin ich ein Feigling.

# 14

Die Sonne geht unter.

Bald wird mir nichts anderes übrig bleiben, als zum Stützpunkt zurückzukehren, wo ich stillsitzen und meinem Vater zuhören muss, anstatt ihm eine Kugel in den offenen Mund zu jagen.

Deshalb schinde ich Zeit.

Aus einiger Entfernung beobachte ich die Kinder, die herumrennen und von ihren Eltern nach Hause gescheucht werden.

Eines Tages werden diese Kinder alt genug sein, um zu merken, dass sie durch ihre Registrierungskarten überallhin verfolgt werden können. Dass der Umgang mit dem Geld, das ihre Eltern in irgendeiner Fabrik verdienen, in die man sie gesteckt hat, genauestens überprüft wird. Diese Kinder werden verstehen, dass jeder ihrer Schritte beobachtet wird, dass jede Unterhaltung als Rebellion ausgelegt werden kann. Jetzt wissen sie noch nicht, dass es über jeden Bürger eine Akte gibt, in der Freundschaften, Beziehungen, Arbeitsgewohnheiten und sogar die Freizeitbeschäftigungen vermerkt sind.

Wir wissen alles über jeden.

Wir wissen zu viel.

Deshalb vergesse ich manchmal, dass wir es mit echten, lebendigen Menschen zu tun haben – bis ich ihnen in den Siedlungen begegne. Ich habe mir die Namen fast aller Bürger von Sektor 45 gemerkt. Ich lege Wert darauf zu wissen, wer in meinem Zuständigkeitsbereich wohnt, ob es nun Soldaten oder Zivilisten sind.

Deshalb weiß ich zum Beispiel auch, dass der Gefreite Seamus Fletcher, 45B-76423, jeden Abend seine Frau und seine Kinder schlug.

Ich wusste, dass er seinen gesamten Sold für Alkohol ausgab und seine Familie verhungern ließ. Ich hatte den Weg der RE-Dollars verfolgt, die er in den Versorgungszentren ausgab, und seine Familie beobachtet. Ich wusste, dass seine drei Kinder unter zehn Jahre alt waren und seit Wochen nichts gegessen hatten; ich wusste, dass sie wiederholt wegen Stichwunden und Knochenbrüchen beim Arzt der Siedlung gewesen waren. Ich wusste, dass Fletcher seiner siebenjährigen Tochter mit einem Fausthieb die Lippe gespalten, den Kiefer gebrochen und ihr beide Schneidezähne ausgeschlagen hatte. Und ich wusste, dass seine Frau schwanger gewesen war. Bis er sie eines Abends so schlimm verprügelt hatte, dass sie das Kind am nächsten Morgen verlor.

Das wusste ich durch einen Besuch in den Siedlungen.

Ich hatte mich in jedem Block über den Gesundheitszustand der Bürger und ihre Lebensumstände informiert. Hatte mich nach ihren Arbeitsbedingungen erkundigt und gefragt, ob jemand aus ihrer Familie krank war und vielleicht in Quarantäne musste.

Sie war an jenem Tag zuhause. Fletchers Frau. Ihre Nase war gebrochen, beide Augen waren zugeschwollen. Sie war so knochig und bleich, dass es mir vorkam, als würde sie entzweibrechen, wenn sie sich nur hinsetzte. Aber als ich mich nach ihren Verletzungen erkundigte, wich sie meinem Blick aus. Sagte, sie sei gestürzt und habe dabei eine Fehlgeburt gehabt und sich die Nase gebrochen.

Ich nickte. Dankte ihr für ihre bereitwillige Auskunft.

Dann rief ich zum Appell.

Ich bin im Bilde darüber, dass die Mehrheit meiner Soldaten Vorräte aus den Lagern stiehlt. Die Bestände werden von mir sorgfältig überprüft, und ich merke, dass ständig Posten verschwinden. Normalerweise unternehme ich nichts gegen diese Verstöße, weil sie das System nicht unterminieren. Ein paar Brote oder Seifenstücke halten meine Soldaten bei Laune; wenn sie gesund sind, arbeiten sie besser, und die meisten haben außerdem Partner, Kinder, Verwandte zu versorgen. Dieses Zugeständnis mache ich.

Aber einiges verzeihe ich nicht.

Ich erachte mich nicht als moralisch integer. Ich habe keine Lebensphilosophie und schere mich nicht um die meisten Regeln und Vorgaben, mit denen sich die Leute beschäftigen. Ich behaupte auch nicht, den Unterschied zwischen Richtig und Falsch ermessen zu können. Aber ich lebe nach einem gewissen Verhaltenscode. Und ich denke, dass man manchmal wissen muss, wann man zuerst schießt.

Seamus Fletcher war im Begriff, seine Familie umzubringen. Und ich habe ihn erschossen, weil ich das gnädiger fand, als ihn eigenhändig in Stücke zu reißen.

Doch mein Vater machte weiter, als Fletcher aus dem Weg geräumt war. Mein Vater ließ drei Kinder und ihre Mutter erschießen, nur wegen des besoffenen Dreckskerls, von dem ihre Existenz abhing. Wegen ihm wurden sie brutal ermordet.

An manchen Tagen frage ich mich, weshalb ich überhaupt am Leben bleiben will.

# 15

Sobald ich wieder im Stützpunkt bin, gehe ich nach unten.

Ignoriere die salutierenden Soldaten, an denen ich vorbeikomme, verschwende keinen Gedanken auf die Mischung aus Neugier und Argwohn in ihrem Blick. Erst als ich wieder im Stützpunkt ankam, merkte ich, wohin es mich zog; mein Körper scheint besser als mein Geist zu wissen, was ich jetzt gerade brauche. Meine Schritte sind schwer, und die Absätze meiner Stiefel hallen auf dem Steinboden wider, als ich im Untergeschoss ankomme.

Seit beinahe zwei Wochen war ich nicht mehr hier.

Der Raum ist inzwischen wiederhergestellt worden; man hat die Glasscheibe und die Betonwand ersetzt. Und soweit ich weiß, war Juliette die letzte Person, die diesen Raum benutzt hat.

Ich selbst hatte sie hierhergebracht.

Ich gehe durch die Schwingtüren in die Umkleidekabine neben dem Simulationspult. Taste im Dunkeln nach dem Schalter; das Licht piept ein Mal, bevor es aufflackert. Bis auf das dumpfe Brummen der Geräte ist hier unten alles still.

So mag ich es am liebsten.

Ich ziehe mich so schnell um, wie es mit meinem verletzten Arm möglich ist. Zwei Stunden Zeit habe ich noch bis zu dem Essen mit meinem Vater. Ich müsste eigentlich nicht nervös sein, bin aber extrem angespannt. In letzter Zeit scheint mich alles zu überfordern. Meine Fehler. Meine Feigheit. Meine Dummheit.

Manchmal habe ich dieses Leben vollkommen satt.

Ich stehe barfuß auf dem Betonboden, nackt bis auf die Armschlinge, und bin komplett entnervt darüber, wie langsam ich durch diese Verletzung bin. Nehme die Shorts aus dem Spind. Lehne mich an die Wand, um sie so schnell wie möglich anzuziehen. Dann klappe ich den Spind zu und gehe in den angrenzenden Raum.

Drücke einen weiteren Schalter, und das Hauptpult erwacht zum Leben. Die Bildschirme piepen und flackern, als sich alles einschaltet. Meine Finger streichen über die Tastatur.

Wir benutzen diesen Raum für Simulationen.

Mittels Technologie erschaffen wir Umgebungen und Erfahrungen, die ausschließlich in der menschlichen Vorstellungskraft existieren. Das gelingt uns detailgetreu. Geräusche, Gerüche, falsches Vertrauen, Paranoia. Das Programm wurde ursprünglich entwickelt, um Soldaten für bestimmte Missionen auszubilden und auch, um ihnen bei der Bewältigung von Ängsten zu helfen, die sie ansonsten im Kampf behindern würden.

Ich benutze das System für meine eigenen Zwecke.

Bevor Juliette im Stützpunkt eintraf, habe ich mich ständig hier aufgehalten. Das war mein Rückzugsort, mein einziges Versteck vor der Welt. Ich wünschte nur, dass man nicht diese vorgeschriebene Kleidung dazu bräuchte. Diese Polyester-Shorts sind kratzig und unbequem. Aber der Stoff ist mit einer bestimmten Chemikalie getränkt, die mit meiner Haut reagiert und die Sensoren mit Informationen speist; sie verstärkt das Erleben und ermöglicht es mir, kilometerweit zu laufen, ohne jemals auf Grenzen zu stoßen wie in der realen Welt. Damit der Prozess möglichst effektiv ablaufen kann, muss ich allerdings bis auf diese Shorts unbekleidet sein. Die Kameras sind fein abgestimmt auf

Körpertemperaturen und funktionieren am besten ohne störende Textilien.

Ich hoffe, dass man diese Schwäche des Programms bei der nächsten Version beheben kann.

Der Bildschirm verlangt Daten von mir, und ich gebe rasch einen Code ein, der mir den Zugang zu all meinen früheren Simulationen ermöglicht. Während der Rechner die Daten verarbeitet, drehe ich mich um und betrachte den reparierten Einwegspiegel, durch den man in den Hauptraum blicken kann. Ich kann immer noch nicht fassen, dass es Juliette gelungen ist, eine Wand aus Glas und Beton zu durchbrechen und dabei unverletzt zu bleiben.

Unglaublich.

Der Computer piept zweimal, und ich drehe mich rasch um. Meine Dateien sind geladen und betriebsbereit.

Ihre Akte ist die erste auf der Liste.

Ich hole tief Luft, versuche die Erinnerung zu verdrängen. Ich bereue es nicht, dass ich ihr diese grauenhafte Erfahrung zugemutet habe; hätte ich diese wirkungsvolle Methode zur Provokation nicht angewandt, dann hätte Juliette es sich vielleicht nie erlaubt, die Beherrschung zu verlieren – und ihren eigenen Körper endlich in Besitz zu nehmen. Im Endeffekt hat es ihr vermutlich geholfen, und genau das war meine Absicht. Ich wünschte nur, sie hätte mir nicht kurz darauf eine Pistole unter die Nase gehalten, um dann aus dem Fenster zu klettern.

Ich atme langsam ein, um mich zu beruhigen.

Und suche die Simulation aus, wegen der ich hergekommen bin.

# 16

Ich stehe im Hauptraum.

Mir selbst gegenüber.

Es ist eine simple Simulation. Ich habe nichts an meiner Kleidung und meinen Haaren verändert, nicht einmal am Teppichboden des Zimmers. Habe nichts getan außer einen Doppelgänger von mir selbst zu erschaffen, der eine Pistole in der Hand hält.

Und mich unverwandt anstarrt.

Eins.

Er legt den Kopf schief. »Bist du bereit?« Pause. »Hast du Angst?«

Mein Herz kommt in Fahrt.

Der Doppelgänger hebt die Hand. Lächelt ein wenig. »Keine Sorge«, sagt er. »Gleich ist es vorbei.«

Zwei.

»Nicht mehr lange. Dann gehe ich«, sagt er und richtet die Pistole auf meine Stirn.

Meine Hände sind schweißnass. Mein Puls rast.

»Es wird dir gut gehen«, lügt er. »Das verspreche ich dir.«

Drei.

*Bumm.*

# 17

»Willst du wirklich nichts essen?«, fragt mein Vater kauend. »Es schmeckt sehr gut.«

Ich blicke nach unten, betrachte eingehend die Bügelfalten meiner Hose.

»Hm?«, macht er. Ich höre das Lächeln in seiner Stimme.

Ich spüre die Anwesenheit der Soldaten, die an der Wand Posten bezogen haben. Sie halten sich immer in der Nähe meines Vaters auf, und er sorgt dafür, dass sie sich in ständiger Konkurrenz miteinander befinden. Ihre erste Aufgabe bestand darin zu ermitteln, wer in der Gruppe von elf Männern das schwächste Glied der Kette war. Und dann musste der Soldat mit den überzeugendsten Argumenten sich des von ihm ausgewählten Zielobjekts entledigen.

Solche Spielchen findet mein Vater amüsant.

»Ich habe keinen Hunger. Wegen der Medikamente«, lüge ich.

»Ah«, macht er. Ich höre, wie er das Besteck ablegt. »Natürlich. Wie unangenehm.«

Ich bleibe stumm.

»Abtreten.«

Seine Männer verschwinden sofort. Die Tür schließt sich hinter ihnen.

»Schau mich an«, sagt er.

Ich blicke auf, ausdruckslos. Ich hasse das Gesicht meines Vaters, kann es nicht ertragen, ihn länger anzusehen.

Weil ich mich nicht mit seiner Unmenschlichkeit konfrontieren will. Ihn selbst belasten seine Taten und seine Lebensweise nicht im Geringsten. Im Gegenteil, er genießt das alles. Er liebt den Rausch der Macht und hält sich für unbesiegbar.

Und in gewisser Weise hat er sogar recht.

Ich glaube inzwischen, dass die gefährlichsten Menschen der Welt jene sind, die keine Reue kennen. Die sich niemals entschuldigen, also auch niemals Vergebung suchen. Denn letztlich sind es unsere Gefühle, die uns schwächen, nicht unsere Taten.

Ich wende den Blick ab.

»Was hast du gefunden?«, fragt er ohne weitere Vorrede.

Ich muss sofort an das Notizheft denken. Aber ich bewege mich nicht, zucke nicht einmal zusammen. Die meisten Menschen wissen nicht, dass ihre Augen immer die Wahrheit sagen, auch wenn ihre Lippen lügen. Fragt man einen Mann, der in einem Raum etwas versteckt hat, wo es sich befindet, wird er behaupten, er wisse es nicht. Er wird behaupten, man habe den Falschen erwischt. Aber seine Augen werden unwillkürlich zum Versteck blicken. Ich weiß jetzt auch, dass mein Vater mich scharf beobachtet. Dass er darauf wartet, wo ich hinschaue. Was ich sagen werde.

Ich achte darauf, dass meine Schultern entspannt bleiben. Atme langsam, aber unmerklich ein, um meinen Puls zu beruhigen. Ich antworte nicht. Gebe vor, in Gedanken versunken zu sein.

»Sohn?«

Ich schaue auf, scheinbar überrascht. »Ja?«

»Was hast du gefunden? Als du heute ihr Zimmer durchsucht hast?«

Ich atme aus. Schüttle den Kopf, lehne mich zurück, blicke wieder unter mich. »Glassplitter vom Fenster. Ihr Bett war ungemacht, der Kleiderschrank stand offen. Sie hat nur ein paar Kosmetika und Kleidung und Wäsche zum Wechseln mitgenommen. Alles andere war unverändert.«

Das entspricht der Wahrheit.

Ich höre ihn seufzen. Er schiebt seinen Teller weg.

Ich spüre das Notizheft an meinem Oberschenkel.

»Und du sagst, du hast keine Ahnung, wo sie sein könnte?«

»Ich weiß nur, dass sie mit Kent und Yamamoto zusammen sein muss«, antworte ich. »Delalieu sagt, sie hätten einen Wagen gestohlen, aber dessen Spur verliert sich ganz plötzlich am Rande eines Brachlands. Seit Tagen sind unsere Truppen in dieser Gegend auf der Suche, aber bislang ohne Erfolg.«

»Und wo«, fährt er fort, »willst du als Nächstes suchen lassen? Glaubst du, sie haben die Grenze zu einem anderen Sektor überschritten?« Seine Stimme klingt seltsam. Amüsiert.

Ich blicke auf. Er lächelt.

Er stellt mir diese Fragen nur, um mich zu testen. Hat seine eigenen Antworten bereits parat und will mich nur scheitern sehen. Will demonstrieren, dass ich ohne ihn versage.

Er macht sich über mich lustig.

»Nein«, antworte ich entschieden. »Ich glaube kaum, dass sie so etwas Idiotisches versuchen werden, wie die Grenze zu einem anderen Sektor zu passieren. Dazu fehlen ihnen sämtliche Voraussetzungen. Beide Männer sind schwer verletzt, verlieren viel Blut und haben keinen Zugang zu ärztlicher Versorgung. Vermutlich sind sie inzwischen bereits tot. Wahrscheinlich hat nur das Mädchen überlebt, und sie kann nicht weit gekommen sein, weil sie sich hier nicht zurechtfinden wird. Sie ist vollkommen fremd hier, kennt sich nicht aus. Außerdem kann sie nicht Auto fahren, und selbst wenn es ihr gelungen wäre, ein weiteres Fahrzeug zu entwenden, hätten wir längst Meldung darüber erhalten. Wenn man ihren Gesundheitszustand, ihre Untrainiertheit und das Fehlen von Nahrung, Wasser und medizinischer Versorgung in Betracht zieht, müsste sie in einem Umkreis von circa acht Kilometern in diesem Brachland kollabiert sein. Wir müssen sie finden, bevor sie erfriert.«

Mein Vater räuspert sich.

»Ja«, sagt er, »das sind interessante Theorien. Unter normalen Umständen wären sie wohl auch erwägenswert. Doch du übersiehst das wichtigste Detail.«

Ich schaue ihn an.

»Sie ist kein normales Mädchen«, sagt er und lehnt sich zurück. »Und damit ist sie nicht allein.«

Mein Herzschlag beschleunigt sich. Ich blinzle verwirrt.

»Ach, nun komm schon, darauf bist du doch wohl schon selbst gekommen, oder? Hattest du dir das nicht bereits überlegt?« Er lacht. »Es erscheint doch statistisch vollkommen unwahrscheinlich, dass sie die einzige Missgeburt ist, die unsere Welt hervorgebracht hat. Du weißt das, willst es aber nicht glauben. Und nun bin ich hier, um dir zu bestätigen, dass es wahr ist.« Er legt den Kopf schief, grinst mich breit an. »Es gibt noch mehr von der Sorte. Und die haben sie in ihre Reihen aufgenommen.«

»Nein«, keuche ich fassungslos.

»Sie haben unsere Truppen infiltriert. Unbemerkt unter uns gelebt. Und nun haben sie dir dein Spielzeug gestohlen und sind damit weggelaufen. Weiß der Himmel, wie sie das Mädchen für ihre Zwecke einsetzen wollen.«

»Wieso bist du dir so sicher?«, frage ich. »Woher weißt du, dass die beiden sie mitgenommen haben? Kent war halb tot, als ich ihn zurückließ –«

»Du musst besser zuhören, Sohn. Ich habe doch gesagt, dass sie nicht normal sind. Sie leben nicht nach unseren Regeln. Nach unserer Logik können wir sie nicht beurteilen. Du hast keine Ahnung, wozu die imstande sind.« Er hält inne. »Außerdem weiß ich bereits seit geraumer Zeit, dass eine Gruppe von denen sich irgendwo in dieser Gegend versteckt hält. Aber in all den Jahren haben sie sich ruhig verhalten. Sie haben meine Pläne nicht gestört, und ich hielt es für besser zu warten, bis sie von alleine wegsterben, als in der Bevölkerung für Unruhe zu sorgen. Du verstehst sicher«, fügt er hinzu. »Der Umgang mit denen ist schwierig. Das sind wahrhafte Monster.«

»Du hast das gewusst?« Ich springe auf. Bemühe mich ruhig zu bleiben. »Du wusstest schon lange von deren Existenz und hast nichts unternommen? Nichts davon gesagt?«

»Es erschien mir nicht nötig.«

»Und jetzt?«, frage ich.

»Jetzt muss gehandelt werden.«

»Unglaublich!« Ich werfe die Hände in die Luft. »Dass du mir eine solche Information vorenthalten hast! Obwohl du von meinen Plänen mit ihr wusstest – und du wusstest auch, welchen Aufwand ich betrieben habe, um sie herzubringen –«

»Beruhige dich«, erwidert er. Streckt die Beine aus, legt den Knöchel des einen Beins aufs Knie des anderen. »Wir werden sie finden. Dieses Brachland, das Delalieu erwähnt hat – in dem sich die Spuren verlieren. Das ist unser Suchgebiet. Sie müssen irgendwo dort unter der Erde sein. Wir müssen den Eingang finden und sie unauffällig vernichten, von innen heraus. Die Anführer werden wir bestrafen, die anderen müssen wir davon abhalten, das Volk aufzuhetzen.«

Er beugt sich vor.

»Dem Volk entgeht nichts. Und die Leute sind bereits aufgewiegelt und gestärkt, weil jemand entkommen konnte und du dabei auch noch verletzt wurdest. Das schwächt unsere Abwehr und macht uns angreifbar. Wir müssen das ins Lot bringen, das Gleichgewicht wiederherstellen. Was uns gelingen wird, indem wir Angst erzeugen.«

»Aber sie haben alles abgesucht«, erwidere ich. »Meine Leute. Seit Tagen durchsuchen sie die Gegend, ohne etwas zu entdecken. Wieso bist du so sicher, dass wir die am Ende finden werden?«

»Weil du selbst ab sofort die Truppen anführen wirst«, sagt er. »Jede Nacht. Nach der Sperrstunde, wenn das Volk schläft. Du wirst die Suche bei Tag einstellen und nur noch nachts fortsetzen. Man darf dem Volk keinen Anlass zum Reden geben. Handle im Verborgenen, Sohn. Deine Pläne dürfen nicht zu offensichtlich sein. Ich werde im Stützpunkt bleiben und deine Aufgaben durch meine Leute ausführen lassen und Delalieu die nötigen Befehle geben. Und du wirst inzwischen alles daransetzen, sie zu finden, damit wir sie so schnell wie möglich vernichten können. Jetzt muss Schluss sein mit diesem Unsinn«, fügte er hinzu. »Ich bin mit meiner Geduld am Ende.«

# 18

*Es tut mir leid. Es tut mir so leid. Es tut mir so leid es tut mir so leid es tut mir so entsetzlich leid es tut mir so leid. Es tut mir so leid es tut mir so leid es tut mir so entsetzlich leid. Es tut mir so leid. Es tut mir so leid. Es tut mir so leid es tut mir so leid es tut mir so entsetzlich leid es tut mir so leid es tut mir so leid es tut mir so leid es tut mir so entsetzlich leid. Es tut mir so leid. Es tut mir so leid es tut mir so leid es tut mir so entsetzlich leid es tut mir so leid. Es tut mir so leid. Es tut mir so leid es tut mir so entsetzlich leid. Es tut mir so leid. Es tut mir so leid es tut mir so leid es tut mir so entsetzlich leid es tut mir so leid. Es tut mir so leid es tut mir so leid es tut mir so entsetzlich leid. Es tut mir so leid. Es tut mir so leid es tut mir so leid es tut mir entsetzlich leid es tut mir so leid. Es tut mir so leid. Es tut mir so leid es tut mir so entsetzlich leid. Es tut mir so leid es tut mir so entsetzlich leid bitte bitte verzeihen Sie mir.*

*Es war ein Unfall.*

*Verzeihen Sie mir*

*Bitte verzeihen Sie mir*

Es gibt nur wenig an mir, worauf ich anderen einen Blick gestatte. Und noch weniger, was ich freiwillig preisgebe. Zu den Dingen, über die ich noch nie mit jemandem gesprochen habe, gehört das.

Ich bade gerne ausgiebig.

Seit ich mich erinnern kann, bin ich besessen von dem Drang, sauber zu sein. Ich habe so viel mit dem Schmutz von Tod und Zerstörung zu tun, dass ich dem entgegenwirke, indem ich so sauber wie irgend möglich bin. Ich dusche häufig. Putze mir dreimal am Tag die Zähne und reinige sie mit Zahnseide. Bearbeite jede Woche meine Haare mit dem Haarschneider. Schrubbe Hände und Nägel vor dem Schlafengehen und nach dem Aufstehen. Habe eine ungesunde Fixierung darauf, nur frisch gewaschene Kleidung zu tragen. Und wenn ich es mit Gefühlsextremen zu tun bekomme, ist das einzige Heilmittel für meine Nerven ein langes Bad.

Dem gebe ich mich jetzt gerade hin.

Die Ärzte haben mir gezeigt, wie sich der verletzte Arm mit diesem Plastiküberzug schützen lässt, sodass ich mit dem ganzen Körper untertauchen kann. Ich bleibe lange unter Wasser, halte die Luft an, atme durch die Nase aus, spüre, wie die Blasen nach oben steigen.

Im warmen Wasser fühle ich mich schwerelos. Das Wasser trägt meine Last für mich, versteht, dass ich meine Schultern eine Weile von diesem Gewicht befreien muss. Dass ich die Augen schließen und mich entspannen muss.

Ich tauche auf.

Lasse die Augen geschlossen; nur meine Nase und meine Lippen begegnen dem Sauerstoff in der Luft. Ich atme in stetigen Zügen, um meinen Geist zu entlasten. Es muss schon spät sein, denn es ist merklich kälter geworden, und die kalte Luft kitzelt an meiner Nase. Ein seltsames Gefühl, zu 98 Prozent in angenehm warmem Wasser zu liegen, während Nase und Lippen kribbeln vor Kälte.

Ich tauche wieder unter.

Hier könnte ich leben, glaube ich. Hier, wo die Schwerkraft unbekannt ist. Wo ich ungebunden bin, nicht gefesselt von den Ketten meines Lebens. Hier habe ich einen anderen Körper, eine andere Hülle, und mein Gewicht wird von Freunden getragen. So oft habe ich mir schon gewünscht, unter diesem Laken einschlafen zu können.

Ich lasse mich noch tiefer sinken.

Binnen einer einzigen Woche hat sich mein gesamtes Leben verändert.

Meine Ziele: entwertet. Meine Konzentration: ruiniert. Nur eines ist mir noch wichtig, und das ist eine Person, die zum ersten Mal in meinem Leben nicht ich selbst bin. Ihre Worte haben sich in mein Hirn gebrannt. Ich kann nicht davon ablassen, mir vorzustellen, wie sie früher gewesen ist, was sie durchgemacht hat. Die Lektüre ihres Tagebuchs hat mich verwundet. Meine Gefühle für sie sind außer Kontrolle geraten. Noch nie habe ich mich so danach gesehnt, sie zu sehen, mit ihr zu sprechen.

Ich will ihr sagen, dass ich sie jetzt verstehen kann. Dass ich sie vorher nicht verstanden habe. Dass wir uns ähnlich sind; auf so vielen Ebenen, von denen ich vorher nichts wusste.

Aber jetzt ist sie verschwunden. Ist irgendwo mit Fremden zusammen, die sie nicht kennen und nicht so für sie sorgen können, wie ich es tun würde. Sie ist ein weiteres Mal abrupt in eine unbekannte Umgebung gebracht worden, und ich mache mir Sorgen um sie. Ein Mensch mit ihrer Vergangenheit heilt nicht über Nacht. Jetzt gibt es nur zwei Möglichkeiten: entweder sie wird sich komplett verschließen. Oder aber sie explodiert.

Ich setze mich zu schnell auf, ringe keuchend um Luft.

Streiche mir die nassen Haare aus dem Gesicht. Lehne mich an die Kachelwand. Warte ab, bis die kühle Luft mich beruhigt, meine Gedanken klärt.

Ich muss sie finden, bevor sie innerlich zerbricht.

Noch nie zuvor wollte ich mit meinem Vater zusammenarbeiten und mir seine Ziele und Methoden zu eigen machen. Doch im Moment bin ich zu fast allem bereit, um sie zurückzubekommen.

Und ich kann es kaum erwarten, Kent das Genick zu brechen.

Dieser verräterische Dreckskerl. Dieser Idiot, der glaubt, sich ein hübsches Mädchen geangelt zu haben. Der hat doch keine Ahnung, wer sie ist. Und wer sie noch werden kann.

Und wenn er glaubt, er wäre ihr auch nur annähernd gewachsen, ist er ein noch schlimmerer Dummkopf, als ich ohnehin schon angenommen habe.

# 19

»Wo ist der Kaffee?«, frage ich und blicke auf dem Tisch umher.

Delalieu lässt seine Gabel fallen. Sie landet klirrend auf dem Teller, und Delalieu starrt mich mit aufgerissenen Augen an. »Sir?«

»Ich möchte ihn mal probieren«, erkläre ich und versuche mit der linken Hand meinen Toast mit Butter zu bestreichen. Ich werfe Delalieu einen Blick zu. »Sie reden doch ständig von Ihrem Kaffee, oder nicht? Da dachte ich mir –«

Delalieu springt wortlos auf und rennt zur Tür hinaus.

Ich lache in mich hinein.

Er rollt den Kaffeewagen selbst herein und platziert ihn neben mir. Mit zitternden Händen gießt er die dunkle Flüssigkeit in eine Tasse, stellt sie auf einen Unterteller und reicht sie mir.

Ich warte, bis er sich wieder gesetzt hat, dann probiere ich den ersten Schluck. Ein seltsamer, obszön bitterer Geschmack, ganz anders, als ich erwartet hatte. Ich schaue auf. Bin verwundert darüber, dass ein Mann wie Delalieu seinen Tag beginnt, indem er sich mit einer derart schrecklich schmeckenden Flüssigkeit stählt. Ich beschließe, ihm dafür Respekt zu zollen.

»Nicht schlecht«, sage ich.

Er lächelt so glückselig, dass ich mich frage, ob er mich falsch verstanden hat. Und sagt strahlend: »Ich trinke ihn mit Sahne und Zucker. Dann schmeckt er viel besser als –«

»Zucker.« Ich stelle die Tasse ab. Presse die Lippen zusammen, um mein Lächeln zu verbergen. »Sie trinken ihn mit Zucker. Natürlich. Das passt viel besser.«

»Möchten Sie Zucker, Sir?«

Ich halte abwehrend die Hand hoch. Schüttle den Kopf. »Rufen Sie die Truppen zurück, Lieutenant«, sage ich. »Wir rücken von jetzt an nicht mehr tagsüber, sondern nur noch nachts aus, nach der Sperrstunde. Sie bleiben hier im Stützpunkt«, erkläre ich, »und nehmen die Befehle des Obersten entgegen, die ihnen von dessen Männern überbracht werden. Erledigen Sie alles genau nach Anweisung. Ich werde die Truppen selbst anführen.« Ich halte inne. Fixiere ihn. »Es darf nichts mehr durchsickern. Absolut nichts, was die Zivilbevölkerung zu Spekulationen veranlassen könnte. Haben Sie verstanden?«

»Ja, Sir«, sagt Delalieu. Seinen Kaffee hat er vergessen. »Ich werde den Befehl weitergeben.«

»Gut.«

Er steht auf.

Ich nicke.

Er geht hinaus.

Zum ersten Mal, seit Juliette verschwunden ist, spüre ich einen Anflug von Hoffnung. Wir werden sie finden. Angesichts dieser neuen Informationen – eine gesamte Armee, die gegen einen Haufen ahnungsloser Rebellen antritt – erscheint es absurd, dass diese Mission scheitern könnte.

Ich hole tief Luft. Trinke noch einen Schluck Kaffee.

Und wundere mich, wie sehr mir dieser bittere Geschmack zusagt.

# 20

Als ich in mein Zimmer zurückkomme, finde ich dort meinen Vater vor.

»Befehle sind erteilt«, sage ich, ohne ihn anzusehen. »Wir rücken heute Abend aus.« Ich zögere. »Wenn du mich jetzt entschuldigen würdest. Ich habe zu tun.«

»Wie fühlt es sich an«, fragt er, »so behindert zu sein?« Er lächelt. »Wie kannst du dir selbst noch ins Gesicht schauen mit dem Wissen, von deinen eigenen Untergebenen attackiert worden zu sein?«

Ich bleibe an der Tür zu meinem Büro stehen. »Was willst du?«

»Was«, fragt er, »fasziniert dich so an diesem Mädchen?«

Ich erstarre innerlich.

»Sie ist mehr für dich als nur ein Experiment, nicht wahr?«

Ich drehe mich langsam um. Er steht in der Mitte des Raums, Hände in den Hosentaschen, ein angewidertes Lächeln auf den Lippen.

»Wovon redest du?«

»Schau dich doch nur an«, erwidert er. »Ich habe noch nicht mal ihren Namen ausgesprochen, und du brichst schon in Stücke.« Er schüttelt den Kopf, betrachtet mich forschend. »Du bist bleich, deine gesunde Hand ist verkrampft. Du atmest zu schnell, und dein gesamter Körper ist angespannt.« Er hält inne. »Du verrätst dich selbst, Sohn.

Hältst dich für besonders schlau. Aber du vergisst, wer dein Lehrmeister war.«

Mir wird heiß und kalt zugleich. Ich versuche die Hand locker zu lassen, aber es geht nicht. Ich will sagen, dass er sich irrt, aber mir ist plötzlich schwindlig, und ich wünschte, ich hätte mehr gegessen zum Frühstück. Oder gar nichts.

»Ich habe wichtige Dinge zu erledigen«, bringe ich schließlich hervor.

»Sag mir«, fordert er, »dass es dir egal wäre, wenn sie zusammen mit den anderen getötet würde.«

»Was?« Das Wort entfährt meinen zittrigen Lippen zu schnell.

Mein Vater blickt zu Boden. Faltet die Hände, löst sie wieder. »Du hast mich in so vieler Hinsicht enttäuscht«, sagte er. Seine Stimme ist trügerisch sanft. »Ich möchte nicht, dass sich das jetzt ein weiteres Mal wiederholt.«

Einen Moment lang fühle ich mich, als stünde ich außerhalb meines Körpers und betrachtete mich selbst. Ich sehe mein Gesicht, den verletzten Arm, meine Beine, die mein Gewicht scheinbar nicht mehr tragen können. In meinem Gesicht brechen Risse auf, pflanzen sich über die Arme fort, über den Brustkorb, die Beine.

So ist es wohl, wenn man in Stücke bricht.

Ich merke erst, dass er meinen Namen sagt, als er ihn noch zweimal wiederholt hat.

»Was willst du von mir?«, frage ich, erstaunt darüber, wie ruhig ich mich anhöre. »Du kommst ohne meine Erlaubnis in mein Zimmer. Stehst hier und wirfst mir Dinge vor, die ich nicht verstehe. Ich befolge deine Anordnungen, deine Befehle. Wir werden heute Nacht ausrücken, und wir werden den Unterschlupf der Rebellen finden. Du kannst sie dann vernichten.«

»Und dein Mädchen?«, fragt er. Legt den Kopf schief. »Deine Juliette?«

Ich zucke zusammen, als er ihren Namen ausspricht. Mein Puls rast so wild, dass er zu raunen scheint.

»Wie würdest du es finden, wenn du ihr drei Kugeln in den Kopf jagen müsstest?« Er starrt mich an. Beobachtet mich. »Wärst du enttäuscht, weil du dein Lieblingsprojekt aufgeben müsstest? Oder am Boden zerstört, weil du das Mädchen verloren hast, das du liebst?«

Die Zeit scheint sich zu verlangsamen, scheint zu schmelzen.

»Es wäre Verschwendung«, antworte ich und versuche angestrengt, das Zittern in meinem Inneren zu ignorieren, das mich umzuwerfen droht, »etwas zu verlieren, in das ich so viel Zeit investiert habe.«

Er lächelt. »Gut, dass du es so siehst«, sagt er. »Aber Projekte lassen sich ja leicht ersetzen. Und ich bin sicher, dass wir eine bessere, sinnvollere Verwendung für deine Zeit finden werden.«

Ich blinzle langsam. Ein Teil meines Brustkorbs fühlt sich an wie eingestürzt.

»Natürlich«, höre ich mich sagen.

»Ich wusste, dass du das verstehen würdest.« Er schlägt mir auf die verletzte Schulter, als er sich zum Gehen wendet, und ich breche fast zusammen. »War ein guter Versuch, Sohn. Aber dieses Mädchen hat uns zu viel Zeit und Aufwand gekostet und sich dabei als komplett nutzlos erwiesen. So können wir uns diverser lästiger Elemente auf einmal entledigen. Wir betrachten sie einfach als Kollateralschaden.« Er wirft mir noch ein letztes Lächeln zu, bevor er rausmarschiert.

Ich sacke gegen die Wand.

Und sinke zu Boden.

# 21

*Wenn man Tränen zu oft hinunterschluckt, fühlen sie sich wie Säure in der Kehle an.*

*Dieser schreckliche Moment, in dem man so still still still dasitzt ~~weil man nicht beim Weinen ertappt werden will~~ und nicht weinen möchte, aber die Lippen hören nicht auf zu zittern und die Augen sind voll bis zum Rand und ich flehe dich an und bitte und es tut mir leid und bitte und hab Mitleid und vielleicht ist es diesmal anders aber es ist immer gleich. Niemand da, um zu trösten. Niemand an deiner Seite.*

*Zünde eine Kerze für mich an, habe ich immer geflüstert, obwohl mich keiner hörte.*

*Jemand*
*Irgendjemand*
*Falls da jemand ist dort draußen*
*Bitte sagt mir ob ihr die Flamme spürt.*

Wir patrouillieren seit fünf Tagen. Noch immer nichts.

Jede Nacht führe ich die Truppe an, marschiere in die Stille dieser kalten Winterlandschaft. Wir suchen nach verborgenen Gängen, getarnten Zugängen – irgendeinem Hinweis auf eine unterirdische Welt. Und kehren jede Nacht ohne Ergebnis zum Stützpunkt zurück.

Dieses Scheitern der letzten Tage lähmt mich, erstickt mich, hat mich in eine Dumpfheit versetzt, aus der ich mich nicht befreien kann. Jeden Morgen beim Aufwachen suche ich verzweifelt nach einer Lösung für meine selbst verschuldeten Probleme, aber mir fällt nichts ein.

Wenn sie da draußen ist, wird er sie finden. Und töten.

Nur um mir eine Lektion zu erteilen.

Meine einzige Hoffnung besteht darin, dass ich sie vor ihm finde. Oder ihr zur Flucht verhelfen kann. Oder so tun kann, als sei sie bereits tot. Oder vielleicht kann ich ihn davon überzeugen, dass sie anders, besser ist als die anderen; dass man sie deshalb am Leben lassen muss.

Ich komme mir wie ein jämmerlicher Trottel vor.

Bin wieder das kleine Kind, das sich in dunklen Ecken versteckt und betet, dass er mich nicht findet. Dass er heute guter Stimmung ist. Dass meine Mutter diesmal vielleicht nicht schreit.

Wie schnell ich mich in seiner Gegenwart in eine andere Daseinsform zurückverwandle.

Ich fühle mich stumpf.

Führe meine Aufgaben mechanisch aus; sie sind anspruchslos. Bewegen ist nicht schwer. Essen bin ich gewohnt.

Aber ich kann nicht aufhören, ihr Notizheft zu lesen.

Mir tut das Herz weh dabei, aber ich kann nicht damit aufhören. Ich fühle mich, als hämmere ich gegen eine unsichtbare Wand, als sei mein Gesicht mit Plastik bandagiert, und ich kann nicht atmen, nicht sehen, nichts hören außer meinem Herzschlag, der in meinen Ohren pocht.

Ich habe mir nicht viel gewünscht in diesem Leben.

Ich habe niemanden um etwas gebeten.

Und jetzt bitte ich nur um eine zweite Chance. Eine Gelegenheit, Juliette noch einmal zu sehen. Aber wenn mir nicht einfällt, wie ich meinen Vater aufhalten kann, sind diese Worte in ihrem Tagebuch alles, was mir noch von ihr bleibt.

Diese Sätze. Diese Buchstaben.

Dieses Notizheft ist zur Obsession für mich geworden. Ich trage es überall mit mir herum, verbringe jede freie

Minute damit, die Worte zu entziffern, die sie an den Rand gekritzelt hat, Geschichten zu den Zahlen.

Mir ist aufgefallen, dass die letzte Seite fehlt. Sie wurde herausgerissen.

Ich frage mich, weshalb. Habe das Heft zigmal durchgesehen und nach anderen Stellen gesucht, an denen Seiten fehlen, aber es gibt keine. Ich fühle mich betrogen, weil mir ein Teil fehlt, weil mir etwas entgangen ist. Es ist nicht mein Tagebuch, und eigentlich geht es mich gar nichts an. Aber ich habe die Texte so oft gelesen, dass sie mir inzwischen wie meine eigenen vorkommen. Ich kann sie auswendig.

Es ist seltsam, sich in Juliettes Kopf aufzuhalten, ohne sie sehen zu können. Ich spüre sie dann direkt vor mir. Ich habe das Gefühl, sie jetzt so genau zu kennen, dass ich mich in ihren Gedanken geborgen fühle, willkommen. Verstanden. Und das Gefühl ist so intensiv, dass ich manchmal vergesse, wer mich in den Arm geschossen hat.

Ich vergesse auch fast, dass sie mich immer noch hasst, so sehr ich ihr auch verfallen bin.

Und das bin ich.

Mit Haut und Haaren.

In meinem ganzen Leben habe ich so etwas noch nie empfunden. Ich kenne Scham und Feigheit, Schwäche und Kraft. Ich kenne Grauen und Gleichgültigkeit, Selbsthass und Lebensekel. Ich habe Dinge gesehen, die ich nicht mehr aus meinem Kopf löschen kann.

Und dennoch war nichts so schlimm wie dieses grauenhafte, entsetzliche, lähmende Gefühl. Ich fühle mich verwundet. Verzweifelt und verworren. Und es wird schlimmer. Tag für Tag fühle ich mich krank. Schmerzhaft leer.

Die Liebe ist ein herzloser, tückischer Bastard.

Ich treibe mich selbst in den Wahnsinn.

Ich sinke auf mein Bett, in voller Montur. Mit Mantel, Stiefeln, Handschuhen. Bin zu müde, um mich ausziehen. Diese nächtlichen Patrouillen lassen mir kaum Zeit zum Schlafen. Ich bin in einem Dauerzustand von Erschöpfung.

Mein Kopf landet auf dem Kissen, und ich blinzle einmal. Zweimal.

Sacke weg.

# 22

»Nein«, höre ich mich selbst sagen. »Du kannst nicht hier sein.«

Sie liegt auf meinem Bett. Auf die Ellbogen gestützt, die Beine ausgestreckt und an den Knöcheln überschlagen. Und während ein Teil von mir begreift, dass dies ein Traum sein muss, wehrt sich ein anderer Teil nach Kräften, das zu akzeptieren. Ein Teil von mir möchte unbedingt glauben, dass sie hier ist, nur eine Handbreit von mir entfernt, in diesem engen schwarzen Minikleid, das an den Schenkeln hochrutscht. Doch alles sieht anders aus als in Wirklichkeit, sonderbar leuchtend; die Farben sind irritierend. Ihre Lippen sind zu extrem rosafarben, ihre Augen wirken größer und dunkler. Sie trägt Schuhe, die sie niemals anziehen würde. Und was am seltsamsten ist: Sie lächelt mich an.

»Hi«, flüstert sie.

Nur ein einziges Wort, doch mein Herz beginnt sofort zu rasen. Ich rücke hastig von ihr ab, stoße mich fast am Kopfbrett, und merke plötzlich, dass meine Schulter nicht mehr verletzt ist. Ich blicke an mir herunter. Beide Arme sind gesund. Ich trage nur ein weißes T-Shirt und eine Unterhose.

Sie geht auf alle viere, kriecht zu mir herüber. Klettert auf meinen Schoß, umfasst meine Taille mit den Beinen. Mein Atem ist viel zu schnell.

Ihre Lippen streifen mein Ohr. »Küss mich«, haucht sie.

»Juliette –«

»Ich habe so einen weiten Weg hinter mir.« Sie lächelt mich noch immer an. Ein seltenes Lächeln, das mir bislang nicht zuteilwurde. Doch irgendwie ist sie jetzt gerade für mich da. Und sie ist vollkommen, und sie begehrt mich, und ich werde mich nicht dagegen wehren.

Ich will mich nicht wehren.

Sie zieht mir das T-Shirt aus, wirft es auf den Boden. Beugt sich vor und küsst meinen Hals. Nur ein Mal, ganz langsam. Mir fallen die Augen zu.

Es gibt nicht genügend Worte auf dieser Welt, um meine Gefühle zu beschreiben.

Ihre Hände gleiten über meine Brust, meinen Bauch; ihre Finger streichen am Rand meiner Unterhose entlang. Ihr Kopf sinkt nach vorne, streift meine Haut, und ich muss die Hände zu Fäusten ballen, um nicht nach ihr zu greifen.

Jeder Nerv in meinem Körper vibriert. In meinem ganzen Leben habe ich mich noch nie so lebendig und begierig gefühlt, und wenn Juliette meine Gedanken hören könnte, würde sie wahrscheinlich zur Tür hinauslaufen und nie mehr wiederkommen.

Denn ich will sie.

Jetzt.

Hier.

Überall.

Nichts soll zwischen uns sein.

Ich will sie nackt, im Licht, ich will sie betrachten. Ich will ihr das Kleid ausziehen und sie studieren. Ich muss sie einfach anstarren; will sie kennenlernen, jedes Detail ihres Körpers: die Linie ihrer Nase, den Schwung ihrer Lippen, die Rundung ihres Kinns. Ich will die weiche Haut an ihrem Hals streicheln und alles andere. Ich will sie auf mir fühlen, will fühlen, wie sie mich umschlingt.

Ich wüsste nicht, weshalb das nicht wahr und real sein sollte. Kann nur daran denken, dass sie auf meinem Schoß sitzt, meine Brust berührt, mir in die Augen starrt, als könne sie mich wahrhaftig lieben.

Ich beginne mich zu fragen, ob ich vielleicht tot bin.

Aber als ich mich aufrichten will, greift sie lächelnd hinter sich, ohne den Blick abzuwenden. »Keine Sorge«, flüstert sie. »Gleich ist es vorbei.«

Ihre Worte kommen mir so seltsam vertraut vor. »Wie meinst du das?«

»Nicht mehr lange. Dann gehe ich wieder.«

»Nein.« Ich blinzle hastig, greife nach ihr. »Nein, geh nicht – wo willst du hin …«

»Es wird dir gut gehen«, sagt sie. »Das verspreche ich dir.«

»*Nein …*«

Aber jetzt hält sie eine Pistole in der Hand.

Und richtet sie auf mein Herz.

# 23

*Nur diese Buchstaben sind mir geblieben.*

*26 Freunde, denen ich meine Geschichten erzählen will.*

*26 Buchstaben, mehr brauche ich nicht. Ich kann sie zusammennähen und Ozeane und Ökosysteme daraus erschaffen. Ich kann sie zusammenfügen und Planeten und Sonnensysteme daraus formen. Mit Buchstaben kann ich Wolkenkratzer und Metropolen erbauen, mitsamt Menschen, Orten, Dingen und Ideen, die realer für mich sind als diese 4 Wände.*

*Nur Buchstaben brauche ich zum Leben. Ohne sie würde ich nicht existieren.*

*Denn diese Worte, die ich hier schreibe, sind der einzige Beweis dafür, dass ich noch lebe.*

Heute Morgen ist es extrem kalt.

Ich hatte meine Truppe heute früh zu einer Runde in den Siedlungen abkommandiert, um zu erkunden, ob uns dort vielleicht Bewohner als verdächtig oder fehl am Platz erscheinen würden. Ich frage mich allmählich, ob Kent und Yamamoto sich vielleicht in der Zivilbevölkerung versteckt halten. Sie müssten schließlich Zugang zu Wasser und Lebensmitteln haben und deshalb in Kontakt mit der Gesellschaft stehen; unter der Erde kann man nichts anbauen. Doch das sind natürlich nur Spekulationen. Vielleicht haben die auch jemanden, der Essen aus Luft erzeugen kann.

Ich weise meine Männer an, sich zu zerstreuen und unauffällig zu bleiben. Sie sollen im Geheimen beobachten und mir dann berichten.

Als sie verschwunden sind, bin ich alleine mit meinen Gedanken. Die ein gefahrenreicher Ort sind.

Ich schließe die Augen, streiche mir übers Gesicht, lasse die Fingerspitzen auf den Lippen ruhen. Ich hatte Juliette wirklich *gefühlt*. Allein der Gedanke an sie bringt mein Herz wieder zum Toben. Ich weiß gar nicht, was ich tun soll, wenn ich weiterhin diese intensiven Träume von ihr habe. Dann bin ich in Kürze komplett unbrauchbar.

Ich hole tief Luft und zwinge mich zur Konzentration. Sehe mich um. Mein Blick verweilt unwillkürlich bei den herumrennenden Kindern. Sie wirken so lebhaft und ungezwungen. Seltsamerweise macht es mich traurig, dass es ihnen gelingt, unter diesen Umständen glücklich zu sein. Sie haben keine Ahnung, was ihnen entgangen ist – wie die Welt früher einmal war.

Etwas stößt an meine Waden.

Ich höre ein eigenartiges, mühsames Keuchen und drehe mich um.

Ein Hund.

Ein halb verhungerter, erschöpfter Hund, so dürr und knochig, dass ein heftiger Windstoß ihn wohl umpusten könnte. Doch der Hund starrt mich an. Furchtlos. Mit offenem Maul und heraushängender Zunge.

Ich würde am liebsten laut lachen.

Schaue mich rasch um, dann nehme ich den Hund auf die Arme. Ich muss meinem Vater nicht noch mehr Gründe liefern, mich zu schmähen, und ich kann mich nicht darauf verlassen, dass meine Soldaten ihn nicht darüber informieren würden.

Dass ich mit einem Hund gespielt habe.

Ich höre schon förmlich, was mein Vater dazu sagen würde.

Ich trage das winselnde Wesen zu einem Containerblock, in dem sich niemand aufhält – ich habe gesehen, wie alle drei Familien zur Arbeit aufbrachen –, und ducke mich hinter einen Zaun. Der Hund ist offenbar schlau genug, um zu merken, dass er jetzt lieber nicht bellen sollte.

Ich setzte ihn ab, ziehe meinen Handschuh aus und hole das Gebäck aus der Tasche, das ich mir vom Frühstück mitgenommen hatte; wir waren so früh aufgebrochen, dass keine Zeit zum Essen blieb. Und obwohl ich keine Ahnung habe, was Hunde eigentlich fressen, halte ich dem Tier das Gebäck hin.

Der Hund beißt mir fast die Hand ab.

Schlingt das Plunderstück mit zwei Bissen hinunter und leckt mir dann die Finger ab. Drängt sich an mich, als wolle er in meinen Mantel kriechen. Ich unterdrücke das Lachen nicht, das aus meiner Kehle kommt; ich will es freilassen. Seit Ewigkeiten habe ich nicht mehr gelacht. Und ich staune unwillkürlich über die Macht, die so ein kleines ahnungsloses Tier über uns Menschen haben kann; so leicht reißen sie unsere Mauern nieder.

Ich streiche über das räudige Fell, spüre die hervorstehenden Knochen. Der Hund scheint seinen erbärmlichen Zustand gar nicht zu bemerken, jedenfalls im Moment nicht. Er wedelt wie wild mit dem Schwanz und verrenkt den Hals, um mir ins Gesicht zu schauen. Ich bedaure es schon, dass ich die anderen Plunderstücke von heute früh nicht auch noch eingesteckt habe.

Etwas knackt.

Ich höre ein Keuchen.

Ich fahre hoch, drehe mich um. Halte nach der Ursache des Geräuschs Ausschau. Es war ganz in der Nähe. Jemand hat mich gesehen. Jemand –

Eine Zivilistin.

»Hey!«, schreie ich. »Sie da –«

Sie schaut auf.

Ich breche fast zusammen.

*Juliette.*

Sie starrt mich an. Sie ist tatsächlich hier, starrt mich mit aufgerissenen Augen panisch an. Meine Beine sind plötzlich bleischwer. Ich bin am Boden festgewachsen und kann keine Worte mehr bilden. Ich weiß nicht einmal, wie ich es versuchen soll. So vieles will ich ihr sagen, so vieles, das ich ihr nie erzählt habe, und ich freue mich so sehr, sie zu sehen – Gott, ich bin so *erleichtert* –

Sie ist verschwunden.

Ich blicke wild um mich, frage mich, ob ich jetzt endgültig den Verstand verliere. Der Hund sitzt immer noch da, wartet, und ich starre ihn fassungslos an. Verstehe nicht, was um alles in der Welt gerade passiert ist. Ich starre wieder auf die Stelle, an der ich Juliette gesehen habe, aber da ist nichts.

Nichts.

Ich streiche mir durch die Haare, so verwirrt, so verstört und wütend auf mich selbst, dass ich sie mir am liebsten ausreißen würde.

*Was geschieht mit mir.*

TAHEREH MAFI

# FRACTURE ME

»Fracture Me« knüpft direkt an die Ereignisse von »Unravel Me« an.

*In Omega Point laufen die Vorbereitungen zum Angriff auf das Reestablishment. Doch Adams Gedanken sind nicht bei der bevorstehenden Schlacht …*

# 1

»Addie? Wach auf, Addie. *Addie* –«

Ich drehe mich grunzend um und reibe mir die Augen. Es ist viel zu früh für so einen Scheiß.

»Addie –«

Schlaftrunken packe ich James und ziehe ihm meine Bettdecke über den Kopf. Er kreischt, und ich lache und wickle ihn so fest ein, dass er sich nicht mehr befreien kann.

»Lass mich raaaaauuuuus!«, zetert er und haut mit den Fäusten gegen die Decke. »Lass mich raus, Addie –«

»Hey – wie oft hab ich dir schon gesagt, dass du mich nicht so nennen sollst?«

James versucht mich zu boxen, aber ich halte ihn in eisernem Klammergriff. Er schreit und zappelt wie wild.

»Du bist so fies«, jammert er. »Wenn Kenji hier wäre, würde er –«

Ich erstarre, und James merkt es. Er hört auf, sich zu wehren, und ich lasse ihn los. Dann wühlt er sich unter der Decke hervor, und wir schauen uns an.

James blinzelt und beißt sich auf die zitternde Unterlippe. »Weißt du, ob es ihm besser geht?«

Ich schüttle den Kopf.

Kenji ist noch immer auf der Krankenstation. Bislang weiß niemand genau, was passiert ist, aber es gibt Gerüchte.

Ich sehe zur Wand. James redet weiter, aber ich bin zu abgelenkt, um ihm zuzuhören.

Es fällt mir schwer zu glauben, dass Juliette jemanden so schlimm verletzen würde.

»Alle behaupten, er ist weg«, sagt James jetzt.

»Was?« Ich starre James beunruhigt an. »Wie denn das?«

James zuckt die Achseln. »Keine Ahnung. Ist wohl aus seinem Zimmer verschwunden.«

»Wovon redest du? Wie soll das gehen?«

James zuckt wieder die Achseln. »Vielleicht wollte er einfach nicht mehr da drin sein.«

»Aber – wie?« Ich runzle verwirrt die Stirn. »Geht es ihm besser? Hat dir jemand erzählt, dass er sich erholt hat?«

James sieht verwundert aus. »Willst du denn, dass es ihm besser geht? Ich hab gedacht, du magst ihn nicht.«

Ich seufze. Streiche mir durch die Haare. »Doch, natürlich mag ich ihn. Klar, wir verstehen uns nicht immer gut, aber wir leben ja hier auch alle auf engem Raum zusammen, und wenn er dauernd seine Meinung rausposaunen muss –«

James wirft mir einen seltsamen Blick zu. »Dann … dann willst du ihn gar nicht umbringen? Du sagst doch immer, dass du ihn umbringen willst.«

»So was mein ich doch nicht ernst.« Ich bemühe mich, nicht die Augen zu verdrehen. »Wir sind doch schon seit Ewigkeiten Freunde. Ich mache mir furchtbare Sorgen um ihn.«

»Okay«, sagt James zögernd. »Du bist echt komisch, Addie.«

Ich muss lachen. »Wieso bin ich denn komisch? Und nun hör endlich auf, mich Addie zu nennen, du weißt doch ganz genau, dass ich das nicht ausstehen kann –«

»Ja, aber ich weiß immer noch nicht, warum«, fällt James mir ins Wort. »Mom hat dich doch auch immer Addie genannt –«

»Ja, aber Mom ist tot, oder?« Meine Stimme klingt scharf, und ich habe unwillkürlich die Hände zu Fäusten geballt. Als ich James' Miene sehe, bedaure ich meine Reaktion sofort. Lasse die Hände locker. Hole tief Luft.

James schluckt schwer. »Tut mir leid«, sagt er leise.

Ich nicke und wende den Blick ab. »Ja. Mir tut's auch leid.« Ich ziehe mir ein T-Shirt über. »Kenji ist also weg, wie? Ich kann nicht fassen, dass er einfach so davonläuft –«

»Wieso sollte Kenji weg sein?«, fragt James. »Du hast doch grade gesagt, dass du nicht weißt, wie es ihm –«

»Aber du hast doch gesagt –«

Ich verstumme. Wir starren uns an.

James spricht als Erster. »Ich hab gesagt, dass *Warner* weg ist. Er ist scheinbar letzte Nacht davongelaufen.«

Ich könnte schon ausrasten vor Wut, sobald ich auch nur den Namen höre. »Du bleibst hier«, sage ich zu James und schnappe mir meine Stiefel.

»Aber –«

»Rühr dich nicht von der Stelle, bis ich wieder da bin!«, schreie ich, bevor ich zur Tür rausrase.

Dieser Dreckskerl. Ich kann es nicht glauben.

Ich hämmere an Castles Tür, als Ian den Gang entlangkommt.

»Er ist nicht drin«, sagt Ian.

Ich packe ihn am Arm. »Stimmt es, dass Warner weg ist?«

Ian seufzt. Bleibt stehen und steckt die Hände in die Hosentaschen. Schließlich nickt er.

Ich würde am liebsten mit der Faust die Wand durchschlagen.

»Muss mich fertigmachen«, sagt Ian und reißt sich los. »Du solltest dich auch ranhalten. Wir brechen nach dem Frühstück auf.«

»Das kann doch nicht wahr sein«, erwidere ich. »Trotz dieser Scheiße sollen wir immer noch kämpfen?«

»Was denn sonst«, faucht Ian mich an. »Du weißt doch, dass wir nicht warten können. Der Oberste Befehlshaber wird den geplanten Angriff auf die Zivilisten bestimmt nicht verschieben. Es gibt kein Zurück mehr.«

»Aber was ist mit Warner? Sollen wir denn nicht nach ihm suchen?«

Ian zuckt die Achseln. »Können wir beim Kampf gleich mit erledigen.«

»Großer Gott.« Ich bin so rasend wütend, dass ich kaum noch klar sehen kann. »Ich könnte Castle umbringen, weil er es dazu hat kommen lassen – weil er den Typen zu gut behandelt hat –«

»Reiß dich zusammen, Mann«, entgegnet Ian. »Wir haben jetzt andere Probleme. Und hey –«, er packt mich an den Schultern und schaut mir ins Gesicht, »du bist nicht der Einzige, der sauer auf Castle ist. Aber für so was haben wir jetzt keine Zeit.«

Ich schüttle ihn ab, werfe ihm einen finsteren Blick zu und stürme den Gang entlang.

Als ich unser Zimmer wieder betrete, antworte ich nur knapp auf James' erste Fragen, weil ich immer noch so wütend bin, dass ich nicht sprechen möchte. James kümmert sich nicht darum und fragt hartnäckig weiter, während ich mir die Holster umschnalle und meine Waffen anlege.

»Was hat er denn gesagt?«, fragt James. »Wegen Warner?«

Ich ziehe meine Hose zurecht, schnüre meine Stiefel zu.

»Adam.« James tippt mir auf den Arm. »Wusste Ian, wo Castle ist?« Er zupft an meinem Ärmel. »Hat Ian dir gesagt, wann ihr heute aufbrechen müsst?« Weiteres Zupfen. »Adam, wann musst du –«

Ich packe James, der kreischend protestiert, trage ihn durchs Zimmer und stelle ihn in die Ecke.

»*Addie* –«

Ich werfe ihm eine Decke über den Kopf.

Er schreit und versucht sich zu befreien. Als er die Decke endlich abschütteln kann, ist er krebsrot im Gesicht und fuchsteufelswild.

Ich muss unwillkürlich lachen.

James ist stinksauer und schreit: »Kenji hat gesagt, ich hab genauso ein Recht darauf zu erfahren, was hier unten vorgeht, wie alle anderen auch! Kenji ist nie böse, wenn ich ihm Fragen stelle. Er spricht immer mit mir, und er ist nie fies zu mir, und ich kann es n-nicht ausstehen, wenn du mich a-auslachst –«

James' Stimme klingt erstickt, und erst als er verstummt, schaue ich auf und bemerke die Tränen, die ihm übers Gesicht laufen.

»Hey«, sage ich und gehe rasch wieder zu ihm. »Hey, hey.« Ich fasse ihn an den Schultern und gehe vor ihm in die Hocke. »Was ist denn los? Wieso weinst du? Was ist passiert?«

»Du gehst weg«, schluchzt James.

»Ach, jetzt komm schon.« Ich seufze. »Das hast du doch schon gewusst! Weißt du nicht mehr, wie wir darüber gesprochen haben?«

»Du wirst sterben.« James kann kaum sprechen vor Schluchzen.

Ich ziehe eine Augenbraue hoch und schaue ihn an. »Ich wusste gar nicht, dass du jetzt die Zukunft vorhersagen kannst.«

»Addie –«

»*Hey* –«

»Wenn andere dabei sind, sag ich nie Addie zu dir!«, protestiert James, bevor ich ihn wieder ermahnen kann. »Und ich weiß auch nicht, weshalb du immer so sauer wirst. Du hast gesagt, wenn Mom dich so genannt hat, hast du das gut gefunden. Wieso darf ich es dann nicht?«

Ich seufze wieder, richte mich auf und wuschle James durchs Haar. Er gibt ein ersticktes Knurren von sich und weicht aus. »Was ist denn bloß los?«, frage ich, kremple mein Hosenbein auf und stecke eine halbautomatische Pistole in meinen Wadenholster. »Ich bin schon so lange Soldat, du kennst das doch alles. Was ist denn nun plötzlich anders?«

James bleibt zu lange stumm, und ich schaue auf.

»Ich will mitkommen«, sagt er und wischt sich zittrig die Nase ab. »Ich will auch kämpfen.«

Ich erstarre. »Dieses Gespräch werde ich nicht noch mal mit dir führen.«

»Aber Kenji hat gesagt –«

»Es ist mir scheißegal, was Kenji gesagt hat! Du bist ein zehnjähriges *Kind*«, erwidere ich. »Du wirst nicht in irgendeinem Krieg kämpfen. Du wirst nicht auf irgendeinem Schlachtfeld herumwandern. Hast du das verstanden?«

James schaut mich trotzig an.

»Ich sagte: *Hast du das verstanden?*« Ich marschiere zu ihm und packe seine Arme.

James zuckt zusammen. »Ja«, flüstert er.

»Ja, *was?*«

»Ja, Sir«, sagt er und blickt zu Boden.

Ich bin so entnervt, dass ich beinahe keuche. »Nie wieder«, sage ich jetzt leise. »Dieses Gespräch führen wir nie wieder. Niemals.«

»Ist gut, Addie.«

Ich schlucke schwer.

»Tut mir leid, Addie.«

»Zieh deine Schuhe an.« Ich wende mich abrupt ab. »Es gibt Frühstück.«

# 2

»Hi.«

Juliette steht neben meinem Tisch und schaut mich so nervös an, als begrüße sie mich zum allerersten Mal.

»Hey«, sage ich.

Allein ihr Anblick löst ein schmerzhaftes Ziehen in meiner Brust aus, aber ich weiß eigentlich nicht mehr, was da überhaupt noch zwischen uns ist. Ich hatte ihr versprochen, dass ich das alles hinkriegen würde, und habe auch wirklich richtig hart trainiert. Aber ich muss mir selbst eingestehen, dass ich seit gestern Abend ziemlich verstört bin. Sie zu berühren ist weitaus gefährlicher, als ich vermutet hatte.

Sie hätte Kenji umbringen können. Und ich weiß noch immer nicht, ob sie es nicht tatsächlich getan hat.

Trotz allem wünsche ich mir immer noch eine gemeinsame Zukunft mit Juliette. Möchte mir vorstellen, dass wir eines Tages irgendwo gemeinsam in Ruhe und Frieden leben können. Diesen Traum bin ich noch nicht bereit aufzugeben. Bin noch nicht bereit, *uns* aufzugeben.

Ich weise mit dem Kopf auf den leeren Platz mir gegenüber. »Möchtest du dich setzen?«

Sie tut es.

Schweigend stochern wir in unserem Essen. Normalerweise essen wir jeden Morgen das Gleiche: einen Löffel Reis, eine Schale Gemüsebrühe, einen Kanten hartes Brot und, an guten Tagen, ein Schälchen Pudding. Nicht die Welt, aber wir werden satt davon und sind auch dankbar dafür. Aber heute scheinen wir beide keinen Appetit zu haben.

Und keine Stimme.

Ich seufze und schaue beiseite. Keine Ahnung, warum es mir heute Morgen so schwer fällt, mit Juliette zu sprechen. Vielleicht liegt es daran, dass Kenji nicht bei uns ist – aber irgendwie fühlt sich in letzter Zeit ohnehin alles anders an zwischen uns. Ich sehne mich danach, mit Juliette zusammen zu sein, doch zugleich spüre ich stärker denn je, wie gefährlich das ist. Von Tag zu Tag werden wir uns fremder. Und je mehr ich sie festhalten will, desto mehr scheint sie mir auszuweichen.

Ich wünschte, James würde sich endlich zu uns setzen. Als ich Ausschau nach ihm halte, sehe ich ihn mit einer Gruppe von Freunden reden. Ich versuche ihn herüberzuwinken, aber er lacht gerade über etwas und achtet gar nicht auf mich. James ist wirklich ein erstaunlicher Junge. Er ist freundlich und umgänglich und hat hier gleich Anschluss gefunden. Ich frage mich manchmal, woher er diese Eigenschaften hat; ich bin ganz anders. Er ist offen für andere Menschen, ich dagegen bin total verschlossen und halte mir die meisten Leute vom Hals.

Juliette ist die einzige echte Ausnahme von dieser Regel.

Ich schaue sie an. Ihre Augen sind gerötet, und sie sieht wachsam und zugleich total übermüdet aus. Sie schaut unruhig im Saal umher, kann nicht still sitzen, tappt nervös mit dem Fuß, und ihre Hände zittern.

»Hey, alles in Ordnung mit dir?«, frage ich sie.

»Ja, klar«, sagt sie schnell, schüttelt dabei aber den Kopf.

»Hast du, ähm, genug geschlafen letzte Nacht?«

»Ja«, sagt sie mehrmals. Das macht sie des Öfteren – ein Wort wiederholen. Ich bin mir nicht sicher, ob sie es selbst bemerkt.

»Hast du gut geschlafen?«, fragt sie mich, trommelt dabei mit den Fingern auf den Tisch, dann auf ihren Arm. Schaut mich nicht an. Ohne meine Antwort abzuwarten, fragt sie dann: »Hast du schon irgendwas von Kenji gehört?«

Jetzt verstehe ich.

Natürlich ist nicht alles in Ordnung. Natürlich hat sie nicht genug geschlafen. Sie hat gestern Abend beinahe einen ihrer engsten Freunde getötet. Und dabei hatte sie gerade angefangen, Vertrauen zu sich selbst zu entwickeln und sich selbst nicht mehr zu fürchten. Jetzt kann sie wieder von vorne anfangen. Scheiße. Es tut mir fast leid, dass ich mich nach ihrem Zustand erkundigt habe.

»Nein, noch nicht«, antworte ich, spreche aber sofort weiter, um möglichst schnell das Thema wechseln zu können. »Ich hab gehört, dass die Leute stinksauer sind auf Castle, wegen dieser Sache mit Warner.« Ich räuspere mich. »Hast du mitbekommen, dass er verschwunden ist?«

Juliette lässt ihren Löffel fallen.

Er fällt klirrend zu Boden, aber sie scheint es nicht einmal zu bemerken. »Ja«, sagt sie leise. Schaut blinzelnd auf ihre Tasse, faltet nervös ihre Serviette. »Alle reden darüber. Weiß man, wie er entkommen konnte?«

»Ich glaube nicht.« Ich betrachte sie stirnrunzelnd.

»Oh.« Auch das wiederholt sie ein paar Mal.

Sie hört sich seltsam an. Irgendwie sogar total verängstigt. Juliette war immer schon anders als andere Menschen – als ich sie in der Zelle wiedersah, kam sie mir vor wie ein völlig verschrecktes Kätzchen –, aber in den letzten Monaten hatte sie Fortschritte gemacht. Nachdem sie begonnen hatte, mir zu vertrauen, wurde sie offener, sprach (und aß) mehr und war manchmal sogar fast ein bisschen kokett. Ich fand es wunderbar, zu beobachten, wie sie auflebte und zu sich selbst fand. Und ich war gerne mit ihr zusammen.

Diese Sache mit Kenji hat sie wohl ziemlich zurückgeworfen.

Ich merke, dass sie nicht richtig bei sich ist – ihr Blick ist verschwommen, und ihre Bewegungen wirken mechanisch. Das kenne ich schon an ihr. Es kommt mir dann immer vor, als verkrieche sie sich in einen Winkel ihres Gehirns und denke dort über etwas nach, worüber sie niemals sprechen wird. Im Moment verhält sie sich fast wie früher; sie isst den kalten Reis auf ihrem Teller Korn für Korn und zählt dabei leise vor sich hin.

Als ich sie gerade wieder ansprechen will, kommt James endlich an den Tisch. Ich stehe abrupt auf, dankbar für die Chance, dem unbehaglichen Schweigen zu entkommen. »Hey, James – lass uns mal eben ordentlich voneinander verabschieden, ja?«

»Oh«, sagt James und stellt sein Tablett auf den Tisch. »Ja, klar.« Er wirft einen Blick auf Juliette, die auf einem Reiskorn herumkaut.

»Hi«, sagt er zu ihr.

Juliette blinzelt ein paar Mal, und als sie James wahrnimmt, erscheint ein strahlendes Lächeln auf ihrem Gesicht. Wenn sie lächelt, ist sie ganz anders. Und in diesen Momenten spüre ich immer dieses schmerzhafte Reißen in mir.

»Hi«, erwidert sie und sieht plötzlich regelrecht glücklich aus. »Wie geht's dir? Hast du gut geschlafen? Möchtest du dich zu mir setzen? Ich esse grade Reis – magst du auch ein bisschen?«

James läuft rot an. Er würde vermutlich seine eigenen Haare essen, wenn Juliette ihn darum bitten würde. Ich verdrehe die Augen, ziehe James mit mir und sage Juliette, dass wir gleich wiederkommen.

Sie nickt. Als wir weggehen, schaue ich noch mal über die Schulter; Juliette scheint nichts dagegen zu haben, ein Weilchen alleine zu sein. Sie will etwas auf ihrem Teller aufspießen, aber es scheint ihr nicht zu gelingen.

Ich ziehe James in eine stille Ecke des Speisesaals.

# 3

»Was ist los? Warum willst du mit mir alleine reden?« James scheint sich zu einer Art Fragemaschine entwickelt zu haben. »Ist alles okay? Kannst du Juliette sagen, sie soll mein Frühstück nicht aufessen?« Er versucht an mir vorbeizuspähen. »Manchmal futtert sie meinen Pudding.«

»Hey«, sage ich und halte James an den Schultern fest. »Schau mich an.«

Er blickt zu mir auf. »Was ist denn, Addie?« Forschend betrachtet er mein Gesicht. »Du wirst nicht wirklich sterben, oder?«

»Ich weiß es nicht«, antworte ich. »Versprechen kann ich es nicht.«

»Sag das nicht.« James blickt zu Boden. »Sag das nicht. Das ist nicht nett von dir, so was zu sagen.«

»James.«

Er hebt zögernd den Kopf und sieht mich an.

Ich gehe in die Hocke und ziehe ihn an mich, lege meine Stirn an die seine. Beide starren wir auf den Boden, und ich höre unsere Herzen pochen.

»Ich liebe dich«, sage ich schließlich. »Das weißt du, oder? Du bist das Wichtigste in meinem Leben. Ich sorge für dich, bin für dich da, beschütze dich.«

James nickt.

»Du kommst an allererster Stelle«, fahre ich fort. »Alle anderen sind weniger wichtig als du. Und das wird sich niemals ändern. Hast du das verstanden?«

James nickt wieder. Eine Träne tropft zwischen uns auf den Boden. »Hab ich, Addie.«

»Komm her«, sage ich und nehme ihn fest in die Arme. »Alles wird gut.«

James umklammert mich, verhält sich seit langer Zeit endlich wieder einmal wie ein richtiges Kind, und ich bin froh darüber. Ich mache mir oft Sorgen, dass er in dieser miesen Welt zu schnell erwachsen werden muss. Und obwohl ich weiß, dass ich ihn vor all dem nicht beschützen kann, versuche ich es dennoch. Solange ich denken kann, ist James die einzige Konstante in meinem Leben; würde ihm etwas zustoßen, würde ich zugrunde gehen, glaube ich.

Niemals werde ich jemanden so sehr lieben wie dieses Kind.

# 4

Nach dem Frühstück ist der Speisesaal fast menschenleer. James musste sich mit den anderen Kindern – und den älteren Menschen – im Schutzraum einfinden, und alle anderen machen sich bereit zum Aufbruch. Einige Familien verabschieden sich noch voneinander. Juliette und ich vermeiden es seit einigen Minuten, uns anzusehen. Sie betrachtet ihre Finger, als wolle sie überprüfen, ob sie noch alle da sind.

»Verdammt. Ist jemand gestorben?«

Teufel noch mal. Diese Stimme. Dieses Gesicht.

Ausgeschlossen.

»Scheiße noch mal. Das kann doch nicht wahr sein«, entfährt es mir.

»Ich freu mich auch, dich zu sehen, Kent.« Kenji grinst schief und nickt mir zu. Er sieht grauenhaft aus. Bleich, rote Augen, und seine Hände zittern, als er sich am Tisch festhält. Und ich stelle schockiert fest, dass er in voller Montur vor uns steht – als wolle er mit uns in den Kampf ziehen. »Bereit für die große Keilerei heute?«

Mir hat es vorerst die Sprache verschlagen, und ich starre ihn fassungslos an. Juliette dagegen stupst ihn ein bisschen an – kumpelhaft, als wolle sie ihn gleich umarmen, aber dennoch. Au weia.

Das war wohl ein bisschen verfrüht.

»Hey – schönen Dank auch, ja – das ist – ähm –« Kenji räuspert sich. Er versucht höflich zu sein, aber er weicht willkürlich zurück, was Juliette nicht entgeht. Sie wird bleich und starrt ihn an. Dann verbirgt sie die Hände hinter dem Rücken, obwohl sie ihre Handschuhe trägt. Kenji ist jetzt sicherlich nicht in Gefahr, aber ich kann seine Reaktion gut verstehen.

Der Bursche ist immerhin um ein Haar gestorben. Er hat im selben Moment wie Juliette versucht, Warner und mich auseinanderzudrängen, und ging dabei sofort zu Boden. Es war absolut unheimlich. Und ich weiß zwar, dass Juliette ihm das bestimmt nicht absichtlich angetan hat, aber es gibt keine andere Erklärung. Sie muss die Ursache gewesen sein.

»Öm, wär vielleicht gar nicht schlecht, wenn du mich mal ein Weilchen nicht anfassen würdest.« Kenji versucht wieder zu lächeln, um die Bemerkung harmlos klingen zu lassen. Vergeblich. »Ich bin noch nicht allzu sicher auf den Beinen.«

Juliette sieht so verstört aus, dass es mir fast das Herz bricht. Sie strengt sich so sehr an, alles richtig zu machen, mit diesem ganzen Mist zurecht zu kommen – aber manchmal scheint es fast, als wollte die Welt das nicht zulassen. Immer wieder schmeißt sie ihr neue Herausforderungen vor die Füße, und immer wieder scheitert Juliette. Das macht mich völlig fertig.

Ich muss etwas sagen.

»Sie kann nichts dafür«, sage ich zu Kenji, blicke ihn scharf an und bedeute ihm dabei stumm: *Lass sie in Ruhe.* »Du weißt, dass sie dich gar nicht angefasst hat.«

»So genau weiß ich das nicht, nein«, erwidert Kenji, anstatt das Thema zu wechseln. »Und ich gebe ihr ja auch keine Schuld – ich sage nur, dass sie vielleicht projiziert, ohne es zu wissen. Denn ich wüsste nicht, welche Erklärung es sonst geben könnte für den gestrigen Abend. Du hast jedenfalls nichts damit zu tun«, sagt er zu mir, »und dass Warner Juliette berühren kann, könnte auch reiner Zufall sein. Wir wissen nicht genug über ihn.« Er hält inne. »Oder hat Warner einen magischen Hasen aus seinem Arsch hervorgezaubert, während ich gestern Nacht damit beschäftigt war, tot zu sein?«

Ich runzle finster die Stirn. Wende den Blick ab.

»Genau. Dachte ich mir schon.« Er sieht Juliette an. »Deshalb halte ich es für am besten, mich von dir fernzuhalten, solange keine dringende Notwendigkeit besteht. Okay? Du bist nicht beleidigt, oder? Ich meine, ich bin ja wirklich fast gestorben. Da könntest du schon ein bisschen nachsichtig sein.«

»Ja, klar«, sagt Juliette leise. Sie versucht zu lachen, aber es hört sich furchtbar falsch an. Ich wünschte, ich könnte sie in den Arm nehmen. Ich möchte sie beschützen, möchte mich um sie kümmern – aber das scheint nun alles nicht mehr möglich zu sein.

»Also gut«, sagt Kenji. »Wann geht's los?«

Ich horche auf.

»Du bist doch vollkommen irre«, sage ich zu ihm. »Du gehst nirgendwo hin.«

»Und ob.«

»Du kannst dich doch kaum auf den Beinen halten!«

»Lieber sterbe ich da draußen als hier herumzuhocken wie ein Idiot.«

»Kenji –«, sagt Juliette jetzt.

»Hey, ich hab da ein sehr lautes Raunen gehört, dass Warner sich gestern Nacht von hier verpisst hat.« Kenji schaut von einem zum anderen. »Was ist da dran?«

»Ja«, sage ich und merke, wie ich wieder wütend werde. »Ich hielt es gleich für eine schlechte Idee, ihn hier als Geisel zu halten. Und für eine noch schlechtere Idee, ihm zu vertrauen.«

Kenji zieht eine Augenbraue hoch. »Du machst also erst mal meine Idee und dann auch noch die von Castle runter, wie?«

»Es waren eben keine guten Einfälle«, erwidere ich, entschlossen, nicht nachzugeben. »Und nun haben wir mit den Folgen zu kämpfen.« Es ist Kenjis Idee gewesen, Warner als Geisel zu nehmen, und Castles Idee, ihn außerhalb seines Zimmers herumlaufen zu lassen. Und jetzt haben wir alle mit den Folgen zu leben. Manchmal kommt es mir vor, als würde die ganze Rebellenbewegung von einem Haufen Idioten angeführt.

»Und woher sollte ich wohl wissen, dass Anderson bereit war, seinen Sohn in der Hölle verrotten zu lassen?«

Ich zucke unwillkürlich zusammen.

Die Erinnerung an meinen Vater und sein Verhalten gegenüber seinem eigenen Sohn ist zuviel für mich heute Morgen. Ich muss gegen aufsteigende Übelkeit ankämpfen.

Kenji bemerkt es. »Oh, hey – tut mir leid, Mann – so hab ich das nicht gemeint –«

»Vergiss es«, erwidere ich. Zwar bin ich froh, dass Kenji noch am Leben ist, aber manchmal würde ihn wirklich gerne in den Arsch treten. »Vielleicht solltest du jetzt auf die Krankenstation zurück. Wir müssen gleich los.«

»Ich gehe nirgendwohin außer *raus aus Omega Point.*«

»Kenji, bitte –«, wirft Juliette wieder ein.

»Kommt nicht in Frage.«

»Das ist doch völlig unvernünftig«, sagt Juliette zu Kenji. »Dieser Einsatz ist keine Kleinigkeit. Menschen werden sterben.«

Kenji lacht und sagt: »Entschuldige bitte, versuchst du grade, *mich* über das Kriegsgeschehen aufzuklären?« Er schüttelt den Kopf. »Hast du vergessen, dass ich in Warners

Armee Soldat war? Hast du eine Ahnung, wie viel Irrsinn ich mitgemacht habe?« Er deutet auf Adam und dann auf sich. »Ich weiß genau, womit heute zu rechnen ist. Warner ist vollkommen krank im Kopf. Und wenn Anderson doppelt so schlimm ist wie sein Sohn, können wir uns gleich auf ein Blutbad gefasst machen. Ich kann euch da nicht im Stich lassen.«

Juliette sieht vollkommen entsetzt aus. Ihr Mund steht halb offen, und sie starrt Kenji mit weit aufgerissenen Augen an. Ich finde ihre Reaktion etwas übertrieben.

Irgendetwas stimmt heute eindeutig nicht mit ihr.

Ich weiß, dass es bestimmt größtenteils mit Kenji zu tun hat. Aber plötzlich habe ich das Gefühl, dass da vielleicht noch etwas anderes ist. Etwas, das sie mir verheimlicht.

Sie gibt mir Rätsel auf.

Und so ist das eben schon eine ganze Weile.

»War er wirklich so schlimm?«, fragt Juliette unvermittelt.

»Wer?«, sagen Kenji und ich gleichzeitig.

»Warner. War er wirklich so skrupellos?«

Gott, was hat sie nur mit dem. Irgendetwas an diesem verdrehten Typen fasziniert sie. Ich verstehe es nicht, und es treibt mich in den Wahnsinn. Ich merke schon, wie mich wieder die Wut packt und ich sogar eifersüchtig werde – was absolut albern ist. Warner hat es nicht mal verdient, als Mensch betrachtet zu werden; ich sollte mich nicht mit diesem Kerl vergleichen. Außerdem ist Juliette überhaupt nicht sein Typ. Der würde sie wahrscheinlich bei lebendigem Leib auffressen.

Kenji scheint das anders zu sehen. Der lacht so heftig, dass er fast erstickt, und sagt schließlich: »Skrupellos? Juliette, der Mann ist ein gemeingefährlicher Irrer. Eine

Bestie. Ich glaube, der hat nicht einmal eine Ahnung, was es heißt, menschlich zu sein. Wenn es da draußen eine Hölle geben sollte, dann ist sie speziell für ihn erschaffen worden.«

Wir hören Schritte auf dem Flur, die sich eilig nähern, und sehen uns an. Mein Blick ruht noch einen Moment länger auf Juliettes Gesicht, und ich wünschte, ich könnte ihre Gedanken lesen. Ich habe nicht die geringste Ahnung, was in ihr vorgeht und weshalb sie so verstört aussieht. Am liebsten würde ich sie irgendwo unter vier Augen fragen, was mit ihr los ist. Aber Kenji nickt mir zu, und ich weiß, dass ich mich jetzt konzentrieren muss.

Wir müssen aufbrechen.

Juliette und ich stehen auf.

»Hey, weiß Castle, was du vorhast?«, frage ich Kenji. »Ich glaube kaum, dass er einverstanden wäre, wenn du heute mit uns losziehst.«

»Castle möchte, dass ich glücklich bin«, antwortet Kenji. »Und wenn ich hierbleibe, bin ich nicht glücklich. Es gibt viel Arbeit für mich da draußen. Menschen retten. Damen beeindrucken. Er würde das verstehen.«

»Und alle anderen?«, fragt Juliette. »Alle haben sich solche Sorgen um dich gemacht – hast du die überhaupt schon gesehen? Und ihnen zumindest gesagt, dass du wohlauf bist?«

»Nee«, antwortet Kenji. »Die würden sich vor Angst in die Hose machen, wenn sie wüssten, dass ich da rausgehe. Ich hielt es für besser, das für mich zu behalten. Und Tana und Randa, die Ärmsten, sind völlig erledigt. Ich bin daran schuld, dass sie so erschöpft sind, und sie reden immer noch davon, dass sie heute mitkommen wollen. Wollen kämpfen, obwohl sie alle Hände voll zu tun haben werden, wenn wir mit Andersons Armee fertig sind. Ich hab versucht, sie zum Hierbleiben zu überreden, aber sie können verdammt starrsinnig sein. Dabei müssten sie sich schonen. Sie haben schon so viel Kraft auf mich verschwendet.«

»Das ist doch keine *Verschwendung* …«, wendet Juliette ein.

»Jedenfalls«, sagt Kenji, »können wir dann bitte jetzt endlich los? Ich weiß, dass du scharf darauf bist, Anderson zu jagen«, sagt er zu mir, »aber ich persönlich würde ja zu gerne Warner erwischen. Diesem wertlosen Stück Scheiße eine Kugel in den Leib jagen, und das war's dann.«

Ich will gerade laut lachen – weil endlich jemand meiner Meinung ist –, als sich Juliette plötzlich zusammenkrümmt. Sie richtet sich rasch wieder auf, blinzelt aber heftig, atmet hastig, blickt zur Decke hoch.

»Hey – alles in Ordnung?« Ich ziehe sie zu mir und betrachte ihr Gesicht. Manchmal erschreckt sie mich fast zu Tode. Um sie mache ich mir fast genauso viele Sorgen wie um James.

»Ja, alles klar«, sagt sie. Nickt mehrmals, schüttelt den Kopf. »Hab nur letzte Nacht nicht genug geschlafen. Aber das wird schon.«

Ich zögere. »Bist du sicher?«

»Absolut«, antwortet sie. Dann packt sie mich am Hemd und schaut mich mit wildem Blick an. »Hey – sei vorsichtig da draußen, ja?«

Ich nicke, allmählich vollkommen verwirrt. »Mach ich. Und du auch.«

»Los los los!«, drängt uns Kenji. »Heute ist ein guter Tag zum Sterben, Leute.«

Ich entspanne mich ein bisschen und stupse ihn an. Ich bin froh, Kenji in der Nähe zu haben; er ist immer für Abwechslung gut.

Kenji boxt mir auf den Arm. »Oh, und nun wird das schwächliche Kind gehauen, oder was?«

Ich lache und springe beiseite.

»Heb dir dein Adrenalin fürs Schlachtfeld auf, Bruder«, sagt Kenji grinsend. »Da wirst du's brauchen.«

# 5

Es regnet in Strömen.

Es ist kalt und nass und matschig und Scheiße, und ich hasse es. Finster schaue ich auf Kenji und Juliette, die ihre tollen Anzüge anhaben, in denen sie vor dem widerwärtigen Winterwetter geschützt sind. Ich hätte mir auch so ein Ding geben lassen sollen.

Stattdessen friere ich mir hier den Arsch ab.

Wir sind auf der kahlen Ebene am Eingang von Omega Point; die anderen haben sich schon davongemacht. Weil diese Form von Guerillataktik unsere einzige Chance ist, haben wir uns in Gruppen aufgeteilt. Meine Truppe besteht aus mir, dem kranken Kenji, der sich nur mit Mühe aufrecht halten kann, und Juliette (die sich heute offiziell in ihrem Kopf eingeschlossen hat).

Ich habe wirklich Grund zur Sorge.

Immerhin gelingt es Kenji, uns unsichtbar zu machen. Als Nächstes müssen wir die Kampfzone finden. Die Schüsse, die wir hören, weisen uns die Richtung. Wir sprechen nicht miteinander, aber das ist auch nicht nötig, denn wir wissen, was uns erwartet: Wir werden kämpfen, um Unschuldige zu schützen und um zu überleben. Das ist alles.

Aber dieser Regen ist eine Plage. Er wird jetzt noch schlimmer, peitscht mir so heftig ins Gesicht, dass ich kaum etwas erkennen kann. Ich versuche mir das Wasser aus den Augen zu wischen, was aber nichts nützt – es gibt einfach zuviel davon.

Jedenfalls kann ich ungefähr sehen, dass wir uns den Siedlungen nähern. Die Umrisse der Behausungen tauchen auf, und das Kampffieber packt mich. Ich bin bis an die Zähne bewaffnet und bereit, alles zu tun, um das Reestablishment zu stürzen. Juliette aber hat keinerlei Erfahrung mit Kampfsituationen, und das beunruhigt mich.

Wenn es nach mir ginge, wäre sie mit James in Omega Point geblieben. Aber sie hätte ohnehin nicht auf mich gehört, auch wenn ich sie darum gebeten hätte. Kenji und Castle setzen ihr andauernd Flausen in den Kopf, und das ist gefährlich. Es ist völliger Unsinn, ihr einzureden, dass sie so etwas schaffen kann, wenn sie in Wirklichkeit wahrscheinlich dabei umkommen wird. Sie ist keine Soldatin; sie hat keinerlei Erfahrung; und sie kann noch nicht mal mit ihren eigenen Kräften richtig umgehen, was alles noch schlimmer macht. Das ist in etwa so, als drücke man einem Kleinkind eine Stange Dynamit in die Hand und sage ihm, es solle damit ins Feuer laufen.

Ja, ich habe wirklich Grund zur Sorge. Sorge, dass ihr etwas zustoßen wird. Und dann natürlich auch uns.

Aber auf mich hört ja keiner.

Ich seufze und marschiere aufgebracht weiter, bis ich plötzlich in der Ferne einen schrillen Schrei höre und abrupt stehenbleibe. Kenji drückt meine Hand, und ich erwidere den Druck, um ihm zu bedeuten, dass ich verstanden habe.

Die Siedlung liegt jetzt direkt vor uns, und Kenji zieht uns mit sich, bis wir uns bei einer der Hütten an die Wand drücken können, etwas geschützt durch den Dachvorsprung. Ein scheiß Pech, dass wir ausgerechnet bei diesem heftigen Regen kämpfen müssen. Meine Kleider sind so nass, ich fühle mich, als hätte ich mir in die Hose gepisst.

Kenji stößt mich leicht mit dem Ellbogen an, und ich konzentriere mich. Höre, wie eine Tür aufgestoßen wird und erstarre. Greife automatisch zur Waffe. Es kommt mir vor, als hätte ich das alles schon millionenmal zuvor durchgemacht; daran gewöhnen werde ich mich nie.

»Das ist die Letzte«, brüllt jemand. »Hat sich hier versteckt.«

Ein Soldat zerrt eine schreiende und schluchzende Frau aus dem Haus, und meine Hand krampft sich um den Lauf meiner Pistole. Es ist grauenhaft, wie manche Soldaten mit Zivilisten umspringen. Ich verstehe, dass der Mann auf Befehl handelt, aber die Frau fleht um Gnade, und der Typ zerrt sie an den Haaren vorwärts und brüllt, dass sie still sein soll.

Kenji neben mir scheint den Atem anzuhalten. Wie es Juliette geht, weiß ich nicht, weil ich sie nicht sehen kann.

Ein weiterer Soldat kommt über das freie Feld gerannt und gibt dem ersten ein Zeichen. Ein Zeichen, das nichts Gutes verheißt.

*Scheiße.*

»Schmeiß sie zu den anderen«, schreit der herbeigeeilte Soldat. »Dann ist die Gegend hier sauber.«

Dann verschwindet er wieder, rennt um die Ecke des Hauses, und wir bleiben zurück, alleine mit dem einen Soldaten und der Frau, die er gefangen hält. Wahrscheinlich haben weitere Soldaten die anderen Zivilisten schon vorher zusammengetrieben.

Die Frau verliert jetzt die Beherrschung. Sie ist vollkommen hysterisch, kreischt, kratzt, schlägt um sich wie ein Tier. Ruft nach ihrem Mann und ihrer Tochter. Ich halte das kaum aus, weil ich weiß, was als nächstes geschehen wird, und am liebsten würde ich die Augen zumachen. Wenn man nicht einverstanden ist mit einem Krieg, wird er unerträglich. Manchmal erlaube ich es mir, mich vor einer Schlacht in eine Art Euphorie für die gute Sache hineinzusteigern – auch weil ich mir einreden muss, dass ich etwas Sinnvolles tue. Aber gegen einen anderen Soldaten zu kämpfen ist leichter, als mit einer Frau zurechtzukommen, die gleich sehen wird, wie man ihrer Tochter in den Kopf schießt.

Juliette wird wahrscheinlich kotzen.

Es passiert jetzt alles so nah bei uns, dass ich mich instinktiv an die Wand drücke, weil ich wieder vergessen habe, dass wir unsichtbar sind. Der Soldat packt die Frau und knallt sie an die Wand, und ich spüre, dass wir alle drei einen Moment lang kurz vorm Durchdrehen sind, es aber zum Glück schaffen, keinen Laut von uns zu geben. Der Soldat drückt der Frau den Lauf seiner Pistole an den Hals und sagt zu ihr: »Wenn du nicht ruhig bist, erschieß ich dich auf der Stelle.« Was für ein Arschloch.

Die Frau wird ohnmächtig.

Der Typ reagiert gar nicht darauf, sondern schleift die Frau mit sich in dieselbe Richtung, in die sein Kamerad verschwunden ist. Wir folgen ihm, und ich höre Kenji neben mir leise fluchen – er ist ziemlich zartbesaitet. Kennengelernt habe ich ihn bei einer unserer Patrouillen damals; als wir zurückkamen, ist er komplett durchgedreht. Sie steckten ihn dann für eine Weile in Einzelhaft, und danach hatte er sich besser im Griff. Die meisten Soldaten wissen, dass sie ihre Gefühle nicht zeigen dürfen. Ich hätte damals schon merken müssen, dass Kenji eigentlich keiner von uns war.

Ich fröstle vor Kälte.

Wir folgen dem Soldaten, aber die Sicht verschlechtert sich ständig. Der Wind ist fast so heftig wie ein Orkan, und der Regen fühlt sich an wie Schläge ins Gesicht.

Leise sagt jemand: »Was passiert hier?«

Juliette.

Sie hat natürlich keine Ahnung, was vor sich geht – woher auch?

Am klügsten wäre es, sie irgendwo zu verstecken. Sie in Sicherheit zu bringen. Ein schwaches Glied zerstört die ganze Kette, und es hat nicht den Anschein, als könnten wir uns Schwächen erlauben. Aber Kenji ist offenbar mal wieder anderer Ansicht. Er scheint es vorzuziehen, Juliette Nachhilfe zum Thema Krieg im Sektor 45 zu erteilen.

»Sie treiben die Leute zusammen«, erklärt er. »In Gruppen, damit sie möglichst viele auf einmal töten können.«

»Die Frau –«, sagt Juliette.

»Ja«, fällt Kenji ihr ins Wort. »Ja, sie und alle, die an den Aufständen beteiligt waren. Sie töten nicht nur die Anführer, sondern auch deren Freunde und Familienmitglieder. Das ist eine bekannte Methode, um Angst zu verbreiten und Widerstand zu ersticken.«

Ich muss eingreifen, bevor Juliette noch mehr Fragen stellt. Diese Soldaten werden nicht auf uns warten – wir brauchen einen Plan, und zwar schnell. »Es muss doch eine Möglichkeit geben, sie zu befreien«, sage ich. »Vielleicht können wir die Wachsoldaten ausschalten –«

»Ja, aber ihr wisst, dass ich euch jetzt loslassen muss, oder?«, fragt Kenji. »Ich verliere schon Kraft; meine Energie lässt schneller nach als sonst. Ihr werdet also sichtbar sein. Und damit gefährdeter.«

»Welche Möglichkeiten bleiben uns denn?«, fragt Juliette.

Sie ist fast schon so ein Fragemonster wie James. Ich umklammere krampfhaft den Lauf meiner Pistole. Wir müssen uns etwas einfallen lassen.

Wir müssen *sofort* handeln.

»Wir könnten sie aus dem Hinterhalt erledigen«, sagt Kenji. »Wir müssen nicht in den Nahkampf gehen.« Er verstummt einen Moment und sagt dann: »Juliette, du warst noch nie in einer solchen Situation. Falls du dich nicht direkt am Kampfgeschehen beteiligen willst, habe ich volles Verständnis dafür. Nicht jeder kann das verkraften, was wir vielleicht zu sehen kriegen, wenn wir diesen Soldaten folgen. Es ist nicht ehrenrührig, wenn du das vermeidest.«

Ja. Gut. Sie soll zurückbleiben, damit ihr nichts zustößt.

»Ich werd das schon hinkriegen«, sagt sie.

Ich fluche leise.

»Nun – okay –, aber scheu dich nicht, deine Kräfte zur Verteidigung einzusetzen«, sagt Kenji. Er scheint sich also doch Sorgen um sie zu machen. »Ich weiß, dass du da diese komischen Vorbehalte hast, von wegen, du willst niemandem weh tun und so, aber diese Typen fackeln nicht lange. Die werden versuchen, dich umzubringen.«

»Ja«, sagt Juliette. »Mach ich.« Dann flüstert sie: »Ich bin bereit.«

# 6

Juliette sollte das nicht mitansehen müssen.

Sechs Soldaten haben an die dreißig Zivilisten in einer Reihe aufgestellt – Männer, Frauen, Kinder. Das ist quasi ein Erschießungskommando. Sie werden die Leute einfach abknallen, einen nach dem anderen, die Leichen danach wegschaffen und in eine Verbrennungsanlage schmeißen. Schön sauber und ordentlich.

Es ist absolut widerwärtig.

Aber ich weiß nicht recht, worauf die Soldaten jetzt gerade warten. Vielleicht brauchen sie noch einen Befehl von jemandem; jedenfalls stehen sie zusammen und reden. Vielleicht hat es auch mit dem brutalen Regen zu tun. Wahrscheinlich können sie ihre Ziele nicht mal klar erkennen. Diese Chance müssen wir nutzen. Das Wetter ist womöglich sogar doch noch nützlich für uns.

Blinzelnd versuche ich die aufgereihten Personen genauer zu erkennen und dabei die Ruhe zu bewahren. Die halten sich nicht allzu gut, was für mich leider auch gilt. Einige sind komplett aufgelöst, und ich frage mich, wie ich wohl in so einer Situation reagieren würde. Vielleicht wie der eine Typ in der Mitte, der reglos und mit unbewegter Miene dasteht. Er wirkt, als hätte er sein Schicksal angenommen, und das setzt mir irgendwie noch mehr zu als die Tränen der anderen.

Ein Schuss.

*Verflucht.*

Ein Mann links in der Reihe bricht zusammen, und ich zittere vor Wut. Diese Menschen brauchen unsere Hilfe. Wir können nicht hier herumstehen und zusehen, wie unschuldige, unbewaffnete Menschen umgebracht werden, obwohl wir sie vielleicht retten könnten. Wir müssen handeln, kommen aber aus irgendwelchen scheiß Gründen, die ich nicht verstehe, nicht in die Gänge – weil Juliette Angst hat oder weil Kenji übel ist oder weil wir einfach nur ein Haufen dämlicher Jugendlicher sind, von denen einer kaum aufrecht stehen und die andere nicht mal eine Schusswaffe bedienen kann. Ich will grade irgendwas sagen – oder eher schreien –, als Kenji meine Hand loslässt.

Wurde auch Zeit.

Wir stürmen vorwärts, ich habe die Waffe im Anschlag. Ich entdecke den Soldaten, der den ersten Schuss abgegeben hat, und weiß, dass ich ohne zu zögern feuern muss. Ich habe Glück; er geht sofort zu Boden. Noch fünf Soldaten übrig – ich hoffe, ich kenne keinen von denen –, aber es ist schwierig, bei diesem Wetter richtig zu zielen. Ich sehe kaum, wo ich hinrenne, geschweige denn, wohin ich schießen muss, lasse mich aber gerade noch rechtzeitig fallen, um einer verirrten Kugel auszuweichen. Die Gegner haben ja auch keine besseren Sichtverhältnisse als wir.

Aber Kenji bewirkt Wunder.

Er ist wieder unsichtbar und arbeitet mit hohem Tempo. Trotz seiner Verletzungen ist er so schnell wie der Wind und erledigt drei Soldaten in einem Aufwasch. Jetzt sind nur noch zwei übrig, und die sind so verwirrt, dass ich einen von ihnen erledigen kann. Auf den letzten will ich gerade anlegen, als ich sehe, wie Juliette ihn hinterrücks erschießt.

Nicht übel.

Kenji wird wieder sichtbar, und wir schreien den Zivilisten zu, dass sie uns folgen sollen, damit wir sie möglichst schnell zu den Siedlungen führen können. Ein paar Gebäude sind noch unversehrt. Die Dankbarkeit der Leute ist rührend, aber wir dürfen uns nicht die Zeit nehmen, mit ihnen zu reden. Sobald wir sie vor den Soldaten und dem Unwetter in Sicherheit gebracht haben, müssen wir weiterziehen.

Das habe ich immer so gemacht.

In Bewegung zu bleiben ist das Wichtigste.

Während des Laufens werfe ich einen Blick auf Juliette und frage mich, wie es ihr geht. Ich kann nicht richtig erkennen, ob sie weint oder ob ihre Wangen nur nass sind vom Regen. Ich hoffe inständig, dass sie klarkommt. Es schmerzt mich so sehr, dass sie das alles durchmachen muss.

Nachdem wir die Zivilisten sicher untergebracht haben, rennen wir weiter durch die Siedlungen, Richtung Kampfzone, wo Männer und Frauen von Omega Point bereits versuchen, die Soldaten des Reestablishment daran zu hindern, unschuldige Menschen umzubringen. Das Schlimmste steht uns noch bevor.

Kenji läuft voran. Dass wir uns der Kampfzone nähern, erkenne ich auch an den niedergebrannten und geplünderten Behausungen – zerfetzte Sofas, zerbrochene Lampen, Kleidung, Schuhe und Leichen liegen im Weg. Die Siedlung scheint kein Ende nehmen zu wollen, und je weiter wir vorwärtskommen, desto schlimmer wird die Verwüstung.

»Wir sind bald da!«, schreie ich Kenji zu.

Er nickt, und ich wundere mich, dass er mich überhaupt gehört hat.

Als ich ein bekanntes Geräusch höre, schließe ich zu Kenji auf und packe ihn am Arm. »Panzer!«, schreie ich.

Kenji wirft mir einen düsteren Blick zu und nickt. »Schnell, schnell!«, sagt er. »Wir sind gleich da!«

Der Wind schlägt uns beißend kalt ins Gesicht, eisiger Regen prasselt auf uns nieder. Ich bin durchgefroren bis auf die Knochen, doch darauf kann ich jetzt keine Rücksicht nehmen. Das Adrenalin, das durch meinen Körper flutet, muss als Gegenmittel ausreichen.

Der Boden unter unseren Füßen bebt, als eine Explosion die Luft zerreißt. Im nächsten Moment steht der Horizont in Flammen. Jemand wirft hier Bomben ab, was bedeutet, dass wir erledigt sind. Mein Herz hämmert wie wild, und obwohl ich es niemals zugeben würde, werde ich allmählich nervös.

Ich schaue wieder zu Juliette hinüber. Sie hat wahrscheinlich Angst, und ich will ihr Mut zusprechen und ihr sagen, dass alles gut wird, aber sie achtet nicht auf mich. Sie fixiert mit scharfem Blick das Feuer in der Ferne und sieht verändert aus – ein wenig unheimlich sogar. Was mir irgendwie noch mehr Sorgen bereitet.

Weil ich zu ihr hinüberschaue, stürze ich beinahe; der Boden ist aufgeweicht, und ich stecke plötzlich bis zu den Knöcheln in Schlamm. Als ich mich befreit habe, rennen wir weiter, und ich habe meine Waffe im Anschlag und konzentriere mich. Es ist sinnlos, mir etwas vorzumachen: Jetzt pocht mein Herz laut und deutlich, aber in der Kampfzone wird es womöglich bald verstummen.

Ich atme tief und regelmäßig, während wir auf die Glassplitter von zerbrochenen Fenstern treten, herumliegenden Gegenständen ausweichen, versuchen, die Schreie nicht zu hören. Und ich weiß nicht, wie es den beiden anderen ergeht, aber ich muss mich furchtbar beherrschen, um nicht auf dem Absatz kehrt zu machen und nach Omega Point zurückzulaufen.

Denn plötzlich kann ich nur noch an James denken.

# 7

Scheiße.

Es ist noch schlimmer, als ich befürchtet hatte. Überall blutverschmierte Leichen, einzeln oder übereinander gestürzt. Freund und Feind sind kaum zu unterscheiden, und an meinen Stiefeln haftet nicht mehr nur noch Schlamm, sondern auch Blut.

Wir werden sofort als neue Beute erkannt auf dem Schlachtfeld, und ich schaue nur kurz zurück zu Kenji und Juliette, als ich auch schon etwas Hartes im Rücken spüre. Ich fahre herum, und im nächsten Moment hat der Soldat einen gebrochenen Kiefer. Als er die Waffe zückt, bin ich schneller. Und laufe schon weiter zum nächsten.

Nahkampf ist unvermeidlich; ich ducke mich, als ein Gegner auf mich zustürzt, schlage ihn dann auf den Kehlkopf und steche mit dem Messer zu. Als er zusammenbricht, ziehe ich die Klinge rasch aus seiner Brust, werde dabei aber von hinten attackiert. Als ich herumfahre, bricht der Angreifer auch schon blutend zusammen.

Kenji hat mich gerettet.

Er schlägt sich wacker, seine Verletzung merkt man ihm nicht an. Wir kämpfen Seite an Seite, rufen uns Warnungen zu, helfen uns, so gut wir können, und halten uns wacker in diesem Irrsinn. Doch dann höre ich Kenji plötzlich mit angstvoller Stimme meinen Namen rufen.

Und im nächsten Moment bin ich auch schon unsichtbar, und ich werde total panisch, und obwohl ich nicht weiß, was los ist, merke ich, dass ich jetzt keine Fragen stellen sollte. Kenji zieht mich Richtung Straße und ruft, dass er gesehen hat, wie Juliette zu Boden ging und weggeschleppt wurde. Mehr brauche ich gar nicht zu hören. Ein Teil von mir beginnt sofort zu toben vor Zorn; ein anderer Teil hat panische Angst, und beide tragen ihre eigene Schlacht in meinem Kopf aus.

*Ich wusste, dass es dazu kommen würde.*

Wir hätten Juliette niemals mitnehmen dürfen. Für ein Schlachtfeld ist sie nicht geschaffen. Sie hätte in Omega Point bleiben sollen, wo sie in Sicherheit gewesen wäre. *Warum hört nie einer auf mich?*

*Verflucht.*

Ich würde am liebsten hemmungslos herumschreien.

Als wir die Straße erreichen, hält Kenji mich fest, und atemlos beobachten wir, wie Juliette von mehreren Männern in einen Panzer gehoben wird. Sie scheint ohnmächtig zu sein.

Binnen Sekunden fährt der Panzer davon.

Und Juliette ist verschwunden.

Mein Herz scheint in Stücke zu springen.

Kenji packt mich fest an der Schulter, als ich wie besinnungslos »o Gott, o Gott, o Gott« murmele, und rüttelt mich dann, damit ich wieder zu mir komme.

»Reiß dich zusammen!«, befiehlt er. »Wir müssen ihr folgen!«

Ich habe weiche Knie, weiß aber, dass er recht hat. »Was meinst du, wo die hinfahren?«

»Vermutlich zum Hauptquartier –«

»Scheiße! Natürlich! Warner –«

»Will sie wiederhaben.« Kenji nickt. »Das waren vermutlich seine Leute, die Juliette weggeschleppt haben.« Er flucht leise. »Zumindest wissen wir, dass er sie lebend haben will.«

Ich beiße die Zähne zusammen, um nicht durchzudrehen. »Okay, dann nichts wie los.«

Gott, ich kann es kaum erwarten, diesen Geisteskranken in die Finger zu kriegen. Es wird mir ein Vergnügen sein, den umzubringen. Ihn langsam und genüsslich zu zerstückeln.

Aber Kenji rührt sich nicht und lässt mich los.

Ich starre ihn an. »Was ist?«

»Ich kann nicht mehr projizieren. Meine Energie ist verbraucht.« Er seufzt. »Tut mir leid. Mein Körper ist jetzt ziemlich am Ende.«

Scheiße. »Alternativplan?«

»Wir könnten die Hauptachsen vermeiden«, schlägt er vor. »Uns über Umwege zum Hauptquartier durchschlagen. Den Spuren des Panzers zu folgen, wäre einfacher, aber dann sind wir auf offenem Gelände. Die Entscheidung liegt bei dir.«

Ich runzle die Stirn. »Ich entscheide mich für den Plan, bei dem ich nicht sofort gekillt werde.«

Kenji grinst. »Gut. Dann also los, holen wir unser Mädchen zurück.«

»*Mein* Mädchen«, stelle ich klar. »Sie ist *mein* Mädchen.«

Kenji schnaubt und marschiert los. »Schon recht. Abzüglich der Teile, die dir nicht mehr gehören.«

»Klappe.«

»Hm.«

»Na ja, schon gut.«

# 8

Wir kommen ziemlich langsam vorwärts, weil wir wegen unserer Sichtbarkeit extrem vorsichtig sein müssen. Immer wieder verstecken wir uns in verlassenen Unterkünften und warten ab, ob die Luft wirklich rein ist. Als wir dann schon ziemlich nahe am Hauptquartier sind, erwartet uns eine Überraschung.

Wir sind nicht die Einzigen, die auf Umwegen unterwegs sind.

Castle, Ian, Alia und Lily können es nicht fassen, als wir auftauchen; in einer Baracke, die Kenji und ich für leer hielten, springen sie plötzlich hinter einem Bett hervor, und wir bepissen uns beinahe vor Schreck.

Nachdem wir kurz erklärt haben, weshalb wir hier sind, erstattet auch Castle Bericht.

Sie haben Brendan und Winston befreit, wie geplant, aber die beiden sind in üblem Zustand.

»Sie werden schon durchkommen«, meint Castle, »aber wir müssen sie sofort zu den Heilerinnen schaffen.«

»Die sind aber auf dem Schlachtfeld«, wirft Kenji ein. »Keine Ahnung, wo. Sie haben darauf bestanden mitzukämpfen.«

Castle sieht extrem besorgt aus.

»Wo sind Brendan und Winston jetzt?«, frage ich.

»Verstecken sich«, antwortet Castle.

»Was?« Kenji schaut sich um. »Weshalb? Wieso bringt ihr sie nicht nach Omega Point zurück?«

Castle wird bleich, und Lily spricht statt seiner.

»Wir haben Gerüchte gehört«, sagt sie. »Was Andersons Armee als Nächstes plant.«

»Es heißt, sie bereiten einen Luftangriff vor«, fügt Ian hinzu. »Sie wollen Omega Point bombardieren. Wir haben gerade beraten, was wir als Nächstes tun sollen, als wir eure Schritte hörten und uns hier versteckt haben.«

»Was?«, fragt Kenji entsetzt. »Aber – seid ihr sicher –«

»Es gibt keinerlei Zweifel«, sagt Castle jetzt. Seine Miene ist unbewegt, aber in seinen Augen flackert die Angst. »Sie hoffen, Omega Point komplett vernichten zu können.«

»Aber, Sir, niemand weiß doch die genauen Koordinaten –«

»Doch«, sagt Alia. Ich habe sie noch nie sprechen hören und bin erstaunt, wie sanft ihre Stimme klingt. »Sie haben welche von unseren Leuten gefoltert und sind so an die Information gekommen.«

»In der Kampfzone«, ergänzt Ian. »Danach wurden sie umgebracht.«

Kenji sieht aus, als würde er im nächsten Moment kotzen. »Wir müssen sofort los«, sagt er panisch. »Wir müssen unsere Leute sofort da rausholen –«

Erst in diesem Moment begreife ich das ganze Ausmaß dieser Nachricht.

*»James!«*

Ich erkenne meine eigene Stimme nicht mehr. Angst und Grauen erfassen mich so heftig wie noch nie zuvor in meinem Leben. »Wir müssen James da rausholen!«, schreie ich. Kenji versucht mich zu beruhigen, aber diesmal kann ich nicht auf ihn hören. Es ist mir vollkommen egal, ob ich alleine losziehen muss – ich werde meinen Bruder retten. »Los doch!«, knurre ich Kenji an. »Wir müssen uns einen Panzer beschaffen, wir müssen –«

»Aber was ist mit Juliette?« wendet Kenji ein. »Vielleicht sollten wir uns aufteilen – ich geh mit Castle und Alia nach Omega Point, du versuchst mit Ian und Lily –«

»Nein. Ich muss James holen. Ich muss sofort –«

»Aber Juliette –«

»Du hast doch selbst gesagt, dass Warner sie nicht töten will – ihr wird da vorerst nichts passieren. Aber wenn sie Omega Point tatsächlich bombardieren, werden James und alle anderen sterben. Wir müssen *sofort* –«

»Oder ich bleibe hier und suche Juliette, und ihr –«

»Juliette geschieht schon nichts. Sie ist nicht wirklich in Gefahr – Warner wird ihr nichts antun –«

»Aber –«

»Kenji, *bitte*!« Ich bin kurz vorm Durchdrehen. »Wir brauchen so viele Leute wie möglich in Omega Point. Denk doch an alle, die dort geblieben sind! Die werden alle sterben, wenn wir ihnen nicht helfen!«

Kenji starrt mich einen Moment lang an. Dann nickt er. »Ihr holt Brendan und Winston«, sagt er zu Castle und den anderen. »Kent und ich organisieren einen Panzer und holen euch dann ab.«

Nachdem wir die Details besprochen haben und die anderen verschwunden sind, packe ich Kenji am Arm. »Wenn James irgendetwas zustößt –«

»Wir tun alles, was wir können –«

»Das reicht nicht – ich muss ihn da rausholen – ich muss jetzt sofort –«

»Reiß dich zusammen, Mann!«, schnauzt Kenji mich an. »Du kannst jetzt nicht ausrasten – im Gegenteil, jetzt ist mehr denn je Beherrschung angesagt. Wenn du rumspinnst und zu Fuß nach Omega Point losmarschierst, bist du schneller tot, als du bis drei zählen kannst. Und was soll dann aus James werden? Wenn du willst, dass dein kleiner

Bruder am Leben bleibt, solltest du erst mal zusehen, dass du nicht selbst ins Gras beißt.«

Meine Kehle fühlt sich an wie zugeschnürt. »Er darf nicht sterben«, sage ich mit erstickter Stimme. »Er darf nicht sterben – wegen mir, Kenji – ich … ich …«

Kenji blinzelt, bekommt seine Gefühle selbst nur mühsam in den Griff. »Schon klar, Mann. Aber wir dürfen jetzt keine Zeit verschwenden. Wir müssen los und –«

Er redet weiter, aber ich höre ihn nicht mehr.

*James.*

O Gott.

Was habe ich nur getan.

# 9

Ich habe keine Ahnung, wie wir es geschafft haben, uns alle in diesen Panzer zu quetschen. Acht Leute auf engstem Raum. Die Anspannung ist so greifbar, dass sie fast zu einer weiteren Person wird, die da zwischen uns hockt. Ich kann keinen klaren Gedanken fassen.

Ich versuche regelmäßig zu atmen, innerlich ruhig zu werden, aber es will mir nicht gelingen.

Wir hören die Flugzeuge schon über uns, und ich bin meiner entsetzlichen Angst wehrlos ausgeliefert. Sie sitzt nicht nur in meinem Bauch, meinem Herzen, meinem Kopf. Sie hat komplett Besitz ergriffen von mir – als existierte ich selbst gar nicht mehr, als bestünde ich nur noch aus dieser Angst.

Sie ist alles, was mir noch geblieben ist.

Wahrscheinlich fühlen sich die anderen ähnlich. Kenji steuert den Panzer, funktioniert zumindest noch, aber alle anderen sind stumm und reglos; vielleicht haben sie sogar das Atmen eingestellt.

Mir ist so grauenhaft übel.

*O Gott, o Gott.*

*Schneller, schneller,* will ich eigentlich schreien, tue es aber nicht. Ich weiß eigentlich nicht, ob schneller oder langsamer besser ist. Ich weiß nicht, was schlimmer ist. Ich habe meine Mutter sterben sehen, und sogar das scheint mir weniger schlimm gewesen zu sein als das hier jetzt.

Ich übergebe mich.

Auf die Bodenmatten.

*Die Leiche meines zehnjährigen Bruders.*

Ich würge, wische mir mit dem Ärmel den Mund ab.

Wird er Schmerzen haben, wenn er stirbt? Wird er es spüren? Wird er schnell sterben oder langsam an einer Verletzung zugrunde gehen? Verbluten? Mein kleiner Bruder?

Ich halte mich am Armaturenbrett fest, versuche mich auf meine Atmung zu konzentrieren, aber ich habe die Kontrolle über alles verloren. Tränen strömen mir übers Gesicht, meine Schultern zucken, mein Körper scheint in Stücke zu brechen. Die Flugzeuge dröhnen über uns hinweg. Und wir hören es jetzt alle.

Obwohl wir noch nicht mal in der Nähe sind. Die Explosion von Bomben. Ich spüre sie im ganzen Körper – Explosionen, die meine Knochen zersplittern.

Der Panzer hält an.

Es ist sinnlos weiterzufahren, das wissen wir jetzt alle. Das Krachen der Bomben ist wie ein Echo meines Schluchzens in der Stille zwischen den Einschlägen. Ich habe alles verloren.

Nichts ist mir geblieben.

Nichts, das so kostbar ist wie mein eigen Fleisch und Blut.

Ich schlage die Hände vors Gesicht, als plötzlich ein schriller Schrei ertönt.

»Kenji! Schau!«

Alia war es, die geschrien hat, und sie reißt die Tür auf und springt hinaus. Ich schaue ihr nach, und erst dann sehe ich, was sie gesehen hat, und es dauert keine Sekunde, da bin ich auch schon hinausgesprungen, renne ihr nach und falle auf die Knie vor dem Menschen, den ich geglaubt hatte, nie mehr lebend wiederzusehen.

# 10

Ich bringe kein einziges Wort hervor.

James steht vor mir, tränenüberströmt und schluchzend, und ich weiß nicht, ob ich träume.

»James?«, höre ich Kenji sagen. Ich drehe mich um und sehe, dass auch alle anderen aus dem Panzer gestiegen sind. »Bist du das wirklich, Kerlchen?«

»E-es t-tut mir l-leid, A-addie«, schluchzt James. »I-ich w-weiß, dass ich nicht k-kämpfen sollte, a-aber ich w-wollte e-euch helfen –«

Ich reiße ihn in meine Arme, halte ihn ganz fest.

»Schsch«, mache ich. »Es ist alles gut, James. Es ist gut. Alles ist gut.«

»A-ber, A-addie, w-weißt du nicht, w-was p-passiert ist – i-ich w-ar noch gar nicht l-lange weg, d-da s-sind d-die Flugzeuge gekommen –«

Ich versuche ihn zu beruhigen, sage ihm, dass wir alles wissen, aber dass er jetzt bei uns und in Sicherheit ist.

»T-tut mir leid, d-dass ich euch nicht helfen k-konnte«, schluchzt er, löst sich von mir und schaut mich an. »I-ich weiß, d-dass d-du gesagt hast, ich soll d-dort bleiben, aber i-ich wollte euch nicht a-alleine lassen –«

Ich nehme ihn hoch, trage ihn zum Panzer.

James muss halb von Sinnen gewesen sein vor Angst, und dennoch ist er aus Omega Point weggelaufen, um uns zu helfen.

Um Seite an Seite mit uns zu kämpfen.

Ich könnte ihn geradezu umbringen, weil er sich dieser Gefahr ausgesetzt hat.

Aber er ist verflucht noch mal einer der mutigsten Menschen, die ich kenne.

# 11

Als wir wieder im Panzer sitzen, wird uns allen bewusst, dass wir keine Ahnung haben, was wir jetzt tun sollen.

Wir beginnen erst allmählich zu begreifen, was geschehen ist. Ich bin zwar überglücklich, dass James am Leben ist, aber über viele andere ist das Unheil hereingebrochen.

Castle ist in eine Art Stupor verfallen.

Kenji ist der Einzige von uns, der sich um Selbstbeherrschung bemüht, und ich vermute, das gelingt ihm auch nur wegen Castles Zustand. Weil wir keinen Anführer mehr haben und jemand an Castles Stelle treten muss.

Doch trotz Kenjis Versuchen, ein Gespräch in Gang zu halten, reagiert kaum jemand. Es beginnt auch schon dunkel zu werden, und Dunkelheit ist wohl für uns alle im Moment eine Gnade.

Wir sind müde und komplett erschöpft und können nicht mehr funktionieren.

Schlaf ist das Einzige, was sich noch richtig anfühlt.

# 12

James bewegt sich in meinen Armen.

Ich bin sofort wach und schaue blinzelnd um mich. Die anderen schlafen noch. Am Horizont geht die Sonne auf, und alles ist so still, als sei überhaupt nichts Schlimmes geschehen.

Doch die Wahrheit ist sofort wieder da.

Drückt mir auf die Brust, nimmt mir den Atem, schmerzt in meinen Knochen.

Tod und Zerstörung. Kaum Hoffnung.

Kenji hat den Panzer an eine entlegene Stelle gefahren und ihn mit letzter Kraft noch eine Weile unsichtbar gemacht, so dass wir alle ein paar Stunden Schlaf bekommen haben. Ich kapiere immer noch nicht richtig, wie dieser Bursche tickt. Er ist jedenfalls um ein Vielfaches stärker, als ich je geglaubt hätte.

Als ich mich ein bisschen bewege, wacht James auf und fängt sofort wieder an, Fragen zu stellen. Was wiederum die anderen aufweckt. Ich reibe mir die Augen, gebe James einen Kuss auf den Kopf und sage ihm, er soll still sein.

»Warum?«, fragt er.

Ich lege ihm die Hand auf den Mund.

Er schiebt sie weg.

»Guten Morgen, Sonnenschein.« Kenji schaut blinzelnd zu uns herüber.

»Morgen«, murmle ich.

»Dich meine ich gar nicht«, erwidert Kenji und grinst. »Nur die Sonne.«

Ich grinse auch. Es gäbe so viel zu reden, aber auch so viel, worüber wir lieber nicht reden wollen, dass ich gerade nicht sicher bin, ob wir jemals wieder sprechen werden. Ich schaue zu Castle und sehe, dass er wach ist und aus dem Fenster starrt.

»Konnten Sie gut schlafen?«, frage ich ihn.

Er starrt mich wortlos an.

Als alle halbwegs ansprechbar scheinen, sagt Kenji: »Wir müssen uns überlegen, was wir jetzt machen. Wir dürfen nicht zu lange sichtbar sein, und ich weiß nicht, wie weit meine Kraft zum Projizieren reicht. Sie kehrt zurück, aber langsam, und ist noch nicht wirklich verlässlich.«

»Und wir brauchen was zu essen«, bemerkt Ian.

»Ja, ich hab auch fürchterlichen Hunger«, sagt James.

Ich drücke seine Schultern; wir sind alle völlig ausgehungert.

»Hat jemand Vorschläge?«, fragt Kenji.

Stille.

»Kommt schon, Leute«, sagt Kenji. »Denkt nach. Verstecke – habt ihr mal irgendwo an einem Ort gepennt, der jetzt noch sicher sein könnte –«

»Unsere alte Unterkunft?«, meint James und blickt in die Runde.

Ich richte mich auf und frage mich, weshalb ich nicht selbst darauf gekommen bin. »Ja – natürlich«, sage ich. »Super Idee, James.« Ich wuschle ihm durch die Haare. »Das müsste gehen.«

Kenji haut mit der Faust aufs Lenkrad. »Jawoll!«, sagt er laut. »Bestens. Prima. Dem Himmel sei Dank.«

»Aber wenn sie dort nach uns suchen?«, wendet Lily ein. »Weiß Warner nicht, wo das ist?«

»Doch, schon«, antworte ich. »Aber wenn die glauben, dass alle aus Omega Point tot sind, werden sie nicht nach mir suchen. Oder nach uns.«

Schweigen tritt ein. Wir alle schauen abwartend Castle an, aber der bleibt stumm und starrt nur wie gelähmt ins Leere.

»Lasst uns losfahren«, sagt Alia ruhig und wirft mir dabei ein liebes Lächeln zu, was ich sehr nett finde. »Wir brauchen eine sichere Unterkunft. Und vielleicht treiben wir da auch was zu essen für James auf.«

Ich strahle sie an, weil ich es rührend finde, dass sie an James denkt.

»Oder für uns alle«, bemerkt Ian mürrisch. Ich runzle zwar die Stirn, kann ihm die Bemerkung aber nicht übelnehmen. Auch mir knurrt der Magen.

»Wir müssten eigentlich noch ziemlich viele Vorräte haben«, sage ich. »Und die Miete ist bis Ende des Jahres bezahlt, es gibt also auch Wasser, Strom, ein Dach über dem Kopf. Aber wir haben wenig Platz, eine Dauerlösung kann es nicht sein. Langfristig müssen wir uns was anderes einfallen lassen.«

»Hört sich gut an«, meint Kenji und schaut die anderen fragend an. »Sind wir uns einig?«

Alle murmeln zustimmend, und Kenji fährt los. Eine Welle der Erleichterung durchströmt mich beim Gedanken daran, in unsere einstige Unterkunft zurückzukehren.

Vor allem bin ich dankbar dafür, dass James wieder dorthin zurückkehren und in seinem eigenen Bett schlafen kann. Ein Teil von mir ist auch froh darüber, dass die Zeit in Omega Point vorüber ist, auch wenn ich das natürlich niemals aussprechen würde. Von Vorteil ist sicher, dass Warner uns wahrscheinlich alle für tot hält. Zwar hat er Juliette in seiner Gewalt, aber das wird nicht so bleiben. Sie ist in Sicherheit, bis wir eine Möglichkeit finden, sie zu befreien, und bis dahin wird er nicht nach uns suchen, und wir haben erst mal Ruhe vor Krieg und Zerstörung.

Außerdem bin ich es leid zu kämpfen. Ich will nicht mehr ständig flüchten und mein Leben aufs Spiel setzen und mir unentwegt Sorgen um James machen müssen. Ich will einfach nur nach Hause und mich um meinen Bruder kümmern. Und niemals, niemals wieder etwas so Schlimmes empfinden müssen wie gestern.

Ich will nie wieder Gefahr laufen, James zu verlieren.

# 13

Die Straßen sind nahezu menschenleer, als wir unterwegs sind. James ist wieder eingeschlafen, hat sein Gesicht in meine Halskuhle gedrückt. Ich ziehe ihn dichter an mich und halte ihn ganz fest.

Da das Establishment nun die Opposition vernichtet hat, patrouillieren die Truppen nicht mehr, sondern kümmern sich hauptsächlich ums Bergen der Leichen und die Wiederherstellung der Ordnung. Das haben wir immer so gemacht.

Das Aufräumen war so wichtig wie der Kampf als solcher.

Das hat Warner uns immer eingebläut: Man darf den überlebenden Zivilisten keine Gelegenheit geben, ihre Verstorbenen zu Märtyrern zu machen, sondern muss so rasch wie möglich zur Normalität zurückkehren.

Alle mussten sofort wieder an die Arbeit gehen.

Ich kenne diese Missionen zur Genüge, weil ich selbst so oft daran beteiligt war. Ich habe Warner und das Reestablishment immer schon gehasst und hätte nicht geglaubt, dass sich dieser Hass noch verstärken kann. Doch nun ist es so. Zu glauben, dass James tot sei, hat etwas in mir ausgelöst, das nicht mehr heilen wird. Bislang meinte ich zu wissen, wie es sich anfühlt, einen Menschen zu verlieren, der einem nahesteht. Ein Elternteil zu verlieren ist schlimm, aber der Schmerz fühlt sich ganz anders an, als wenn man ein Kind verliert. Und James ist in gewisser Weise wie ein eigenes Kind für mich. Ich habe ihn großgezogen. Für ihn gesorgt. Ihn gekleidet und ernährt. Ihn beschützt. Ihm fast alles beigebracht, was er jetzt weiß. Er ist meine einzige Hoffnung in all dieser Verwüstung – das Einzige, wofür ich immer gelebt und gekämpft habe. Ohne ihn wäre ich verloren.

James gibt meinem Leben Sinn.

Und das ist mir erst gestern bewusst geworden.

Das Reestablishment reißt vorsätzlich Familien auseinander – trennt Eheleute voneinander und Eltern von ihren Kindern. Wie grausam das ist, begreife ich erst jetzt.

Ich glaube nicht, dass ich jemals wieder an so einer Mission teilnehmen könnte.

# 14

Als Kenji den Panzer problemlos in unsere Garage manövriert hat, atme ich erleichtert aus. Ich weiß, dass wir jetzt in Sicherheit sind.

Nacheinander steigen wir aus. Kenji und ich als Erste; ich halte James noch immer in den Armen und lasse ihn erst herunter, als er mich darum bittet. Brendan und Winston stützen sich gegenseitig; ihre Verletzungen sind noch nicht ausgeheilt. Ich weiß nicht genau, was ihnen widerfahren ist, weil niemand darüber spricht, aber ich will es auch gar nicht wissen. Alia und Lily sind Castle beim Aussteigen behilflich.

Als alle draußen sind, frage ich: »Lust auf eine Dusche und Frühstück, Leute?«

»Klingt himmlisch, Mann«, sagt Ian.

Die anderen pflichten ihm natürlich bei.

Ich gehe voraus, und James ergreift meine Hand.

Das letzte Mal, als ich hier war, flüchteten Juliette und ich vor Warner. Damals lernte sie James kennen, und ich hatte zum ersten Mal das Gefühl, dass wir drei eine gemeinsame Zukunft haben könnten. Dann tauchte Kenji auf, und alles nahm eine andere Wendung. Ich schüttle unwillkürlich den Kopf, als die Erinnerungen zurückkehren. Es kommt mir vor, als seien inzwischen Millionen Jahre vergangen. So vieles hat sich verändert. Damals war ich quasi ein anderer Mensch. Ich fühle mich jetzt so viel älter, härter, zorniger. Kaum zu glauben, dass sich das alles erst vor wenigen Monaten ereignet hat.

Die Eingangstür ist noch immer demoliert von der Attacke durch Warner und seine Soldaten. Aber als ich am Griff rüttle und dann heftig gegen die Tür drücke, schwingt sie auf.

Und wir treten über die Schwelle.

Ich schaue mich um und stelle erfreut fest, dass alles fast genauso aussieht wie damals. Ein paar Sachen wurden umgestoßen, und man muss gründlich sauber machen, aber ansonsten können wir es hier gut eine Weile aushalten. Ich lege einige Schalter um, und Neonröhren erwachen klickend und flackernd zum Leben. James rennt in sein Zimmer, und ich durchforste die Schränke nach Konserven und unverderblichen Lebensmitteln. Als ich sehe, dass wir immer noch haufenweise Essensbehälter für den Automaten vorrätig haben, seufze ich zufrieden.

»Wer möchte Frühstück?«, frage ich und halte ein paar von den Aluschalen hoch.

Kenji fällt auf die Knie und schreit »Halleluja!«, und Ian boxt mich freundschaftlich in die Seite. James kommt aus seinem Zimmer gerast und kreischt »ICH ICH ICH«, und Lily lacht wie eine Irre. Alia lächelt und lehnt sich an die Wand, während Brendan und Winston mit einem erleichterten Ächzen auf die Couch sinken. Castle ist der Einzige, der nicht reagiert.

»Okay, Adam und ich kümmern uns ums Essen«, verkündet Kenji, »und ihr anderen könnt euch nacheinander frisch machen. Ich bin zwar ungern so deutlich, aber es gibt nur ein einziges Badezimmer – nehmt also bitte Rücksicht auf die anderen. Und was das Essen angeht: Es gibt zwar noch Vorräte, aber nicht allzu viele, wir müssen uns also auch hier beschränken. Alles wird rationiert.«

Alle nicken und murmeln zustimmend und beginnen mit ihren Vorbereitungen. Nur Castle sinkt in den einzigen Sessel und bleibt dann reglos sitzen. Er scheint mir in bedenklicherem Zustand zu sein als Brendan und Winston mit ihren körperlichen Verletzungen.

Ian fragt mich besorgt, ob ich Verbandszeug für die beiden habe. Ich versichere ihm, dass ich irgendwo einen kleinen Verbandskasten aufbewahre, mit dem zumindest eine Basisversorgung möglich ist, und Ian wirkt erleichtert.

Erst als ich mit Kenji in der Küche das Essen vorbereite, spricht er das dringlichste Problem an. Das Problem, von dem ich noch immer nicht weiß, wie ich es lösen soll.

»Was machen wir nun mit Juliette?«, fragt Kenji und stellt Behälter in den Automaten. »Ich mache mir Sorgen, weil wir mit der Suche schon so lange gewartet haben.«

Ich spüre, wie ich blass werde. Weiß nicht, wie ich ihm klarmachen soll, dass ich nicht vorhatte, mich in nächster Zeit wieder nach draußen zu begeben. Und vor allem nicht, um zu kämpfen – nach diesem Schock mit James.

»Ich weiß nicht«, antworte ich. »Mir ist nicht klar, was wir tun sollen.«

Kenji starrt mich verblüfft an. »Was soll das heißen? Wir müssen sie doch rausholen. Das heißt, eine Rettungsmission planen.« Er betrachtet mich forschend. »Ich dachte, das sei vollkommen klar.«

Ich räuspere mich. »Aber was ist mit James? Und Brendan und Winston? Und Castle? Denen geht's auch nicht gut. Wir können sie nicht einfach hier zurücklassen und –«

»Was redest du da, Mann? Bist du nicht in dieses Mädchen verliebt? Wo bleibt deine Leidenschaft? Ich hab geglaubt, du könntest es kaum erwarten, sie –«

»Ja, das stimmt auch«, erwidere ich. »Natürlich ist das so. Ich mache mir nur Sorgen, weil – nachdem sie gerade erst Omega Point bombardiert haben –«

»Je länger wir warten, desto schwieriger wird es werden, sie rauszuhauen.« Kenji schüttelt den Kopf. »Wir müssen das so schnell wie möglich erledigen, bevor Warner sie als Folterinstrument benutzt und dabei womöglich versehentlich umbringt.«

Ich klammere mich am Küchentresen fest und starre in die Spüle.

Scheiße.

*Scheiße Scheiße Scheiße.*

Ich fahre herum, als ich draußen die Stimme von James höre. Er lacht über etwas, das Alia gesagt hat. Mir tut schon bei der *Vorstellung,* ihn wieder alleine zu lassen, das Herz weh. Aber ich weiß, dass ich auch Verantwortung für Juliette trage. Wie soll sie ohne mich zurechtkommen? Sie braucht mich.

»Okay«, sage ich seufzend. »Was sollen wir tun?«

# 15

Nach dem späten Frühstück verarzte ich Brendan und Winston, so gut es geht, und mache ihnen ein Lager auf dem Boden zurecht, damit sie sich ausruhen können. James und ich hatten uns über die Jahre eine Menge alter Decken und Kissen besorgt; die kommen uns jetzt sehr zupass, denn es ist eisig kalt. Castle haben wir auch eine Decke um die Schultern gelegt. Er wirkt noch immer wie erstarrt, aber wir konnten ihn zumindest dazu bewegen, etwas zu essen, weshalb er jetzt etwas weniger bleich ist.

Nachdem wir uns um das Wohl aller anderen gekümmert haben, versuchen Kenji und ich einen Plan für Juliettes Befreiung zu entwerfen.

»Ich werde erst mal alles ausspähen«, schlägt Kenji vor. »Im Hauptquartier herumschnüffeln, mal schauen, was ich so mitkriege – vielleicht finde ich Juliette sogar und kann ihr mitteilen, dass wir sie bald rausholen werden.«

Ich nicke. »Guter Anfang.«

»Sobald ich mehr weiß, können wir eine anständige Taktik ausarbeiten und sie dann befreien.«

Ich nicke mehrmals. »Ja. Gut.« Ich schlucke schwer. »Viel Glück. Ich warte hier auf dich, bis du zurückkommst.«

»Darum möchte ich doch bitten.« Kenji grinst mich an; dann ist er verschwunden. Die Eingangstür geht auf und wieder zu, und ich starre an die Wand und versuche mich halbwegs wieder in den Griff zu kriegen.

Die nächste Mission. Wieder verbunden mit dem Risiko, dass etwas schiefläuft und wir ums Leben kommen.

Ich schließe die Augen.

Ich liebe Juliette wirklich. Ich will ihr helfen und sie unterstützen und für sie da sein. Ich will auch in Zukunft mit ihr zusammen sein. Aber ich frage mich immer wieder, ob das tatsächlich möglich ist.

Es fällt mir nicht leicht, mir das einzugestehen, aber ein Teil von mir möchte James nicht erneut in Gefahr bringen – und noch dazu für ein Mädchen, das sich von mir trennen wollte. Ein Mädchen, das uns im Stich gelassen hat.

Ich weiß nicht mehr, was richtig und was falsch ist.

Ich weiß nicht, wem ich mehr verpflichtet bin: James oder Juliette.

# 16

Schon nach ein paar Stunden kehrt Kenji zurück. Er ist aschfahl, und seine Hände zittern. Er atmet stoßweise, und sein Blick ist irr. Als er wortlos auf die Couch sinkt, bin ich schon komplett panisch.

»Was ist passiert?«, frage ich.

»Was ist los?«, will Lily wissen.

»Alles in Ordnung mit dir?«, erkundigt sich Ian.

Kenji antwortet auf keine der Fragen. Er starrt reglos vor sich hin – ein Ebenbild von Castle, der ihm gegenüber im Sessel sitzt.

Schließlich beginnt Kenji zu sprechen.

Er sagt nur drei Worte.

»Juliette ist tot.«

Totales Chaos bricht aus.

Alle schreien und rufen durcheinander, entsetzt und fassungslos.

Und ich bin wie gelähmt.

Mein Gehirn reagiert nicht, weigert sich, diese Information zu verarbeiten. *Weshalb?*, will ich fragen. *Wie?* Wie ist das möglich?

Aber ich bringe kein Wort hervor. Grauen und Trauer überwältigen mich.

»Es war nicht Warner, der sie hat holen lassen«, sagt Kenji, dem nun Tränen übers Gesicht strömen. »Es war Anderson. Andersons Leute. Sie haben alles vor ein paar Stunden bekannt gegeben. Omega Point ist zerbombt, und sie haben Juliette gefangen genommen und heute Morgen getötet. Der Oberste ist schon wieder abgereist zum Kapitol.«

»Nein«, flüstere ich.

»Wir hätten sie gleich befreien müssen«, sagt Kenji. »Ich hätte zurückbleiben und sie suchen sollen – es ist meine Schuld.« Er stützt den Kopf in die Hände, ringt um Fassung. »Es ist meine Schuld, dass sie tot ist. Ich hätte sie suchen müssen –«

»Es ist nicht deine Schuld«, sagt Ian, tritt zu Kenji und legt ihm die Hände auf die Schultern. »Du darfst dir das nicht einreden.«

»Wir haben viele von unseren Leuten verloren«, gibt Lily zu bedenken. »Menschen, die uns nahe standen und die wir auch nicht retten konnten. Du trägst keine Schuld, ganz bestimmt nicht. Wir haben alle getan, was wir konnten.«

Alle versuchen Kenji zu trösten und ihm zu versichern, dass niemand Schuld trägt an alldem.

Doch ich denke etwas ganz anderes.

Ich stolpere rückwärts, bis ich die Wand hinter mir spüre und mich anlehnen kann. Denn ich weiß genau, wer schuld ist. Wem man Vorwürfe machen sollte.

Juliette ist tot wegen mir.

TAHEREH MAFI

# SHADOW ME

»Shadow Me« beleuchtet die Ereignisse am Ende von »Restore Me« aus der Sicht von Kenji Yamamoto.

*Kenji, Juliettes bester Freund, befindet sich in einer Zwickmühle. Wie soll er Juliette, die über den Verrat von Warner am Boden zerstört ist, beistehen und gleichzeitig das Rebellenteam zusammenhalten? Dann taucht auch noch unerwartet eine verschollen geglaubte Person aus der Vergangenheit auf …*

# 1

Ich bin schon wach, als der Wecker klingelt, mache aber die Augen nicht auf. Bin zu müde. Habe immer noch Muskelkater von einer intensiven Trainingseinheit vor zwei Tagen, mein Körper fühlt sich schwer an. Irgendwie leblos.

Und mein Kopf tut weh.

Der Wecker schrillt wie wild, ich beachte ihn nicht. Dehne ächzend die Muskeln im Nacken. Das Ding lärmt weiter, und jetzt höre ich außerdem, wie jemand nebenan mit der Faust an die Wand schlägt. Adam, der brüllt, ich solle endlich den Wecker ausschalten.

»Jeden Morgen!«, schreit er. »Das machst du jeden Morgen! Ich schwöre bei Gott, Kenji, wenn das so weitergeht, komm ich rüber und hau das Teil zu Klump!«

»Schon gut«, murmle ich. »Beruhig dich.«

*»Mach das Ding aus!«*

Ich hole tief Luft, schlage dann blindlings auf den Wecker ein, bis er Ruhe gibt. Wir haben jetzt endlich unsere eigenen Zimmer im Hauptquartier, aber Ruhe gibt es trotzdem nicht. Auch keine Privatsphäre. Die Wände sind dünn wie Papier, und Adam ist wie immer. Launisch. Humorlos. Ständig gereizt. Manchmal ist mir echt unklar, weshalb wir Freunde sind.

Mühsam setze ich mich auf. Reibe mir die Augen, mache in Gedanken meine To-do-Liste für den Tag, und dann fährt mir der Schreck in die Glieder –

als mir wieder einfällt, was gestern alles passiert ist.

*Oh Gott.*

So viel Drama an einem Tag, dass ich kaum noch alles zusammenkriege.

Juliette hat eine ihr bislang unbekannte Schwester. Die von Warner gefoltert wurde. Er und Juliette haben sich getrennt, sie lief schreiend davon. Warner hatte eine Panikattacke. Seine Ex–Freundin tauchte auf. Und schlug ihm ins Gesicht. Juliette hat sich betrunken. Nee, Moment – J hat sich betrunken *und* sich selbst die Haare abgeschnitten. Und ich habe Juliette in Unterwäsche gesehen – dieses Bild versuche ich immer noch zu verdrängen. Und als sei das alles nicht schon genug, habe ich gestern Abend nach dem Essen auch noch was richtig Blödes angestellt.

Ich stütze den Kopf in die Hände und hasse mich dafür. Am liebsten würde ich vor Scham im Erdboden versinken. Ich hole tief Luft. Richte mich auf. Zwinge mich, meine Gedanken zu klären.

Nicht alles ist furchtbar.

Ich habe ein eigenes Zimmer. Es ist klein, hat aber ein Fenster mit Aussicht auf Belüftungsanlagen. Einen Schreibtisch. Ein Bett. Einen Schrank. Das Badezimmer muss ich mit den anderen teilen, aber ich will echt nicht jammern. Ein eigenes Zimmer ist ein Luxus, den ich lange nicht hatte. Es tut mir gut, abends mit meinen Gedanken allein zu sein. Das Grinsegesicht ablegen zu können, das ich von früh bis spät aufsetze, auch wenn ich einen Scheißtag habe.

Für all das bin ich dankbar.

Ich bin überarbeitet, gestresst und erschöpft, aber dankbar.

Ich zwinge mich, das laut auszusprechen: *Ich bin dankbar.* Ich konzentriere mich darauf, dieses Gefühl zu spüren. Es zu identifizieren. Zwinge mich zum Lächeln, damit mein Gesicht sich entspannt und die Wut nicht wieder die Oberhand bekommt. Ich flüstere ein schnelles Dankeschön in die Luft, für die Geister, die meine Selbstgespräche belauschen. Ich habe ein Dach über dem Kopf, Kleider am Leib, täglich genug zu essen. Ich habe Freunde. Die wie eine Familie für mich sind. Ich kann für mich sein, bin aber nicht einsam. Mein Gehirn ist intakt, mein Körper auch. Ich lebe. Ich habe ein gutes Leben. Das halte ich mir tagtäglich vor Augen, um froh sein zu können. Sonst hätte der Schmerz mich schon vor langer Zeit umgebracht.

*Ich bin dankbar.*

Jemand klopft zweimal scharf an die Tür, und ich springe erschrocken auf. Normalerweise klopft hier niemand.

Hastig schlüpfe ich in Sweatpants und öffne vorsichtig.

*Warner.*

Ich mustere ihn verblüfft. Warner ist noch nie zu mir gekommen, und ich weiß nicht, was ich sonderbarer finde: dass er jetzt hier vor meiner Tür steht oder dass er so normal aussieht. Also, was bei Warner eben als normal gilt. Tadellos und makellos. Beunruhigend ruhig für einen Mann, der am Vortag von seiner Freundin verlassen wurde. Kaum zu glauben, dass es sich um denselben Typen handelt, der danach mit einer Panikattacke am Boden lag.

»Ähm, hi.« Ich räuspere mich. »Was gibt's?«

»Bist du etwa gerade aufgewacht?« Er beäugt mich wie ein eigenartiges Insekt.

»Um sechs. Alle in diesem Flügel stehen morgens um sechs auf. Du musst jetzt nicht so enttäuscht gucken.«

Warner späht an mir vorbei ins Zimmer und bleibt einen Moment stumm. Dann sagt er: »Yamamoto, wenn ich die zweitklassigen Standards anderer Menschen als Maßstab für meine eigenen Leistungen ansetzen würde, hätte ich es nie zu etwas gebracht.« Er starrt mich eindringlich an. »Du solltest dir selbst mehr abverlangen. Du bist absolut fähig dazu.«

»Sollte das –?« Ich blinzle verdattert. »Sorry, sollte das etwa ein Kompliment sein?«

Er fixiert mich ausdruckslos. »Zieh dich an.«

»Du willst mich zum Frühstück ausführen?«

»Wir haben drei weitere unangekündigte Gäste. Sie sind gerade angekommen.«

*»Oh.«* Ich weiche unwillkürlich einen Schritt zurück. »Oh Scheiße.«

»Ja.«

»Weitere Kinder von Obersten Befehlshabern?«

Warner nickt.

»Sind die gefährlich?«, frage ich.

Das bringt Warner beinahe zum Lächeln, aber er sieht unfroh aus. »Wären sie hier, wenn sie nicht gefährlich wären?«

»Stimmt.« Ich seufze. »Guter Einwand.«

»Wir treffen uns in fünf Minuten unten, dann erkläre ich dir alles.«

»Fünf Minuten?« Ich reiße die Augen auf. »Nee, auf gar keinen Fall. Ich muss noch duschen. Und ich habe noch nicht mal gefrüh–«

»Wärst du um drei Uhr aufgestanden, hättest du für all das ausreichend Zeit gehabt. Und für noch viel mehr.«

»Drei Uhr morgens?« Ich glotze ihn fassungslos an. »Spinnst du jetzt komplett?«

Und als er dann ohne die geringste Spur von Ironie antwortet –

»Nicht mehr als sonst«

– ist für mich sonnenklar, dass es ihm richtig mies geht.

Ich seufze tief, hasse mich, weil ich so was grundsätzlich spüre, und hasse mich noch mehr, weil ich dann auch immer helfen will. Aber ich kann nichts dagegen tun. Castle hat das mal zu mir gesagt, als ich noch ein Junge war: dass ich außergewöhnlich einfühlsam sei. Das war mir nicht klar gewesen, bis er das so deutlich in Worte gefasst hatte. Bis dahin hatte ich immer darunter gelitten, dass ich nicht härter war. Dass ich furchtbar weinen musste, als ich zum ersten Mal einen toten Vogel sah. Dass ich immer alle verletzten Tiere nach Hause schleppte, bis Castle mir eines Tages sagte, ich müsse damit aufhören, wir könnten die nicht alle versorgen. Damals war ich zwölf. Ich musste sie alle freilassen und weinte eine ganze Woche lang. Und hasste mich dafür. Weil ich es nicht ändern konnte. Alle denken immer, dass ich mir nichts zu Herzen nehme. Aber das ist genau das, was geschieht. Ich kann gar nicht anders.

Und dieses Arschloch Warner geht mir auch nah.

Deshalb hole ich jetzt tief Luft und sage: »Hey, Mann – alles okay mit dir?«

»Mir geht's gut«, sagt er. Zu schnell. Tonlos.

Ich könnte es dabei belassen.

Er will nicht reden. Das sollte ich so akzeptieren. Ich sollte es dabei belassen und so tun, als bemerkte ich seinen verbissenen Kiefer und die Röte in seinen Augen nicht. Ich habe schließlich meine eigenen Probleme, meinen eigenen Schmerz, meine eigenen Enttäuschungen, und abgesehen davon fragt *mich* nie jemand, wie mein Tag gewesen ist. Niemand kümmert sich um mich, niemand macht sich die Mühe, hinter das Grinsen zu schauen. Warum also sollte ich mich um andere kümmern?

Ich sollte es lassen.

*Halt dich da raus,* sage ich mir.

Ich öffne den Mund, um das Thema zu wechseln, über was anderes zu reden, und stattdessen höre ich mich sagen –

»Komm schon, Bro. Wir wissen doch beide, dass das nicht stimmt.«

Warner schaut zur Seite. An seinem Kiefer zuckt ein Muskel.

»Du hattest gestern einen harten Tag«, sage ich. »Es ist völlig okay, wenn man sich am nächsten Morgen nicht gut fühlt.«

Nach längerem Schweigen sagt er: »Ich bin schon ziemlich lange auf.«

Ich atme aus. Das kommt nicht unerwartet für mich. »Verstehe«, sage ich. »Tut mir leid für dich.«

Er sieht mich an. »Verstehst du das wirklich?«

»Ja. Ich glaub schon.«

»Ich glaube das eher nicht. Oder genauer gesagt: Ich hoffe es für dich. Du möchtest nämlich garantiert nicht wissen, wie mir gerade zumute ist. Das wünsche ich keinem.«

Das trifft mich schlimmer, als ich erwartet hatte, und es verschlägt mir einen Moment lang die Sprache.

Ich beschließe, auf den Boden zu schauen.

»Bist du ihr heute schon begegnet?«, frage ich.

So leise, dass ich es kaum höre –

»Nein.«

Scheiße. Das ist echt herzzerreißend.

»Bloß kein Mitleid«, sagt er und funkelt mich aufgebracht an, als ich wieder hochschaue.

»Was? Ich habe nicht – das ist nicht –«

»Zieh dich an«, sagt Warner scharf. »Wir treffen uns gleich unten.«

Ich blinzle. »Okay«, sage ich. »Na klar. Machen wir.«

Und dann ist er weg.

# 2

Ich bleibe noch einen Moment in der Tür stehen, streiche mir durch die Haare und rede mir gut zu, damit ich mich bewege. Mein Kopf schmerzt jetzt noch heftiger. Irgendwie bin ich zu einem Magneten für Schmerz und Leid geworden. Die Schmerzen von anderen. Und meine eigenen. Aber das habe ich mir selbst zuzuschreiben. Ich stelle schließlich die Fragen, die mich dorthin führen. Ich kümmere mich zu viel. Ich mische mich ein, obwohl ich es lassen sollte. Und dann kriege ich den ganzen Scheiß eben ab.

Ich schüttle den Kopf. Keine gute Idee, tut weh.

Das Einzige, was Warner und mich wirklich verbindet, ist, dass wir beide gern beim Fitnesstraining Dampf ablassen. Ich habe jedenfalls beim letzten Mal zu viel Gewicht gedrückt und hinterher nicht gedehnt – dafür gibt's jetzt die Quittung. Ich kann kaum die Arme heben.

Ich atme tief ein, strecke mich. Lockere den Nacken. Versuche, die Verkrampfung in den Schultern zu lösen.

Als ich jemanden anerkennend pfeifen höre, schaue ich auf. Lily zwinkert mir zu und grinst, und ich verdrehe die Augen. Ich fühle mich schon gern geschmeichelt, weil ich meinen Körper cool finde und keine falsche Bescheidenheit an den Tag lege. Aber Lily will nichts von mir und macht sich nur regelmäßig darüber lustig, wenn ich mit nacktem Oberkörper rumlaufe. Sie *und* Ian gemeinsam. Die beiden sind seit ein paar Monaten ein Paar und wirken ziemlich entspannt zusammen.

»Siehst gut aus, Bro«, sagt Ian grinsend. »Ist das Schweiß oder Babyöl? Du glänzt so.«

Ich zeige ihm den Finger.

»Diese lila Boxershorts stehen dir super«, äußert Lily. »Gute Wahl. Unterstreichen deine Hautfarbe.«

Ich stehe sie stirnrunzelnd an. Mein Oberkörper ist nackt, aber ich trage schließlich – ich checke das zur Sicherheit noch mal – Sweatpants. Meine Unterwäsche ist nirgendwo zu sehen. »Woher kennst *du* denn die Farbe meiner Boxershorts?«

»Fotografisches Gedächtnis.« Lily tippt sich an die Schläfe.

»Das heißt jetzt aber nicht, dass du einen Röntgenblick hast, Lil.«

»Du trägst lila Unterhosen?« Von irgendwoher höre ich Winstons Stimme, verbunden mit dem typischen Kaffeeduft, der ihm vorausweht. »Das finde ich ja echt inspiriert.«

»Wisst ihr was? Leckt mich.«

»Hey – whoa – ich dachte, du darfst keine schlimmen Wörter benutzen.« Jetzt nähert sich Winston mit schweren Stiefelschritten. Er versucht, sich das Lachen zu verkneifen, als er hinzufügt: »Ich dachte, ihr habt eine Absprache, Castle und du.«

»Das stimmt nicht.« Ich deute mit dem Finger auf Winston. »Castle und ich haben uns darauf geeinigt, dass ich so oft ›Scheiße‹ sagen darf, wie ich will.«

Winston zieht skeptisch die Augenbrauen hoch.

»Außerdem«, murmle ich, »ist Castle gerade nicht hier. Ich stehe also zu meiner ursprünglichen Aussage: Leckt mich am Arsch.«

Winston lacht lauthals, Ian schüttelt den Kopf, und Lily tut entrüstet, als –

»Ich bin sehr wohl *hier,* und ich habe das gehört«, ist Castle aus seinem Büro zu vernehmen.

Ich zucke zusammen.

Früher habe ich heftig geflucht – viel übler als jetzt –, und das brachte Castle wirklich aus der Fassung. Er sagte damals, er befürchte, dass ich nie lernen würde, meine Gefühle ohne Wut und Kraftwörter zum Ausdruck zu bringen. Er verlangte von mir, dass ich langsamer sprach und meine Gefühle genau beschrieb, anstatt Schimpfwörter zu brüllen. Und er schien sich deshalb solche Sorgen zu machen, dass ich mir wirklich Mühe gab, mich gepflegter auszudrücken. Aber ich habe ihm dieses Versprechen vor Jahren gegeben und bereue das inzwischen häufig, sosehr ich Castle auch liebe.

»Kenji?«, ruft er erneut. Ich weiß, dass jetzt eine Entschuldigung fällig ist.

Als ich den Flur entlangschaue, sehe ich, dass die Tür zu seinem Büro offen ist. Auch in unseren neuen Räumen sitzen wir dicht aufeinander. Warner musste dieses Stockwerk komplett umgestalten, was enorm aufwendig war. Und weil mir das klar ist, will ich auch nicht jammern.

Trotzdem.

Ist es manchmal schwierig, sich nicht über fehlende Privatsphäre aufzuregen.

»War ein Ausrutscher«, rufe ich zurück.

Worauf ich Castle laut seufzen höre.

»Was für ein ergreifender Ausdruck von Reue«, bemerkt Winston.

»Okay, die Show ist beendet.« Ich wedle mit den Händen. »Haut ab, ich muss duschen.«

»Das kann man laut sagen.« Ian rümpft bedeutungsvoll die Nase.

Ich schüttle frustriert den Kopf. »Ich weiß wirklich nicht, warum ich mich mit euch Arschlöchern abgebe.«

Ian lacht. »Du weißt aber schon, dass das ein Witz war, oder?« Als ich hartnäckig schweige, fügt er hinzu: »Im Ernst jetzt – du siehst super aus. Lass uns doch später zusammen trainieren. Ich brauche jemanden, der mich beim Bankdrücken sichert.«

Ich nicke, ein winziges bisschen besänftigt, und gehe ins Zimmer, um mein Duschzeug zu holen. Winston bleibt mir auf den Fersen und lehnt sich an den Türrahmen. Dabei wird mir erst richtig bewusst, dass er einen Pappbecher in der Hand hält.

»Ist das Kaffee?«, frage ich begierig.

Winston weicht entsetzt zurück. »Ja, aber es ist *mein* Kaffee.«

»Her damit.«

»Was? Nein!«

Ich kneife drohend die Augen zusammen.

»Ey, du kannst dir selbst einen holen«, sagt er und rückt seine Brille zurecht. »Das ist erst mein zweiter, und du weißt, dass ich mindestens drei brauche, bis ich halbwegs wach bin.«

»Ja, und ich muss in fünf Minuten im Konferenzraum sein, sonst bringt Warner mich um, und ich hatte noch kein Frühstück und bin ohnehin fix und fertig, und ich brauche unbedingt –«

»Schon gut.« Winston funkelt mich finster an, als er den Becher rausrückt. »Du bist ein Monster.«

»Ich bin wunderbar«, versetze ich, als ich den Becher in Empfang nehme.

Winston murmelt etwas Unflätiges.

»Sag mal –«, ich trinke einen Schluck, »hast du übrigens … na, du weißt schon –«

Winston läuft rosa an und wendet den Blick ab. »Nein.«

Ich halte die freie Hand hoch. »Hey, kein Stress oder so. Ich hab nur gerade daran gedacht.«

»Ich warte noch auf den richtigen Zeitpunkt.«

»Cool. Na klar. Ich bin nur so gespannt, nichts weiter.«

Winston schaut auf. Wirft mir ein unsicheres Lächeln zu.

Er ist schon lange in Brendan verliebt, aber niemand außer mir weiß davon. Winston dachte immer, dass Brendan kein Interesse hätte, weil er bislang nur mit Frauen zusammen war. Aber vor ein paar Monaten hatte er dann was mit einem anderen Typen aus Omega Point, und da gestand mir Winston, was mit ihm los ist. Er hat mich gebeten, das für mich zu behalten, und will seit damals mit Brendan reden, wenn es sich richtig anfühlt. Aber bislang hat Winston den Mut nicht aufgebracht, weil er denkt, er sei zu alt für Brendan, und fürchtet, eine Ablehnung könnte die Freundschaft ruinieren. Deshalb wartet er seither. Auf den richtigen Moment.

Ich klopfe ihm auf die Schulter. »Ich freu mich für dich, Bro.«

Winston gibt ein nervöses kurzatmiges Lachen von sich, das ich bisher noch nicht bei ihm erlebt hatte. »Nicht zu früh freuen«, sagt er. Dann schüttelt er den Kopf, als wolle er seine Gedanken loswerden. »Jedenfalls – lass dir den Kaffee schmecken. Ich brauche jetzt dringend den nächsten.«

Ich hebe den Becher mit einer Geste, die gleichzeitig *Danke* und *Tschüss* signalisiert, und wende mich meinem Duschzeug zu. Dabei erlischt mein Lächeln. Weil ich ständig durch irgendetwas daran erinnert werde, dass ich zwar Freunde habe, aber eben doch allein bin.

Mit ein paar Zügen leere ich den Becher. Wandere zur Dusche, ziehe mich gedankenverloren aus, stelle das Wasser an. Seife mich ein. Wasche mich. Das Übliche.

Bilde eine Schale mit den Händen, starre einen Moment darauf, während das Wasser sich darin sammelt. Seufzend lehne ich die Stirn an die Kacheln, lasse mir das heiße Wasser auf den Rücken prasseln, spüre erleichtert, wie die Muskeln beginnen, sich zu entspannen, wie die verkrampften Stellen weicher werden. Rufe mir in Erinnerung, was für ein Luxus diese Dusche ist, und dass ich dankbar dafür sein sollte. Aber meine weniger dankbaren Gedanken fallen immer wieder über mich her, picken an meinem Herzen und meiner Seele wie Geier.

Ich freue mich, wenn es meinen Freunden gut geht. Ich liebe sie, auch wenn sie mich ständig nerven. Sie liegen mir am Herzen, und ich wünsche ihnen alles erdenklich Gute. Trotzdem schmerzt es mich, dass ich offenbar der Einzige von allen bin, der allein ist.

Und es ist verrückt, wie sehnsüchtig ich mir wünsche, dass mir das gleichgültig wäre. Ständig wünsche ich mir, dass es mir scheißegal wäre – dass ich wie Warner sein könnte, eine eisige unnahbare Insel; oder sogar wie Adam, der sein Glück in der Familie gefunden hat, in der Beziehung zu seinem Bruder. Aber ich bin eben nicht wie die beiden. Stattdessen bin ich ein sehnsüchtiges Emotionsbündel, das sich auch noch einzureden versucht, dass es keine Liebe will. Keine Liebe *braucht.*

Klingt vielleicht komisch, aber ich weiß, dass ich fantastisch lieben könnte. Ich spüre das ganz deutlich in meinem Herzen. Dass ich die Fähigkeit habe, intensiv zu lieben. Romantisch und leidenschaftlich zu sein. Fühlt sich an wie eine Superkraft. Ein ganz besonderes Talent.

Und ich habe niemanden, dem ich dieses Gefühl schenken kann.

Alle halten mich nur für einen Witzbold.

Ich streiche mir übers Gesicht, kneife die Augen zusammen, als ich an mein Erlebnis mit Nasira gestern Abend denke.

Immerhin ist sie zu *mir* gekommen, rufe ich mir in Erinnerung.

Ich habe mich ihr nicht genähert. Habe nicht mal mehr versucht, mit ihr zu reden – seit diesem Tag am Strand, als sie klargemacht hat, dass sie nicht an mir interessiert ist. Es gab allerdings auch gar keine Gelegenheit, sie anzusprechen, weil es danach total chaotisch zuging. J wurde angeschossen, alle schoben Panik, und danach der ganze Mist mit der Trennung der beiden. So viel dazu.

Aber gestern Abend, als ich gerade überlegte, wie ich verarbeiten sollte, dass unsere Oberste soeben versucht hatte, sich im edelsten Whiskey von Anderson zu marinieren, kam Nasira plötzlich auf mich zu. Ohne Vorwarnung. Gleich nach dem Abendessen – an dem sie nicht mal teilgenommen hatte – tauchte sie auf wie ein Geist, als ich aus dem Speisesaal kam. Drängte mich in eine Ecke und wollte wissen, ob es stimmt, dass meine Superkraft Unsichtbarkeit ist.

Sie sah fuchsteufelswild aus. Und ich war völlig verwirrt. Hatte keine Ahnung, woher sie das wusste und wieso sie das überhaupt wissen wollte. Aber da stand sie nun mal vor mir und verlangte eine Antwort, und ich dachte mir nichts Böses, als ich sagte, ja, das sei wahr.

Worauf sie noch viel wütender aussah.

»Warum?«, fragte ich.

»Warum was?« In ihren großen schimmernden Augen loderte irgendetwas. Sie trug eine Lederkapuze, und das Licht von einem Kronleuchter glitzerte auf dem Diamant-Piercing unter ihrer Lippe. Ich konnte den Blick nicht von ihrem Mund abwenden. Ihre Lippen waren leicht geöffnet. Üppig und weich.

Ich zwang mich, ihr in die Augen zu schauen. »Was was?«

Sie kniff die Augen zusammen. »Was redest du da?«

»Ich dachte – entschuldige, worüber sprechen wir gerade?«

Sie wandte sich ab, aber ihre fassungslose Miene hatte sich mir eingeprägt. Und der Zorn in ihren Augen. Dann fuhr sie wieder zu mir herum. »Stellst du dich absichtlich so dumm? Oder redest du immer, als seist du betrunken?«

Ich erstarrte. Verletzt und verwirrt. Verletzt wegen der Kränkung, verwirrt, weil –

Ja, weil ich nicht kapierte, worum es hier ging.

»Was?«, sagte ich noch mal. »Ich rede nicht, als sei ich betrunken.«

»So schaust du mich aber an.«

Scheiße, sie war so schön.

»Ich bin nicht betrunken«, sagte ich belämmert. Dann schüttelte ich den Kopf und rief mir in Erinnerung, dass ich eigentlich wütend sein müsste, immerhin hatte sie mich gerade beleidigt. Deshalb sagte ich: »Also, *du* bist zu *mir* gekommen, hast du das vergessen? Und hast mich angesprochen. Ich verstehe auch nicht, weshalb du so wütend bist – oder weshalb es dich überhaupt interessiert, dass ich mich unsichtbar machen kann. Dafür kann ich nichts. Das ist einfach meine besondere Gabe.«

Und dann schob sie die Kapuze vom Kopf und schüttelte ihr üppiges seidiges dunkles Haar aus und sagte irgendetwas, das ich nicht hörte, weil mein Gehirn komplett durchdrehte – sollte ich ihr sagen, dass ich ihre Haare sehen konnte? Wusste sie, dass ich ihre Haare sehen konnte? Wollte sie, dass ich ihre Haare sah? Würde sie ausflippen, wenn ich ihr sagte, dass ich ihre Haare sehen konnte? Aber für den Fall, dass ich ihr Haar also nicht sehen sollte, beschloss ich, nichts dazu zu sagen, weil ich fürchtete, sie könnte es wieder bedecken, und ich genoss den Anblick viel zu sehr.

Sie schnippte mit den Fingern vor meinem Gesicht.

Ich blinzelte. »Was?« Und als ich merkte, dass ich dieses Wort schon zu oft benutzt hatte, fügte ich »Hm?« hinzu.

»Du hörst mir nicht zu.«

»Ich kann deine Haare sehen«, sagte ich und deutete darauf.

Sie holte tief Luft, gereizt, ärgerlich, ungeduldig. »Ich bedecke mein Haar nicht immer, weißt du?«

Ich schüttelte den Kopf. »Nein«, sagte ich blöde. »Das wusste ich nicht.«

»Das wäre gar nicht möglich, selbst wenn ich es wollte. Ist schließlich verboten, hast du das vergessen?«

Ich runzelte die Stirn. »Aber warum machst du es dann? Und wieso hackst du deshalb auf mir herum?«

Sie verschränkte die Arme vor der Brust. Ihr Haar schimmerte. Ihre tiefgründigen Augen leuchteten wie Honig. Sie war wirklich beängstigend schön.

»Ich kenne viele Frauen, die unter dem Reestablishment das Recht verloren haben, sich so zu kleiden«, antwortete sie. »Es gab eine große muslimische Bevölkerung in Asien, wusstest du das?«

Sie wartete meine Antwort nicht ab.

»Ich musste tatenlos zusehen, wie mein Vater den Befehl gab, Frauen die Kopfbedeckung wegzunehmen. Soldaten zerrten die Frauen auf die Straße, rissen ihnen in der Öffentlichkeit die Tücher vom Kopf und erniedrigten diese Frauen damit. Das war unmenschlich und gewalttätig, und ich musste es mit ansehen. Ich war elf Jahre alt damals«, flüsterte Nasira. »Es war entsetzlich, und ich hasste meinen

Vater dafür, dass er diese Tat verordnet hatte. Und dass ich gezwungen wurde, dabei zu sein. Deshalb versuche ich diese Frauen zu ehren, so oft ich kann. Für mich ist das ein Akt des Widerstands.«

»Ah.«

Nasira seufzte. Sie sah frustriert aus, aber dann – lachte sie. Sie klang nicht erheitert, eher fassungslos, aber es schien mir trotzdem ein Fortschritt zu sein. »Ich habe dir gerade etwas wirklich Wichtiges über mich erzählt, und das Einzige, was du dazu zu sagen hast, ist *Ah?*«

Ich dachte darüber nach. Dann sagte ich langsam: »Nein.«

Und aus irgendeinem Grund lächelte sie jetzt. Sie verdrehte dabei die Augen, aber ihr Gesicht erhellte sich, und sie sah viel jünger – und noch bezaubernder – aus, und ich konnte nicht anders, als sie anzustarren. Ich wusste nicht, womit ich diesen Gesichtsausdruck verdient hatte. Wahrscheinlich gar nicht. Wahrscheinlich machte sie sich nur über mich lustig.

Aber das war mir egal.

»Ich, ähm, finde das richtig cool«, sagte ich, als mir wieder einfiel, dass eine Äußerung erwartet wurde. Um zu würdigen, was sie mir anvertraut hatte.

»Was findest du cool?« Sie zog eine Augenbraue hoch.

»Du weißt schon.« Ich wies mit dem Kopf auf ihr Haar. »Das – alles. Also, diese Geschichte, weißt du.«

Und jetzt lachte sie richtig. Lauthals. Biss sich dann auf die Lippe, um es zu unterdrücken, und sagte kopfschüttelnd: »Du machst das nicht absichtlich, oder? Du kannst es einfach nicht.«

Ich blinzelte verwirrt, weil ich die Frage nicht verstand.

»Du kannst dich nicht vernünftig mit mir unterhalten«, sagte sie. »Weil ich dich nervös mache.«

Ich merkte, wie ich bleich wurde. »Ich wollte nicht – ich meine, das würde ich nicht sa–«

»Vielleicht war ich ein bisschen grob zu dir«, sagte sie und seufzte. Schaute beiseite und biss sich wieder auf die Lippe. »Ich dachte einfach ... an dem Abend, als ich dich kennengelernt habe ... dass du dich wie ein Arschloch benehmen wolltest. Weißt du?« Sie sah mich an. »Ich dachte, dass du Psychospielchen mit mir machen wolltest. Dass du absichtlich heiß und kalt warst. Weil du mich erst beleidigt hast und dann mit mir ausgehen wolltest.«

»Was?« Ich starrte sie schockiert an. »So was würde ich nie machen.«

»Ja«, sagte sie leise. »Das begreife ich jetzt allmählich auch. Die meisten Typen, die ich kenne, sind manipulative, herablassende Idioten – auch mein Bruder übrigens. Deshalb habe ich wohl nicht erwartet, dass du so ... aufrichtig bist.«

»Ah.« Ich runzelte die Stirn. Mir war nicht klar, ob das ein Kompliment sein sollte.

Sie lachte wieder. »Ich finde, wir sollten noch mal ganz von vorne anfangen«, erklärte sie und streckte mir die Hand hin. »Hi, ich bin Nasira. Schön, dich kennenzulernen.«

Vorsichtig ergriff ich ihre Hand, hielt dabei unwillkürlich die Luft an. Haut an Haut, die ihre weich und glatt an meiner eher gröberen. »Hi. Ich bin Kenji.«

Nasira lächelte. Es war ein echtes Lächeln, sie sah glücklich dabei aus, und ich hatte das Gefühl, dass dieses Lächeln mich gleich umbringen würde. Die ganze Situation würde zu meinem vorzeitigen Ableben führen, davon war ich überzeugt.

»Schöner Name«, sagte sie und ließ meine Hand los. »Du bist japanischer Abstammung, oder?«

Ich nickte.

»Sprichst du Japanisch?«

Ich schüttelte den Kopf.

»Ja, ist auch schwierig«, sagte sie. »Wunderschöne Sprache, aber schwer. Ich habe ein paar Jahre Japanisch gelernt, aber es war echt mühsam. Bin über die Grundzüge nicht rausgekommen. Übrigens habe ich auch mal einen Monat in Japan gelebt – also, was früher Japan war. Habe den asiatischen Kontinent ziemlich intensiv bereist.«

Und dann stellte sie mir noch eine Frage, aber ich war plötzlich taub geworden. Und mein Verstand hatte sich auch verflüchtigt. Sie redete über das Land, aus dem meine Eltern stammten – was mir richtig viel bedeutete –, aber ich konnte mich nicht konzentrieren. Nasira berührte häufig ihren Mund. Strich mit dem Finger über ihre Unterlippe. Klopfte leicht auf das Piercing, vielleicht merkte sie das selbst gar nicht. Aber mir kam es vor, als fordere sie mich damit auf, ständig auf ihren Mund zu schauen. Was ich natürlich auch tat. Und dabei daran dachte, sie zu küssen. Und an alles Mögliche andere. Sie an die Wand zu drängen. Langsam auszuziehen. Ihren nackten Körper zu streicheln.

Und dann plötzlich –

Unter einer kalten Dusche zu stehen.

Ihr Lächeln verschwand, und sie klang leicht beunruhigt, als sie fragte: »Hey, alles okay mit dir?«

Nee, eher nicht.

Sie stand zu dicht vor mir, und mein Körper drehte eindeutig durch, und ich wusste nicht mehr, wie ich ihn runterkühlen sollte. Abschalten.

»Kenji?«

Und dann berührte sie meinen Arm. Sie schien selbst verblüfft darüber zu sein, starrte auf ihre Hand auf meinem Bizeps, und ich zwang mich, ganz still zu stehen, keinen

Muskel zu rühren, während ihre Fingerspitzen meine Haut streiften und eine Lustwelle meinen Körper so heftig erfasste, dass ich mich plötzlich wie betrunken fühlte.

Sie ließ die Hand sinken und wandte den Blick ab. Schaute mich dann wieder an.

Sah verwirrt aus.

»Scheiße«, sagte ich leise. »Ich glaube, ich bin verliebt in dich.«

Und dann fuhr mit furchtbarer Wucht mein Verstand in meinen Kopf zurück, und ich fühlte mich so erschüttert wie bei einem Erdbeben und war sicher, dass ich vor Peinlichkeit jetzt sofort sterben würde. Auf der Stelle. Das wünschte ich mir jedenfalls. Ich wollte mich in Luft auflösen. Augenblicklich spurlos verschwunden sein.

Großer Gott, ich verging fast vor Scham.

Konnte nicht fassen, dass ich diese Worte wirklich laut geäußert hatte. Dass meine vorlaute Klappe mich derartig ausgetrickst hatte.

Nasira starrte mich mit großen Augen an. Und wie durch ein Wunder gelang es mir, die Fassung wiederzufinden.

Ich lachte.

*Lachte.* Und sagte dann lässig: »Das war natürlich ein Witz. Ich glaube, ich bin einfach extrem erschöpft. Ich gehe jetzt schlafen. Gute Nacht.«

Dann schaffte ich es, in normalem Schritttempo – halbwegs würdevoll, hoffte ich – zu meinem Zimmer zu gehen. Anstatt zu rennen.

Aber wer weiß, vielleicht war das mit der Würde auch nur Einbildung.

Jedenfalls werde ich Nasira sicher bald wiedersehen, und dann wird sie mir bestimmt mitteilen, dass ich ihr aus den Augen gehen soll.

*Scheiße.*

Ich stelle die Dusche aus, stehe reglos da, tropfnass. Und dann, weil ich mich selbst hasse, hole ich tief Luft und dusche zehn Sekunden lang eiskalt.

Das wirkt. Klärt meinen Kopf. Kühlt mein Herz ab.

Ich stolpere, als ich aus der Dusche trete.

Meine Beine sind immer noch schwerfällig vom Muskelkater. Ich werfe einen Blick auf die Uhr an der Wand und fluche. Ich bin spät dran. Warner wird mich umbringen. Ich müsste wirklich ausgiebig stretchen, meine Muskeln sind trotz der heißen Dusche immer noch zu verspannt. Habe aber keine Zeit dafür. Ich verziehe das Gesicht, als mir klar wird, dass Warner recht hatte. Ein paar Stunden mehr für mich heute Morgen hätten mir gutgetan.

Ich seufze tief, gehe zu meinem Zimmer.

Ich trage die Sweatpants und habe mir ein Handtuch um den Hals gelegt, weil mir die Arme zu sehr wehtun, um in ein Shirt zu schlüpfen. Vielleicht kann ich mir eines von Winstons Button-down-Hemden mopsen, das sich leichter anziehen lässt. Darüber denke ich gerade nach, als ich eine Stimme höre und mich umdrehe. Und im nächsten Moment mit jemandem zusammenpralle.

*Jemandem.*

Alle Worte verflüchtigen sich.

Mir fällt nichts ein.

Ich bin so ein Vollidiot.

»Du bist *nass*«, sagt Nasira naserümpfend, als sie zurückweicht. »Wieso bist du so –«

Ich beobachte, wie sie mich ansieht. Langsam von Kopf bis Fuß mustert. Dann schaut sie weg und räuspert sich, und plötzlich kann sie mir nicht mehr in die Augen gucken.

Hoffnung erfasst mich. Löst meine Zunge.

»Hey«, sage ich.

»Hey.« Sie nickt. Verschränkt die Arme vor der Brust. »Guten Morgen.«

»Brauchst du irgendetwas?«

»Ich? Nein.«

Ich muss mir ein Lächeln verkneifen. Seltsames Gefühl, sie so verlegen zu erleben. »Was machst du dann hier?«

Sie blinzelt, schaut über meine Schulter. »Läufst du ... also, ich meine ... läufst du hier immer ohne Hemd herum?«

Ich ziehe die Augenbrauen hoch. »Hier oben? Ja, schon. Meistens.«

Sie nickt. »Das merke ich mir.« Als ich nicht reagiere, sieht sie mich an und fügt leise hinzu: »Ich suche Castle.«

»Sein Büro ist dahinten«, ich weise mit dem Kopf in die Richtung, »aber ich vermute, dass er schon unten ist.«

»Ah. Danke.«

Sie schaut mich immer noch an. Und irgendetwas in mir zieht sich zusammen. Ich mache einen Schritt auf sie zu, ohne es zu merken. Gedanken schießen mir durch den Kopf. Ich weiß nicht, was sie denkt. Ich weiß nicht, ob ich gestern Abend alles vermasselt habe. Aber aus irgendeinem Grund –

Starrt sie jetzt auf meinen Mund.

Sieht mir kurz in die Augen, fixiert dann wieder meinen Mund. Ich frage mich, ob ihr das bewusst ist. Ich überlege, ob sie überhaupt eine Ahnung hat, was sie mit mir macht. Ich kann kaum noch atmen. Mein Herz pocht wie verrückt und fühlt sich seltsam riesig und schwer an in meiner Brust.

Als sie mir wieder in die Augen schaut, zieht sie plötzlich scharf die Luft ein. Wir stehen so dicht voreinander, dass ich ihren Atem an meiner nackten Brust spüre. Und ich werde von dem unwiderstehlichen Verlangen erfasst, sie zu küssen. Ich will sie in die Arme nehmen und küssen, und einen Moment lang habe ich das Gefühl, als wolle sie das auch, und das jagt mir Schauer über den Rücken, und mir wird schwindlig, während meine Gedanken durchdrehen und wilde Fantasien erzeugen. Beängstigend deutlich sehe ich vor mir, wie ich Nasira in den Armen halte, wie sie mich tief und verlangend ansieht. Ich spüre sie unter mir, spüre, wie ihre Nägel sich in meine Schultern krallen, als sie schreit –

*Großer Gott.*

Ich wende mich ab. Muss mich dazu zwingen. Bin kurz davor, mich selbst zu ohrfeigen.

So ein Typ bin ich doch nicht. Ich bin kein Fünfzehnjähriger, der seine Sexfantasien nicht unter Kontrolle kriegt.

»Ich, ähm, muss mich jetzt anziehen«, sage ich mit rauer Stimme. »Wir sehen uns dann unten.«

Doch dann legt Nasira mir wieder die Hand auf den Arm, und ich erstarre, als könne ich mich nur so beherrschen. Mein Körper flippt aus. Ist durchströmt von einem Verlangen, wie ich es noch nie erlebt habe. Ich versuche mir einzureden, dass das irgendein Irrsinn ist, dass J völlig recht hat – ich kenne Nasira überhaupt nicht. Ich mache nur irgendeine komische Phase durch. Keine Ahnung, was das ist, aber irgendwie bin ich eben bis über beide Ohren verknallt in dieses Mädchen. Das ich überhaupt nicht kenne.

*Das ist alles nicht real.*

»Hey«, sagt sie.

Ich rühre mich nicht.

»Ja?« Mir stockt der Atem. Langsam drehe ich mich so weit um, dass ich ihr in die Augen schauen kann.

»Ich wollte dir was sagen. Gestern Abend. Aber dann kam ich nicht dazu.«

»Ah.« Ich runzle die Stirn. »Okay.« Ich höre eine Spur Angst in ihrer Stimme – was mich schlagartig ernüchtert. »Sag es mir.«

»Nicht hier«, erwidert sie. »Nicht jetzt.«

Ich bin sofort beunruhigt. »Stimmt etwas nicht? Geht es dir schlecht?«

»Ah, nein – nein, nein, es geht mir gut. Es ist nur –« Sie zögert. Zuckt mit den Schultern, wirft mir ein kleines Lächeln zu. »Ich wollte dir nur etwas sagen. Ist aber nichts Wichtiges.« Sie wendet den Blick ab, beißt sich auf die Unterlippe. Das macht sie auch ziemlich häufig, fällt mir auf. »Also, na ja, für mich ist es wohl schon wichtig.«

»Nasira«, sage ich und genieße es, ihren Namen auszusprechen.

Sie sieht mich an.

»Du machst mir gerade ein bisschen Angst. Kannst du es wirklich nicht jetzt gleich sagen?«

»Nein.« Sie lächelt angespannt. »Aber kein Anlass zur Sorge, wirklich, ich versprech's. Keine große Sache. Vielleicht können wir heute Abend darüber reden?«

Mir stockt wieder der Atem. »Na klar.«

Sie nickt noch mal. Wir verabschieden uns.

Als ich mich in der nächsten Sekunde noch mal nach ihr umdrehe, ist sie schon weg.

Spurlos verschwunden.

# 3

Warner ist stinksauer.

Ich komme viel zu spät, und er sitzt steif auf einem Stuhl im Konferenzraum und starrt an die Wand.

Ich habe auf dem Weg nach unten einen Muffin ergattert und wische mir jetzt hastig über den Mund, um Krümel verschwinden zu lassen. Ich weiß nicht, was Warner von Muffins hält, aber vermutlich ist er kein Fan davon.

»Hey«, sage ich atemlos. »Hab ich was verpasst?«

»Mein Fehler«, sagt er, ohne mich anzusehen, und macht eine ausladende Geste.

»Ich meine, ganz bestimmt ist es dein Fehler«, sage ich, »aber nur damit wir das klar haben – was denn jetzt genau?«

»Das hier.« Jetzt sieht er mich an. »Diese Situation.«

Ich warte ab.

»Es ist mein Fehler«, wiederholt er dramatisch, »dass ich mir eingebildet habe, mich auf dich verlassen zu können.«

Es gelingt mir, nicht die Augen zu verdrehen. »Schon gut, beruhig dich. Ich bin ja jetzt da.«

»Dreißig Minuten zu spät.«

»Bro.«

Warner sieht plötzlich erschöpft aus. »Die Kinder der Obersten Befehlshaber von Afrika und Südamerika sind hier. Im Raum nebenan.«

»Ja und?« Ich ziehe eine Augenbraue hoch. »Worum geht's jetzt? Was brauchst du von mir?«

»Was ich brauche, ist deine Anwesenheit«, sagt er scharf. »Ich weiß nicht genau, weshalb die hergekommen sind. Aber mein Verstand sagt mir, dass ein Krieg droht. Ich habe den Verdacht, dass sie hier sind, um uns auszuspionieren und ihren Eltern Bericht zu erstatten. Die haben ihre Kinder hergeschickt, um für nostalgische Stimmung zu sorgen. An die früheren Freundschaften anzuknüpfen. Vielleicht glauben die Obersten auch, andere junge Leute könnten sich besser bei unserer Obersten einschmeicheln. In jedem Fall ist es enorm wichtig, dass wir gemeinsam kraftvoll und entschieden auftreten.«

»Also ist J nicht dabei?«

Warner schaut auf, und einen Moment lang sehe ich den Schmerz in seinen Augen. Dann wirkt er wieder ausdruckslos. »Nein. Ich habe sie heute noch nicht gesehen. Und es ist wichtiger denn je, dass die von unserem Zerwürfnis nichts erfahren.« Er holt tief Luft. »Wo ist Castle? Er muss auch dabei sein.«

Ich zucke mit den Schultern. »Ich dachte, er sei schon hier.«

»Vorhin habe ich ihn gesehen. Ich geh ihn holen.«

Ich sinke auf einen Stuhl. »Super.«

Warner geht zur Tür, zögert dann. Dreht sich langsam zu mir um. »Du hast wieder Probleme.«

Ich schaue überrascht hoch. »Was?«

»Dein Liebesleben. Du hast Probleme damit. Bist du deshalb zu spät gekommen?«

Ich starre ihn fassungslos an. »Woher zum Teufel weißt du so was?«

»Das strahlst du aus.« Er weist mit dem Kopf auf mich. »Dein Körper schreit förmlich ›Liebesqual‹.«

Mir bleibt die Spucke weg. Es lohnt sich bestimmt nicht mal, das abzuleugnen.

»Nasira, oder?«, fragt Warner. Er wirkt neutral, nicht wertend.

Ich zwinge mich zu nicken.

»Erwidert sie deine Zuneigung?«

Ich werfe ihm einen aufgebrachten Blick zu. »Woher zur Hölle soll ich das wissen?«

Warner lächelt. Die erste sichtbare Gefühlsregung, seit ich im Raum bin. »Ich dachte mir schon, dass sie dich zerlegen würde. Aber ich hatte, ehrlich gesagt, damit gerechnet, dass sie es mit einem Messer macht.«

Ich gebe ein bitteres »Ha« von mir.

»Sieh dich vor, Yamamoto. Ich möchte dich daran erinnern, dass sie zum Töten erzogen wurde. An deiner Stelle würde ich mich nicht mit ihr anlegen.«

»Na super«, murmle ich und stütze den Kopf in die Hände. »Jetzt fühle ich mich prima. Danke für die aufmunternde Ansprache.«

»Und du solltest auch wissen, dass sie irgendetwas verbirgt.«

Ich fahre hoch. »Was meinst du damit?«

»Ich weiß das auch noch nicht genau. Ich spüre nur, dass sie etwas verbirgt. Sei unbedingt vorsichtig.«

Mir ist plötzlich flau im Magen, und ich spüre einen Anflug von Angst. Denke an ihre unklare Äußerung. Dass sie mir gestern Abend etwas sagen wollte. Und es jetzt heute nachholen will.

Und dann wird mir klar –

»Augenblick mal.« Ich runzle die Stirn. »War das jetzt gerade eine Dating-Beratung?«

Warner legt den Kopf schräg. Wieder ein leichtes Lächeln. »Ich war dir ja einen Gefallen schuldig.«

Ich lache verblüfft. »Danke, Mann. Ich weiß es zu schätzen.«

Er nickt.

Dann öffnet er mit einer eleganten Geste die Tür und schließt sie hinter sich. Dieser Typ bewegt sich wie ein Prinz. Und ist gekleidet wie ein Prinz. Glänzende Stiefel und Maßanzüge.

Ich seufze, absurd gereizt.

Bin ich etwa neidisch? Verflucht, vielleicht bin ich echt neidisch.

Warner wirkt immer so gefasst. So unerschütterlich und souverän. Weiß immer etwas Kluges zu sagen. Hat einen klaren Kopf. Ich wette, der hat nie so mit seiner Verliebtheit gerungen wie ich. Musste sich nie so krass anstrengen, um –

Wow.

Was bin ich doch für ein Trottel.

Keine Ahnung, wie ich vergessen konnte, dass seine Freundin sich gerade von ihm getrennt hat. Ich habe die Folgen doch miterlebt. Warner mit Panikattacke am Boden. *Weinend.*

Ich seufze tief, streiche mir mit beiden Händen durch die Haare.

Als mir klar wird, dass Warner sich mit seinen Liebesbeziehungen genauso schwertut wie ich, geht es mir noch schlechter statt besser. Weil ich denke, dass ich null Chance habe bei Nasira.

Ganz ehrlich, ich hasse gerade alles.

Während ich auf Warner und Castle warte, hole ich einen zweiten Muffin aus der Tasche und verputze ihn eilig, stopfe mir große Stücke in den Mund.

Als Castle dann reinkommt, bin ich noch am Kauen, nuschele »Hallo«. Castle runzelt die Stirn, sichtlich unzufrieden mit mir, und ich tue so, als merkte ich es nicht. Ich winke und schlucke, mit tränenden Augen.

Warner schließt die Tür und knurrt: »Wieso musst du immer essen wie ein Tier?«

Ich will etwas erwidern, aber er lässt mich nicht zu Wort kommen.

»Wage es ja nicht, mit vollem Mund zu mir zu sprechen!«

Ich verschlucke mich beinahe. Als der Rest des Muffins aufgegessen ist, räuspere ich mich und sage: »Weißt du, was? Ich hab die Schnauze voll von deinem Benehmen. Hör endlich auf, dich über meine Essweise lustig zu machen. Das gehört sich nicht.«

Als Warner jetzt widersprechen will, hebe ich die Hand.

»Nein«, sage ich. »Ich esse nicht wie ein Tier. Ich habe nur *Hunger.* Und vielleicht solltest *du* erst mal ein paar Jahre lang erleben, wie es sich anfühlt zu hungern, bevor du blöde Sprüche klopfst, okay, Arschloch?«

Es ist verblüffend, mit anzusehen, wie schnell sich Warners Gesichtsausdruck verändert. Er runzelt weiterhin die Stirn, aber einen Moment lang erlischt das Licht in seinen Augen.

Er wendet sich langsam in einem Fünfundvierzig-Grad-Winkel von mir ab und sagt mit düsterer Stimme: »Sie erwarten uns nebenan.«

»Ich nehme deine Entschuldigung an«, erwidere ich.

Warner wirft mir einen kurzen Blick zu. Schaut dann weg.

Castle und ich folgen ihm.

Okay, vielleicht ist mir irgendwas entgangen, aber auf mich wirken die neuen Gäste nicht sonderlich furchterregend. Da sind Zwillinge – ein Junge und ein Mädchen –, die sich sehr schnell auf Spanisch unterhalten. Und ein großer Schwarzer junger Mann mit britischem Akzent. Haider, Nasira und Lena sind aus erklärlichen Gründen nicht da, aber alle benehmen sich höflich und äußern sich nicht über deren Abwesenheit. Eigentlich sind die drei echt nett. Vor allem Stephan, der Sohn des Obersten Befehlshabers von Afrika. Den finde ich richtig cool, kann ihn mir auch nicht als trainierten Killer vorstellen. Am linken Handgelenk trägt er einen silbernen Armreif mit großen roten Steinen, die Rubine sein könnten, und irgendwie habe ich das Gefühl, so was schon mal gesehen zu haben. Ich starre darauf und versuche mich zu erinnern, als plötzlich –

Juliette hereinkommt.

Zumindest glaube ich, dass sie es ist.

Sie sieht völlig verändert aus.

Sie trägt ein Outfit, in dem ich sie noch nie gesehen habe, von Kopf bis Fuß schwarz, und sieht so schön wie immer aus, aber irgendwie anders. Härter. Zorniger. Ich hätte nicht gedacht, dass mir die kurzen Haare an ihr gefallen würden – gestern Abend sahen sie ziemlich wüst aus –, aber offenbar hat sie heute Morgen noch daran gearbeitet. Jetzt trägt sie einen schlichten Bürstenhaarschnitt.

Der ihr gut steht.

»Guten Morgen«, sagt sie, und ihre Stimme klingt so dunkel, dass ich einen Moment überrascht bin. Es ist ihr gelungen, diese Worte brutal klingen zu lassen, was ihr so gar nicht ähnlich sieht, dass ich es regelrecht unheimlich finde.

»Im Ernst jetzt, Prinzessin, bist du es wirklich?«

Sie wirft mir einen kurzen Blick zu, aber es sieht eher aus, als würde sie durch mich hindurchschauen, und irgendwas an dem kalten, bösen Ausdruck in ihren Augen bricht mir fast das Herz.

Ich weiß nicht, was aus meiner Freundin geworden ist.

Und dann, als sei diese ganze Szene nicht schon dramatisch genug, kommt Lena hereingestürmt. Hat wahrscheinlich hinter der Bühne auf ihren Auftritt gewartet. Um Juliette zu irritieren.

Was aber nicht gelingt.

Ich fühle mich leicht benebelt, als ich beobachte, wie Juliette und Lena sich zum ersten Mal begegnen. J verhält sich förmlich und erhaben, und ich bin stolz, weil sie so stark wirkt – erkenne sie aber trotzdem nicht wieder.

So ist sie nicht.

Sie ist nicht so kalt.

Ich habe sie schon vor Wut ausrasten sehen, aber sie war nie grausam. Sie ist nicht gemein und böse. Ich finde nicht, dass Lena eine bessere Behandlung verdient hat – definitiv nicht. Aber Juliettes Verhalten passt so überhaupt nicht zu ihr, sie muss noch viel schlimmer verletzt sein, als ich gedacht hatte. Schlimmer, als ich mir vorstellen kann. Der Schmerz muss sie übel zugerichtet haben.

Und ich kann das einschätzen. Weil ich sie so gut kenne.

Warner würde mich abmurksen, wenn er das wüsste, aber Tatsache ist, dass ich Juliette besser kenne als jeder andere Mensch. Und auch besser als er.

Ganz einfache Mathematik: J und ich sind uns schon viel länger so nah.

Wir haben jede Menge Scheiß zusammen durchgemacht. Wir hatten mehr Zeit, über unser Leben zu quatschen. Sie ist der Mensch, der mir am nächsten steht.

Castle war auch immer für mich da, aber er ist eher wie ein Vater für mich, und weder mit ihm noch mit irgendjemand anderem kann ich so reden wie mit J. Sie ist anders. Sie versteht mich. Ich mache mich oft über ihre Gefühlsbetontheit lustig, aber in Wirklichkeit liebe ich es, dass Juliette so emotional ist. Ich liebe es, dass ihr manchmal sogar Freude Schmerzen bereitet, weil sie so intensiv empfindet. So ist sie einfach. Ganz und gar Herz.

Und diese Person, die ich jetzt hier erlebe?

Ist eine Fälschung.

Die ich nicht akzeptieren will, weil ich weiß, dass sie nicht echt ist.

Plötzlich werde ich durch wütende Stimmen aus meinen Gedanken gerissen.

Als ich hochschaue, merke ich, dass Lena wohl irgendetwas Fieses gesagt hat. Valentina, das Mädchen von den Zwillingen, erwidert etwas, und ich höre, wie sie sagt –

»Ich hätte dir längst die Ohren abschneiden sollen, als ich noch die Chance dazu hatte.«

Ich reiße verblüfft die Augen auf.

Werfe einen Blick in die Runde, um den Zusammenhang zu begreifen, aber jetzt sind alle in unbehagliches Schweigen verfallen. »Ähm, Entschuldigung …« Ich räuspere mich. »Hab ich irgendwas verpasst?«

Immer noch Stille.

Lena äußert schließlich etwas, aber der traue ich nicht über den Weg, als sie sagt: »Valentina täuscht gerne was vor.«

Nicolás, der Junge von den Zwillingen, reagiert mit einem wütenden Redeschwall auf Spanisch, aber Valentina legt ihrem Bruder die Hand auf die Schulter. »Nein, weißt du, was? Ist okay. Lass sie reden. Lena glaubt, ich würde nur was vortäuschen«, ein Wort auf Spanisch, »es wird nicht vorgetäuscht sein«, noch mehr Spanisch.

Stephan sieht schockiert aus, aber Lena verdreht nur die Augen, und ich habe weiterhin keine Ahnung, worum es geht.

Ich runzle die Stirn. Ziemlich frustrierend, hier was begreifen zu wollen.

Aber als ich einen Blick auf Juliette werfe, merke ich erleichtert, dass sie offenbar genauso wenig versteht, was da abläuft. Castle sieht gleichermaßen verständnislos aus. Und gerade als ich denke, dass Warner bestimmt auch nichts kapiert, wendet er sich zu Valentina und redet auf Spanisch auf sie ein.

Mir dreht sich der Kopf.

»Ich fass es nicht, Bro«, sage ich. »Spanisch sprichst du auch noch? Daran muss ich mich echt erst mal gewöhnen –«

»Wir sprechen alle mehrere Sprachen«, sagt Nicolás zu mir. Er wirkt immer noch leicht gereizt, aber ich bin dankbar für die Erklärung. »Wir müssen schließlich mit allen kommuni –«

Juliette unterbricht ihn schroff. »Hört mal, Leute, eure Privatdramen interessieren mich nicht. Ich habe üble Kopfschmerzen und endlos viel zu erledigen heute und möchte jetzt damit anfangen.«

*Ha.*

Natürlich. Juliette hat einen schlimmen Kater.

Sie ist bestimmt noch nie im Leben verkatert gewesen. Und wenn die Lage nicht so dramatisch wäre, würde ich das ziemlich komisch finden.

Nicolás sagt leise etwas zu ihr und macht dann eine kleine Verbeugung.

»Was?« Juliette blinzelt. »Keine Ahnung, was das heißt.«

Nicolás lächelt und sagt noch etwas auf Spanisch. Inzwischen ist klar, dass er J verarscht, und ich muss mich beherrschen, um dem aufgeblasenen Idioten nicht an die Gurgel zu gehen.

Aber Warner kommt mir zuvor. Er sagt etwas zu Nicolás, was ich auch nicht kapiere, aber das scheint J noch wütender zu machen.

Absurde Situation.

Dann höre ich Nicolás auf Englisch sagen: »Wir freuen

uns, Sie zu treffen«, und bin endgültig so verwirrt, dass ich erwäge, mich zu verabschieden –

Juliette sagt: »Und ich nehme an, dass Sie alle heute an der Konferenz teilnehmen?«

Die Antwort erfolgt wieder auf Spanisch, worauf Warner übersetzt: »Das bedeutet ›Ja‹.«

Das bringt Juliette auf die Palme. Sie fährt wütend herum und fragt Warner: »Welche Sprachen sprichst du noch?«, und er sieht so schockiert aus, dass er mir richtiggehend leidtut.

Ich spüre ganz deutlich, wie elend er sich fühlt.

Warner und Juliette sind heute wirklich unerträglich. Beide wollen unbedingt hart, kalt und unnahbar rüberkommen, und dann – *so was.* Er starrt sie an, bringt kein Wort hervor, und sie ist rot angelaufen und fühlt sich unwohl, weil er sie anschaut.

*Oh mein Gott.*

Ich frage mich, ob Warner sich klarmacht, wie er gerade aussieht, während er Juliette so bescheuert anglotzt. Und dann wird mir mit Schrecken klar, dass ich vielleicht genauso gewirkt habe, als ich mit Nasira geredet habe.

Ich schaudere.

Warner wird schließlich von Stephan erlöst, der sich räuspert und sagt: »Wir haben alle von klein auf mehrere Sprachen erlernt. Damit die Obersten und ihre Familien sich gegenseitig verständigen können.«

Juliette schaut zu Boden, scheint sich zu sammeln. Als sie sich zu Stephan wendet, ist ihr Gesicht nicht mehr ganz so rot, aber immer noch etwas fleckig.

»Ich dachte, das Reestablishment will Sprachen überflüssig machen«, sagt sie. »Ich dachte, es soll nur noch eine einzige universelle Sprache geben –«

»*Sí*, Madam Oberste«, sagt Valentina. (Das Wort kenne ich. Es heißt »Ja«. Bin schließlich nicht komplett blöde.) »Das trifft zu. Aber vorher müssen wir erst mal imstande sein, uns gegenseitig zu verstehen, *no*¿«

Und dann –

Ich verstehe nicht, warum, aber Valentinas Antwort reißt Juliette irgendwie aus ihrer Verschlossenheit, und sie sieht fast wieder wie sie selbst aus. Ihr Gesicht wirkt entspannt, die Augen sind groß und ein bisschen wehmütig.

»Woher kommen Sie beide¿«, fragt sie, leise, und ihre Stimme klingt so offen, dass ich wieder Hoffnung schöpfe – Hoffnung, dass die echte J noch existiert. »Bevor die Welt neu aufgeteilt und umbenannt wurde – wie hießen die Länder, aus denen Sie kommen¿«

»Wir sind in Argentinien geboren«, antworten die Zwillinge.

»Meine Familie stammt aus Kenia«, sagt Stephan.

»Und Sie haben sich alle gegenseitig besucht¿« Juliette schaut die drei nacheinander an. »Auf den unterschiedlichen Kontinenten¿«

Sie nicken.

»Wow«, sagt sie. »Das muss fantastisch sein.«

»Kommen Sie uns doch einmal besuchen«, sagt Stephan strahlend. »Wir würden uns sehr freuen. Sie sind ja jetzt eine von uns.«

Und mit einem Schlag ist Juliettes Lächeln verschwunden.

Ihr Gesicht wirkt wieder verschlossen und ausdruckslos, so kalt und starr, wie als sie hereinkam. Und ihre Stimme klingt streng, als sie sagt: »Kenji, Castle, Warner¿«

Ich räuspere mich. »Was gibt's¿«

»Ja, Ms Ferrars¿«, sagt Castle.

Ich werfe einen Blick auf Warner, der gar nichts äußert, sondern J nur stumm anstarrt.

»Nach dieser Unterredung hier möchte ich mit euch dreien allein sprechen, bitte.«

Ich schaue zwischen Warner und Castle hin und her. Als keiner von beiden spricht, sage ich hastig:

»Äh, ja. Klar. Kein … kein Problem.« Ich werfe Castle einen auffordernden Blick zu, und er sagt schnell: »Ja, natürlich.«

Warner glotzt sie weiterhin nur an, stumm wie ein Fisch.

Ich würde ihn am liebsten hauen.

Juliette scheint mit meiner Äußerung einverstanden zu sein, denn sie marschiert zur Tür, sieht dabei extrem sauer aus. Ich will ihr gerade folgen, als sich eine schwere Hand auf meine Schulter legt.

Ich drehe mich um und schaue direkt in Warners Augen, was – ehrlich gesagt – etwas verstörend ist. Der Typ hat echt irre Augen. Eisgrün und leuchtend. Bisschen unheimlich.

»Gib mir eine Minute mit ihr«, sagt er.

Ich nicke. Trete einen Schritt zurück. »Na klar. Wie du möchtest.«

Und er rennt raus, ruft Juliette nach. Ich stehe etwas ratlos da, schaue auf die offene Tür. Verschränke die Arme vor der Brust. Räuspere mich.

»Also ist es wahr«, sagt Stephan plötzlich.

Ich drehe mich überrascht zu ihm um. »Was meinen Sie?«

»Die beiden lieben sich tatsächlich.« Er nickt Richtung Tür. »Diese beiden.«

»Ja«, erwidere ich verdattert. »Das stimmt.«

»Wir haben natürlich davon gehört«, sagt Nicolás. »Ist aber interessant, das selbst zu erleben.«

»Interessant?« Ich ziehe eine Augenbraue hoch. »Inwiefern denn interessant?«

»Ich finde es ziemlich rührend«, sagt Valentina. Sie hört sich aufrichtig an.

Castle tritt zu mir und sagt leise: »Die Minute ist auf jeden Fall um.«

»Stimmt.« Ich nicke. »Okay, wir sehen uns später«, sage ich zu den anderen. »Falls Sie noch kein Frühstück hatten, holen Sie sich gerne Muffins aus der Küche. Die sind lecker, ich habe mir auch grade zwei gegönnt.«

# 4

Ich komme ins Stolpern, weil ich so abrupt anhalte, als wir in den Flur hinaustreten. Warner und Juliette stehen nämlich ganz in der Nähe, dicht voreinander, in einem intensiven Gespräch.

»Wir sollten die beiden in Ruhe lassen«, sage ich zu Castle. »Sie brauchen eindeutig Zeit zum Reden.«

Er antwortet nicht, sondern starrt zu Warner und Juliette hinüber, mit einem Blick, den ich noch nie bei Castle gesehen habe. Er ist mir plötzlich regelrecht fremd.

So habe ich ihn noch nie zuvor erlebt.

Nach allem, was Warner mir gestern erzählt hat – Castle kannte Juliettes Geschichte; er wusste, dass sie adoptiert war, dass ihre leiblichen Eltern sie dem Reestablishment zur Verfügung gestellt hatten und dass Warner *mich* auf eine Undercover-Mission geschickt hatte, um sie zu ihm zu bringen –, habe ich mich ziemlich seltsam gefühlt. Nicht direkt schlecht, nur eben seltsam. Diese ganzen Enthüllungen werden aber nicht dazu führen, dass ich den Glauben an Castle verliere; wir beide haben gemeinsam schon viel durchgemacht, deshalb werde ich seine Liebe nie anzweifeln.

Aber ich fühle mich irgendwie unwohl.

Verstört.

Ich möchte ihn fragen, warum er mir von alldem nichts erzählt hat. Möchte eine Erklärung dafür verlangen. Aber aus irgendeinem Grund kann ich mich nicht dazu durchringen. Noch nicht jedenfalls. Vielleicht auch, weil ich Angst vor den Antworten auf meine eigenen Fragen habe. Weil ich nicht einschätzen kann, was ich dabei über *mich* erfahre.

»Ja«, sagt Castle schließlich, und seine Stimme reißt mich aus meinen Gedanken. »Wir sollten sie wohl wirklich erst einmal in Ruhe lassen.«

Ich werfe ihm einen unsicheren Blick zu. »Sie glauben nicht, dass die beiden gut füreinander sind, oder?«

Castle sieht mich überrascht an. »Im Gegenteil«, antwortet er. »Ich denke, sie haben großes Glück, einander gefunden zu haben in dieser höllischen Welt. Aber wenn sie zusammen glücklich sein wollen, brauchen sie weitere Heilprozesse. Jeder für sich.« Er schaut wieder zu den beiden hinüber. »Die Geheimnisse zwischen ihnen machen mir Sorgen. Ich wünsche mir, dass sie beginnen, das Gift aus ihrer Vergangenheit herauszusaugen.«

»Krass.«

Castle lächelt. »Ja.« Er legt mir den Arm um die Schultern, drückt mich. »Und mein größter Wunsch für Sie ist, dass Sie es lernen, sich selbst so zu sehen, wie ich Sie sehe: als wunderbar klugen, attraktiven, einfühlsamen jungen Mann, der für die Menschen, die er liebt, alles tun würde.«

Ich sehe ihn überrascht an. »Wie kommen Sie denn jetzt darauf?«

»Das wollte ich einfach mal deutlich gesagt haben.« Castle seufzt. »Sie sollen begreifen, wie glücklich sich Nasira schätzen kann, dass ihr Ihre Zuneigung zuteilwird. Sie ist beeindruckend und wunderschön, ja, aber Sie –«

»Moment. Was?« Mir wird ganz flau im Magen. »Woher wissen –«

»Ach so?« Castle sieht mich groß an. »Oje, war das ein Geheimnis? Das war mir nicht klar. Entschuldigung.«

Ich murmle irgendeine Verwünschung vor mich hin.

Er lacht. »Ich muss schon sagen: Wenn Sie das weiterhin für sich behalten wollen, sollten Sie sich eine andere Taktik einfallen lassen.«

»Was meinen Sie damit?«

Er zuckt mit den Schultern. »Sie können sich ja selbst nicht sehen, wenn Sie in ihrer Nähe sind. Ihre Gefühle für Nasira sind nicht zu übersehen.«

Ich verberge stöhnend das Gesicht in den Händen.

Als ich wieder aufschaue und etwas erwidern will, bin ich so abgelenkt von der Szene vor meinen Augen, dass ich das Sprechen vergesse.

Warner und Juliette.

Küssen sich leidenschaftlich, hier auf dem Flur. Bei diesem Anblick wird mir klar, dass ich die beiden so noch nie gesehen habe. Ich erstarre, fühle mich ein bisschen benommen. Und weiß, dass ich eigentlich wegschauen sollte. Dass es der Anstand gebietet. Aber ich bin so fasziniert.

Die beiden haben echt eine irre Chemie.

Ich hatte nie so richtig verstanden, wie diese zwei ein Paar sein können. Weil ich nie kapiert habe, wie ein Mensch wie Warner sich überhaupt emotional auf jemanden einlassen kann, geschweige denn auf eine Person wie Juliette, die quasi Emotion pur ist. Er dagegen zeigt seine Gefühle so gut wie nie. Ich hatte große Sorge, dass Juliette zu viel in ihm sieht, dass sie zu viel von ihm ertragen muss im Austausch für … ich weiß nicht mal, was. Dass sie mit einem Soziopathen zusammen sein darf, der einen Kleidertick hat?

Vor allem habe ich mich immer besorgt gefragt, ob sie wirklich die Liebe bekommt, die sie braucht.

Aber in diesem Moment –

Begreife ich das Verhältnis der beiden. Plötzlich ergibt alles Sinn, was J mir über Warner erzählt hat. Bestimmt verstehe ich ihn trotzdem noch nicht richtig, aber ich kann jetzt erkennen, dass etwas an ihr Leidenschaft in ihm weckt. Er sieht lebendig aus, wenn er sie in den Armen hält. So menschlich, wie ich ihn noch nie zuvor erlebt habe.

Verliebt.

Und nicht nur verliebt, sondern nicht mehr zu retten vor Liebe. Als die beiden sich voneinander lösen, sehen sie ein bisschen wahnsinnig aus, vor allem Warner. Er zittert am ganzen Körper. Und als J plötzlich wegrennt, weiß ich, dass da gerade irgendetwas schiefläuft.

Und ich leide mit beiden.

Ich beobachte, wie Warner zur Wand wankt, daran herunterrutscht, bis er am Boden sitzt.

»Ich rede mit ihm«, sagt Castle. Sein verzweifelter Gesichtsausdruck erstaunt mich. »Gehen Sie zu Ms Ferrars. Sie sollte jetzt nicht allein sein.«

Ich hole tief Luft. »Mach ich.« Dann: »Viel Glück.«

Castle nickt nur.

Ich muss mehrmals an die Tür hämmern, bis Juliette aufmacht. Sie öffnet einen Spalt, sagt »Nicht nötig« und will die Tür wieder zuknallen.

Ich stelle den Fuß dazwischen.

»Nicht nötig was?« Es gelingt mir, mich an J vorbei ins Zimmer zu drängen. »Was ist los?«

Sie entfernt sich so weit von mir, wie es in dem Raum möglich ist.

Ich verstehe das alles nicht. Verstehe nicht, warum sie mich so behandelt. Und mache gerade den Mund auf, um zu fragen, als sie sagt –

»Nicht nötig, ich will mit keinem von euch reden. Bitte geh. Ihr könnt auch gerne alle abhauen. Ist mir echt egal.«

Ich zucke zusammen. Fühle mich, als hätte sie mich geschlagen. Sie redet mit mir, als sei ich ihr Feind, was ich nicht begreifen kann. »Sag mal – ist das jetzt dein Ernst, oder wie?«

»Nasira und ich müssen in einer Stunde zu der Konferenz«, faucht sie, ohne mich anzusehen. »Ich muss mich fertig machen.«

»Was?« Seit wann zum Teufel ist sie mit Nasira befreundet? »Was geht hier vor sich? Was stimmt nicht mit dir, J?«

Sie fährt herum, sieht so absurd wütend aus wie eine wutentbrannte Comicfigur. »Was *nicht mit mir stimmt?* Als ob du das nicht genau wüsstest!«

Ich weiche unwillkürlich zurück. Rufe mir in Erinnerung, dass sie mich vermutlich mit einer Handbewegung umbringen könnte. »Ich meine, ich hab schon mitgekriegt, was mit Warner passiert ist, ja. Aber ich bin mir ziemlich sicher, dass ich euch gerade im Flur hab knutschen sehen, deshalb bin ich, ähm, jetzt etwas verwirrt –«

»Er hat mich *angelogen*, Kenji. Die ganze Zeit. Über ganz viele Sachen. Und Castle auch. Und *du* –«

»Warte mal – was?« Ich packe sie kurz am Arm, damit sie nicht wieder wegläuft. »Warte – ich hab dich nie angelogen. Ich hab nichts zu tun mit diesem Chaos. Mann, ich weiß doch selbst gar nicht, was ich jetzt zu Castle sagen soll. Ich kann einfach nicht fassen, dass er das alles vor mir verborgen hat.«

Juliette erstarrt plötzlich. Tränen schimmern in ihren Augen, und plötzlich verstehe ich. Sie hat geglaubt, dass ich sie auch belogen habe.

»Du hattest mit der ganzen Verschwörung nichts zu tun?«, flüstert sie. »Mit Castle?«

»Nee. Kein bisschen. Ich wusste nichts von diesem ganzen Irrsinn, bis Warner es mir gestern erzählt hat.«

Sie starrt mich an, noch immer skeptisch.

Und ich kann nicht anders: Ich verdrehe unwillkürlich die Augen.

»Aber wie soll ich dir vertrauen?«, sagt sie mit erstickter Stimme. »Alle haben mich angelogen –«

»Komm schon, J.« Ich schüttle den Kopf. Kann nicht glauben, dass ich das wirklich sagen muss. Dass sie an mir gezweifelt und nicht früher darüber mit mir geredet hat. »Du kennst mich«, sage ich. »Du weißt, dass ich keinen Scheiß rede. Das ist nicht mein Stil.«

Eine einzelne Träne rinnt über ihre Wange. Was ich herzzerreißend und beruhigend zugleich finde. Das ist meine Freundin, wie ich sie kenne und liebe. Emotion pur.

»Schwörst du's mir?«, flüstert sie.

»Hey.« Ich strecke die Hand aus. »Komm mal her, Mädel.«

J zögert noch einen Moment, lässt sich aber dann in die Arme nehmen, und ich drücke sie fest. Sie fühlt sich so zart an. Wie ein kleiner Vogel mit hohlen Knochen. Nie käme man auf die Idee, dass sie unangreifbar ist. Sie könnte mich zermalmen, wenn sie wollte. Ich halte sie noch ein bisschen fester, streiche ihr beruhigend über den Rücken. Spüre, wie die Anspannung nach und nach aus ihrem Körper weicht. Schließlich lehnt sie an meiner Brust, und heiße Tränen durchnässen mein Shirt.

»Alles wird gut«, flüstere ich. »Ich versprech's dir.«

»Lügner.«

Ich lächle. »Also, eine fünfzigprozentige Chance gibt's aber.«

»Kenji?«

»Mhm?«

»Falls du mich irgendwie angelogen hast, was das alles angeht, brech ich dir sämtliche Knochen im Leib, das schwöre ich dir.«

Ich versuche, ein überraschtes Lachen zu unterdrücken. »Alles klar.«

»Ich mein das ernst.«

»Ja, natürlich.« Ich streiche ihr übers Haar. So flaumig.

»Wirklich, ich mach das.«

»Ich weiß, Prinzessin. Ich weiß.«

Wir verfallen in ein entspanntes Schweigen, während wir uns in den Armen halten, und ich denke, wie wahnsinnig wichtig mir die Freundschaft mit Juliette ist, als sie plötzlich sagt:

»Kenji?«

»Mhm?«

»Sie wollen den Sektor 45 vernichten.«

»Wer?«

»Alle.«

Schockiert lehne ich mich zurück, sehe sie an. »Wer alle?«

»All die anderen Obersten Befehlshaber«, sagt sie. »Hat mir Nasira erzählt.«

Und plötzlich wird mir alles klar.

Juliettes neue Freundschaft mit Nasira.

Das muss das Geheimnis sein, das Warner meinte: Nasira wendet sich gegen das Reestablishment. Oder aber sie belügt uns alle.

Was ich jedoch für unwahrscheinlich halte.

Vielleicht bin ich naiv optimistisch, aber sie hatte mir schließlich erzählt, dass sie den Hijab als Zeichen des Widerstands trägt. Und dass sie ihren Vater hasst und den Frauen Achtung bezeugen will, die er gedemütigt hat.

Vielleicht ist Nasiras großes Geheimnis, dass sie hier ist,

um uns zu unterstützen. Vielleicht haben wir von ihr nichts zu befürchten. Vielleicht ist diese Frau einfach rundum *perfekt.*

Ich merke, wie sich ein idiotisch glückliches Grinsen auf meinem Gesicht ausbreitet. »Ah, dann gehört Nasira also doch zu den Guten, stimmt's? Ist sie jetzt bei uns im Team? Um dich zu unterstützen?«

»Herrje, Kenji, konzentrier dich –«

»Ich sag ja bloß.« Ich halte beide Hände hoch, trete einen Schritt zurück. »Ich sag ja bloß, dass sie schwer in Ordnung ist.«

Juliette schaut mich an, als hätte ich den Verstand verloren, lacht aber. Sie schnieft leicht, wischt sich die letzten Tränen vom Gesicht.

»Also.« Ich nicke ihr aufmunternd zu, damit sie weiterspricht. »Was läuft da nun? Details. Wer kommt? Wann? Wie? Und so weiter und so fort?«

»Ich weiß es noch nicht«, antwortet sie kopfschüttelnd. »Nasira versucht, das herauszufinden. Sie glaubt, irgendwann in der nächsten Woche. Die Kinder der Obersten sollen mich hier ausspionieren und Informationen an ihre Eltern übermitteln. Aber sie kommen vor allem deshalb zur Konferenz, weil die Obersten wohl wissen wollen, wie die Sektorführer auf mich reagieren. Davon machen die Obersten ihre nächsten Schritte abhängig. Jedenfalls bleiben uns höchstens ein paar *Tage.*«

Ich reiße erschrocken die Augen auf. Das fehlt gerade noch. Ich hatte auf mehrere Monate gehofft. Oder zumindest Wochen.

Katastrophe.

»Ach, du Scheiße«, sage ich entsetzt.

»Ja.« Sie wirft mir einen gestressten Blick zu. »Aber wenn sie den Sektor 45 vernichten, wollen sie mich vorher gefangen nehmen. Das Reestablishment hat offenbar irgendetwas mit mir vor. Was es auch sein mag.«

»Aber was denn?« Ich runzle die Stirn. »Weitere Experimente? Folter? Was wollen die denn mit dir?«

»Keine Ahnung.« J zuckt mit den Schultern. »Ich kenne sie ja auch gar nicht. Meine Schwester wird offenbar immer noch irgendwo gefoltert und getestet. Also wollen die mich vermutlich kaum zu einem fröhlichen Familientreffen einladen.«

»Wow.« Ich reibe mir die Stirn. Schaue beiseite. »Krass dramatisch alles.«

»Ja. Sehe ich auch so.«

»Und … was sollen wir jetzt machen?«, frage ich.

J betrachtet mich einen Moment nachdenklich. »Ich weiß nicht, Kenji. Die haben vor, den Sektor 45 dem Erdboden gleichzumachen, mitsamt aller Menschen, die hier leben. Ich habe wohl keine große Wahl.«

Ich ziehe die Augenbrauen hoch. »Was meinst du damit?«

»Ich meine damit, dass ich vermutlich vorher alle Obersten Befehlshaber töten muss.«

# 5

Ich fühle mich völlig benommen, als ich aus Juliettes Zimmer gehe. Es darf doch einfach nicht wahr sein, dass so viel furchtbarer Scheiß innerhalb so kurzer Zeit passiert. Man bräuchte wirklich ein Sicherheitssystem im Universum, das im Fall extremer menschlicher Dummheit einfach alles ausschaltet. So eine Art Notschalter.

Das ist alles vollkommen bizarr.

Ich seufze. Mir ist ziemlich übel.

Wahrscheinlich werden wir erst heute Abend dazu kommen, alles Weitere zu besprechen, nach der Konferenz, die ein Scheißspektakel werden wird. Kommt mir unter diesen Umständen sinnlos vor, daran teilzunehmen, aber J meint, sie will sich nicht drücken, wir sollen also so tun, als sei alles ganz normal. Und das vor rund sechshundert Sektorführern und -führerinnen. Ich kapiere nicht, weshalb wir diese ganze Show noch abziehen sollen, da doch alle wissen, dass unser Sektor gegen des Reestablishment rebelliert. Aber Castle hat gesagt, wir müssen den Schein aufrechterhalten. Jetzt abzuspringen wäre wohl, wie dem ganzen Kontinent den Finger zu zeigen. Es käme einer Kriegserklärung gleich.

Das Ganze ist so absurd, dass es durchaus komisch wäre, wenn wir dabei nicht womöglich alle zu Tode kommen.

Was für ein Tag.

Auf dem Weg zu meinem Zimmer begegne ich Tana und Randa und nicke ihnen zu, aber Randa hält mich am Arm fest.

»Hast du Castle gesehen?«, fragt sie.

»Wir suchen ihn schon seit einer Stunde«, fügt Tana hinzu.

Weil sie so beunruhigt klingen, durchzuckt mich prompt ein Schreck, und dass Randa so fest meinen Arm umklammert, macht mir noch mehr Angst. Die beiden wirken normalerweise nie ängstlich und gestresst. Ich habe sie immer nur sanft und gelassen erlebt, auch in schlimmen Lagen.

»Was ist los?«, frage ich. »Kann ich irgendwas tun?«

Die beiden schütteln gleichzeitig den Kopf. »Wir müssen mit Castle sprechen.«

»Zuletzt habe ich ihn im Flur gesehen, er wollte mit Warner reden. Warum piept ihr ihn nicht an? Er trägt doch immer sein Headset.«

»Haben wir schon mehrmals probiert«, sagt Tana.

»Könnt ihr mir vielleicht zumindest sagen, worum es geht? Damit ich hier keinen Herzinfarkt kriege?«

Randa schaut mich besorgt an. »Hast du Schmerzen in der Brust?«

»Fühlst du dich außergewöhnlich antriebslos?«, fragt Tana.

»Bist du kurzatmig?« Wieder Randa.

»Was? Nee. Halt, halt, Leute – war nur so eine Redewendung. Ich kriege keinen Herzinfarkt. Ich bin nur – beunruhigt.«

Tana beachtet meinen Einwand gar nicht, sondern kramt in der Kuriertasche, die sie für Notfälle immer bei sich hat, und bringt ein Pillenglas zum Vorschein. Die Zwillinge sind unsere Heilerinnen und eine interessante Mischung aus sanft und leidenschaftlich engagiert. Sie haben immer das richtige Gespür für den Umgang mit Patienten und achten sorgsam auf jedes Anzeichen von Schmerzen, Krankheit oder Verletzung. Als ich in Omega Point mal sagte, ich hätte vom Leben unter der Erde absolut die Nase voll, bestanden sie sofort alarmiert darauf, mir das Gesicht abzuklopfen und meine Atemwege zu untersuchen. Als ich endlich dazu kam, zu erklären, dass das im übertragenen Sinn gemeint war, fanden die zwei das gar nicht komisch und waren noch eine Woche später leicht sauer auf mich.

»Nimm das vorsichtshalber mit«, sagt Tana jetzt und drückt mir ein blaues Pillenglas in die Hand. »Du weißt ja, dass wir lange daran gearbeitet haben, aber jetzt haben wir den Eindruck, dass es einsatztauglich ist.« Sie weist mit dem Kopf auf das Glas. »Ist noch eines der Testmuster, aber bislang waren die Ergebnisse gut. Wir glauben, dass wir mit der Produktion loslegen können.«

Ich horche auf.

Betrachte beeindruckt das Glas. »Im Ernst, ihr habt es geschafft?« Ich schaue die beiden an.

Sie lächeln gleichzeitig.

Seit ich sie kenne, arbeiten die Zwillinge daran, Heilpillen zu entwickeln, die sie uns für Kämpfe oder Situationen mitgeben können, in denen sie nicht in der Nähe sind.

»War James daran beteiligt?«

Tana strahlt. »Er hat mitgeholfen, ja.«

»Super.« Ich strahle auch. »Wie läuft es mit seiner Ausbildung? Alles gut?«

Beide nicken. »Wir wollten ihn gerade abholen«, sagt Randa. »Für seinen Nachmittagsunterricht. James lernt sehr schnell, und seine Kräfte entwickeln sich super.«

Unwillkürlich richte ich mich mit stolzgeschwellter Brust auf. Keine Ahnung, wieso ich mich so an James' Fortschritten beteiligt fühle, aber ich bin einfach enorm stolz auf das Kerlchen.

Ich glaube, dass er eine großartige Zukunft vor sich hat.

»Okay, also lieben Dank hierfür.« Ich halte das Glas hoch. »Ich nehme es gerne mit, weil es so fantastisch ist, dass ihr das geschafft habt. Aber im Ernst – macht euch keine Sorgen. Ich habe nicht vor, einen Herzinfarkt zu kriegen.«

»Gut«, erwidern beide wie aus einem Munde.

Ich grinse. »Also soll ich Castle ausrichten, dass ihr ihn sprechen wollt?«

Sie nicken.

»Und ihr wollt mir immer noch nicht sagen, warum es so dringend ist?«

Die beiden wechseln einen Blick.

Ich ziehe eine Augenbraue hoch.

Schließlich sagt Randa –

»Erinnerst du dich daran, wie Juliette angeschossen wurde?«

»Ganz ehrlich, Randa, das war vor drei Tagen.« Ich werfe ihr einen ungläubigen Blick zu. »Das vergesse ich ja wohl nicht.«

»Ja, aber was du nicht weißt«, wirft Tana ein, »ist, dass dabei noch etwas anderes mit Juliette passiert ist. Das wir nicht heilen konnten. Bislang wussten das nur Warner und Castle.«

»Was?«, sage ich scharf. »Wovon redet ihr?«

»Die Geschosse waren vergiftet«, erklärt Randa. »Mit einer Substanz, die Halluzinationen verursacht.«

Ich starre sie erschüttert an.

»Wir haben dieses Gift genau untersucht, um ein Antidot zu entwickeln«, fährt Randa fort. »Aber dabei haben wir etwas … Unerwartetes festgestellt. Etwas extrem Wichtiges.«

Sie spricht nicht weiter, und ich wedle nervös mit der Hand. »*Und?*«, frage ich drängend.

»Wir würden dir wirklich gern alles erzählen«, sagt Tana, »aber wir müssen unbedingt vorher mit Castle reden. Er muss es zuerst erfahren.« Sie zögert. »Ich kann dir nur sagen, dass wir etwas entdeckt haben, das in Bezug steht zu den Tattoos auf dem Körper des Mannes, der Juliette angegriffen hat.«

»Und dann von Nasira getötet wurde«, sage ich. »Sie hat Juliette das Leben gerettet.«

Die beiden nicken gleichzeitig.

Mir wird eiskalt vor Angst.

»Okay«, sage ich so unbekümmert wie möglich. Ich will die beiden nicht mit meinen Ängsten stressen. »Okay. Ich sage Castle, er soll sofort zu euch kommen. Seid ihr auf der Krankenstation?«

Wieder ein Nicken.

Als ich losmarschiere, ruft Randa mir noch etwas nach.

Ich drehe mich um.

»Sag ihm –« Sie zögert erneut und scheint dann eine Entscheidung zu treffen. »Sag ihm, es geht um den Sektor 241. Sag ihm, wir glauben, dass uns indirekt eine Nachricht geschickt wurde. Von Nouria.«

»Was?« Ich sehe sie verblüfft an. »Das kann doch nicht sein.«

»Ja«, erwidert Randa. »Das dachten wir uns auch.«

Ich rase die Treppe hinunter.

Will nicht auf den Fahrstuhl warten, und außerdem bin ich jetzt so nervös, dass ich nicht stillstehen kann. Ich nehme drei Stufen auf einmal, die Hand am Geländer.

Ich hätte nicht geglaubt, dass dieser Tag noch verrückter werden könnte.

Nouria.

Scheiße.

Ich habe keine Ahnung, wie Castle reagieren wird. Er hat seit Jahren nichts mehr von seiner Tochter Nouria gehört. Nicht mehr, seit … seine Söhne ermordet wurden. Castle hatte mir gesagt, er wolle Nouria nicht bedrängen, sie bräuchte Zeit. Er glaubte fest daran, dass sie wieder zueinanderfinden würden, wenn es ihr besser ginge. Aber dann teilte das Reestablishment die Welt in Sektoren auf, und es erwies sich als nahezu unmöglich, Menschen wiederzufinden. Das Internet wurde als Erstes außer Kraft gesetzt, und damit wurde die Welt unübersichtlich und bedrohlich. Alles wurde komplizierter, die Menschen fühlten sich hilflos. Wahrscheinlich hatte niemand geahnt, wie sehr wir alle längst vom Internet abhängig waren, bis es abgeschafft wurde. Die Machthaber vernichteten Computer und Telefone, spürten Hacker auf und ließen sie öffentlich hängen.

Grenzen zwischen Ländern wurden geschlossen, waren unpassierbar.

Und dann begann das Reestablishment damit, Familien auseinanderzureißen. Anfänglich wurde noch behauptet, das geschähe zum Wohl der Menschheit – man nannte es »eine neue Form der Integration«. Es hieß, die Beziehungen zwischen den Ethnien seien deshalb so schlecht, weil alle isoliert in ihren Familienverbänden lebten, die vom Reestablishment als »Dynastien« bezeichnet wurden. Diese Dynastien, so die Propaganda, würden zu Homogenität führen, und das ließe sich nur ändern, indem man die Dynastien auflöse. Algorithmen rechneten aus, wie man Wohnviertel mit mehr Diversität gestalten konnte.

Doch nach kurzer Zeit wurde die Propagandaheuchelei aufgegeben. Dann reichten schon geringste Verstöße aus, damit Menschen von ihren Familien getrennt wurden. Kam man einmal zu spät zur Arbeit, wurde man selbst – oder noch schlimmer: ein Mensch, den man liebte – in einen anderen Teil der Welt verbannt. So weit weg, dass man den Weg zurück nie mehr finden konnte.

Das war Brendan passiert. Er wurde mit fünfzehn seinen Eltern weggenommen und hierher in den Sektor 45 geschickt, wo Castle ihn fand und bei sich aufnahm. Genauso Lily. Sie stammt aus dem früheren Haiti, wurde mit zwölf von ihren Eltern getrennt und in ein Kinderheim gesteckt. Diese Heime wurden »Waisenhaus« genannt, obwohl die Kinder aus ihren Familien gerissen worden waren.

Aus einem dieser sogenannten »Waisenhäuser« war ich mit acht weggelaufen.

Manchmal denke ich, dass ich James deshalb so sehr ins Herz geschlossen habe. Ich fühle mich ihm verbunden. Als wir zusammenwohnten, hat Adam mir nie erzählt, dass sein kleiner Bruder quasi in einem dieser Waisenhäuser untergebracht war. Erst als wir auf der Flucht waren – als James und ich uns zusammen verstecken mussten, während Adam und Juliette versuchten, ein Auto aufzutreiben –, wurde mir klar, wo James seine Tage zubrachte. Ein Blick genügte.

All diese Kinder.

James hatte mehr Glück als sie – nicht nur hatte er einen Verwandten, sondern der verfügte auch noch über eine Unterkunft ganz in der Nähe, sodass James dort übernachten konnte. Aber als ich nach seiner »Schule«, seinen »Freunden« und nach Benny fragte – der Frau, die ihm regelmäßig die staatliche Verpflegung brachte –, bekam ich alle Antworten, die ich brauchte, um Bescheid zu wissen.

James konnte nachts in seinem eigenen Bett zu Hause schlafen, doch tagsüber war er im Waisenhaus. Adam bezahlte Benny etwas Geld, damit sie besonders gut auf James achtgab, aber sie machte das eben auch nur wegen der Bezahlung. Im Endeffekt war James ein Zehnjähriger, der allein lebte.

Vielleicht kann ich Adam deshalb auch gut verstehen. Und setze mich für ihn ein, selbst wenn er sich bescheuert aufführt. Er kommt als jähzorniger Typ rüber und benimmt sich manchmal wirklich wie ein Arschloch. Aber es war sicher schlimm für ihn, seinen kleinen Bruder täglich bei all den einsamen verängstigten Kindern in diesem Heim zurückzulassen. Und es zerreißt einem das Herz, wenn ein zehnjähriges Kind nachts wegen seiner Albträume schreit und weint und man fast nichts dagegen tun kann.

Ich habe monatelang mit Adam und James zusammengewohnt und das jede Nacht mitbekommen. Und jede Nacht versuchte Adam, seinen kleinen Bruder zu beruhigen. Hielt ihn in den Armen, wiegte ihn, bis die Sonne aufging. Ich glaube, es geht James inzwischen besser, aber ich habe keine Ahnung, ob Adam sich jemals von seinen Erlebnissen erholen wird. Er hat eindeutig ein posttraumatisches Belastungssyndrom. Ich bin mir nicht mal sicher, ob er überhaupt noch schläft, und befürchte, dass er langsam wahnsinnig wird.

Und manchmal frage ich mich –

Ob es mir nicht genauso gehen würde, wenn ich so belastet wäre. Denn das Unerträglichste ist nicht der Schmerz selbst, sondern die Hoffnungslosigkeit. Die macht einen kopflos.

Ich weiß, wovon ich rede.

Ich war gerade mal zwei Stunden in dem Waisenhaus, als mir klar wurde, dass ich Erwachsenen nicht mehr vertrauen kann. Und als Castle mich dann auf der Flucht mitnahm – einen Neunjährigen, der versuchte, sich in einem

Einkaufswagen am Straßenrand warm zu halten –, war ich so misstrauisch, dass ich sicher war, mich nie mehr davon zu erholen. Es dauerte lange, bis ich Castle zu vertrauen begann; anfänglich knackte ich Türschlösser und schaute heimlich seine Sachen durch. Als er mich eines Tages in seinem Kleiderschrank entdeckte, wo ich ein altes Fotoalbum anschaute, war ich überzeugt, er würde mich verprügeln, und hätte mir fast in die Hose gemacht. Ich hatte solche Angst, dass ich, ohne es kontrollieren zu können, immer wieder unsichtbar wurde. Aber statt mich anzubrüllen oder zu misshandeln, setzte Castle sich zu mir und stellte mir Fragen über meine Familie; ich hatte ihm bislang nur gesagt, dass meine Eltern nicht mehr lebten. Damals fragte er dann, ob ich ihm erzählen wolle, was passiert war. Ich schüttelte mehrmals den Kopf. Ich war nicht bereit, darüber zu sprechen. Und glaubte auch, dass ich es niemals sein würde.

Er wurde aber nicht wütend.

Es schien ihn nicht einmal zu stören, dass ich in seinen Sachen herumgewühlt hatte. Stattdessen griff er nach dem Fotoalbum auf meinem Schoß und erzählte von seiner Familie.

Das war das einzige Mal, dass ich ihn jemals habe weinen sehen.

# 6

Als ich Castle endlich finde, ist er nicht allein. Und es geht ihm überhaupt nicht gut.

Er kommt mit Nasira, Haider und Warner aus einem Konferenzraum, und nur die Geschwister sehen aus, als sei ihnen nicht kotzübel.

Weil ich gerade sechs Treppen runtergerast bin, keuche ich noch heftig, als ich sage: »Was ist?« Ich weise mit dem Kopf auf Warner und Castle. »Wieso seht ihr beide so fertig aus?«

»Wir reden später darüber«, antwortete Castle leise, ohne mich anzusehen.

»Ich muss los«, sagt Warner und sprintet davon.

Ich sehe ihm nach.

Castle will sich auch gerade verdrücken, aber ich packe ihn am Arm. »Hi«, sage ich eindringlich. »Die Zwillinge müssen mit Ihnen sprechen. Es ist sehr wichtig.«

»Ja«, sagt er angespannt. »Ich habe ihre Nachrichten gerade gesehen. Es hat bestimmt Zeit bis nach der Konferenz. Ich brauche einen Moment –«

»Nein, es muss sofort sein«, sage ich fest. »Ist extrem dringend.«

Castle scheint jetzt erst richtig zu hören, was ich ihm zu vermitteln versuche. Er schaut mich beunruhigt an.

»Nouria«, sage ich.

Jetzt sieht er so verstört aus, als würde er gleich in Ohnmacht fallen.

»Ich würde Sie nicht wegen irgendwelcher Lappalien drängen, Sir. Gehen Sie bitte sofort zu den beiden. Sie sind auf der Krankenstation.«

Er eilt davon.

»Wer ist Nouria?«

Ich bemerke, dass Haider mich neugierig beäugt.

»Seine Katze«, antworte ich.

Nasira verkneift sich ein Grinsen. »Castle hat eine dringende Nachricht von seiner Katze bekommen?«

»Ich wusste gar nicht, dass er eine Katze hat.« Haider runzelt die Stirn. Im Gegensatz zu Nasira hat er einen leichten Akzent. »Ich habe nirgendwo im Hauptquartier Tiere gesehen. Ist es im Sektor 45 gestattet, Haustiere zu haben?«

»Nee, nee. Aber keine Sorge, es ist eine unsichtbare Katze.«

Jetzt kann Nasira sich nicht mehr beherrschen und hustet laut, um ihr Lachen zu verbergen. Haider schaut sie verdutzt an, und ich sehe, wie ihm dämmert, dass er gerade verarscht wurde. Und dann –

Er funkelt mich erbost an. »*Hemar.*«

»Wie war das?«

»Er hat dich gerade ›Esel‹ genannt«, erklärt Nasira.

»Wow. Reizend.«

»*Hatha shlon damaghsiz*«, sagt Haider zu seiner Schwester. »Gehen wir.«

»Okay – warte – das hörte sich jetzt wie ein Kompliment an.«

»War es nicht.« Nasira schmunzelt. »Er hat gesagt, du seist ein Idiot.«

»Cool. Na, ich freue mich, dass ich diese ganzen wichtigen arabischen Wörter lerne.«

Haider schüttelt ärgerlich den Kopf. »Das ist hier keine Schulstunde.«

Ich starre ihn einen Moment verblüfft an. Sage dann langsam zu Nasira: »Kann es sein, dass dein Bruder keinen Humor hat?«

»Subtilität kapiert er nicht«, sagt sie lächelnd. »Man muss ihm einen Witz regelrecht um die Ohren dreschen, sonst versteht er ihn nicht.«

Ich lege die Hand aufs Herz. »Oh, tut mir leid für dich. Das muss schwierig sein.«

Sie lacht wieder, beißt sich aber rasch auf die Lippe und sagt ernst: »Du hast ja keine Ahnung.«

Haider runzelt die Stirn. »Worüber redet ihr?«

»Verstehst du jetzt, was ich meine?«, sagt Nasira zu mir.

Ich lache, schaue ihr einen Moment zu lange in die Augen. Haider wirft mir einen Blick zu, der töten könnte.

Das deute ich als Aufforderung, das Weite zu suchen.

»Also gut.« Ich hole tief Luft. »Ich geh mal lieber. Die Konferenz beginnt in –«, ich schaue auf meine Uhr und reiße entsetzt die Augen auf, »dreißig Minuten. Shit.« Ich schaue auf. »Bis dann.«

Das Ganze sieht wie eine Filmszene aus.

Rund sechshundert Leute haben sich hier versammelt und begeben sich auf ihre Plätze. Juliette steht auf dem Podium, wir haben uns hinter ihr aufgestellt, was sich, offen gestanden, ziemlich riskant anfühlt. Wir wären ein leichtes Ziel. Natürlich haben wir Vorkehrungen getroffen und sind alle bewaffnet. Was dann aber auch nichts nützen würde. Trotzdem waren wir uns einig, dass es ein Zeichen der Stärke ist, wenn wir gemeinsam hinter unserer Obersten stehen. Die Zwillinge sind im Hauptquartier geblieben, damit sie uns im Notfall behandeln können. Und Adam und James sind auch nicht hier. Castle sagte, dass Adam an nichts mehr teilnehmen möchte, was mit Feindseligkeiten zu tun hat. Zumindest nicht, solange er nicht dazu gezwungen ist.

Was ich nachfühlen kann.

In meinen weniger nachsichtigen Momenten würde ich ihn als Feigling bezeichnen, aber ich verstehe ihn. Wenn ich könnte, würde ich auch nicht hier auftauchen. Aber ich kann nicht darauf verzichten.

Es gibt immer noch zu vieles, wofür ich zu sterben bereit wäre.

Juliette ist jedenfalls quasi unverletzlich – solange sie ihre Energie eingeschaltet hat, sollte ihr nichts zustoßen. Wir anderen sind alle angreifbar, sollen uns aber beim geringsten Anzeichen von Bedrohung in alle Richtungen zerstreuen. Wir sind viel zu wenige, um uns auf einen Kampf einzulassen, können nur überleben, indem wir wegrennen.

Das ist der Plan.

Das ist der ganze verfluchte Plan.

Über den wir nicht mal Zeit gefunden haben in Ruhe zu sprechen, weil es dauernd so verrückt zugeht. Castle hat uns eine kurze Rede gehalten, bevor J auf die Bühne ging, und das war's dann auch schon. Mehr ist nicht zu erwarten. *Viel Glück* und *Ich hoffe, ihr bleibt am Leben.*

Ich bin sehr nervös.

Trete von einem Fuß auf den anderen, kann kaum stillstehen, als die Menge verstummt. Ein Meer ausdrucksloser Gesichter, die rot–grün–blauen Streifen des Reestablishment auf jeder Uniform. Ich weiß, dass diese Leute echte Menschen aus Fleisch und Blut sind, aber auf mich wirken sie wie Roboter. Sie schauen quasi synchron im gleichen Moment zu Juliette hoch, als sie zu sprechen beginnt.

Es ist scheißunheimlich.

Wir wussten natürlich, dass niemand außerhalb vom Sektor 45 Juliette bereitwillig als neuste Oberste Befehlshaberin akzeptieren würde. Das jetzt aber live mitzuerleben, ist beängstigend. Man sieht, dass niemand bereit ist, sie zu respektieren. Und als sie über ihre Liebe zum Volk spricht, zu den hart arbeitenden Menschen, die ein mühsames Leben haben, sehe ich den Zorn auf den Gesichtern. Dass sich von den obersten Rängen niemand gegen das Reestablishment auflehnt, ist nachvollziehbar. Diese Leute werden gut bezahlt. Sie bekommen Begünstigungen und Privilegien. Wenn ich nicht selbst erlebt hätte, was Menschen sogar schon für eine Schale Reis alles tun, könnte ich es nicht glauben. Aber das Reestablishment sorgt für den Wohlstand seiner Elite. Die müssen sich nicht unters Volk mischen. Die haben ihre Reichtümer und leben nicht in Siedlungen, sondern in echten Häusern außerhalb von Sperrzonen.

Diese Leute betrachten Juliette mit Verachtung und Aggression, während sie spricht, lehnen ihre Version der Welt ab. Wollen die gesellschaftliche Stellung und die damit verbundenen Privilegien nicht verlieren. Was Juliette an Kritik über das Reestablishment äußert – ihre Pläne, den Menschen besseres Wohnen zu ermöglichen, ihnen Familien und *Rechte* zurückzugeben –, stellt eine Bedrohung für die Anwesenden dar.

Deshalb überrascht es mich nicht, dass die Stimmung im Raum immer angespannter wird. Die Leute werden unruhig, und als jemand aufspringt und etwas Höhnisches schreit, sich über Juliette lustig macht, wird mir mulmig. Sie bleibt ruhig, spricht unbeirrt weiter, obwohl sich immer mehr Leute erheben und brüllen, sie solle von der Bühne verschwinden, ihre Kritik am Reestablishment sei Hochverrat, sie gehöre ins Gefängnis. Der Tumult ist so heftig, dass man ihre Stimme kaum noch hört.

Aber dann wird sie immer lauter, brüllt beinahe.

Das ist gar nicht gut. Das ist extrem gefährlich, ich bin sicher, dass es zu Blutvergießen kommen wird, und gerate innerlich in Panik. Äußerlich versuche ich ruhig zu bleiben, schaue zu den anderen. Warner und ich sehen uns an, und mir ist sofort klar, dass wir das Gleiche denken:

Mission abbrechen.

So schnell wie möglich abhauen.

Und dann –

»Das ist eine Falle. Dein Team muss verschwinden. Sofort.«

Ich fahre so abrupt herum, dass ich fast das Gleichgewicht verliere. Ich höre Nasira. Ich *höre* Nasira. Aber ich sehe sie nirgendwo.

Sterbe ich? Ja, wahrscheinlich sterbe ich gerade.

»*Kenji.* Hör mir zu.«

Ich erstarre.

Ich spüre die Wärme ihres Körpers, dicht an meinem. Ihren Mund an meinem Ohr, den Hauch ihres Atems an meiner Haut. Das gibt's doch nicht. Ich weiß, wie das funktioniert. Das ist *meine* Erfindung.

»Du bist unsichtbar«, wispere ich, ohne die Lippen zu bewegen.

Ihr Haar kitzelt mich am Hals, als sie sich noch weiter vorbeugt, und ich muss mich beherrschen, um nicht zu schaudern. Es ist so seltsam. So überwältigend seltsam, so viele unterschiedliche Emotionen gleichzeitig zu empfinden. Grauen, Angst, Sorge, Verlangen. Extrem verwirrend. Und ihre Hand liegt wieder auf meinem Arm, als sie sagt: »Ich hatte gehofft, dir das heute Abend erklären zu können. Jetzt weißt du's. Und wir müssen weg von hier.«

Scheiße.

Ich sage zu Ian, der links von mir steht: »Wir müssen abhauen, Bro. Sofort.«

Ian reißt erschrocken die Augen auf, dann packt er Lilys Hand und schreit: »Weg hier, Leute, lauft –«

In diesem Moment knallt ein Schuss.

Ich erlebe das wie in Zeitlupe. Als gerate die Welt ins Taumeln. Ich sehe die Kugel, wie sie durch die Luft fliegt, auf Juliettes Stirn gerichtet.

Wo sie mit einem dumpfen Geräusch auftrifft.

Mir bleibt die Luft weg, und jetzt packt mich die Angst, lässt sich nicht mehr kontrollieren. Die Situation eskaliert, keine Ahnung, was als Nächstes passieren wird. Ich weiß, dass ich mich bewegen und wegrennen müsste, aber – aus irgendeinem Grund kann ich mich nicht rühren. Und nicht wegschauen.

Die Freunde bleiben auch alle stehen wie angewurzelt.

Nach dem Schuss herrscht absolute Stille. Die Leute starren Juliette so fassungslos an, als hätten sie niemals geglaubt, dass eine Siebzehnjährige den gefährlichsten Despoten des Kontinents getötet hat. Und sich jetzt nach einem versuchten Attentat das Geschoss so ärgerlich von der Stirn pflückt wie eine lästige Fliege.

Nun haben die wohl kapiert, dass die Gerüchte wahr sind.

Aber Juliette ist nicht nur ärgerlich. Sie starrt überrascht und wütend auf die Kugel in ihrer Hand, die so deformiert aussieht wie eine verbogene Münze. Wirft das Geschoss angewidert auf den Boden. Das metallische Klirren klingt hell und zart.

Und dann –

Bricht die Hölle los.

Die Leute drehen durch. Alle springen auf, schreien Drohungen und wüste Beschimpfungen, ziehen Waffen, und ich denke, *Wieso zum Teufel haben die Waffen? Wie sind die damit hier reingekommen? Wer ist unser Maulwurf?*

Weitere Schüsse fallen.

Ich fluche laut, reiße Castle mit mir zu Boden – und dann höre ich es. *Höre* es, bevor ich es sehe. Das verblüffte Keuchen. Den dumpfen Aufprall, als jemand von uns umfällt.

Brendan.

Winston schreit verzweifelt auf. Ich rase zu Brendan, falle auf die Knie, um die Wunde zu inspizieren. Ein Schulterschuss. Erleichterung erfasst mich. Das wird er überleben.

Ich drücke Winston das Pillenglas in die Hand, sage ihm, Brendan muss einige davon schlucken, er wird das durchstehen, wir müssen ihn nur auf die Krankenstation schaffen – und dann fällt es mir schlagartig ein.

Mir fällt wieder ein, dass ich Juliette kenne.

Ich schaue auf und schreie panisch: »Juliette, NICHT –«

Aber sie rastet bereits komplett aus.

# 7

Sie schreit.

*Sie schreit nur Worte*, denke ich. Nur *Worte*. Aber sie schreit mit aller Kraft, mit einer fast übertrieben dramatischen Verzweiflung. Und das verursacht eine Verwüstung, die ich mir niemals hätte ausdenken können. Es kommt mir vor, als würde Juliette gerade total durchdrehen.

Es wirkt völlig irreal.

Ich meine, ich weiß, dass sie enorme Kräfte hat – und dass wir das Ausmaß alle noch nicht kennen. Aber dass sie zu so etwas imstande ist, hätte ich niemals geglaubt.

Das hier passiert:

Die Decke bekommt Risse. Alles bebt so heftig, dass mir die Zähne klappern. Die anderen im Raum sind erstarrt, werden nur von den Beben erschüttert. Die Kronleuchter geraten in Schwingung, das Licht flackert. Und dann, beim nächsten Beben, brechen drei der schweren Leuchter aus ihrer Verankerung und zerbersten mit ohrenbetäubendem Klirren am Boden.

Glassplitter fliegen durch die Luft. Der Raum liegt jetzt in unheimlichem Halbdunkel, man kann kaum noch etwas erkennen. Ich werfe einen Blick auf Juliette, die mit offenem Mund auf das Desaster starrt, das sie angerichtet hat, und merke, dass sie aufgehört hat zu schreien. Aber sie kann nicht mehr rückgängig machen, was sie ausgelöst hat. Sie hat diese Energie in die Welt hinausgelassen, und jetzt –

Tobt die sich aus.

Eine neue Kraftwelle reißt Boden und Wände und *Menschen* auf.

Ich kann es zuerst kaum glauben, aber da ist Blut. Einen Moment lang kommt es mir wie eine Täuschung vor, all die leblosen Körper mit der aufgeplatzten Brust. Es sieht aus wie eine schlechte Inszenierung im Theater oder im Film. Aber als ich dann sehe, wie das Blut strömt, Kleider und Polster durchnässt, von schlaffen Händen heruntertropft, weiß ich, dass das alles real ist.

Juliette hat gerade sechshundert Menschen auf einen Schlag getötet.

Das ist nicht mehr rückgängig zu machen.

# 8

Ich gehe zwischen meinen Freunden hindurch, die starr sind vor Schock, höre Brendans leises Stöhnen, Winstons beruhigende Stimme, als er seinem Freund versichert, dass die Wunde nicht so schlimm ist, dass er schon viel Übleres durchgemacht und überlebt hat –

und weiß, dass ich mich zuerst um Juliette kümmern muss.

Als ich bei ihr bin, ziehe ich sie in meine Arme, und ihr kalter, starrer Körper erinnert mich daran, wie sie damals vor Anderson stand, die Pistole auf seine Brust gerichtet. Sie war so entsetzt – so *überrascht* – von sich selbst, dass sie nicht sprechen konnte. Damals sah Juliette aus, als sei sie irgendwie in sich selbst verschwunden, als habe sie eine Kammer in ihrem Gehirn gefunden, in der sie sich eingeschlossen hatte. Es dauerte ein paar Minuten, bis ich sie aus diesem Zustand rausgeholt hatte.

Und damals hatte sie nicht mal jemanden umgebracht.

Jetzt versuche ich sie zu wärmen, rede ihr gut zu, sage ihr, dass sie zu sich kommen, in die Realität zurückkehren muss.

»Ich weiß, das ist alles völlig crazy grade, aber du musst raus aus diesem Zustand, J. Komm zu dir. Raus aus deinem Kopf. Wir müssen hier verschwinden.«

Sie blinzelt nicht mal.

»Bitte, Prinzessin«, dränge ich und schüttle sie ein bisschen. »Wir müssen weg hier – *jetzt sofort* –«

Als sie sich nicht rührt, wird mir klar, dass ich sie selbst in Bewegung versetzen muss. Ich ziehe sie mit mir. Ihr regloser Körper ist schwerer, als ich erwartet habe, und sie gibt einen ächzenden Laut von sich, der wie ein Schluchzen klingt. Ich merke, wie mich die Angst packt. Ich bedeute Castle und den anderen mit einem Nicken, dass sie mitkommen sollen. Aber dann fällt mir auf, dass Warner nirgendwo zu sehen ist.

Was als Nächstes passiert, haut mich fast um.

Der Raum kippt zur Seite. Mir wird schwarz vor Augen, dann sehe ich kurz wieder klar, bevor mir erneut schwindlig wird. Das alles dauert höchstens eine Sekunde. Ich weiß nicht mehr, wo oben und unten ist, stolpere.

Und dann, plötzlich –

Ist Juliette verschwunden.

Nicht im übertragenen Sinn, sondern ganz real. Sie ist einfach weg. Eben noch habe ich sie festgehalten, jetzt sind meine Arme leer. Ich blinzle, blicke wild um mich, zweifle an meinem Verstand. Dann sehe ich, wie die Leute im Publikum sich zu rühren beginnen. Ihre Kleider sind zerfetzt, die Gesichter sind blutbeschmiert, aber niemand scheint tot zu sein. Stattdessen rappeln sie sich verwirrt auf und setzen sich in Bewegung, und jemand schubst mich hart. Es ist Ian, der mich laut fluchend vorwärtsschieben will, damit wir abhauen, und ich will mich wehren, ihm sagen, dass wir Juliette verloren haben – und dass Warner nirgendwo zu sehen ist –, aber Ian hört nicht auf mich, zerrt mich nur von der Bühne, und als das Murmeln des Publikums zum Gebrüll wird, weiß ich, dass mir nichts anderes übrig bleibt.

Ich muss mitgehen.

TAHEREH MAFI

# REVEAL ME

»Reveal Me« knüpft direkt an die Ereignisse von »Defy Me« an.

*Die Rebellen aus Omega Point sammeln sich nach Andersons Angriff und müssen die schwere Entscheidung treffen, wie es weitergehen soll …*

# 1

Mir ist der Appetit vergangen.

Das ist mir in meinem ganzen Leben noch nie passiert.

Ich starre auf ein verlockendes Stück Kuchen und kann es aus irgendeinem Grund nicht essen. Mir ist flau im Magen.

Ich stupse das Kuchenstück immer wieder mit der Gabel an, inzwischen ist es kollabiert, die Glasur verwüstet. Ein unschuldiges Kuchenstück zu metzeln, finde ich gar nicht gut – und Essen zu vergeuden, eigentlich kriminell, vor allem leckeren Kuchen –, aber die wiederholte Bewegung und der weiche Widerstand des Vanillebiskuits beruhigen mich irgendwie.

Ich streiche mir mit der freien Hand übers Gesicht.

Natürlich hatte ich schon schlimmere Tage. Schmerzhaftere Verluste. Beschissenere Abende. Aber irgendwie kommt es mir gerade vor, als sei ich jetzt in einer neuen Art von Hölle gelandet.

Meine Schultern sind total verspannt, der dumpfe Schmerz zieht den ganzen Rücken hinunter. Ich versuche die Muskeln durch Atmen und Dehnen zu lösen, aber nichts hilft. Wie lange ich hier schon vor dem Kuchen sitze, weiß ich nicht mehr. Stunden vielleicht.

Ich schaue mich in dem großen Raum um, dem sogenannten Hauptzelt.

Weiß getünchte Balken stützen die Decke. Von außen sieht man nur das hellbeige Zelttuch, aber im Inneren gibt es keinen Zweifel, dass es sich um ein kleines Haus handelt. Warum es nach außen hin als Zelt verkleidet ist, leuchtet mir nicht ein. Kann nur hoffen, dass es irgendeinen vernünftigen Grund dafür gibt, andernfalls fände ich das albern. Die Einrichtung in diesem Raum, in dem gemeinsam gegessen wird, ist schlicht – Tische und Stühle aus Naturholz –, die Atmosphäre angenehm. Alles hier im Refugium wirkt neuer, gepflegter und heller als in Omega Point, unserem ersten Stützpunkt. Man fühlt sich wie in einem noblen Zeltlager.

Ich stochere wieder im Kuchen. Es ist spät, lange nach Mitternacht, und ich habe eigentlich keinen Grund mehr, noch hier rumzusitzen. Alle hauen nach und nach ab, Stühle scharren, Türen gehen auf und zu. Warner und Juliette (Ella? Fühlt sich so fremd an) sind noch irgendwo hier, vermutlich, weil sie ihn mit seinem Geburtstagskuchen zwangsfüttert. Aber vielleicht isst er ihn auch freiwillig. Egal. Wenn ich gerade dabei bin, mich selbst ausgiebig zu bemitleiden, hasse ich Warner noch mehr als sonst.

Ich kneife die Augen zusammen. Bin elend müde.

Mir ist schon klar, dass ich aufstehen und schlafen gehen sollte. Aber ich kann mich nicht überwinden, diesen angenehm beleuchteten Raum zu verlassen und mich einsam und allein in mein Zimmer zu begeben. Es ist so schön hell hier drin. Nicht zu übersehen, dass Nouria – Castles Tochter, die Anführerin dieser Widerstandsgruppe – ein Händchen für Licht hat. Ist schließlich auch ihre Superkraft. Und sie hat hier alles mit Licht ausgestattet. Lichterketten an der Decke. Laternen an Wänden und Türen. An einer Wand gibt es einen gemauerten offenen Kamin, der – ohne Feuer – warmes Licht verströmt. Es ist behaglich hier.

Und duftet außerdem nach Kuchen.

Jahrelang habe ich mich darüber beklagt, dass ich keine Privatsphäre hatte. Aber jetzt, da ich tatsächlich ein kleines Häuschen für mich allein habe, vermisse ich die Gemeinschaft aus Omega Point und dem Hauptquartier. Ich mochte es, Freunden zu begegnen, sobald ich meine Zimmertür aufmachte. Ich mochte es, ihr rücksichtslos lautes Gequatsche im Flur zu hören, wenn ich einschlafen wollte.

Deshalb also.

Bin ich immer noch hier.

Weil ich nicht allein sein will.

Und deshalb hocke ich hier schon den ganzen Abend und sehe zu, wie die anderen paarweise verschwinden. Lily und Ian. Brendan und Winston. Tana und Randa. Nouria und ihre Frau Sam, gefolgt von Castle.

Alle lächeln.

Alle wirken erleichtert und hoffnungsvoll. Feiern das Überleben und die raren Momente von Schönheit inmitten des ganzen Gemetzels. Aber ich – ich würde am liebsten laut schreien.

Ich lasse die Gabel fallen, drücke mir die Handballen in die Augen. Seit Stunden wird meine Frustration immer schlimmer, und jetzt ist der Höhepunkt erreicht. Es fühlt sich an, als umklammere sie meinen Hals, um mich zu erwürgen.

*Wut.*

Warum bin ich hier der Einzige, der Angst hat? Warum habe nur ich dieses nervöse Brodeln im Bauch? Warum stelle nur ich immer wieder die gleiche Frage:

*Wo zum Teufel sind Adam und James?*

Als wir im Refugium eintrafen, wurden wir begeistert mit Jubel und Trara begrüßt. Alle benahmen sich, als sei das ein großes freudiges Familientreffen, als gäbe es Hoffnung für die Zukunft, als könne es uns allen gut gehen –

Niemand schien daran zu denken, dass Adam und James nicht bei uns waren.

Nur ich zählte alle durch. Nur ich schaute mich um, musterte suchend die vielen Leute, stellte Fragen. Offenbar war ich der Einzige, der es nicht okay fand, dass uns zwei Teammitglieder fehlten.

»Er wollte nicht mitkommen, Mann, das weißt du doch.«

Das.

Das war die bescheuerte Erklärung, die Ian mir geliefert hatte.

»Kent hat doch klar und deutlich gesagt, dass er den Sektor 45 nicht mehr verlassen will«, sagte Ian. »Und du warst dabei, als er das geäußert hat.« Er sah mich mit zusammengekniffenen Augen an. »Mach dich nicht verrückt. Adam wollte mit James dortbleiben und versuchen, Immunität zu bekommen, das weißt du. Du musst das jetzt loslassen.«

Doch genau das konnte ich nicht.

Ich beharrte darauf, dass da etwas schieflief. Dass sich die Situation ganz falsch anfühlte. *Da stimmt doch etwas nicht,* sagte ich immer wieder, und Castle erwiderte – so behutsam, als sei ich ein Irrer –, dass Adam James' Bruder und Beschützer sei und dass ich nicht über den Jungen bestimmen könne, sosehr ich ihn auch liebe.

Aber alle scheinen zu vergessen, dass Adam die idiotische Entscheidung, im Hauptquartier zu bleiben, getroffen hat, *bevor* wir merkten, dass Anderson noch lebt. *Bevor* wir hörten, wie Delalieu sagte, Anderson habe geheime Pläne für Adam und James gemacht. *Bevor* Anderson aus dem Nichts auftauchte und Delalieu ermordete und wir alle in eine Anstalt gesteckt wurden.

Etwas stimmt nicht.

Keine Sekunde glaube ich, dass Adam riskiert hätte, im Sektor 45 zu bleiben, hätte er gewusst, dass Anderson dort ist. Adam kann ein Dickschädel sein, aber er widmet sein Leben dem Ziel, seinen zehnjährigen Bruder zu schützen. Nie und nimmer würde er James gefährden – und schon gar nicht angesichts Andersons obskurer Pläne. Ich weiß einfach ganz genau, dass Adam sich so nicht verhalten würde. Spüre es in meinem tiefsten Innern.

Aber niemand will auf mich hören.

»Komm schon, Mann«, hatte Winston ruhig gesagt. »Du bist nicht für James verantwortlich. Was auch mit ihm sein mag – es ist nicht dein Fehler. Wir müssen weitermachen.«

Es kam mir vor, als spräche ich eine Sprache, die keiner versteht. Als schreie ich eine Wand an. Alle denken, ich würde überreagieren. Sei zu emotional. Niemand will meine Befürchtungen ernst nehmen.

Castle hörte irgendwann auf, meine Fragen zu beantworten, sondern seufzte nur noch – wie früher, wenn ich als Kind Streunerhunde in meinem Zimmer verstecken wollte. Bevor er heute Abend rausging, warf er mir einen mitleidigen Blick zu. Und ich weiß, verflucht noch mal, nicht, was das alles soll.

Sogar Brendan – der liebevolle, einfühlsame Brendan – hat den Kopf geschüttelt und gesagt: »Adam hat seine Entscheidung getroffen. Es ist für uns alle schwer, die beiden zu verlieren, Kenji, aber du musst jetzt loslassen.«

Scheißgerede.

Ich lasse nicht los.

Kommt nicht infrage.

Ich starre auf die Überreste von Warners Geburtstagskuchen, der auf einem Tisch in der Mitte des Raums steht, und habe urplötzlich den Impuls, mit der Faust reinzuschlagen. Weshalb ich die Gabel noch fester umklammere.

Ich habe echt nichts dagegen, dass wir Warners Geburtstag feiern. Nette Geste, ist mir schon klar, der Mann hatte schließlich noch nie ein Geburtstagsfest. Aber mir ist eben nicht nach Feiern zumute. Sondern danach, diesen Scheiß-Blechkuchen mit voller Wucht an die Wand zu feuern. Ich will ihn mir schnappen und an die Wand schmeißen und –

Ein heißer Schreck durchfährt mich, ich erstarre, als ich sehe, wie Finger sich um meine Faust schließen. Sie üben Druck aus, damit ich die Gabel loslasse. Dann höre ich ein Lachen.

Jetzt ist mir noch übler.

»Alles okay?«, höre ich Nasira fragen. »Du hältst die Gabel wie ein Kampfmesser.« Sie klingt, als lächle sie, was ich aber nicht genau weiß, weil ich immer noch wie hypnotisiert ins Leere starre. Die Gabel wurde mir entwunden, aber meine Finger fühlen sich jetzt wie versteinerte Krallen an.

Ich merke, dass sie sich neben mich setzt.

Spüre ihre Nähe, ihre Wärme. Schließe die Augen. Wir haben nicht geredet, Nasira und ich. Nicht über uns jedenfalls. Haben nicht darüber gesprochen, wie sehr mein Herz austickt, sobald sie in meiner Nähe ist. Und ganz bestimmt nicht über die ausschweifenden Tagträume, die sie bei mir auslöst. Seit dieser Szene in meinem Zimmer haben wir kein einziges privates Wort gewechselt. Und ich wüsste auch nicht, weshalb wir das tun sollten. Ist doch völlig sinnlos.

Es war hirnrissig von mir, sie zu küssen.

Ich bin ein Volltrottel, Nasira ist vermutlich verrückt, und was zwischen uns passiert ist, kann man nur als monumentalen Fehler betrachten. Sie bringt mich völlig durcheinander, verdreht mir den Kopf, während ich angestrengt versuche, zur Vernunft zu kommen, meinen Verstand zu benutzen – aber mein Körper will das nicht verstehen. Der reagiert auf Nasiras bloße Anwesenheit, als bekäme ich gleich einen Herzinfarkt.

»Hey.« Jetzt klingt Nasiras Stimme ernst. »Was ist los?«

Ich schüttle den Kopf.

»Kopfschütteln ist aber keine Antwort, Kenji.« Sie lacht. »Du hast deinen Kuchen massakriert. Also stimmt was nicht.«

Ich drehe den Kopf ein kleines bisschen. Schaue sie aus dem Augenwinkel an.

Sie seufzt. Sagt »Ach, komm schon« und spießt mit der Gabel – *meiner Gabel* – ein Stück Kuchen auf, hält es hoch wie einen Lutscher, steckt es in den Mund. Während sie die Gabel dann ableckt, sage ich:

»Die hatte ich schon im Mund.«

Nasira zögert. Schaut auf den Teller. »Ach so, ich dachte, du willst das nicht mehr.«

»Ja, stimmt. Aber ein paar Bissen habe ich gegessen.«

Als sie sich aufrichtet, beschämt sagt »Ja, natürlich« und die Gabel ablegt, merke ich, wie sich die Anspannung in meinem Rücken löst. Nasiras Reaktion ist so kindlich, so peinlich berührt, als hätten wir uns nicht bereits geküsst, als wüssten wir nicht beide, wie es sich anfühlt, dasselbe zu schmecken. Deshalb muss ich lachen.

Und im nächsten Moment lacht sie auch.

Jetzt fühle ich mich fast wieder menschlich.

Erleichtert seufze ich, als ich spüre, wie der Schmerz in meinen Schultern nachlässt. Beuge mich vor, stütze den Kopf in die Hände.

»Hey«, sagt Nasira leise. »Du kannst es mir sagen, weißt du.«

Ihre Stimme ist sanft. Warm. Ich hole tief Luft. »Was?«

»Na, was nicht stimmt.«

Ich lache wieder, aber diesmal klingt es bitter. Nasira ist wirklich der letzte Mensch, mit dem ich jetzt reden möchte. Kommt mir wie ein bösartiger Witz vor, dass ausgerechnet sie hier so tut, als läge ihr mein Befinden am Herzen.

Ich seufze noch mal, während ich mich aufrichte und stirnrunzelnd umschaue.

Juliette mit ihrem langen braunen Haar und ihrem liebenswerten Lächeln sehe ich auf den ersten Blick. Aber meine beste Freundin hat gerade nur Augen für ihren Freund, was mich ärgert und frustriert. Natürlich hat Juliette ein bisschen Freude verdient, sie ist durch die Hölle gegangen.

Aber ich bräuchte meine Freundin gerade auch.

Weil es mir so schlecht geht, wollte ich mit ihr reden. Wollte sie fragen, was sie über die Situation mit Adam und James denkt. Aber Castle hat mich davon abgehalten. Hat mir das Versprechen abgenommen, J heute Abend in Ruhe zu lassen. Er sagte, sie müsse in Ruhe mit Warner allein sein können, die beiden sollten ungestört sein, um sich von allem zu erholen, was sie durchgemacht hatten. Ich verdrehte so genervt die Augen, dass es sich anfühlte, als würden sie mir aus dem Kopf platzen.

*Ich* bekomme nie eine ungestörte Auszeit, um mich von all dem Scheiß zu erholen, den ich erlebt habe. Um *meinen* seelischen Zustand kümmert sich keiner außer J.

Jetzt fixiere ich sie, starre ihr Löcher in den Rücken. Will sie dazu bringen, mich anzuschauen. Sie würde mit einem einzigen Blick erkennen, dass es mir nicht gut geht, und sich um mich kümmern. Das weiß ich einfach. Aber tatsächlich befolge ich nicht nur Castles Anweisung, wenn ich die beiden in Ruhe lasse; ich finde selbst auch, dass J und Warner ein paar schöne Stunden zusammen haben sollten. Außerdem würde er wahrscheinlich endgültig versuchen, mich abzumurksen, wenn ich die beiden jetzt stören würde.

Aber manchmal denke ich eben trotzdem –

*Und was ist mit mir?*

Warum achtet niemand auf *meine* Gefühle? Andere dürfen ungehemmt ein ganzes Spektrum von Emotionen ausleben, aber ich muss immer fröhlich sein, sonst sind alle betroffen. Alle kennen mich nur grinsend und herumalbernd. Ich bin der Lustige, der Spaßvogel. Wenn ich mal traurig oder sauer bin, sind alle ratlos. Ich habe in miesen Zuständen schon versucht, mit Castle oder Winston zu sprechen, sogar mit Ian, fühle mich aber nur von J verstanden. Castle gibt sich Mühe, lehnt Selbstmitleid jedoch grundsätzlich ab. Er lässt mir dreißig Sekunden Zeit zum Klagen, hält mir dann eine Motivationsrede und teilt mir mit, ich solle stark sein. Ian dagegen wird nervös, wenn ich ihm zu viel von mir erzähle. Er versucht einfühlsam zu sein, sucht aber bei der erstbesten Gelegenheit das Weite. Winston hört mir zu. Der ist zumindest ein guter Zuhörer. Aber anstatt auf meine Äußerungen einzugehen, redet er sofort über seine eigenen Probleme. Und obwohl ich verstehe, dass er sich sein Zeug auch von der Seele reden muss, geht es mir danach noch zehnmal schlechter als vorher.

Nur mit Juliette –

*Ella?*

Mit ihr ist das ganz anders. Mir war gar nicht bewusst, wie viel mir gefehlt hat, bis wir uns besser kennenlernten. Sie lässt mich reden. Drängt mich nicht. Sagt nicht, ich solle mich beruhigen, gibt mir keine blöden Ratschläge, versucht mir nicht einzureden, dass alles gut wird. Wenn ich was loswerden muss, redet sie nicht über sich selbst und ihre Themen. Und sie versteht mich, das spüre ich. Ohne dass sie überhaupt etwas sagen muss. Ich sehe es an ihrem Blick. Sie lässt sich in einer Weise auf mich ein wie niemand je zuvor. Und aus diesem Grund ist sie auch eine großartige Anführerin: Menschen liegen ihr am Herzen. Das Leben anderer ist ihr wichtig.

»Kenji?«

Nasira berührt wieder meine Hand, aber diesmal zucke ich zusammen, ziehe sie weg. Doch als ich endlich aufschaue, bin ich erstaunt.

Ich sehe aufrichtige Sorge in Nasiras Augen.

»Kenji«, sagt sie erneut. »Du machst mir Angst.«

# 2

Ich stehe kopfschüttelnd auf, versuche ruhig zu bleiben.

»Nein, es ist nichts«, sage ich, starre dabei zu J hinüber.

Sie lacht über etwas, das der hübsche Warner gesagt hat, dann lächelt er, sie lächelt, und als er sich vorbeugt und ihr etwas ins Ohr flüstert, läuft sie rot an. Er berührt sie, küsst sie, hier, vor allen anderen, und –

Ich wende abrupt den Blick ab.

Das hätte ich jetzt nicht gebraucht.

»Vor allen anderen« ist im Grunde Quatsch, denn es sind höchstens noch eine Handvoll Leute im Raum. Und J und Warner stehen in einer Ecke und halten sich bestimmt für unbeobachtet.

Ja, ich sollte eindeutig lieber schlafen gehen.

»Du bist verliebt in sie, oder?«

*Das* rüttelt mich jetzt schlagartig wach.

Nasira sieht mich so triumphierend an, als sei es ihr gerade gelungen, *Die geheimen Mysterien des Kenji* zu enträtseln.

Als sei ich kinderleicht zu durchschauen.

»Ich verstehe gar nicht, wieso mir das nicht schon früher aufgefallen ist«, spricht sie weiter. »Ihr beide habt so eine seltsam intensive Beziehung. Ganz klar: Du bist in sie verliebt.«

Oh Gott. Ich bin echt zu müde für so was.

Ich wende mich zum Gehen. »Nein, bin ich nicht.«

»Aber ich spüre, dass –«

»Nasira, du hast keine Ahnung, okay?« Ich starre sie an. »Du weißt absolut nichts über mich. Genauso wenig wie ich über dich.«

Sie zieht die Augenbrauen hoch. »Was soll *das* denn heißen?«

»Lass das.« Ich deute mit dem Finger auf sie. »Hör auf, dich dumm zu stellen.«

Aber als ich draußen den beleuchteten Weg zu meinem Zelt entlanggehe, höre ich doch wahrhaftig ihre Stimme aufs Neue.

»Bist du immer noch wütend auf mich?«, fragt Nasira. »Wegen dieser Sache mit Anderson?«

Ich bleibe so abrupt stehen, dass ich fast stolpere. Drehe mich um, und als ich Nasira ansehe, kann ich nicht anders: Ich lache lauthals. Es hört sich ziemlich irr an. »Die *Sache* mit Anderson? Dein Ernst jetzt? Du meinst diese *Sache*, als er plötzlich erschien, von den Toten auferstanden, um uns alle zu töten, weil *du* ihm verraten hattest, wo wir sind? Oder meinst du die *Sache*, als er Delalieu umbrachte? Oder warte mal … vielleicht meinst du die *Sache*, als er uns alle in die Anstalt werfen ließ, um uns dort verrotten zu lassen? Aber vielleicht meinst du ja auch die *Sache*, als du mich unter Drogen gesetzt, gefesselt und geknebelt in ein Flugzeug verschleppt hast, um mich mitsamt Anderson ans andere Ende der Welt zu verfrachten?«

Schnell wie ein Blitz schießt Nasira auf mich zu. Ihre Augen funkeln zornig, als sie sagt: »Das habe ich alles getan, um dein Leben zu retten. Deines und das deiner Freunde. Du solltest mir *danken*. Stattdessen schreist du mich an wie ein beleidigtes Kind, und das, obwohl ich im Alleingang das gesamte Team vorm Tod bewahrt habe.« Sie schüttelt den Kopf. »Du bist wirklich unmöglich, Kenji. Du hast keine Ahnung, was ich riskiert habe, um das zu schaffen. Und es ist nicht meine Schuld, wenn du das nicht verstehen kannst.«

Ein Schweigen breitet sich aus, schafft eine große Distanz zwischen uns.

»Weißt du, was echt lächerlich ist?«, sage ich schließlich und schaue zum Nachthimmel auf. »Dieses Gespräch. *Das* ist lächerlich.«

»Bist du betrunken?«

»Schluss damit.« Ich werfe ihr einen finsteren Blick zu. »Hör auf, meine Intelligenz zu unterschätzen. Hältst du mich für zu dumm, um eine Rettungsmission richtig einzuschätzen? Natürlich habe ich alles verstanden«, sage ich aufgebracht. »Ich hab kapiert, dass du allerhand zwielichtiges Zeug machen musstest, um unsere Flucht zu ermöglichen. Deshalb bin ich auch nicht wütend. Sondern weil du nicht *kommunizierst.*«

Ihre Miene verändert sich. Ihre Augen funkeln nicht mehr, ihre Schultern entspannen sich. Und dann blinzelt sie –

Verwirrt.

»Das verstehe ich jetzt nicht«, sagt sie leise.

Die Sonne ist seit Stunden untergegangen, der schmale Weg nur von wenigen Laternen erhellt. Nasira leuchtet förmlich, wirkt schöner denn je in diesem Zwielicht, und das finde ich, offen gestanden, regelrecht furchterregend. Ihre großen Augen schimmern dunkel, und sie starrt mich an, als sei sie eine ganz gewöhnliche Frau und ich ein ganz gewöhnlicher Typ. Als seien wir beide nicht zwei Blödel, die direkt ins Verderben laufen. Als seien wir beide nicht trainierte Killer, mehr oder weniger.

Ich seufze. Streiche mir durchs Haar. Habe keinen Kampfgeist mehr und bin plötzlich so unendlich erschöpft, dass ich nicht weiß, ob ich mich überhaupt noch aufrecht halten kann.

»Ich muss jetzt ins Bett«, sage ich und gehe weiter.

»Warte –«

Als sie mich am Arm packt, fahre ich fast aus der Haut. Reiße mich genervt los, aber Nasira ist plötzlich so dicht bei mir, dass ich ihren Atem spüren kann. Und ich nehme nichts wahr außer ihr. Ich atme ihren Duft ein – etwas Zartes, Süßes –, und dann haut mich die Erinnerung fast um.

Ihre Umarmung.

Ihre Hände in meinem Haar.

Wie sie mich an die Wand drängte. Wie unsere Körper verschmolzen. Wie sie mit den Händen über meine Brust strich und mir sagte, ich sei toll. Die leisen verlangenden Laute, die sie von sich gab, als ich sie küsste.

Ich weiß jetzt, wie es sich anfühlt, sie in den Armen zu halten. Ich weiß, wie es sich anfühlt, sie zu küssen, die Linien ihrer Lippen mit der Zunge nachzuzeichnen, ihr Keuchen an meinem Hals zu spüren. Ich schmecke sie immer noch, spüre ihre Konturen, die weichen Rundungen an meinen Händen. Ich berühre sie nicht mal und habe doch das Gefühl, dass es erneut geschieht, Bild für Bild, und ich muss auf ihren Mund starren, weil dieses verdammte Diamant-Piercing im Licht glitzert, und einen Moment lang – nur einen Moment – hätte ich fast den Verstand verloren und sie wieder geküsst.

In meinem Kopf herrscht tosender Lärm, Trommeln in meinen Ohren.

Sie treibt mich zum Wahnsinn. Ich weiß nicht mal, wieso ich sie so sehr mag. Aber ich habe keinerlei Kontrolle über meine Körperreaktionen mehr, sobald Nasira in meiner Nähe ist. Der Zustand ist überwältigend und unverständlich, und ich liebe ihn. Ich hasse ihn.

In manchen Nächten schlafe ich ein, während ich den

Film immer wieder abspiele – ihre Augen, ihre Hände, ihr Mund –

Aber er endet immer an der gleichen Stelle. Als Nasira sagt:

*Das würde nie funktionieren … wir sind so unterschiedlich …*

»Kenji?«

Scheiße, bin ich müde.

Ich weiche einen Schritt zurück. Atme tief die kühle frische Nachtluft ein, und als ich Nasira wieder ansehe, ist mein Kopf klar.

Dennoch klingt meine Stimme seltsam, als ich sage: »Ich sollte jetzt gehen.«

»Warte«, sagt Nasira erneut und legt ihre Hand auf meine Brust.

*Legt ihre Hand auf meine Brust.*

Als würde diese Frau mich besitzen, als würde ich so leicht aufgehalten und besiegt werden können. Das finde ich empörend. Offensichtlich ist sie daran gewöhnt, immer ihren Willen zu bekommen. Oder sich alles anzueignen, was sie haben will.

Ich pflücke ihre Hand von meiner Brust. Nasira scheint es kaum zu bemerken.

»Ich verstehe nicht, was du meinst«, sagt sie. »Was soll das heißen, ›ich kommuniziere nicht‹? Was ich dir über die Mission nicht gesagt habe, brauchtest du auch nicht zu wissen.«

Ich seufze frustriert.

»Du findest also, ich brauchte nicht zu wissen, dass du Anderson einen Tipp gegeben hast? Du findest, wir alle brauchten nicht zu wissen, dass Anderson a) noch am Leben und b) unterwegs zu uns war, um uns umzubringen?

Und du findest auch, dass du Delalieu nicht hättest warnen sollen, damit er nicht so viel sagt und deshalb erschossen wird?« Ich rede mich in Rage. »Du hättest mir erzählen können, dass du uns nur *vorübergehend* in die Anstalt stecken lässt. Und dass du mich unter Drogen setzen würdest. Du hättest mich nicht betäuben und kidnappen und in dem Glauben lassen müssen, dass ich exekutiert werde. Ich wäre *freiwillig* mitgekommen«, sage ich. Meine Stimme wird immer lauter. »Ich hätte dir *helfen* können, verflucht.«

Nasira sieht mich ungerührt an, ihr Blick ist frostig. »Du hast eindeutig keine Ahnung, was ich alles zu bewältigen hatte«, sagt sie leise, »wenn du glaubst, das wäre so einfach gewesen. Ich konnte nicht riskieren –«

»Und *du* hast eindeutig keine Ahnung von Teamwork«, falle ich ihr ins Wort. »Weshalb *du für uns* ein Risiko bist, Nasira.«

Zorn flammt in ihren Augen auf.

»Du machst Alleingänge«, fahre ich fort. »Lebst nach einem Moralkodex, den ich nicht verstehe, der dir aber offenbar erlaubt, alles zu tun, was du gerade richtig findest, und nach Lust und Laune die Verbündeten zu wechseln. Manchmal verbirgst du dein Haar, weil du das für rebellisch hältst, machst das aber nur, wenn es nicht gefährlich ist, also nicht mit voller Überzeugung. Du passt dich keiner Gruppe an und tust immer noch, was dein Vater dir sagt, es sei denn, du willst grade mal ein Weilchen nicht auf das Reestablishment hören.« Ich hole tief Luft und füge hinzu:

»Du bist also unberechenbar. Komplett. Heute bist du auf unserer Seite – aber wie sieht's morgen aus?« Ich schüttle den Kopf. »Ich weiß rein gar nichts über deine Motivation und deine Gedanken. Und ich muss dir gegenüber immer auf der Hut sein, weil ich nicht weiß, ob du mich nur ausnutzt. Ich kann dir also nicht vertrauen.«

Sie starrt mich an und bleibt eine gefühlte Ewigkeit stumm. Dann tritt sie einen Schritt zurück, ihr Gesicht ist ausdruckslos.

»Du solltest vorsichtig sein«, sagt sie. »Das ist eine gefährliche Rede gegenüber jemandem, dem du nicht trauen kannst.«

Aber ich falle nicht darauf herein. Diesmal nicht.

»Blödsinn«, sage ich. »Wenn du mich umbringen wolltest, hättest du das längst getan.«

»Ich könnte es mir ja anders überlegen. Da ich ja so unberechenbar bin. Komplett.«

»Ach, einerlei«, murmle ich. »Ich gehe jetzt ins Bett.«

Kopfschüttelnd drehe ich mich um und gehe weiter, um endlich Ruhe und Schlaf zu finden, als Nasira wütend schreit –

»Ich war *offen* dir gegenüber! Ich habe mir Blößen gegeben, auch wenn *du* das nicht hinbekommen hast!«

Ich fahre herum. »Wann?«, schreie ich, werfe entnervt die Hände in die Luft. »*Wann* hast du dich jemals mir anvertraut? Wann soll das gewesen sein, dass du offen warst? Nie. Nein … Du ziehst einfach dein Ding durch, wann und wie du willst, ohne Rücksicht auf Verluste, und erwartest auch noch, dass alle das gutheißen. Das ist doch Schwachsinn. Ich mach da nicht mit.«

»Ich habe dir von meinen Kräften erzählt!«, schreit Nasira mit geballten Fäusten. »Ich habe euch über Ella und Emmaline informiert!«

Ich atme erschöpft aus. Gehe wieder ein paar Schritte auf Nasira zu, aber nur, weil ich nicht mehr herumbrüllen will.

»Ich weiß nicht, wie ich das erklären soll«, sage ich so beherrscht wie möglich. »Ich meine, ich gebe mir Mühe. Will es versuchen. Weiß aber einfach nicht, wie – Okay, also, ich verstehe, dass du Mut gebraucht hast, um mir zu erzählen, dass du dich unsichtbar machen kannst. Wirklich, das verstehe ich. Du hast dich geöffnet. Aber das ist ja wohl was anderes, als einer Gruppe von Leuten geheime Informationen zukommen zu lassen. Ich will nicht … ich will einfach nicht –« Ich unterbreche mich, beiße die Zähne zusammen. »Ach, weißt du, was? Ist egal.«

»Nein, sprich weiter«, sagt sie wütend. »Sag es. *Was* willst du nicht?«

Ich zwinge mich, ihr in die Augen zu sehen. Und ich weiß nicht genau, was da passiert, aber irgendetwas eskaliert in meinem Gehirn, und etwas ganz und gar Unfreundliches kommt zum Vorschein. Etwas Schonungsloses.

»Ich will diese sterilisierte Version von dir nicht«, sage ich. »Ich will nichts zu tun haben mit dieser kalten berechnenden Person, die du bei allen anderen bist. Diese Version von dir ist grausam und gefühllos und niemandem verbunden. Du bist kein netter Mensch, Nasira. Du bist gemein, herablassend und arrogant. Aber all das wäre erträglich, ich schwör's dir, wenn ich spüren könnte, dass du ein *Herz* hast. Wenn wir Freunde sein wollen – oder überhaupt irgendetwas –, muss ich dir vertrauen können. Und in Zweckfreundschaften kann ich kein Vertrauen empfinden. Ich vertraue Maschinen nicht.«

Zu spät erkenne ich, was ich angerichtet habe.

Nasira sieht vollkommen entgeistert aus.

Sie blinzelt mehrmals, und einen schrecklichen Moment lang bröckelt die steinerne Fassade, und ein hilfloses verstörtes Kind kommt zum Vorschein. Sie starrt mich an, wirkt plötzlich klein – klein und jung und ängstlich. Ihre Augen glitzern feucht, und dieser Anblick trifft mich wie ein Schlag in die Magengrube.

Eine Sekunde später ist der Spuk vorbei.

Sie wendet sich ab, verschließt die Gefühle in sich, die Maske ist wieder da.

Jetzt fühle ich mich wie versteinert.

Ich habe gerade in großem Stil alles vermasselt und keinen blassen Schimmer, wie ich das wiedergutmachen soll. Weil ich gar nicht weiß, mit welchen Methoden. Außerdem weiß ich nicht, wann genau ich mich eigentlich zu so einem Arschloch entwickelt habe ... mein Kontakt mit Warner war jedenfalls sicher nicht hilfreich.

So ein Typ bin ich doch nicht. Ich bin kein Typ, der Frauen zum Weinen bringt.

Aber ich habe auch keine Ahnung, wie ich irgendetwas rückgängig machen könnte. Vielleicht, indem ich einfach den Mund halte. Vielleicht kann ich die Uhr zurückdrehen, indem ich hier herumstehe und ins Universum blinzle. Ich weiß es nicht. Weiß nicht, was jetzt passieren wird. Weiß nur, dass ich ein absoluter Scheißkerl sein muss, weil jemand, der Nasira Ibrahim zum Weinen bringt, auf jeden Fall ein Monster sein muss. Ich habe nicht mal geahnt, dass sie *weinen* kann.

Ich bin so unfassbar dumm.

Ich habe gerade die Tochter des Obersten Befehlshabers von Asien zum *Weinen* gebracht.

Als sie sich mir wieder zuwendet, sind die Tränen verschwunden, und ihre Stimme klingt kalt. Hohl. Und als könne sie selbst ihre Worte kaum glauben, als sie sagt: »Ich habe dich geküsst. Hattest du da auch das Gefühl, ich sei eine Maschine?«

Mein Gehirn fühlt sich wie betäubt an. »Vielleicht?«

Sie zieht scharf die Luft ein, und der Schmerz in ihren Augen ist unübersehbar.

Großer Gott, ich bin nicht nur dumm.

Ich bin ein schlechter Mensch.

Keine Ahnung, was mit mir nicht stimmt. Ich muss unbedingt aufhören zu reden. Ich will das alles nicht. Ich will nicht hier sein. Ich will in mein Zimmer gehen und schlafen und meine Ruhe haben. Aber irgendetwas in mir ist kaputt – mein Gehirn, mein Mund, meine Hauptsteuerung.

Und noch schlimmer: Ich weiß nicht, wie ich hier wieder rauskommen soll. Wo ist die Auswurftaste für Gespräche mit wunderschönen beängstigenden Frauen?

Jetzt sagt Nasira: »Glaubst du wirklich, ich würde so etwas tun? Dich küssen, um dich zu manipulieren?«

Jetzt bin ich derjenige, der nur blinzelt.

Ich komme mir vor, als stecke ich in einem Albtraum fest. Schuld, Konfusion, Erschöpfung und Wut ballen sich zusammen, und das Chaos in meinem Gehirn explodiert jetzt endgültig, mein Kopf fühlt sich an, als würde er gleich platzen.

Verzweifelt, bescheuert –

Ich kann nicht aufhören zu schreien.

»Woher soll ich denn wissen, was du alles tun würdest, um jemanden zu manipulieren?«, rufe ich. »Woher soll ich überhaupt *irgendetwas* über dich wissen? Wieso habe ich überhaupt etwas mit dir zu tun? Diese ganze Situation ist doch totaler *Irrsinn*!« Ich kann mich einfach nicht beruhigen. Schreie also weiter. »Ich meine, du weißt nicht nur, wie du mich auf tausenderlei Arten umbringen könntest, du bist auch die schönste Frau, der ich je im Leben begegnet bin – und ja, deshalb kommt es mir viel wahrscheinlicher vor, dass du mich irgendwie verarschst, als an ein Alternativuniversum zu glauben, in dem du mich attraktiv findest!«

»Du bist *so unmöglich*!«

»Und du bist eindeutig geistesgestört.«

Jetzt bleibt ihr der Mund offen stehen. Und einen Moment lang sieht sie so rasend wütend aus, dass ich denke, sie wird mich in Stücke reißen.

Ich mache einen Rückzieher.

»Okay, entschuldige – du bist nicht geistesgestört … aber gerade noch hast du mir vorgeworfen, ich sei in meine beste Freundin verliebt – weshalb ich finde, dass ich jetzt zu Recht ärgerlich sein darf.«

»Du hast sie aber angeschaut, als seist du verliebt in sie!«

»Herrgott noch mal, Frau, ich schaue *dich* an, als sei ich verliebt in dich!«

»Ich – warte – was?«

Ich kneife die Augen fest zusammen. »Nichts. Egal. Ich muss jetzt los.«

»Kenji –«

Aber ich bin schon auf der Flucht.

# 3

In meinem Zimmer schließe ich die Tür und rutsche daran herunter. Am Boden stütze ich den Kopf in die Hände, ein Häufchen Elend, und einen grauenhaften Moment lang denke ich –

Ich wünschte, meine Mutter wäre hier.

Das Gefühl erwischt mich ohne Vorwarnung, und ich bin machtlos, kann es nicht mehr stoppen. Es breitet sich rasend schnell aus: überwältigende Traurigkeit erfasst mich, gefolgt von reißendem Selbstmitleid. Alle schlimmen Erlebnisse – jede Enttäuschung, jeder Schmerz – beschließen in diesem Moment, mich zu zerfleischen und mein Herz zu verzehren, bis nichts mehr davon übrig ist, bis die Trauer mich aufgefressen hat.

Ich kollabiere.

Klemme den Kopf zwischen die Knie, umschlinge meine Beine. Schmerzstöße toben in meiner Brust, Finger brechen durch meine Rippen, quetschen meine Lunge zusammen.

Ich bekomme keine Luft mehr.

Zuerst spüre ich die Tränen gar nicht, die mir übers Gesicht strömen. Höre nur meinen stockenden keuchenden Atem und verstehe das Geräusch nicht. Hebe verwundert den Kopf, zwinge mich zum Lachen, aber das hört sich absolut idiotisch an. So idiotisch, wie ich eben bin. Ich drücke die Fäuste auf die Augen und beiße die Zähne fest zusammen, um die Tränen in meinen Kopf zurückzupressen.

Keine Ahnung, was heute mit mir los ist.

Ich bin völlig aus dem Lot. Habe schmerzhafte Sehnsucht nach irgendetwas. Bin vollkommen orientierungslos. Ich sage mir immer selbst, dass ich tagtäglich für Hoffnung kämpfe, für die Rettung der Menschheit. Aber jedes Mal, wenn ich überlebe und mit noch mehr Verlusten und Zerstörung konfrontiert bin, gibt etwas in mir auf. Als ob die Menschen und Orte, die ich liebe, die Schrauben und Muttern sind, die mich aufrechthalten – ohne sie bin ich einfach nur Metallschrott.

Ich hole zittrig Luft, atme tief ein. Schlage die Hände vors Gesicht.

Ich erlaube es mir nie, an meine Mutter zu denken. So gut wie nie. Aber jetzt, durch die Dunkelheit, die Kälte, die Angst und die Schuld – dieses Chaos mit Nasira –

Wünsche ich mir, ich könnte mit meiner Mutter sprechen.

Wünsche mir, sie wäre hier, um mich in den Armen zu halten und zu trösten. Wünsche mir, ich könnte mich an sie kuscheln und sie würde mir sanft den Kopf massieren wie früher, wenn ich Albträume gehabt hatte oder mein Vater auf Arbeitssuche wieder viel zu lange weg war. Dann waren meine Mutter und ich nachts auf und hielten uns in den Armen. Ich klammerte mich an sie, und sie wiegte mich sachte, strich mir durchs Haar und flüsterte mir lustige Geschichten ins Ohr. Sie war der witzigste Mensch, den ich je kennengelernt habe. So klug. So einfühlsam.

Gott, sie fehlt mir so sehr.

Manchmal vermisse ich sie so schlimm, dass sich mein Brustkorb wie ausgehöhlt anfühlt. Als ginge ich in diesem Gefühl unter und könnte nie wieder auftauchen, um Luft zu holen. Und manchmal ist es so schlimm, dass es mir vorkommt, als würde ich sterben, als würde ich ertrinken in diesen Gefühlen.

Aber dann – wundersam – ebbt der Zustand nach und nach ab. Es ist ein langsamer, mühsamer Vorgang, aber irgendwann lässt der Druck nach, und ich bin wieder lebendig. Und allein.

Hier im Dunkeln, mit meinen Erinnerungen.

Manchmal fühle ich mich so einsam, dass mir der Atem stockt.

Castle hat seine Tochter zurückbekommen. Meine Freunde haben jemanden für sich gefunden. Wir haben Adam und James verloren. Und viele aus Omega Point. Das haut mich immer mal wieder um. Wenn ich vergesse, diese Gefühle tief genug in mir zu verschließen.

Aber so kann ich nicht weitermachen. Ich löse mich auf, und dafür habe ich keine Zeit. Es gibt Menschen, die mich brauchen und die sich auf mich verlassen.

Ich muss mich zusammenreißen.

Ich rapple mich hoch, stütze mich mit dem Rücken an der Tür ab. Ich habe in der Kälte im Dunkeln gesessen, in Kleidung, die ich seit einer Woche trage. Ich werde mich schon wieder einkriegen; ich muss besser auf mich achtgeben.

James und Adam wird es schon gut gehen.

Das muss einfach so sein.

Ich mache überall Licht an. Öffne ein paar Schubladen, schaue die Sachen durch, die dort verstaut sind, nehme mir frische Kleidung heraus. Dann gehe ich ins Bad, ziehe mich aus, betrete die Dusche. Keine Ahnung, wie die hier heißes Wasser bekommen, aber das ist mir auch egal.

Es fühlt sich herrlich an.

Ich lehne mich an die Kacheln, als das heiße Wasser mir ins Gesicht spritzt. Dann sinke ich langsam zu Boden, zu müde, um mich auf den Beinen zu halten.

Und lasse mich von der Hitze verbrennen.

# 4

Ich hatte gehofft, mich nach der Dusche rundum erneuert zu fühlen, aber das klappte leider nicht. Ich fühlte mich zwar angenehm sauber, aber immer noch mies. Hatte geglaubt, einen besseren Zugriff auf meine Emotionen zu haben, aber – offenbar nicht.

Vielleicht habe ich Fieber. Oder Jetlag. Oder beides.

Das muss es sein.

Ich bin so erschöpft, dass ich im Bett sofort hätte einschlafen müssen, aber daraus wird nichts. Ich liege ein paar Stunden wach und starre in die Dunkelheit, dann laufe ich herum, und schließlich werfe ich einen Sockenball an die Wand, während es draußen schon langsam hell wird.

Jetzt liege ich wieder im Bett, starre durchs Fenster zum Horizont, wo ein Lichtstreifen erscheint, und versuche rauszukriegen, was zum Teufel mit mir los ist, als mir plötzlich ein heißer Schreck in die Glieder fährt, weil jemand heftig an die Tür hämmert.

Ich springe aus dem Bett, fast schwindlig vor Angst, fahre in meine Kleider, und als ich die Tür aufreiße, steht Brendan davor, der mich erleichtert anschaut.

»Du bist angezogen«, sagt er. »Gut.«

»Was ist los?«

Er seufzt. Sieht traurig aus. Und dann, eine Sekunde lang, angstvoll.

»Was ist?«, dränge ich. Das Adrenalin schießt ein, verdrängt die Angst. Ich fühle mich ruhiger. Klarer. »Was ist passiert?«

Brendan zögert. Schaut beiseite. »Ich bin lediglich der Bote, Mann. Ich soll dich nur holen, nichts sagen.«

»Was? Warum nicht?«

»Glaub mir.« Er sieht mich fest an. »Es ist besser, du hörst es direkt von Castle.«

# 5

»Warum?«, sage ich als Erstes zu Castle, als ich hereingeschossen komme, zu schnell, aber ich kann es nicht ändern. Ich drehe gleich durch. »Was muss ich direkt von Ihnen hören? Was ist los?«

Ich kann nicht verbergen, dass ich wütend bin, weil mir jetzt natürlich jedes erdenkliche Horrorszenario durch den Kopf schießt, weshalb sonst sollte man mich im Morgengrauen aus dem Bett holen. Und mich dann noch fünf Minuten lang warten zu lassen, bis ich erfahre, was los ist, finde ich regelrecht sadistisch.

Castle schaut mich ernst an, und ich hole tief Luft, versuche mich zu beruhigen. Keine Ahnung, wo ich hier bin, sieht nach einem Konferenzraum aus. In einem anderen Gebäude. Castle, Sam und Nouria sitzen an einem langen Holztisch, auf dem Papiere verstreut sind, Blaupausen, ein Lineal, drei Taschenmesser und diverse Kaffeetassen.

»Setzen Sie sich, Kenji.«

Aber ich blicke wild um mich, halte nach Juliette Ausschau. Ian und Lily sind hier. Winston und Brendan.

Aber keine J. Und kein Warner. Und niemand sieht mich an.

»Wo ist Juliette?«, frage ich.

»Ella, meinen Sie«, erwidert Castle ruhig.

»Egal. Warum ist sie nicht hier?«

»Kenji«, sagt Castle. »Bitte setzen Sie sich. Das ist alles

schon schwierig genug ohne Ihre überbordenden Emotionen. Bitte.«

»Bei allem Respekt, Sir, aber ich werde mich setzen, wenn ich weiß, was zum Teufel hier vor sich geht.«

Castle seufzt tief. Dann sagt er –

»Sie hatten recht.«

Ich reiße die Augen auf, mein Herz schlägt schneller. »Wie bitte?«

»Sie hatten recht«, wiederholt er, und am Ende des Satzes bricht seine Stimme. Er ballt die Hände zu Fäusten. »Wegen Adam. Und James.«

Ich schüttle hartnäckig den Kopf. »Ich will gar nicht recht haben. Ich habe überreagiert. Den beiden geht's gut. Hören Sie nicht auf mich.« Ich höre mich etwas wahnsinnig an. »Ich habe nicht recht. Ich habe *nie* recht.«

»Kenji.«

*»Nein.«*

Castle fixiert mich. Er sieht verzweifelt aus.

»Das ist nur ein Scherz, oder?«, sage ich.

»Anderson hat die beiden entführt«, sagt Castle und sieht Brendan und Winston an. Ian. »Er hat es wieder getan.«

Das verkrafte ich nicht.

Das verkraftet mein Herz nicht. Ich stecke ohnehin schon in einer Krise. Das ist zu viel. *Zu viel.*

»Sie irren sich«, beharre ich. »Das würde nicht mal Anderson machen. James ist noch ein Kind … Anderson würde doch nicht ein Kind –«

»Doch«, sagt Winston leise. »Leider.«

Ich starre ihn mit wildem Blick an. Fühle mich wie betäubt. Als sei meine Haut zu eng. Dann zu weit. Schließlich sage ich zu Castle:

»Woher wissen Sie das? Woher wollen Sie wissen, dass es nicht eine Falle ist, wie beim letzten Mal –«

»Natürlich ist es eine Falle«, antwortet Nouria entschieden, aber nicht unfreundlich. Sie wirft Castle einen kurzen Blick zu, bevor sie weiterspricht. »Ich weiß nicht genau, warum mein Vater das so darstellt, als sei es eine simple Entführung. Denn das ist es nicht. Wir wissen noch nicht, was sich genau abspielt. Anderson hat die beiden als Geiseln genommen, aber es passiert auf jeden Fall noch etwas viel Größeres hinter den Kulissen. Anderson plant irgendetwas. Sonst hätte er nicht –«

»Ich glaube«, wirft Sam ein und drückt die Hand ihrer Frau, »Nouria will damit sagen, dass Adam und James bei alldem nur eine kleine Rolle spielen.«

Ich schaue zwischen den beiden hin und her. Spüre eine Anspannung im Raum, die vorher noch nicht da war, aber mein Kopf fühlt sich so benebelt an, dass ich keinen klaren Gedanken fassen kann. »Ich glaube, ich verstehe gerade nichts«, sage ich.

Jetzt ergreift Castle wieder das Wort. »Nicht nur Adam und James befinden sich derzeit in Andersons Gewahrsam«, sagt er, »sondern auch … die Kinder der anderen Obersten Befehlshaber.«

Ich will gerade die nächste Frage stellen, als mir auffällt –

Dass niemand außer *mir* etwas fragt. Ich schaue meine Freunde an. Sie sehen traurig, aber entschlossen aus. Als wüssten sie bereits, wie diese Geschichte endet.

Das ist niederschmetternd. Und ich klinge ziemlich wütend, als ich frage: »Warum erfahre ich als Letzter davon?«

Darauf erfolgt ein ausgedehntes Schweigen. Gequälte nervöse Blicke zwischen den anderen.

Dann sagt schließlich Lily:

»Weil wir wussten, wie schlimm das für dich sein wird.« Lily, der meine Gefühle sonst immer völlig egal sind. »Du hattest gerade diese verrückte Mission hinter dir, und dann mussten wir auch noch euer Flugzeug abschießen … ganz ehrlich, wir haben es einfach nicht gewagt, es dir gleich zu sagen.« Sie wirft den beiden anderen Frauen einen gereizten Blick zu. »Aber wenn es dir hilft – auch *wir* haben es von Nouria und Sam nicht sofort erfahren.«

»Was?« Ich reiße fassungslos die Augen auf. »Was zum Teufel geht hier ab? Seit wann wisst ihr das?«, frage ich die beiden.

Wieder herrscht Stille.

*»Seit wann?«*, frage ich aufgebracht.

»Seit vierzehn Stunden«, antwortet Nouria.

*»Seit vierzehn Stunden?«* Einen Moment lang verschlägt es mir die Sprache. »Ihr wisst das seit *vierzehn Stunden,* und ich erfahre es erst jetzt? Castle?«

Er schüttelt den Kopf.

»Mir wurde es auch nicht gesagt«, antwortet er, und obwohl er sich bemüht, gelassen zu bleiben, bemerke ich die Anspannung in seinem Unterkiefer. Er weicht meinem Blick aus. Sieht auch Nouria nicht an.

Dann wird mir schlagartig klar, was hier los ist, und eine Redensart fällt mir ein: Zu viele Köche verderben den Brei.

Ich konnte natürlich nicht ahnen, in was für ein Wespennest ich hier steche. Aber es steht außer Frage, dass Nouria und Sam normalerweise im Refugium das Sagen haben. Tochter oder nicht – Nouria ist die Anführerin dieser Widerstandsgruppe, und auch wenn sie ihren Vater vielleicht gern um sich hat, wird sie deshalb nicht die Macht aus der Hand geben. Was offenbar auch bedeutet, dass Nouria wichtige Informationen erst dann kundtut, wenn sie es für richtig hält. Und das wiederum bedeutet – Tja, vermutlich, dass Castle hier keine Autorität mehr hat.

Scheiße.

»Ihr wusstet also davon«, sage ich zu Sam und Nouria. »Ihr wusstet schon, als wir gestern hier gelandet sind, von Andersons Geiselnahme. Während wir Kuchen gegessen und für Warner Geburtstagslieder gesungen haben, wusstet ihr, dass Anderson Adam und James in seiner Gewalt hat. Auch als ich x-mal gefragt habe, warum die beiden nicht hier sind, habt ihr *nichts gesagt* –«

»Beruhig dich«, sagt Nouria scharf. »Du verlierst die Beherrschung.«

»Wie konntet ihr uns so belügen?«, schreie ich. »Wie konntet ihr herumstehen und lächeln, während unsere Freunde leiden?«

»Weil wir zunächst sicher sein mussten«, antwortet Sam. Sie seufzt tief, streicht sich das blonde Haar aus dem Gesicht. Unter ihren Augen sehe ich dunkle Schatten, ich bin also offenbar nicht der Einzige, der hier zu wenig Schlaf bekommt. »Anderson hat seine Leute gezielt darauf angesetzt, die Information im Untergrund zu verbreiten. Weshalb wir seine Motive nicht einschätzen konnten. Er scheint zu ahnen, dass euer Team bei einer anderen Widerstandsgruppe abgetaucht ist. Ich dachte mir, dass er uns damit nur aus der Reserve locken wollte.« Sie hält einen Moment inne. »Und deshalb wollten wir die Information erst verifizieren, bevor wir sie weitergeben. Wir hielten es nicht für sinnvoll, schlechte Nachrichten zu verbreiten, die sich dann womöglich als falsch erweisen.«

»Aber ihr habt vierzehn Stunden lang eine Information zurückgehalten, die auch *wahr* sein kann! Anderson könnte die beiden längst umgebracht haben!«

Nouria schüttelt den Kopf. »So funktioniert eine Geiselsituation nicht. Er hat von Anfang an klargemacht, dass er etwas von uns will. Deshalb wird er seine Verhandlungsmasse nicht töten.«

Ich erstarre. »Was meint ihr damit? Was will er von uns?« Ich schaue wieder in die Runde. »Und weshalb zum Teufel ist Juliette nicht hier? Sie muss doch eingeweiht werden.«

»Es gibt keinen Grund, Ella aus dem Schlaf zu reißen«, antwortet Sam, »weil wir im Moment nichts tun können. Wir informieren sie morgen Früh.«

»Nein, werden wir nicht.« Jetzt reicht es mir endgültig. »Entschuldigung, Sir, ich weiß, dass wir nicht mehr in Omega Point sind, aber Sie müssen bitte etwas unternehmen. So geht das nicht. J ist selbst Anführerin – sie möchte nicht verhätschelt oder abgeschirmt werden. Und was glauben Sie, wie wütend sie sein wird, wenn sie erfährt, dass wir das vor ihr geheim gehalten haben.«

»Kenji –«

»Und das ist doch sowieso Schwachsinn«, rede ich wie besessen weiter. »Ein Bluff. Eine Lüge. Anderson kann die anderen Kids nicht entführt haben. Er versucht nur, uns mental zu terrorisieren, weil er weiß, dass wir das nicht feststellen können. Wieder eines seiner abgefeimten Psychospielchen.«

Brendan legt mir die Hand auf die Schulter und schaut mich besorgt an. »Nein. Es ist kein Psychospiel.«

»Aber klar doch –«

»Sam hat sie gesehen«, unterbricht mich Nouria. »Wir haben den Beweis.«

Ich erstarre. »Was?«

»Ich kann über weite Entfernungen sehen«, sagt Sam. Sie versucht zu lächeln, sieht aber total erledigt aus. »Und zwar über *richtig* weite Distanzen. Wir hatten uns überlegt, dass Anderson die Kids wahrscheinlich in die Nähe seiner Heimatbasis bringen würde, wo er Einsatzkräfte und Ressourcen hat. Und als Ella uns berichtet hat, dass Evie tot ist, war ich mir ziemlich sicher, dass er nach Nordamerika zurückkommen würde, wo er ja ohnehin für Ordnung sorgen musste. Für den Fall, dass erneut eine Rebellion ausbrechen würde, musste er vor Ort sein. Deshalb habe ich mich bei der Suche auf den Sektor 45 konzentriert. Ich habe fast die ganzen vierzehn Stunden dafür gebraucht, bin mir aber sicher, genügend Hinweise gefunden zu haben, die Andersons Behauptung bestätigen.«

»Aber wie … Du bist sicher, du hast *genügend Hinweise* gefunden? Was für ein vager Blödsinn ist das denn? Und warum bist du diejenige, die darüber zu entscheiden hat, was –«

»Beherrsch dich, Kenji«, sagt Nouria scharf. »Sam hat ununterbrochen gearbeitet, um die Lage zu prüfen. Du wirst ihre Autorität hier anerkennen, wo wir dir Schutz bieten. Und ihr Dankbarkeit und Respekt zeigen.«

Sam legt ihrer Frau beschwichtigend die Hand auf den Arm, ohne mich aus den Augen zu lassen. »Kein Problem. Er ist nur nervös.«

»Das sind wir alle«, sagt Nouria mit finsterem Blick. Durch die Wut scheint sie plötzlich von innen heraus zu leuchten, ihre dunkle Haut schimmert fast unwirklich, und ich starre sie einen Moment wie gebannt an.

Dann schüttle ich den Kopf, um zu mir zu kommen.

»Ich will nicht respektlos sein«, sage ich. »Sondern ich begreife nicht, warum wir das einfach so akzeptieren. ›Genügend Hinweise‹ ist einfach nicht überzeugend, vor allem, da Anderson so was schon mal abgezogen hat. Wisst ihr noch, wie das ausgegangen ist? Wenn Juliette uns an diesem Tag nicht den Arsch gerettet hätte, wären wir alle tot. Ian auf jeden Fall.«

»Ja«, sagt Castle geduldig. »Aber Sie übersehen ein wichtiges Detail.«

Ich lege abwartend den Kopf schräg.

»Anderson hielt unsere Leute tatsächlich bei sich gefangen. Das war keine Lüge.«

Ich balle die Fäuste, beiße die Zähne zusammen. Mein Körper fühlt sich an wie aus Stein.

»Verleugnung ist die erste Phase der Trauer, Bro.«

»Lass mich in Ruhe, Sanchez.«

»Jetzt reicht's.« Castle springt auf, die Hände auf den Tisch gestützt. Er sieht wutentbrannt aus, der Tisch beginnt zu klappern. »Was ist los mit Ihnen, Kenji? Das sieht Ihnen kein bisschen ähnlich – dieses unbeherrschte respektlose Benehmen. Ihr Verhalten ist in der gegenwärtigen Situation alles andere als hilfreich.«

Ich kneife die Augen zusammen.

In der Dunkelheit unter meinen Lidern explodiert ein Feuerwerk, Wut in allen Farben.

Mir dreht sich der Kopf.

Mir dreht sich der Kopf.

Ein Schweißtropfen rinnt mir den Rücken hinunter, und ein eiskalter Schauer überläuft mich.

»Na schön«, knurre ich, öffne die Augen wieder. »Ich entschuldige mich für mein respektloses Benehmen. Aber ich stelle die Frage nur noch ein einziges Mal, bevor ich Juliette selbst holen gehe. Warum ist sie nicht hier?«

Als daraufhin wieder ein Schweigen eintritt, weiß ich Bescheid.

»Was läuft hier wirklich?«, brülle ich. »Warum macht ihr das? Warum lasst ihr sie so viel schlafen und ausruhen? Wieso sagt mir niemand –«

»Kenji.« Castle hört sich plötzlich anders an, und er betrachtet mich beunruhigt. »Ist alles in Ordnung?«

Ich blinzle. Atme tief ein. »Mir geht's prima«, sage ich, aber die Worte klingen seltsam, wie durch einen Hall verfremdet.

»Bro, du siehst aber echt nicht gut aus.«

Wer hat das gesagt?

Ian?

Ich wende mich der Stimme zu, aber alles wirkt verzerrt, als ich mich bewege.

»Ja, du solltest dich wirklich lieber ausruhen.«

Winston?

Ich drehe mich in die Richtung, aber jetzt scheinen sich alle Geräusche gleichzeitig zu beschleunigen und in meinem Kopf zu kollidieren. Ich höre Pfeiftöne in den Ohren. Und als ich an mir herunterschaue, sehe ich, dass meine Hände zittern. Meine Zähne klappern. Mir ist *eiskalt.* »Warum ist es so kalt hier drin?«, frage ich.

Brendan, der noch immer neben mir steht, sagt: »Komm, ich bring dich in dein Zimmer. Du solltest dich –«

»Mir geht's gut«, lüge ich und weiche ihm schnell aus, aber das Herz schlägt mir bis zum Hals, und mir ist extrem schwindlig.

Zum Durchdrehen das alles.

Ich muss mich unbedingt beruhigen. Tief einatmen. Mich hinsetzen – oder irgendwo anlehnen –

Die Erschöpfung setzt abrupt ein und fühlt sich an wie ein Schlag auf den Kopf. Sie schlägt ihre Krallen in meine Brust, zieht mich nach unten. Ich stolpere über einen Stuhl, blinzle, um etwas zu erkennen. Meine Arme werden bleischwer. Mein Puls wird langsamer. Ich zerfließe.

Die Augen fallen mir zu.

Und sofort sehe ich James vor mir: hungrig und misshandelt. Allein und verängstigt.

Diese Horrorvorstellung ist so schlimm, dass ich die Augen wieder aufreiße.

»Hört mal«, krächze ich. Mein Hals fühlt sich trocken und rau an. Ich schlucke mehrmals. »Wenn das wahr ist …

wenn Anderson wirklich James und Adam als Geiseln genommen hat, müssen wir sofort aufbrechen … und sie retten … jetzt sofort –«

»Das geht nicht, Kenji.« Sam steht plötzlich vor mir, was mich überrascht. »Im Moment können wir nichts tun.« Sie betont jedes Wort einzeln, als spräche sie mit einem Kind.

»Warum nicht?«

»Weil wir nicht ganz genau wissen, wo sie sind.« Die Antwort kommt von Nouria. »Und weil du recht hast: Das Ganze ist natürlich eine Falle.«

Sie sieht mitleidig aus, als sie mich anschaut, und mich packt erneut die Wut. »Wir sind noch nicht genügend vorbereitet«, fügt sie hinzu. »Wir brauchen mehr Zeit. Mehr Informationen.«

Jetzt tritt Castle zu mir, legt mir die Hände auf die Schultern und sieht mich eindringlich an. »Wir werden sie befreien«, sagt er. »Ich schwöre es Ihnen. James und Adam wird nichts zustoßen. Wir müssen nur zunächst einen Plan entwickeln.«

»Nein.« Ich reiße mich ruckartig los. »Das ergibt doch alles keinen Sinn. Juliette muss hier sein. Ohne sie geht das nicht.«

*»Kenji –«*

Aber ich renne schon hinaus.

# 6

Ich muss verrückt geworden sein.

Das ist die einzige Erklärung dafür, dass ich Castle anblaffe, seine Tochter anschreie, meine eigenen Freunde zurückweise und jetzt im Morgengrauen hier vor der Tür stehe und zum dritten Mal klingle. Ich führe mich auf, als wolle ich gerne ermordet werden. Oder von Warner zusammengeschlagen. Trotz des dichten Nebels in meinem Hirn weiß ich, dass ich nicht hier sein sollte. Dass das ungehörig ist.

Aber ich bin entweder a) zu dumm, b) zu müde, c) zu wütend oder d) all das zusammen, um Privatsphäre zu respektieren. Und dann höre ich hinter der Tür gedämpft Warners erboste Stimme.

»Bitte, Süße. Achte nicht darauf.«

»Aber wenn irgendwas Dramatisches ist?«

»Da ist nichts Dramatisches. Nur Kenji.«

»Kenji?« Ich höre irgendwelche Geräusche und schöpfe Hoffnung. Auf J ist Verlass. *Immer.* »Woher willst du wissen, dass es Kenji ist?«

»Bauchgefühl«, antwortet Warner.

Ich klinge noch mal.

»Komme!« J. Endlich.

»Sie kommt nicht!«, brüllt Warner. »Verschwinde!«

»Nein, mach ich nicht«, schreie ich zurück. »Ich will mit Juliette reden. Ella. Jella. Jello. Oder wie sie jetzt heißt.«

»Ella, Liebste, bitte – darf ich ihn umbringen?«

Ich höre J lachen, was ich süß finde, weil sie eindeutig glaubt, dass Warner witzelt. Ich bin da allerdings anderer Ansicht.

Jetzt sagt er etwas, das ich nicht hören kann. Plötzlich ist es ganz still, und einen Moment lang bin ich verwirrt. Dann wird mir klar, dass ich ausgebootet wurde. Warner hat sie vermutlich wieder ins Bett gekriegt.

*Verfluchte Scheiße.*

»Aber genau deshalb sollte ich aufmachen«, höre ich J sagen. Wieder Stille. Dann eine Art Rascheln und ein dumpfes Geräusch. »Wenn er so früh morgens mit mir sprechen will, muss es wichtig sein.«

Warner seufzt so laut, dass ich es durch die Tür hören kann.

Ich drücke wieder auf die Klingel.

Ein Aufschrei, den ich nicht zuordnen kann.

»Hey!«, rufe ich. »Im Ernst jetzt – macht auf. Ich friere mir hier draußen den Arsch ab.«

Wütendes Gemurmel von Warner.

»Komme sofort!«, ruft Jello dann.

»Warum dauert das so lange?«

»Ich versuche gerade –« Sie lacht, sagt dann mit schmeichelnder Stimme: »Aaron, bitte – ich bin gleich wieder da, ich versprech's dir.«

»J?«, rufe ich.

»Ich versuche gerade, mich anzuziehen!«

»Oh.« Ich versuche angestrengt, das Bild von den beiden nackt im Bett aus meinem Kopf zu vertreiben, aber es will nicht gelingen. »Okay. Iiih.«

Dann: »Liebste, wie lange willst du mit diesem Typen noch befreundet sein?«

J lacht wieder.

Mann, sie hat echt keinen Schimmer.

Ich meine, okay … wenn ich mich mal nur für fünf Sekunden in Warners Lage versetze, verstehe ich schon, warum er mich ständig umbringen will. Wenn ich mit meiner Freundin im Bett läge und irgendein bedürftiger Idiot dauerklingelt, nur weil er über seine Gefühle reden will, würde ich den auch abmurksen wollen.

Aber ich habe eben keine Freundin, und wenn das so weitergeht, wird es dabei wohl auch bleiben. Deshalb bin ich da nicht sehr einfühlsam – was Warner weiß. Und deshalb hasst er mich auch. Er kann mich nicht abservieren, ohne J wehzutun. Aber wenn er das nicht macht, muss er sie mit mir teilen. Schon eine Scheißlage für ihn, das gebe ich zu.

Aber ich komme damit klar.

Ich will gerade wieder den Klingelknopf drücken, als sich drinnen Schritte nähern. Aber als die Tür aufgerissen wird, weiche ich erschrocken zurück.

Warner sieht fuchsteufelswild aus.

Er ist barfuß, hat zerzauste Haare und trägt einen schief zugebundenen Morgenmantel. Da Warner darunter vermutlich nackt ist, ziehe ich es vor, ihm in die Augen zu schauen.

*Scheiße.*

Er hat es wirklich nicht witzig gemeint. Sondern ist außer sich vor Wut.

Und klingt eindeutig mordlustig, als er sagt: »Ich hätte dich in Kents alter Wohnung erfrieren und den Ratten zum Fraß überlassen sollen. Ich hätte –«

»Hör mal, Mann, ich will wirklich nicht –«

*»Unterbrich mich nicht!«*

Ich mache den Mund zu.

Er atmet hastig ein. Seine Augen lodern, obwohl sie kalt und grün sind. Eisgrün. Trotzdem lodernd. »Warum tust du mir das an? *Warum?*«

»Ähm … ich weiß, dass es für einen Narzissten wie dich schwer zu verstehen ist, aber es hat nichts mit dir zu tun. J und ich sind Freunde. Und zwar schon lange, bevor du auf der Bildfläche aufgetaucht bist.«

Warner stiert mich wutentbrannt an. Bevor er weiterreden kann, sage ich hastig –

»Okay. Mein Fehler. Sorry.« Ich halte entschuldigend die Hände hoch. »Hab gerade nicht an diese Geschichte mit dem gelöschten Gedächtnis gedacht. Aber trotzdem. In *meiner* Erinnerung habe ich sie eben zuerst kennengelernt.«

Und dann, ganz plötzlich –

Runzelt Warner die Stirn.

Als hätte jemand einen Schalter umgelegt, erlischt das hitzige Lodern in seinen Augen. Jetzt studiert er regelrecht mein Gesicht, und das macht mich sehr nervös.

»Was ist los?«, fragt er. Er legt den Kopf schräg, und eine Sekunde später weiten sich seine Augen. »Warum hast du so große Angst?«

Bevor ich antworten kann, erscheint Jello neben ihm.

Sie lächelt mich an – dieses fantastische glückliche strahlende Lächeln, das immer mein Herz erwärmt –, und ich sehe erleichtert, dass sie vollständig angezogen ist. Nicht nackt-unter-einem-Bademantel-angezogen. Sie hat Schuhe und sogar eine Jacke über der restlichen Kleidung an, kann also sofort rausgehen.

Ich habe endlich das Gefühl, wieder Luft zu kriegen.

Doch dann erlischt ihr Lächeln abrupt. Sie wird blass, runzelt besorgt die Stirn, und ich fühle mich gleich ein bisschen besser. Was sich erst mal merkwürdig anhört, aber ich finde ihre Reaktion beruhigend – weil sie mir bestätigt, dass irgendetwas auf der Welt noch in Ordnung ist. Weil ich es *wusste*. Weil ich wusste, dass – im Gegensatz zu allen anderen – J auf den ersten Blick wissen würde, dass etwas nicht stimmt. Dass es mir schlecht geht. Dafür braucht sie keine Superkräfte.

Und das bedeutet mir ungeheuer viel.

»Kenji«, sagt sie, »was ist los?«

Ich habe mich kaum noch unter Kontrolle. Hinter meinem linken Auge spüre ich einen drückenden pochenden Schmerz; ich sehe überall schwarze Flecken. Und bekomme wieder nicht genug Luft, als sei meine Brust zu eng, mein Gehirn zu groß.

»Kenji?«

»James«, sage ich, aber meine Stimme hört sich dünn an, tonlos. »Anderson hat ihn. Anderson hat James und Adam entführt. Als Geiseln.«

# 7

Wir sind wieder in dem Konferenzraum.

Ich stehe neben J an der Tür – Warner brauchte noch Zeit, um sich hübsch zu machen –, und in der Viertelstunde, die ich weg war, hat sich die Stimmung hier drastisch verändert. Alle starren uns irritiert an. Brendan sieht müde aus, Winston gereizt. Und Nouria, Sam, Lily und Ian – die wirken alle wütend.

Und Castle *stinkwütend*.

Er sieht mich mit verengten Augen an, und aus unserer gemeinsamen Geschichte weiß ich, dass er mordsmäßig enttäuscht von mir ist; dass er sich ärgert, weil ich immer noch fluche und ihm gegenüber respektlos war; und dass er meint, ich sollte zwei Wochen Hausarrest kriegen, weil ich seine Tochter und deren Frau angeschrien habe. Außerdem schämt er sich für mich. Weil er mehr von mir erwartet hat.

»Tut mir leid, dass ich so ausgerastet bin, Sir«, sage ich.

Castle betrachtet mich stirnrunzelnd. »Geht es Ihnen jetzt besser?«

Nein. »Ja.«

»Dann sprechen wir später über diesen Vorfall.«

Ich schaue beiseite. Bin zu erledigt, um mich reumütig zu fühlen. Zu erschöpft. Zu ausgelaugt. Zu kraftlos. Ich fühle mich, als sei mein Inneres mit stumpfem rostigem Werkzeug ausgeschabt worden. Aber trotzdem bin ich noch immer da. Bin auf den Beinen. Und dass J bei mir ist, macht das Ganze erträglicher. Es ist ein gutes Gefühl, jemanden an meiner Seite zu wissen, der mich unterstützt.

Nach einem ausgedehnten unbehaglichen Schweigen spricht J.

»Also«, sagt sie langsam. »Warum weiß ich nichts von diesem Treffen hier?«

»Wir wollten dich nicht stören«, sagt Nouria überfreundlich. »Ihr hattet ja so extrem anstrengende Wochen – deshalb wollten wir euch ausruhen lassen, bis wir einen konkreten Plan haben.«

J runzelt die Stirn. Ich merke, dass sie überlegt, ob sie das nun glauben soll. Mir kommt das auch wie Blödsinn vor. Wir legen nie irgendwelche besonderen Ruhepausen nach Kämpfen ein, es sei denn, jemand wurde verletzt. Und manchmal nicht mal dann. Vor allem J hat noch nie so einen Umgang erlebt. Wir behandeln sie nicht wie ein Kind oder ein Porzellanpüppchen. Als sei sie nicht belastbar.

Aber sie beschließt offenbar, darauf nicht einzugehen.

»Mir ist klar, dass ihr rücksichtsvoll sein wolltet«, sagt sie zu Nouria, »und ich bin dankbar für eure Großzügigkeit – vor allem auch Aaron gegenüber gestern Abend. Aber ihr hättet uns trotzdem sofort informieren sollen, in dem Moment, in dem wir gelandet sind. Es spielt keine Rolle, was wir alles durchgemacht haben. Wir sind alle gedanklich absolut präsent in unserer gegenwärtigen Lage, und Aaron kämpft an unserer Seite. Ihr solltet ihn auf keinen Fall unterschätzen.«

»Warte mal – was?«, fragt Ian stirnrunzelnd. »Was hat es mit James zu tun, wenn Warner unterschätzt wird?«

J schüttelt den Kopf. »Sehr viel sogar. Ich verstehe sowieso nicht, warum ihr nicht als Erstes mit Aaron über die Lage gesprochen habt. Ihr seid voreingenommen ihm gegenüber, das ist schädlich.«

Ich stehe auf dem Schlauch. »Was willst du mit dieser Ansprache sagen, Prinzessin? Ich wüsste nicht, wieso Warner jetzt hier wichtig ist. Und wieso nennst du ihn auf einmal Aaron? Finde ich seltsam.«

»Ich – *Oh*«, sagt sie. »Tut mir leid. Mein Gehirn … Meine Erinnerungen sind immer noch … ich bin sehr belastet. Er ist schon viel länger Aaron für mich als Warner.«

Ich ziehe eine Augenbraue hoch. »Ich bleibe bei Warner.«

»Von dir wird er das bestimmt auch bevorzugen.«

»Gut. Jedenfalls … du denkst, dass wir alle ihn unterschätzen.«

»Ganz genau.«

»Und warum?«, fragt Nouria.

J atmet langsam ein und aus. Sie wirkt traurig und entschlossen zugleich, als sie dann sagt:

»Anderson ist ein solches Monster, dass er einen Zehnjährigen als Geisel nehmen und ihn zusammen mit ausgebildeten Soldaten ins Gefängnis stecken würde. Er wird vermutlich James nicht anders behandeln als Valentina. Oder Lena. Oder Adam. Das ist so unfassbar inhuman, dass ich gar nicht darüber nachdenken möchte. Es ist mir unbegreiflich. Aaron dagegen kennt sich damit aus. Er kennt seinen Vater – dessen Verhaltens- und Denkweisen – besser als jeder andere. Deshalb ist Aarons Wissen über das Reestablishment und vor allem Anderson ungeheuer wertvoll für uns.«

Sie holt tief Luft und fährt dann fort: »Noch wichtiger: James ist Aarons jüngerer Bruder. Und wenn einer weiß, wie es sich anfühlt, als Kind von Anderson gequält zu werden, dann ist es Aaron.« J wendet sich zu Castle. »Wie konnten Sie es für sinnvoll halten, ihn von dieser Gesprächsrunde auszuschließen? Wie konnten Sie nicht daran denken, dass er am meisten betroffen ist? Er wird am Boden zerstört sein.«

Wie aufs Stichwort taucht Warner jetzt in der Tür auf, gefolgt von Nasira. Und hinter ihr erscheinen Haider und Stephan.

Es ist seltsam, sie alle hier zusammen zu sehen, die menschlichen Wissenschaftsexperimente. Die Superkrieger und -kriegerinnen. Sie treten so aufrecht und stolz auf, als gehöre die Welt ihnen.

Was in gewisser Weise auch stimmt. Zumindest, was ihre Eltern angeht.

Das ist so *bizarr.*

Ich kann mir nicht vorstellen, wie es sein mag, von Eltern großgezogen zu werden, die einem beibringen, dass man mit der Welt umgehen kann, wie man will. Vielleicht hat Nasira eben doch recht. Vielleicht sind wir viel zu unterschiedlich. Vielleicht würde das niemals gut gehen mit uns beiden, so gerne ich es auch ausprobieren würde.

Stephan, Haider und Nasira treten stumm – und ohne zu grüßen – an die Wand und bleiben dort stehen, aber Warner geht weiter bis zu J und umarmt sie, als hätten sie sich tagelang nicht gesehen. Es gelingt mir, keine Kotzgeräusche von mir zu geben. Aber dann höre ich, wie sie ihm irgendetwas über seinen Geburtstag zuraunt, und schäme mich plötzlich in Grund und Boden.

Kann nicht fassen, dass ich das vergessen habe.

Wir haben gestern Abend reingefeiert. Heute ist Warners Geburtstag. Jetzt.

Au Scheiße.

Ich habe J in den frühen Morgenstunden von Warners Geburtstag aus dem Bett geholt.

Wow. Ich bin echt ein Arschloch.

Als die beiden sich lösen, macht Warner eine kaum merkliche Kopfbewegung, und Nasira, Stephan und Haider gehen zum Tisch und lassen sich neben Ian, Lily, Brendan und Winston nieder. Ein kleines kampfbereites Bataillon. Manchmal kaum zu glauben, dass wir alle noch so jung sind. Fühlt sich nicht so an. Aber die vier Kinder der Obersten sehen einfach echt imposant aus.

Warner trägt eine Lederjacke. Ich habe ihn noch nie mit Lederjacke gesehen, was eigentlich erstaunlich ist. Denn er sieht verdammt gut aus in dem Teil. Es hat einen aufwendig gestalteten Kragen, und das Schwarz steht in interessantem Kontrast zu seinen goldfarbenen Haaren. Aber dann fällt mir auf, dass die Jacke wahrscheinlich gar nicht Warner gehört. Wir hatten nichts bei uns, als wir hier gelandet sind, er hat sie also vermutlich von Haider ausgeliehen. Der wiederum trägt eines seiner üblichen Ketten-Shirts unter einem schweren Wollmantel. Aber Stephan toppt beide mit seiner golden schimmernden Feldjacke, die aus Schlangenleder zu sein scheint.

Abgefahrene Outfits.

In denen diese drei hier – zwischen Leuten, die nicht im Kettenhemd zum Frühstück erscheinen – wie Aliens wirken. Sogar ich finde, dass Haider mit dem ganzen Metall am Oberkörper wie ein Krieger aussieht und dass die Goldjacke auf Stephans dunkler Haut besonders malerisch wirkt. Wo kann man denn bitte schön solche abgefahrenen Klamotten erstehen? Keine Ahnung, wo es solche Läden gibt. Aber ich habe von so was auch keine Ahnung. Ich trage seit Jahren die gleichen Ripped Jeans und T-Shirts. Meine gesamte Garderobe ist verwaschen und schlecht geflickt und etwas zu eng, wenn ich ganz ehrlich bin. Ich schätze mich glücklich, einen anständigen Wintermantel und feste Stiefel zu haben. Und das war's auch schon.

»Kenji?«

Ich zucke zusammen, merke zu spät, dass ich mich wieder in Gedanken verloren hatte. Jemand spricht zu mir. Jemand hat gerade meinen Namen gesagt, oder? Ich schaue alle der Reihe nach an, kann aber nicht erkennen, wer.

Hilfe suchend werfe ich J einen Blick zu, die lächelnd sagt: »Nasira hat dir gerade eine Frage gestellt.«

Mist.

Ich habe Nasira übersehen. Absichtlich. Ich dachte, das sei ihr klar. Ich dachte, wir hätten eine Absprache – einander fortan zu ignorieren, den idiotischen Scheiß zu vergessen, den ich gestern Abend verzapft habe, und so zu tun, als würde ich nicht merken, wie mir das Blut in unangebrachte Körperteile schießt, sobald sie mich anfasst.

Also doch nicht?

Na schön.

Scheiße.

Widerstrebend wende ich mich ihr zu. Sie trägt wieder diese Lederkapuze, weshalb ich nur ihren Mund sehen kann, was ich extrem unfair finde. Sie hat nämlich einen fantastischen Mund. Volle Lippen. Bezaubernd. Verflucht. Ich will da nicht hinstarren. Mache es aber natürlich. Geht ja nicht anders. Und ihre Augen sind durch diese Kapuze verdeckt, ich kann also nicht erraten, was sie gerade denkt oder ob sie wegen gestern noch wütend auf mich ist.

Dann –

»Ich hatte dich gefragt, ob du einen Verdacht gehabt hast«, sagt Nasira. »Wegen James. Und Adam.«

Wie konnte mir diese Frage entgehen? Wie lange war ich weggetreten und habe über die extravaganten Outfits nachgedacht?

Großer Gott.

Was stimmt nicht mit mir?

Ich schüttle den Kopf, um wacher zu werden. »Ja«, antworte ich. »Ich hatte sofort Angst, als ich gemerkt habe, dass Adam und James nicht hier sind. Und das habe ich auch allen gesagt«, ich werfe meinen nutzlosen Freunden grantige Blicke zu, »aber niemand wollte mir zuhören. Alle haben offenbar nur gedacht, ich spinne.«

Nasira setzt die Kapuze ab, und zum ersten Mal an diesem Tag sehe ich ihr Gesicht. Ich betrachte sie forschend, aber ihre Miene ist ausdruckslos. Nichts an ihrem Tonfall oder ihrem Gesichtsausdruck verrät, was sie denkt.

Absolut nichts.

Dann verengt sie leicht die Augen. »Du hast es allen gesagt«, wiederholt sie.

»Ich meine«, ich zögere, blinzle, »einigen Leuten, ja.«

»Aber keinem von uns.« Sie weist auf die kleine Kriegergruppe. »Und auch Ella oder Warner nicht.«

»Castle meinte, dass ich das nicht tun soll.« Ich schaue zu J und Warner hinüber. »Er wollte, dass die beiden zusammen einen schönen Abend verbringen können.«

J will etwas sagen, aber Nasira kommt ihr zuvor.

»Ja, das leuchtet mir ein«, sagt sie. »Aber hat er dir auch aufgetragen, nicht mit Haider oder Stephan darüber zu sprechen? Oder mit mir? Castle hat doch nicht angeordnet, dass du *uns* deine Vermutungen nicht mitteilen sollst, oder?«

Ihre Stimme klingt neutral. Keine Wut, nicht einmal Gereiztheit ist herauszuhören, aber jetzt ruhen die Blicke aller auf ihr. Haider hat die Augenbrauen hochgezogen, Warner sieht neugierig aus.

Nasira benimmt sich wohl seltsam.

Aber mich hat die Erschöpfung wieder in den Fängen.

Ich weiß, dass jetzt Schluss ist. Ich habe alle Leben verspielt. Keine Power-ups mehr. Auch keine Wutanfälle oder

Adrenalinschübe. Ende Gelände. Ich versuche zu sprechen, aber die Drähte in meinem Gehirn scheinen nicht mehr verbunden zu sein.

Mein Mund geht auf. Und wieder zu.

Nichts kommt raus.

Diesmal packt mich die Erschöpfung mit solcher Wucht, dass es mir vorkommt, als brächen meine Knochen. Als schmölzen meine Augen und ich betrachtete die Welt durch Zellophan. Alles schillert metallisch grün, verschwommen wie hinter Glas. Und zum ersten Mal wird mir bewusst –

Dass sich das nicht wie eine gewöhnliche Erschöpfung anfühlt.

Aber jetzt ist es zu spät. Zu spät, um zu kapieren, dass ich nicht nur extrem müde und erledigt bin.

Scheiße, ich sterbe, glaube ich.

Stephan sagt etwas, ich höre ihn nicht.

Nasira sagt etwas, ich höre sie nicht.

Irgendein noch funktionstüchtiger Teil meines Gehirns teilt mir mit, ich solle in mein Zimmer gehen, um dort in Ruhe zu sterben. Aber als ich einen Schritt mache, komme ich ins Stolpern.

Absurd.

Ich wage einen weiteren Schritt, aber diesmal ist es noch schlimmer. Meine Beine werden weich, und ich stürze fast.

Alles fühlt sich ganz falsch an.

Die Geräusche in meinem Kopf werden lauter. Ich kann die Augen nicht mehr richtig öffnen. Die Luft ist dick – wie zusammengepresst –, und ich versuche zu sagen *Ich fühle mich komisch,* aber es geht nicht. Mir ist eiskalt. Dann extrem heiß.

Moment mal. Das kann doch nicht sein.

Ich runzle die Stirn.

»Kenji?«

Ich höre meinen Namen wie aus weiter Ferne. Unter Wasser. Meine Augen sind jetzt geschlossen, und es fühlt sich an, als würde das von jetzt an auch so bleiben. Und dann … riecht alles anders … nach Erde, feucht und kalt, und seltsam. Etwas kitzelt mich im Gesicht. Gras? Wieso habe ich Gras im Gesicht?

*»Kenji!«*

Oh. *Oh.* Gar nicht cool. Jemand rüttelt mich, so heftig, dass mein Gehirn in meinem Schädel herum schwappt, und irgendetwas, irgendein uralter Instinkt, mich dazu veranlasst, die rostigen Scharniere meiner Lider zu bewegen und die Augen zu öffnen. Aber ich kann trotzdem nichts erkennen. Alles ist vernebelt.

Jemand schreit. Jemande. Moment, wie war gleich der Plural von *jemand?* Ich glaube nicht, dass jemals so viele Leute auf einmal meinen Namen ausgesprochen haben. Kenji, Kenji, Kenji, Kenjikenjikenji

Ich versuche zu lachen.

Und dann sehe ich sie. Das ist sie. Mann, das ist ja mal ein toller Traum. Sie ist echt da. Berührt mein Gesicht. Ich drehe den Kopf ein bisschen, schmiege meine Wange in ihre weiche glatte Handfläche. Fühlt sich fantastisch an.

Nasira.

*So unglaublich schön,* denke ich.

Und dann bin ich weg.

Schwerelos.

# 8

Als ich die Augen öffne, sehe ich Spinnen.

Spinnenaugen und Spinnenbeine, überall Spinnenaugen und Spinnenbeine. Vergrößert und direkt vor mir. Hunderte von Augen, rund und glänzend. Hunderte von Spinnenbeinen, die nach mir greifen.

Ich schließe die Augen wieder.

Zum Glück habe ich keine Angst vor Spinnen, sonst hätte ich jetzt panisch geschrien. Ich habe gelernt, mit Spinnen zu leben. Im Waisenhaus, draußen nachts auf den Straßen, unter der Erde in Omega Point. Sie verstecken sich in meinen Schuhen, unter meinem Bett, fangen Fliegen. Ich befördere sie meist nach draußen, töte sie aber nie. Wir verstehen uns, die Spinnen und ich. Wir kommen klar.

Allerdings habe ich noch nie Spinnen *gehört.*

Und laut sind die. Erzeugen eine Art dröhnendes vibrierendes Brummen, das sich aber nach und nach in verzerrte Töne aufspaltet.

Von denen ich dann merke, dass es sich um Stimmen handelt.

»Du hast schon recht, es ist ungewöhnlich«, sagt eine. »Es ist eigenartig, dass er so viel später noch solche Folgen durchmacht – aber manchmal kommt das vor.«

»Diese Theorie ist doch völlig sinnlos –«

*»Nasira.«* Die Stimme von Haider. »Die Aussage stammt von ihren Heilerzwillingen. Die werden doch wissen, was –«

»Ist mir egal«, erwidert Nasira vehement. »Ich bin anderer Meinung. Kenji ging es gut, und ich weiß das, weil ich ständig mit ihm zusammen war. Die Diagnose ist absurd. Und es ist unverantwortlich zu behaupten, dass er unter den Auswirkungen von Drogen leidet, die er vor etlichen Stunden verabreicht bekommen hat, wenn der Grund eindeutig ein anderer ist.«

Dann Stille, ziemlich lange.

Schließlich seufzt jemand.

»Es fällt dir vielleicht schwer, das zu glauben, aber wir machen hier keinen Hokuspokus. Sondern konkrete Medizin. Unter bestimmten Bedingungen können wir eine kranke oder verletzte Person heilen. Wir können Gewebe und Knochen nachwachsen lassen und Blutverlust ausgleichen. Aber zum Beispiel gegen … Lebensmittelvergiftung können wir nicht viel ausrichten. Oder gegen einen Kater. Oder gegen chronische Erschöpfung. Es gibt immer noch viele Zustände und Erkrankungen, die wir leider nicht heilen können.« Das muss Tana sein. Oder Randa. Manchmal kann ich die Stimmen der beiden nicht unterscheiden.

»Und im Moment«, sagt eine von den beiden, »hat Kenji trotz unserer Bemühungen noch diese Drogen im Körper. Man kann nur warten, bis die Wirkung nachlässt.«

»Aber … man muss doch irgendwas –«

»Kenji hat seit sechsunddreißig Stunden einen erhöhten Adrenalinpegel. Dieser Stress schwächt seinen Körper, und der Schlafentzug verstärkt den Effekt der Drogen.«

»Wird er wieder gesund?«, fragt Nasira.

»Nur wenn er ausreichend schläft.«

»Was soll das heißen?« J. Jella. Jello. Das ist ihre Stimme. Und sie klingt verängstigt. »Wie massiv sind diese Auswirkungen? Und wie lange kann es dauern, bis er wieder gesund ist?«

Und dann, während mein Gehirn arbeitet, wird mir klar, dass die Zwillinge abwechselnd sprechen, dass sie jeweils die Sätze der anderen vollenden. Deshalb hört es sich an, als sprächen sie gleichzeitig.

Randa: »Das können wir nicht genau voraussagen.«

Tana: »Könnte Stunden, aber auch Tage dauern.«

*»Tage?«* Das ist wieder Nasira.

Randa: »Oder auch nicht. Es hängt von der Kraft seines Immunsystems ab. Kenji ist jung, fit und kerngesund, deshalb hat er eine gute Chance, wieder vollständig geheilt zu werden. Aber er ist gravierend dehydriert.«

Tana: »Und er braucht dringend Schlaf. Nicht durch Medikamente erzeugte Bewusstlosigkeit, sondern echten erholsamen Schlaf. Das Beste, was wir jetzt für ihn tun können, ist, seine Schmerzen zu reduzieren und ihn in Ruhe zu lassen.«

»Warum haben Sie ihm das angetan?« Castle. *Castle ist hier.* Seine Stimme klingt rau. Und etwas ängstlich. »War das wirklich nötig?«

Stille.

*»Nasira.«* Das ist Stephan.

»Es schien mir nötig zu sein, ja«, antwortet Nasira leise. »In dem Moment jedenfalls.«

»Du hättest ihm das auch einfach sagen können, weißt du.« J wieder. Die sich stinksauer anhört. »Du hättest ihn nicht mit Drogen vollpumpen müssen. Er hätte sich im Flugzeug richtig verhalten, wenn du ihm vorher alles erklärt hättest.«

»Du warst nicht dabei, Ella. Du kannst die Situation nicht einschätzen. Ich durfte nichts riskieren. Wenn Anderson gemerkt hätte, dass Kenji an Bord ist – wenn er auch nur den kleinsten Laut von sich gegeben hätte –, wären wir jetzt alle tot. Ich konnte mich nicht darauf verlassen, dass er acht Stunden lang reglos und lautlos ist, verstehst du? Es ging nicht anders.«

»Aber wenn du ihn wirklich kennen würdest«, J klingt jetzt eher verzweifelt als wütend, »wenn du auch nur die geringste Vorstellung davon hättest, wie es ist, mit Kenji gemeinsam zu kämpfen … dann hättest du ihn niemals als Risiko eingeschätzt.«

Ich lächle beinahe.

J steht immer zu ihren Leuten. Stützt immer ihr Team.

»Kenji hätte nichts getan«, spricht sie weiter, »was die Mission hätte gefährden können. Er wäre dir im Gegenteil eine Stütze gewesen. Hätte dir viel mehr helfen können, als du ahnen kannst. Er –«

Jemand räuspert sich jetzt laut, was ich bedaure. Diese Rede hat mir richtig gut gefallen.

»Ich glaube nicht –« Eine von den Zwillingen. Randa. »Ich glaube nicht, dass Schuldzuweisungen uns jetzt weiterhelfen. In keiner Weise.«

»Wir glauben nämlich«, ergänzt Tana seufzend, »dass es die Nachricht über James war, die Kenji den Rest gegeben hat.«

»Was?« Nasira. »Wieso denn?«

Randa: »Kenji liebt James sehr. Viel mehr, als die meisten von uns wissen. Nur wenigen ist klar, wie nah die beiden sich sind –«

»– aber wir haben das täglich beobachtet«, sagt Tana. »Randa und ich haben eine ganze Weile mit James gearbeitet, um ihm beizubringen, wie er seine Heilkräfte einsetzen kann.«

Randa: »Und Kenji kam immer vorbei und hat geschaut, ob es James gut geht. Die beiden haben eine ganz spezielle Bindung.«

»Und wenn man sich Sorgen macht«, sagt Tana, »wenn

man schlimme Angst hat, kann ein extremes Stresslevel das Immunsystem schädigen.«

Aha. Heißt also, mein Immunsystem ist für den Rest meines Lebens am Arsch.

Trotzdem fühle ich mich irgendwie besser. Nicht nur kann ich die einzelnen Stimmen unterscheiden, sondern ich spüre auch, dass eine Nadel in meinem Arm steckt, die ekelhaft wehtut.

Ich kriege wahrscheinlich irgendwelche Flüssigkeiten reingepumpt.

Die Augen kann ich noch nicht aufhalten, aber ich kann mich dazu zwingen zu sprechen. Leider fühlt sich mein Hals furchtbar trocken an. Wund. Rau. Wie Sandpapier. Kommt mir viel zu anstrengend vor, ganze Sätze zu bilden. Aber nach einer Minute oder so schaffe ich es, zwei Worte zu krächzen:

»Geht gut.«

*»Kenji.«* Ich höre, wie Castle auf mich zustürzt. Dann ergreift er meine Hand. »Was für ein Glück. Wir hatten solche Angst um Sie.«

»Okay.« Meine Stimme klingt fremd in meinen Ohren. »Wie Spinnen.«

Stille.

»Was redet er da?«, flüstert dann jemand.

»Er braucht jetzt Ruhe.«

Ja. Ruhe.

So müde.

Kann mich nicht mehr rühren. Nicht mehr sprechen. Habe das Gefühl, in die Matratze zu sinken.

Die Stimmen lösen sich auf, ballen sich zu einem Geräuschklumpen, der immer größer wird und mit schmerzhaftem Lärm mein Gehör attackiert, und dann –

Bin ich weg.

Stille.

Dunkelheit.

# 9

Wie lange?

Die Luft fühlt sich kühl an, schwer. Ich versuche zu schlucken, und diesmal tut es nicht weh. Es gelingt mir, die Augen ein Stück zu öffnen – irgendwas war da mit Spinnen –, und ich stelle fest, dass ich allein bin.

Ich mache die Augen noch weiter auf.

Ich habe erwartet, in einem Krankenzelt oder so aufzuwachen, und bin verblüfft und erleichtert, als ich sehe, dass ich mich in meinem eigenen Zimmer befinde. Es ist vollkommen still hier. Bis auf ein Geräusch, das ich höre, wenn ich angestrengt lausche: das ferne Zirpen von Grillen. Das finde ich erstaunlich. Ich habe eine gefühlte Ewigkeit keine Grillen mehr gehört.

Seltsam.

Jedenfalls fühle ich mich tausendmal besser als … war es gestern? Weiß ich nicht mehr. Aber ich fühle mich wieder wie ich selbst. Was ich allein schon daran merke, dass ich mörderischen Hunger habe. Nicht zu glauben, dass ich diesen Kuchen verschmäht habe. Ich muss völlig von Sinnen gewesen sein.

Ich richte mich auf, stütze mich auf die Ellbogen.

Ist ziemlich verwirrend, nicht an dem Ort aufzuwachen, an dem man eingeschlafen ist, aber nach ein paar Minuten fühlt sich der Raum vertraut an. Die Vorhänge sind zugezogen, aber durch einen Spalt dringt silbriges Mondlicht ins Zimmer und erzeugt Schattenmuster. Bevor ich kollabiert bin, habe ich kaum Zeit hier verbracht, deshalb ist der Raum total unpersönlich. Kalt und fremd. Ist natürlich auch keine Hilfe, dass ich keine eigenen Sachen bei mir habe. Alles ist ausgeliehen, sogar die Zahnbürste. Aber während ich mich umsehe, den Monitor am Bett, die leere Infusionsflasche und das Pflaster an meinem Arm bemerke, wird mir klar, dass wohl jemand beschlossen hat, es ginge mir einigermaßen gut.

Was enorm beruhigend ist.

Aber wie komme ich jetzt an etwas zu essen?

Es ist bestimmt zu spät, im Hauptzelt gibt es sicher nichts mehr. Doch mein Magen rebelliert sofort gegen diesen Gedanken. Knurrt nicht, sondern schmerzt einfach. Dieses Gefühl ist mir vertraut. Nagender, stechender Hunger fühlt sich immer gleich an.

Dieses Gefühl kenne ich schon mein ganzes Leben lang.

Jetzt wird das Stechen schlimmer, und mir wird klar, dass mir nichts anderes übrig bleibt, als mich auf die Suche nach Nahrungsmitteln zu machen. Irgendetwas muss ich auftreiben, und wenn es nur ein Stück trockenes Brot ist. Ich weiß nicht mal mehr, wann ich zuletzt eine vollständige Mahlzeit zu mir genommen habe. Wahrscheinlich im Flugzeug, vor dem Absturz. Ich wollte an dem Abend essen, als wir im Refugium ankamen, war aber so fertig mit den Nerven, dass mein Magen sich irgendwie zusammengezogen und den Geist aufgegeben hat. Und seither hungere ich wohl.

Dagegen muss ich was unternehmen.

Ich richte mich vollständig auf. Ich muss mich unbedingt berappeln. Habe zugelassen, dass ich die Ziele aus den Augen verliere. Das kann ich mir nicht erlauben. Es gibt viel zu viel zu tun. Und viel zu viele Menschen verlassen sich auf mich.

James braucht mich in besserem Zustand als diesem.

Außerdem gibt es so vieles, wofür ich dankbar sein kann. Das weiß ich eigentlich. Ich muss mich nur immer wieder daran erinnern. Deshalb hole ich jetzt in diesem stillen dunklen Raum tief Luft und zwinge mich zur Konzentration. Zwinge mich zum Erinnern.

Bereite mich darauf vor, laut zu sagen: *Ich bin dankbar.*

Für die Kleidung am Körper, die Sicherheit dieses Raums. Für meine Freunde, meine Wahlfamilie und für den Rest meiner körperlichen und geistigen Gesundheit.

Ich stütze den Kopf in die Hände und spreche das alles laut aus. Schwinge die Beine aus dem Bett, wiederhole alles noch mal mit den Füßen auf dem Boden. Und als es mir schließlich gelingt aufzustehen, stütze ich mich, keuchend und schwitzend, an der Wand ab und flüstere:

»Ich bin dankbar.«

Ich werde James finden. Ich werde James und Adam und die anderen finden. Ich werde das hinbekommen, und wenn ich dabei draufgehe.

Ich hebe den Kopf, lasse die Wand los, teste, ob ich mich aufrecht halten kann. Als ich merke, dass ich aus eigener Kraft stehen bleibe, seufze ich erleichtert. Aber jetzt muss ich wirklich zuallererst mal duschen.

Ich ziehe mein Shirt hoch, aber genau in dem Moment, als es vor meinem Gesicht ist und ich nichts sehen kann, spüre ich etwas an meinem Arm.

Da ist jemand.

Ein unterdrückter Aufschrei ist die einzige Bestätigung dafür.

Angst und Wut erfassen mich gleichzeitig mit so brutaler Wucht, dass mir wieder schwindlig wird.

Aber darauf kann ich jetzt nicht achten.

Ich werfe das Shirt auf den Boden, wirble herum. Fahre

in meine Stiefel, reiße meine Halbautomatik aus dem Wadenholster, bringe sie in Anschlag.

Aber es ist trotz des Lichtstreifens zu dunkel hier drin. Zu viele Stellen zum Verstecken.

»Zeig dich«, brülle ich. *»Sofort!«*

Was dann passiert, weiß ich nicht genau. Ich spüre nur einen heftigen Luftzug, dann liegt meine Pistole auf dem Boden. Auf der anderen Seite des Raums. Fassungslos starre ich auf meine leeren Hände.

Ich habe nur eine Sekunde, um zu handeln.

Ich packe den Stuhl neben mir, schmettere ihn an die Wand. Ein abgebrochenes Stuhlbein schnappe ich mir, halte es vor mich wie eine Keule.

»Was willst du?«, schreie ich, während ich mit beiden Händen das Holzstück umklammere. »Wer hat dich gesch–«

Ich werde hinterrücks getreten.

Ein harter Stiefeltritt zwischen die Schulterblätter schleudert mich nach vorn, und ich verliere das Gleichgewicht, das Stuhlbein fällt mir aus der Hand, ich lande auf allen vieren am Boden, keuchend. Bin immer noch viel zu schwach. Nicht schnell genug. Ich kann mir nichts vormachen.

Aber als ich höre, wie die Zimmertür geöffnet wird, werde ich plötzlich durch irgendeine Energie vorangetrieben, eine Kraft, die stärker ist als ich – Fürsorge und Verantwortungsgefühl den Menschen gegenüber, die ich liebe und beschützen will. Ich hechte mich auf meine Pistole und schaffe es irgendwie, zur Tür zu kommen, bevor sie zufällt.

Und als ich irgendetwas im Dunkeln schimmern sehe, zögere ich nicht.

Ich schieße.

Schnelle Stiefelschritte, jemand läuft weg, ich habe also nicht getroffen. Mein Angreifer flieht, so schnell, dass er nicht verletzt sein kann. Die Laternen auf dem Weg sind ausgeschaltet, der Mond ist hinter einer Wolke verschwunden, es ist stockfinster. Ich kann nichts erkennen, renne in Richtung der Schritte. Mein eigenes Keuchen ist so laut, dass ich sie nur schwach hören kann, aber ich darf nicht stehen bleiben, bin nur von einem Gedanken angetrieben:

Ich muss den Eindringling zur Strecke bringen.

Ich wage kaum, daran zu denken, wer das sein könnte. Die Wahrscheinlichkeit, dass ein Zivilist sich zufällig auf unser Gelände verirrt hat, ist gering. Und außerdem hat Nouria erklärt, dass so etwas eigentlich durch den Schutzschirm nicht möglich ist.

Leider liegt es näher, dass es sich um jemanden von Andersons Leuten handelt. Die hergeschickt wurden, um die restlichen Kinder der Obersten zu entführen – vielleicht wollte sich ein Späher erst einmal im Dunkeln einen Überblick verschaffen, wer in welchem Zimmer zu finden ist.

Ein erschreckender Gedanke bringt mich fast zum Stolpern: *Wenn die J schon gefunden haben?*

Sie dürfen sie nicht bekommen. Das werde ich verhindern.

Ich habe keine Ahnung, wie irgendjemand sich Zugang zum Refugium verschaffen kann, aber wenn es Andersons Leuten gelungen ist, geht es jetzt um Leben und Tod. Ich weiß nicht, was sich hier ereignet hat, während ich halb tot herumlag, aber irgendetwas muss passiert sein. Und ich muss diesen Kerl erledigen, sonst sind wir alle in Lebensgefahr. Wenn Anderson heute Nacht bekommt, was er will, hat er auch keinen Grund mehr,

James und Adam nicht zu töten. Wenn sie überhaupt noch leben.

Ich muss es schaffen. So schwach ich auch bin. Ich habe keine andere Wahl.

Ich mobilisiere alle Kräfte, renne, was das Zeug hält, auch wenn die Beine schmerzen und ich kaum noch Luft bekomme. Der Eindringling ist jedenfalls extrem fit. Was man von mir gerade nicht behaupten kann. Doch die Stille ist mir eine Hilfe, ich merke, dass ich näher komme, kann die Schritte deutlicher hören. Der Typ kann jedenfalls mühelos ausdauernd rennen. Ich bin mir nicht mal sicher, ob ich ihn mit besserer Kondition als jetzt einholen könnte.

Aber meine Wut und der Mut der Verzweiflung treiben mich voran.

Dann läuft er doch wahrhaftig in ein nahe gelegenes Waldstück hinein, und ich beschließe, dass ich den wirklich aus tiefster Seele hasse. Der Boden ist uneben, aber ich merke, dass ich mich nähere, als unser Keuchen den gleichen Rhythmus hat und unsere Schritte fast synchron sind. Offenbar spürt er das auch, weil er jetzt noch einen Zahn zulegt, keine Ahnung, woher der so viel Energie hat. Ich bin am Rande meiner Kräfte, aber für den scheint das hier ein Spaziergang zu sein.

Nicht zu glauben.

Ich muss mir was einfallen lassen.

Ich kann nicht im Laufen auf ein Ziel schießen, das ich nicht mal sehe – bin schließlich nicht Warner, verflucht. Deshalb bleibt mir nur mein kindischer Ersatzplan.

Ich schmeiße meine Pistole. Mit aller Wucht. In Richtung der Schritte.

Es ist ein guter Wurf. Ich spitze die Ohren. Ein einziges kleines Stolpern oder Zögern würde schon helfen. Irgendetwas, das mir einen Vorteil verschafft.

Und als ich es höre – ein überraschtes Stocken, Keuchen –

Hechte ich mich mit einem Aufschrei vorwärts und werfe den Kerl zu Boden.

# 10

»Was zum Teufel ...?«

Ich halluziniere. Jedenfalls kann ich das nur hoffen.

»Oh mein Gott, tut mir leid, tut mir leid, wirklich –«

Ich versuche mich hochzustemmen, aber bei diesem Sprung habe ich mich endgültig verausgabt und komme jetzt erst mal nicht hoch. Ich rolle mich zur Seite, und als ich Gras am Rücken spüre, fällt mir wieder ein, dass ich mit nacktem Oberkörper unterwegs bin.

Ich fluche laut.

Diese Nacht kann gar nicht mehr schlimmer werden.

Doch dann, im Bruchteil einer Sekunde, sind Körper und Geist im Einklang, schlagartig wird mir alles klar, und die Erkenntnis durchfährt mich wie ein Schock. Heißer blindwütiger Zorn packt mich, und ich springe auf, weg von ihr, taumle rückwärts, knalle dabei mit dem Kopf gegen einen Baumstamm. Worauf ich wieder am Boden lande.

»Verfluchte Scheiße«, entfährt es mir.

Nasira krabbelt auf allen vieren ein Stück weg von mir, setzt sich dann hin. Der Mond ist hinter den Wolken hervorgekommen, und ich sehe, wie wild ihr Blick ist. Ihre Haare haben sich gelöst, hängen wirr herunter. Noch nie habe ich so verängstigt gesehen. So panisch. Und etwas an dem gequälten Ausdruck in ihren Augen mindert meine Wut.

Aber nur ein bisschen.

»Sag mal, hast du den Verstand verloren?«, brülle ich.

»Was zum Teufel machst du hier?«

»Oh Gott, es tut mir so leid.« Sie schlägt die Hände vors Gesicht.

»Es tut dir leid?«, schreie ich. »Das ist alles? Ich hätte dich *umbringen* können!«

Und selbst in diesem katastrophalen Moment hat sie die Stirn, mich anzuschauen und zu sagen: »Das bezweifle ich.«

Ich schwöre, ich bin so weiß glühend vor Wut, dass ich das Gefühl habe, die Augen platzen mir aus dem Kopf. Ich habe nicht die geringste Ahnung, was ich mit dieser Frau anstellen soll.

Die macht mich völlig fertig.

»Ich … ich weiß nicht –«, stottere ich, während ich versuche, die richtigen Worte zu finden. »Es gibt so viele Gründe, dich sofort auf den Mond zu schießen, dass ich nicht mal weiß, womit ich anfangen soll.« Ich fahre mir durch die Haare. »Was hast du dir dabei *gedacht*? Und wieso – warum –« Plötzlich kommt mir ein scheußlicher Gedanke, und mir wird eiskalt. Ich starre sie durchdringend an.

»Nasira«, sage ich leise. »Warum warst du in meinem Zimmer?«

Sie zieht die Knie an die Brust. Schließt die Augen. Und erst als ich ihr Gesicht nicht sehen kann, weil sie die Stirn auf die Knie legt, murmelte sie: »Ich glaube, das ist ungelogen der peinlichste Moment meines ganzen Lebens.«

Ich starre sie fassungslos an. »Was soll das heißen?«

Sie schüttelt den Kopf. Hört gar nicht mehr damit auf. »Du solltest nicht aufwachen«, sagt sie. »Ich dachte, du würdest durchschlafen. Ich wollte nur nach dir schauen … um zu sehen, ob es dir gut geht … weil es ja meine Schuld war, und ich fühlte mich … so schrecklich deshalb –«

Ich mache den Mund auf, aber nichts kommt heraus.

»– und als du dann wach wurdest, wusste ich nicht, was ich tun sollte.« Sie schaut auf. »Ich wollte nicht … wollte nicht –«

»Schwachsinn«, unterbreche ich sie. »Von wegen. Wenn du wirklich in meinem Zimmer warst, weil du um mich besorgt warst, hättest du mich ganz normal ansprechen können. Du hättest sagen können: ›Ach, hallo, Kenji, ich bin's, Nasira. Ich wollte nur mal schauen, ob du nicht tot bist.‹ Und ich hätte dann sagen können: ›Ach, nett von dir, Nasira, danke!‹ Und dann hättest du –«

»So einfach ist es nicht.« Sie schüttelt wieder den Kopf. »Es war … nicht so einfach –«

»Das stimmt«, sage ich zornig. »Es ist ganz und gar nicht einfach.«

Ich rapple mich hoch, wische mir die Hände ab. »Und willst du auch wissen, warum? Weil deine Geschichte nicht überzeugend ist. Du behauptest, dass du nach mir schauen wolltest, weil du dir Sorgen gemacht hast – und was tust du als Erstes? Einem Kranken einen üblen Tritt verpassen, der ihn zu Fall bringt. Und dann dafür sorgen, dass ebendieser kranke Mann dich mit nacktem Oberkörper durch den Wald verfolgt. Nee, du«, füge ich hinzu. »Meine Gesundheit ist dir doch scheißegal. Du«, ich deute auf sie, »hast was ganz anderes vor. Erst die Drogen und jetzt das. Du willst mich *umbringen,* Nasira, und ich kapiere nicht, warum. Hat es beim ersten Mal nicht geklappt? Wolltest du das jetzt zu Ende bringen? Oder wie?«

Sie steht langsam auf, ohne mich anzusehen.

Ihr Schweigen treibt mich zum Wahnsinn.

»Ich will Antworten«, sage ich, bebend vor Wut. »Jetzt sofort. Ich will wissen, worum es hier geht. Ich will wissen, warum du hier bist. Ich will wissen, für wen du arbeitest.« Ich hole tief Luft und schreie: *»Und ich will verflucht* *noch mal wissen, was du heute Nacht in meinem Zimmer zu suchen hattest!«*

»Kenji«, sagt sie leise. »Es tut mir leid. Ich bin nicht gut in so was. Mehr kann ich dir nicht sagen. Entschuldige bitte.«

Ich bin so entrüstet über diese bodenlose Frechheit, dass ich tatsächlich zusammenzucke.

»Tut mir wirklich aufrichtig leid.« Sie geht langsam rückwärts. »Lass mich bitte anderswo vor Peinlichkeit sterben, okay? Verzeih mir.«

*»Bleib stehen!«*

Sie erstarrt.

Ich versuche meinen Atem zu beruhigen. Klappt nicht. Ich ringe immer noch um Luft, als ich sage: »Du sagst mir jetzt auf der Stelle die Wahrheit.«

»Das habe ich gemacht!« Wut flackert in ihren Augen auf. »Ich habe dir gesagt, dass ich nicht gut bin in so was, Kenji. Ich kann so was nicht gut!«

»Was redest du da? Natürlich kannst du das gut. Du wurdest dafür ausgebildet, Leute umzubringen!«

Sie lacht, aber es klingt schrill. »Weißt du noch«, sagt sie, »wie ich dir erklärt habe, dass das niemals gut gehen kann?« Sie macht die altbekannte Geste zwischen uns. »Erinnerst du dich daran?«

Irgendein urtümlicher Instinkt, den ich nicht unter Kontrolle habe, erzeugt ein scharfes hitziges Verlangen in mir. Sogar in dieser Lage.

»Ja, ich erinnere mich.«

»Das«, sie wedelt vage mit den Armen, »ist, was ich meinte.«

Ich runzle die Stirn. Habe das Gefühl, völlig den Faden verloren zu haben. »Ich verstehe nicht … was meinst du?«

*»Das!«,* sagt sie zornig. »Das. *Das hier.* Du kapierst es nicht. Ich weiß nicht, wie man – ich mache so was sonst

nicht, okay? Nie. Ich habe dir damals versucht zu … Aber jetzt –« Sie schaut beiseite, wendet sich dann ab. »Bitte. Ich will das nicht aussprechen.«

»Aber was denn?«

»Dass du –« Sie verstummt. »Dass –«

Ich warte und warte …, und sie schweigt.

*»Ich was? Dass was?«*, frage ich völlig entnervt.

Sie seufzt tief. Wendet sich mir wieder zu, sieht mich an. »Das mit dir … war mein erster Kuss.«

# 11

Ich hätte jahrelang überlegen können, was Nasira mir sagen wollte. Darauf wäre ich nie gekommen.

Nie und nimmer.

Ich bin jenseits von verblüfft. Jenseits von konsterniert.

Mir fällt nichts ein außer –

»Du lügst doch.«

Sie schüttelt den Kopf.

»Aber –«

Sie schüttelt immer noch den Kopf.

»Das verstehe ich nicht.«

»Ich mag dich«, sagt sie leise. »Sehr sogar.«

Ein bedrohliches Gefühl zuckt in mir auf. Etwas Beängstigendes. Ein heftiges Gefühl. Wie eine heiße Flamme. *Freude.* Dann bittere Vernunft.

»Quatsch.«

»Nein«, flüstert sie.

»Aber du hast versucht, mich umzubringen.«

»Nein.« Sie lässt den Kopf hängen. »Ich wollte dir zeigen, dass ich für dich sorge.«

Jetzt verschlägt es mir endgültig die Sprache. Ich kann Nasira nur noch wortlos anstarren.

»Ich hatte dir im Flugzeug eine etwas stärkere Dosis von den Drogen verabreicht, weil ich Angst hatte, dass du aufwachst und ermordet wirst«, sagt sie. »Und heute Nacht war ich in deinem Zimmer, weil ich mich versichern wollte, dass es dir gut geht. Aber als du aufgewacht bist, wurde ich nervös und habe mich unsichtbar gemacht. Und dann hast du angefangen zu reden, und was du über Dankbarkeit gesagt hast, fand ich so schön, dass ich«, sie kommt ins Stocken, »ach, ich weiß nicht. Ich habe keine Entschuldigung. Ich bin dageblieben, weil ich bleiben wollte. Habe dich beobachtet, und als du mich ertappt hast, habe ich mich so geschämt, dass ich dich beinahe umgebracht hätte.«

Sie verbirgt das Gesicht in den Händen.

»Ich weiß einfach nicht, was ich tue«, sagt sie so leise und kläglich, dass ich näher zu ihr treten muss, um sie zu verstehen. »Ich bin für jede stressige Anforderung im Leben trainiert, habe aber absolut keine Ahnung, wie ich auf positive Gefühle reagieren soll. Das habe ich nie bei jemandem erleben können, und es wurde mir nicht beigebracht. Und deshalb wollte ich nichts damit zu tun haben.«

Sie schaut auf, sieht mich an.

»Etwas zu tun, was ich nicht gut kann, habe ich immer vermieden«, fügt sie hinzu. »Und … Beziehung? Körperliche Intimität? So was … vermeide ich eben auch. Hatte ich noch nie. Mit niemandem. Zu chaotisch. Zu verwirrend. Zu viele Codes und Zeug, das ich nicht entziffern kann und nicht verstehe. Außerdem sind die meisten Männer, die ich kennenlerne, entweder Arschlöcher oder Feiglinge oder beides. Keiner ist offen und ehrlich. Keiner sagt mir, was er wirklich denkt und empfindet. Alle lügen mir ins Gesicht.« Sie seufzt. »Nur du eben nicht.«

»Nasira –«

»Bitte«, sagt sie leise. »Das ist so demütigend. Und wenn es für dich okay ist, möchte ich dieses Gespräch nicht noch länger ausdehnen. Aber ich verspreche dir, dass ich mich ab sofort von dir fernhalte. Und es tut mir sehr leid, dass ich dir wehgetan habe. Ich wollte nicht so fest zutreten.«

Sie geht weg.

Dreht sich einfach um und geht weg, und mich erfasst etwas, dass sich verdächtig nach Panik anfühlt, weshalb ich rufe:

»Warte!«

Sie bleibt stehen.

Ich laufe zu ihr, fasse sie an den Schultern, drehe sie zu mir herum. Sie sieht überrascht und dann unsicher aus, und ich frage:

»Wieso ich?«

Sie sieht mich mit großen Augen an. »Was meinst du?«

»Ich meine – als du mich geküsst hast. Du hast mich doch an diesem Tag ausgesucht, oder? Für deinen ersten Kuss.«

Sie zögert einen Moment, nickt dann.

»Warum hast du dich für mich entschieden?«

Ihr Blick wird weich, die Anspannung in ihren Schultern lässt nach. »Weil du«, sagt sie leise, »der beste Mensch bist, dem ich jemals begegnet bin.«

»Oh.«

Ich atme zittrig ein, aber die Luft reicht nicht aus. Mir wird glühend heiß, ich habe längst vergessen, dass ich eigentlich friere.

Und ich habe den Eindruck, dass ich träume.

Gott, ich hoffe so sehr, dass ich nicht träume.

*»Kenji?«*

*Sag was, du Blödmann.*

Nee. Stumm wie ein Fisch.

Nasira seufzt. In der Stille klingt das enorm laut. Dann schaut sie zu Boden. »Wirklich, ich möchte mich noch mal ausdrücklich dafür entschuldigen, dass ich dich so hart getreten habe. Tut es sehr weh?«

Ich finde die Sprache wieder. »Bestimmt kann ich morgen nicht gehen.«

Sie schaut auf. Sieht aus, als müsste sie sich das Lachen verkneifen.

»Das ist nicht lustig«, sage ich, fange aber auch zu grinsen an. »Ja, das war echt unangenehm. Und, oh Gott«, mir wird flau im Magen, »ich habe versucht, dich zu erschießen.«

Sie lacht lauthals.

Als hätte ich gerade einen guten Witz erzählt.

»Im Ernst jetzt, Nasira. Ich hätte dich töten können.«

Ihr Lächeln erlischt, als sie merkt, wie betroffen ich bin. Dann sieht sie mir in die Augen. »Das ist nicht möglich.«

Ich verdrehe die Augen, muss aber unwillkürlich lächeln.

»Weißt du«, sagt sie leise, »insgeheim habe ich gehofft, dass du mich einholen würdest.«

»Wirklich?«

»Ja«, flüstert sie. »Ich hätte ja wegfliegen können.«

Ich brauche einen Moment, um das zu verarbeiten.

Dann –

*Verdammt.*

Sie hat recht. Gegen diese Frau hatte ich nicht die geringste Chance.

»Hey«, sage ich.

»Ja?«

»Du bist vollkommen verrückt, weißt du das?«

»Ja.« Sie seufzt.

Und dann –

Muss ich einfach lächeln.

Ich strecke die Hand aus, streiche behutsam mit den Fingerspitzen über ihre Wange. Nasira zittert ein bisschen. Schließt die Augen.

Mir bleibt fast das Herz stehen.

»Nasira, ich –«

Ein schriller markerschütternder Schrei zerreißt die Stille.

# 12

Nasira und ich werfen uns einen kurzen Blick zu, rennen dann los. Ich folge ihr durch den Wald, aber der Schrei ist verklungen, wieder herrscht Stille. Wir bleiben beide so abrupt stehen, dass wir fast zusammenprallen. Nasira dreht sich zu mir um, ihre Augen sind weit aufgerissen, aber sie scheint mich nicht zu sehen.

Sie wartet. Horcht.

Richtet sich dann plötzlich auf. Ich weiß nicht, was sie noch gehört hat, ich habe jedenfalls nichts mehr wahrgenommen. Aber mir ist ohnehin klar geworden, dass diese Frau mir in vielerlei Hinsicht überlegen ist; ich kann nicht einschätzen, welche Fähigkeiten – außer denen, die ich schon kenne – sie noch besitzt. Keine Ahnung, was sie alles beherrscht. Aber eines steht jedenfalls fest: An ihrem Scharfsinn kann es keinen Zweifel geben.

Deshalb folge ich ihr blindlings, als sie weiterläuft.

Sie steuert auf den Eingang zum Refugium zu, als drei weitere Schreie die Stille der Nacht zerreißen. Und dann –

Hunderte.

Plötzlich merke ich, dass Nasira gar nicht zurück ins Lager rennt, sondern auf das Feld hinaus, wo wir ungeschützt sind und im Handumdrehen gesichtet und getötet werden könnten. Ich zögere, die alten Zweifel werden wieder wach, vielleicht ist es Irrsinn, ihr zu vertrauen –

»Unsichtbar machen, Kenji, *schnell* –«

Ich sehe sie nicht mehr. Hole tief Luft und tue es ihr gleich.

Und dann verstehe ich.

Außerhalb des Refugiums verstärken und vervielfachen sich die Schreie. Der Himmel ist aufgebrochen, Dunkelheit und Licht fließen ineinander, Wolken kippen zur Seite, Bäume biegen sich. Die Erde unter unseren Füßen bekommt Risse, platzt auf, Löcher entstehen, und dann –

Verschiebt sich der Horizont.

Die Sonne erscheint plötzlich, zersplittert in grelle blendende Lichtblitze, die über den Boden jagen.

In der nächsten Sekunde ist der Horizont wieder gerade.

Absurd surreal, das alles.

Ich weiß nicht, was hier geschieht. Menschen versuchen wegzurennen, sind aber so verwirrt, dass es ihnen nicht gelingt. Sie bewegen sich ein paar Meter, bleiben stehen, schreien, weil etwas Neues passiert, weil es abwechselnd hell und dunkel ist, hell und dunkel, hell und dunkel.

Nasira wird wieder sichtbar, ich auch. Unsichtbarkeit spielt keine Rolle mehr. Nicht in diesem apokalyptischen Szenario.

Und als sie sich umdreht und losrennt, weiß ich, dass sie jetzt wirklich ins Refugium zurückläuft.

Wir müssen die anderen informieren.

Doch wie sich dann zeigt, wissen die bereits Bescheid.

Einige Meter vom Eingang entfernt, beleuchtet vom zuckenden Licht, sehe ich

*Juliette.*

Auf die Knie gesunken, die Hände an die Schläfen gepresst. Ihr Gesicht ist gequält verzerrt, neben ihr kauert Warner, bleich und angstvoll, hat ihre Schultern gepackt, ruft etwas, das ich nicht hören kann.

Und dann –

Schreit sie.

*Nicht schon wieder*, denke ich. *Oh Gott, bitte nicht noch mal.*

Aber diesmal ist es anders. Diesmal ist ihr Schrei nach innen gerichtet, ist Ausdruck von Schmerz, Angst und Grauen.

Juliette schreit Worte, einen Satz:

»*Emmaline!* Bitte tu es nicht –«

TAHEREH MAFI

# BELIEVE ME

»Believe Me« knüpft direkt an die Ereignisse von »Imagine Me« an.

*Juliette und Warner haben hart dafür gekämpft, das Reestablishment ein für alle Mal zu zerstören. Doch das Leben nach dem Sieg ist alles andere als einfach …*

# 1

Die Wand ist außergewöhnlich weiß.

Weißer als andere Wände. Viele glauben, eine weiße Wand sei eine weiße Wand. Das stimmt aber nicht, sie wirkt nur so. Der Farbe der meisten weißen Wände wird ein Anteil Gelb hinzugefügt, damit sie nicht grellweiß sind, sondern eher eierschalen- oder elfenbeinfarben. Oder irgendwie cremeweiß. Zumindest gedämpft, wie Eiweiß. Reines Weiß ist als Farbe kaum erträglich.

Diese weiße Wand hier ist kein Angriff auf die Sehnerven, aber doch immerhin so weiß, dass ich darüber nachdenke. Was mir darüber hinweghilft, dass ich schon über eine halbe Stunde daraufstarre. Siebenunddreißig Minuten, um es genau zu sagen.

Ich werde mal wieder als Geisel gehalten. Man gewöhnt sich dran.

»Nur noch fünf Minuten«, sagt sie. »Versprochen.«

Ich höre das Rascheln von Stoff. Einen Reißverschluss. Ein zartes Rauschen –

»Ist das etwa Tüll?«

»Du sollst doch nicht hinhören!«

»Weißt du, Liebste, mir fällt gerade auf, dass ich schon weniger qualvolle Haftsituationen erlebt habe.«

»Okay, okay, ich hab's ausgezogen. Und weggepackt. Ich muss mich jetzt nur schnell wieder anzie–«

»Nicht nötig.« Ich drehe mich um. »Dabei darf ich doch wohl zuschauen.«

Ich lehne mich an die außergewöhnlich weiße Wand und betrachte meine Liebste, die mich stirnrunzelnd und mit halb offenem Mund anschaut. Sie scheint vergessen zu haben, was sie sagen wollte.

»Mach ruhig weiter«, sage ich und nicke ihr zu. »Mit dem, was du gerade tun wolltest.«

Sie veranstaltet jetzt eine Show aus missbilligendem Stirnrunzeln und gespielter Empörung. Komplettiert das Theater, indem sie mit gespielter Schamhaftigkeit ein Kleidungsstück vor sich hält.

Was mich nicht davon abhält, meinen Blick über ihren hinreißenden Körper schweifen zu lassen. Ihr Haar ist in jeder Länge wunderschön, aber in letzter Zeit trägt sie es sehr lang. Seidig gleitet es über ihre Haut und – wenn ich Glück habe – bald auch über meine.

Langsam lässt sie das T-Shirt sinken.

Ich richte mich auf.

»Das hier soll ich unter dem Kleid tragen«, murmelt sie und müht sich mit den Bändern einer Korsage ab, nachdem sie die Spitzenstrümpfe und den Strumpfbandgürtel zurechtgezupft hat. Sie weicht meinem Blick aus, ist plötzlich verlegen, und diesmal nicht gespielt.

*Gefällt es dir?*

Die unausgesprochene Frage steht im Raum.

Als Ella mich in diese Garderobe gebeten hat, hatte ich vermutet, dass ich nicht gefühlt stundenlang über die Weißschattierungen einer Wand nachdenken sollte. Sondern mir etwas anschauen.

Und zwar Ella.

Diese Vermutung erweist sich jetzt als zutreffend.

»Du bist so wunderschön«, sage ich, ohne das Staunen in meiner Stimme verbergen zu können. Ich bemerke die kindische Bewunderung selbst, und sie ist mir peinlicher, als sie sein müsste. Mir ist durchaus bewusst, dass ich mich meiner intensiven Gefühle nicht schämen sollte. Dass es mir gestattet ist, ergriffen zu sein.

Dennoch ist mir das irgendwie unangenehm.

Weil ich mir so jung dabei vorkomme.

Sie sagt leise: »Jetzt habe ich das Gefühl, die Überraschung verdorben zu haben. Du solltest das alles doch erst in der Hochzeitsnacht sehen.«

Mein Herz setzt einen Moment aus.

*Die Hochzeitsnacht.*

Ella tritt zu mir, schlingt die Arme um mich, erlöst mich aus meiner Starre. Mein Herz schlägt schneller, und obwohl ich nicht weiß, wie sie spüren konnte, dass ich diese Berührung jetzt gebraucht habe, bin ich dankbar dafür. Ich ziehe sie dicht an mich, und wir entspannen uns beide, als unsere Körper sich aneinander erinnern.

Ich drücke mein Gesicht in ihr Haar, atme den süßen Duft ihres Shampoos ein. Erst zwei Wochen sind vergangen seit dem Ende der alten Welt und dem Anfang der neuen.

Es kommt mir noch immer vor wie ein Traum.

»Ist das alles wirklich wahr?«, flüstere ich.

Ich zucke zusammen, weil jemand laut an die Tür klopft.

»Ja?«, ruft Ella stirnrunzelnd.

»Entschuldigen Sie, dass ich störe, aber hier ist ein Herr, der Mr Warner sprechen möchte.«

Ella und ich sehen uns an.

»Okay«, sagt sie rasch. »Reg dich jetzt bitte nicht auf.«

»Wieso sollte ich mich aufregen?«

Sie lehnt sich ein bisschen weiter zurück und schaut mich eindringlich an. Ihre schönen Augen schimmern, und ich sehe die Fürsorge in ihrem Blick. »Weil es Kenji ist.«

Ich muss mich so brutal zwingen, nicht auszurasten vor Wut, dass ich wahrscheinlich gleich einen Schlaganfall kriege. »Was macht der denn hier?«, knurre ich. »Woher weiß der, dass wir hier sind?«

Sie beißt sich auf die Lippe. »Wir haben ja Amir und Olivier dabei.«

»Verstehe.« Wir haben zwei Wachleute hierher mitgenommen. Das heißt, unser Ausflug wurde im Sicherheitsprotokoll vermerkt.

»Kenji war bei mir, kurz bevor wir beide aufgebrochen sind«, fügt Ella hinzu. »Er war beunruhigt, wollte wissen, warum wir in der ehemaligen Sperrzone unterwegs sind.«

Ich will mich gerade darüber ereifern, weshalb Kenji nicht intelligent genug ist, um sich das selbst zu erklären, nachdem es jede Menge Hinweise auf diese Antwort gibt – aber Ella hebt den Zeigefinger.

»Ich habe ihm gesagt«, erklärt sie, »dass wir jetzt Ersatzkleidung kaufen müssen und dass das vorerst nur in den alten Versorgungszentren möglich ist. Und er meinte, er wolle uns dort treffen, um uns behilflich zu sein.«

Der nächste Tobsuchtsanfall nähert sich. Ich starre Ella an. »Er hat gesagt, er wolle *behilflich sein*.«

Sie nickt.

»Unfassbar.« An meiner Wange zuckt ein Muskel. »Und wirklich bemerkenswert, weil Kenji ja schon so ungeheuer *behilflich* war – indem er zum Beispiel gestern Abend meinen Anzug und dein Kleid ruiniert hat, weshalb wir jetzt«, ich wedle aufgebracht mit den Händen, »neue Kleidung in einem gewöhnlichen *Laden* kaufen müssen – und das wirklich und wahrhaftig *an unserem Hochzeitstag*.«

»Aaron«, flüstert Ella und legt mir die Hand auf die Brust. »Kenji ist völlig fertig deshalb.«

»Und du?«, erwidere ich und betrachte sie forschend. »Bist du deshalb nicht auch völlig fertig? Alia und Winston haben so hart dafür gearbeitet, ein ganz besonders schönes Kleid anzufertigen, eigens für dich entworfen –«

»Nicht so wichtig«, sagt sie und zuckt mit den Schultern. »Ist nur ein Kleid.«

»Aber es sollte dein Hochzeitskleid sein«, sage ich, und meine Stimme bricht.

Ella seufzt, und ich spüre, dass sie mich viel mehr bemitleidet als sich selbst. Sie dreht sich um und öffnet den Reißverschluss an dem großen Kleidersack, der an einem Haken hängt.

»Eigentlich solltest du das Kleid ja nicht vor der Trauung sehen«, sagt sie noch mal, während sie meterweise Tüll aus der Hülle zieht, »aber ich glaube, dir bedeutet es mehr als mir, deshalb«, sie dreht sich lächelnd um, »darfst du mitentscheiden, was ich heute Abend anziehe.«

Ich stöhne beinahe, als sie mich an den Zeitpunkt erinnert. Eine Trauung am Abend. Wer heiratet denn schon abends? Nur Pechvögel. Zu denen wir jetzt wohl zählen.

Statt den gesamten Termin zu verschieben, haben wir die Zeremonie ein paar Stunden nach hinten verlegt, damit wir neue Kleidung anschaffen können. Ich habe natürlich Anzüge. Und so übertrieben wichtig ist mir meine Kleidung bei diesem Anlass auch nicht.

Aber ihr Kleid. Kenji, dieses Monster, hat am Abend vor unserer Hochzeit Ellas Hochzeitskleid ruiniert.

Ich habe die feste Absicht, ihn umzubringen.

»Du wirst ihn nicht umbringen«, bemerkt Ella.

»Ich bin mir ganz sicher, dass ich das gerade nicht gesagt habe.«

»Nein, aber gedacht, oder?«

»In der Tat.«

»Du wirst ihn nicht umbringen«, wiederholt Ella fest. »Jetzt nicht und überhaupt nie.«

Ich seufze.

Sie ringt immer noch mit den Stoffmassen.

»Verzeih mir bitte, Liebste, aber wenn all das hier«, ich weise mit dem Kopf auf die Tüllexplosion, »zu einem einzigen Kleid gehört, weiß ich leider schon, wie ich es finden werde.«

Ella hört auf zu zupfen, fährt herum und starrt mich mit großen Augen an. »Du meinst, es gefällt dir nicht? Aber du hast es doch noch gar nicht –«

»Ich habe genug gesehen, um zu wissen, dass das da kein Kleid ist.« Ich beuge mich vor, betaste den Stoff. »Sondern eine würdelose Polyesterhülle. Haben die keinen Seidentüll? Vielleicht können wir mal mit der Schneiderin reden.«

»Hier gibt es keine Schneiderin.«

»Aber es ist doch ein Bekleidungsgeschäft.« Ich beäuge die Nähte am Oberteil des Kleides. »Da muss es doch eine Person geben, die schneidert. Sicher keine besonders gute, aber –«

»Diese Kleider werden in einer Fabrik hergestellt«, sagt Ella. »Von Maschinen.«

Ich sehe sie schockiert an.

»Weißt du, die meisten Menschen sind nicht mit Privatschneidern aufgewachsen«, sagt Ella mit einem kleinen Lächeln, »sondern müssen sich ihre Kleider von der Stange kaufen. Auch schlecht sitzende.«

»Ja«, sage ich betreten, fühle mich miserabel. »Natürlich. Verzeih mir. Das Kleid ist sehr hübsch. Ich sollte warten, bis du es angezogen hast. Habe mir ein vorschnelles Urteil gebildet.«

Aus unerfindlichen Gründen verschlimmert meine Bemerkung die Lage.

Ella stöhnt und wirft mir einen frustrierten Blick zu. Dann sinkt sie auf den Stuhl in der Garderobe.

Mir tut das Herz weh.

Ella stützt den Kopf in die Hände. »Es ist alles ein einziges Desaster, oder?«

Es klopft erneut an der Tür. »Sir Warner? Der Gentleman wünscht ausdrücklich –«

»Das ist kein Gentleman«, erwidere ich scharf. »Richten Sie dem Typen aus, er soll warten.«

Kurzes Schweigen. Dann, leise: »Ja, Sir.«

»Aaron.«

Ich brauche Ella nicht anzuschauen, um zu wissen, dass meine Grobheit sie unglücklich macht. Die Besitzer dieses Ladens haben ihn eigens für uns heute geschlossen und sind ausgesprochen liebenswürdig zu uns. Ich weiß, dass ich mich unmöglich benehme. Aber im Moment kann ich offenbar nicht anders.

*»Aaron.«*

»Heute ist unsere Trauung.« Ich sehe sie nicht an. »Der Typ hat unseren großen Tag versaut. Unseren Hochzeitstag.«

Ella steht auf. Ich spüre, dass ihre Frustration nachlässt. Sie wandelt sich zu einer Mischung aus Traurigkeit, Glück, Hoffnung, Angst und schließlich –

Kompletter Resignation.

Eines der absolut furchtbarsten Gefühle an einem Tag, der ein Freudentag sein sollte. Resignation ist schlimmer als Frustration. Viel schlimmer.

Meine weiß glühende Wut erkaltet langsam.

»Kenji hat ihn nicht verdorben«, sagt sie schließlich. »Es kann immer noch alles gut werden.«

»Du hast recht.« Ich nehme sie in die Arme. »Du hast völlig recht. Das ist wirklich alles zweitrangig. Nicht wichtig.«

»Aber es ist mein Hochzeitstag«, wendet Ella jetzt kläglich ein. »Und ich habe nichts anzuziehen.«

»Auch damit hast du recht.« Ich küsse sie auf den Kopf. »Ich bringe Kenji also doch um.«

Jetzt hämmert jemand an die Tür.

Ich erstarre. Fahre herum.

»Hey, Leute?« Wieder Gehämmer. »Ich weiß, dass ihr supersauer auf mich seid. Aber ich hab prima Nachrichten. Ich mach das wieder gut.«

Ich will gerade etwas schreien, als Ella mir die Hand auf den Arm legt. Dann sieht sie mich mit einem Blick an, der eindeutig besagt –

*Gib ihm noch eine Chance.*

Ich seufze, während meine Wut abebbt und meine Schultern sich entspannen. Dann trete ich widerstrebend beiseite, damit Ella diesen unsäglichen Idioten so behandeln kann, wie sie es wünscht.

Ist immerhin ihr Hochzeitstag.

Sie geht zur Tür, bleibt dicht davor stehen. Dann deutet sie mit dem Zeigefinger auf die außergewöhnlich weiße Tür und sagt: »Das sollte jetzt wirklich sensationell gut sein, Kenji. Ansonsten bringt Warner dich um, und ich werde ihm dabei behilflich sein.«

Und in der nächsten Sekunde –

Lächle ich wieder.

# 2

Wir werden so zum Refugium zurückgebracht, wie wir zurzeit überall unterwegs sind – in einem kugelsicheren schwarzen Geländewagen mit Chauffeur. Ich finde beunruhigend, dass wir durch diesen Wagen mit den dunkel getönten Scheiben letztlich noch auffälliger sind. Aber, wie Castle zutreffend sagte: Es gibt keine andere Lösung, wir müssen das also vorerst so hinnehmen.

Als wir durch das bewaldete Gebiet in der Nähe des Refugiums fahren, versuche ich, mir meinen Zustand nicht anmerken zu lassen. Aber mein Körper ist angespannt, bereit zum Kampf. Nach dem Sturz des Reestablishment wagten sich die meisten Rebellengruppen aus dem Untergrund hervor.

Wir jedoch nicht.

Letzte Woche wurde dieser unbefestigte Waldweg verbreitert für den Geländewagen, damit man uns möglichst nahe zum Eingang bringen kann. Aber allzu viel nützt das auch nicht. Wir sind schon wieder so dicht von Menschenmengen umringt, dass der Wagen nur schrittweise vorwärtskommt. Die Leute wollen ihre Begeisterung zum Ausdruck bringen, wirken aber kämpferisch, wenn sie schreien oder an die Fenster hämmern, und ich muss mich dann enorm beherrschen, ruhig zu bleiben. Still zu sitzen, nicht nach der Pistole in meinem Schulterholster unter dem Sakko zu greifen.

Es fällt mir schwer.

Ich weiß natürlich, dass Ella sich selbst verteidigen kann, das hat sie schließlich schon unzählige Male bewiesen. Dennoch kann ich meine Sorgen nicht abstellen. Sie ist so berühmt geworden, dass es geradezu beängstigend ist. Bis zu einem gewissen Grad gilt das für uns alle. Aber Juliette Ferrars – unter diesem Namen kennt man sie in der Welt – ist so berühmt, dass sie nirgendwo mehr hingehen kann, ohne dass ein Menschenauflauf entsteht.

Die Leute verkünden, sie lieben sie.

Dennoch bleiben wir vorsichtig. Es gibt noch immer viele Personen weltweit, die nur allzu gern das zerschlagene Reestablishment wieder aufleben lassen wollen. Und eine vom Volk geliebte Heldin zu ermorden, wäre dafür ein geeigneter Anfang. Obwohl wir im Refugium durch Nourias exzellenten Schutzschild Freiheiten genießen können wie nirgendwo sonst, ist es nicht gelungen, unseren Aufenthaltsort geheim zu halten. Man weiß, wo man uns finden kann, weshalb inzwischen Menschenmassen hierherpilgern. Abertausende von Zivilisten halten sich tagtäglich hier auf.

Nur um einen einzigen Blick zu ergattern.

Wir mussten Barrikaden aufstellen lassen. Bewaffnete Soldaten zum Schutz postieren. Dieser Ort ist kaum noch wiederzuerkennen, ist jetzt bereits eine andere Welt. Und ich merke, wie ich innerlich erstarre, als wir uns dem Eingang nähern. Gleich geschafft.

Ich schaue auf, um etwas zu sagen –

»Keine Sorge.« Kenji sieht mich an. »Nouria hat die Security noch mal verstärkt. Wir werden von einer eigenen Truppe erwartet.«

»Ich verstehe nicht, warum das alles nötig ist«, sagt Ella, die aus dem Seitenfenster schaut. »Warum kann ich nicht zumindest mal kurz mit diesen Menschen sprechen?«

»Weil du bei dem letzten Versuch, das zu tun, fast niedergetrampelt wurdest«, antwortet Kenji mit einem Seufzer.

»Aber das war doch nur ein Mal.«

Kenji runzelt aufgebracht die Stirn, und ausnahmsweise sind wir uns mal vollkommen einig. Ich lehne mich zurück, während er an den Fingern aufzählt: »Am selben Tag, an dem du fast niedergetrampelt wurdest, hat jemand versucht, dir die Haare abzuschneiden. An einem anderen haben mehrere Leute probiert, dich zu küssen. Einige wollten dir ihre neugeborenen Babys in den Arm drücken. Ich habe mindestens sechs Leute erlebt, die sich vor Aufregung in die Hose gepinkelt haben, was nicht nur schockierend, sondern auch enorm unhygienisch ist, vor allem, wenn die dich danach umarmen wollen.« Er schüttelt entnervt den Kopf. »Diese Menschenmengen sind zu gigantisch, Prinzessin. Zu wild, zu leidenschaftlich. Alle schreien dir ins Gesicht, prügeln sich, um dich berühren zu können. Und die meiste Zeit sind wir nicht mehr imstande, dich zu beschützen.«

»Aber –«

»Mir ist auch klar, dass die meisten dieser Leute nichts Böses im Sinn haben«, sage ich. Ella wendet sich mir zu, als ich ihre Hand ergreife. »Die sind einfach neugierig. Und zutiefst dankbar für ihre Freiheit. Sie wollen die Person erleben, der sie ihre Freiheit verdanken. Was ich deshalb so genau weiß«, füge ich hinzu, »weil ich die Energie in diesen Menschenmengen überprüfe und darauf achte, ob ich irgendwo Wut oder Gewaltbereitschaft spüre.« Ich seufze, schüttle den Kopf. »Denn es ist garantiert so, dass du auch Feinde hast. Du bist innerhalb einer solchen Menschenmenge nicht in Sicherheit. Noch nicht – und vielleicht nie.«

Ella holt tief Luft, atmet dann langsam aus. »Ich weiß, dass du recht hast«, sagt sie leise. »Aber es fühlt sich irgendwie falsch für mich an, nicht mit den Menschen zu sprechen, für die wir gekämpft haben. Ich möchte mich ihnen mitteilen. Ich möchte, dass sie wissen, wie sehr uns ihr Wohl am Herzen liegt – und wie viel wir noch dafür tun wollen, um alles wieder aufzubauen und ihr Leben zu verbessern.«

»Das wirst du auch tun können«, erwidere ich. »Ich werde dafür sorgen, dass du Gelegenheit bekommst, das alles dem Volk mitzuteilen. Aber wir regieren erst seit zwei Wochen, Liebste. Für solche Aktionen fehlt uns noch die nötige Infrastruktur.«

»Wir arbeiten aber darauf hin, ja?«

»Das tun wir«, antwortet Kenji. »Und wenn du übrigens – also, ich will mich nicht rausreden oder so, damit das klar ist –, aber hättest du mir nicht die Leitung des Aufbaukomitees übertragen, hätte ich wohl kaum Anweisung gegeben, baufällige Gebäude abzureißen, von denen eines die Werkstatt von Winston und Alia war«, Kenji hebt entschuldigend die Hände, »was ich selbstverständlich nicht wusste. Wie gesagt, ich will mich nicht rausreden – aber woher zum Teufel hätte ich das wissen sollen? Es war offiziell aufgelistet als Sicherheitsrisiko und deshalb zum Abriss markiert –«

»Was wiederum die beiden nicht wussten«, unterbricht ihn Ella mit ungeduldigem Unterton. »Sie haben genau deshalb ihre Werkstatt dort eingerichtet, weil das Gebäude leer stand.«

»Ja. Ganz genau.« Kenji deutet auf sie. »Aber das wusste ich eben nicht.«

»Du bist mit Winston und Alia befreundet«, sage ich schroff. »Müsstest du so was da nicht wissen?«

»Hör mal, Mann, seit die Welt sich drastisch verändert hat, sind gerade mal zwei Wochen vergangen, okay? Ich war beschäftigt.«

»Das waren wir alle.«

»Schluss jetzt«, sagt Ella entschieden und schaut stirnrunzelnd aus dem Fenster. »Schaut mal, da ist Adam. Was macht er denn hier draußen?«

Falls Kenji antwortet, bekomme ich es nicht mit, weil ich durch die getönten Fenster beobachte, wie Adam sich durch die Menge drängt, auf unseren Wagen zusteuert. Er scheint unbewaffnet zu sein und schreit irgendetwas, aber die Leute beruhigen sich nicht. Nach ein paar weiteren Versuchen kann er sich Gehör verschaffen, und zahllose Augenpaare sind auf ihn gerichtet.

Ich kann nicht hören, was er schreit.

Dann tritt er langsam beiseite, als zehn schwer bewaffnete Männer und Frauen sich einen Weg durch die Menge bahnen. Sie bilden eine Gasse zwischen Auto und Eingang. Kenji steigt als Erstes aus, macht sich und Ella unsichtbar, und ich übernehme seine Kraft zu meinem eigenen Schutz. Unsichtbar eilen wir zum Eingang.

Erst als wir sicher auf dem Gelände des Refugiums angekommen sind, entspanne ich mich.

Ein bisschen zumindest.

Wie ich es immer tue, werfe ich noch einen Blick zurück auf die Menge, die sich außerhalb der unsichtbaren Schutzhülle des Refugiums versammelt hat. Manchmal stehe ich auch hier und studiere die Gesichter. Halte nach irgendetwas Bedrohlichem Ausschau, einer noch namenlosen Gefahr.

»Hey – fantastisch.« Winstons Stimme reißt mich aus meinen Gedanken.

Ich drehe mich zu ihm um. Winston sieht ziemlich schmutzig und verschwitzt aus.

»Super, dass ihr wieder hier seid«, sagt er atemlos. »Kann jemand von euch zufällig Rohre reparieren? In einem der Zelte gibt es ein verstopftes Klo, und niemand kann sich darum kümmern.«

Unsere Rückkehr in den Alltag kommt abrupt.

Und ist enorm ernüchternd.

Aber Ella tritt vor und greift doch wahrhaftig nach dem Schraubenschlüssel – großer Gott, ist das Ding etwa auch noch feucht? Ich lege den Arm um meine Braut, versuche, sie zurückzuziehen. »Bitte, Liebste. Doch nicht heute. Nicht ausgerechnet heute.«

»Was?« Sie sieht mich fragend an. »Warum denn nicht? Ich bin gut in so was. Hey, übrigens«, sagt sie den anderen, »wusstet ihr, dass Ian ein super Tischler ist?«

Winston lacht.

»Das wusstest nur du nicht, Prinzessin«, antwortet Kenji.

Ella runzelt die Stirn. »Wir haben vor ein paar Tagen zusammen an einem der erhaltenswerten Häuser gearbeitet. Und da hat Ian mir den Umgang mit all seinen Werkzeugen beigebracht.« Sie strahlt. »Ich habe ihm dabei geholfen, eine Mauer zu bauen.«

»Trotzdem seltsame Erklärung dafür, dass du dich kurz vor deiner Hochzeit mit Fäkalien abgeben möchtest«, höre ich plötzlich Adam, der unbemerkt zu uns getreten ist.

*Mein Bruder.*

Was für ein seltsames Gefühl.

Adam sieht glücklicher und gesünder aus als je zuvor. Er brauchte eine volle Woche zum Genesen, nachdem wir ihn hierhergebracht hatten. Aber als er wieder zu sich kam und wir ihm erzählten, was sich inzwischen ereignet hatte – und dass James in Sicherheit war –, fiel Adam in Ohnmacht.

Und schlief zwei weitere Tage.

Seither ist er wie ausgetauscht. Vergnügt und fröhlich. Uns anderen haftet immer noch etwas Düsteres an – vielleicht für immer –

Aber Adam wirkt von Grund auf verändert.

»Wollte euch nur mal vorwarnen«, sagt er, »dass wir was Neues ausprobieren. Nouria möchte, dass ich mich draußen aufhalte und erst mal jeden deaktiviere, der das Refugium betritt. Bist du damit einverstanden, Juliette?«

*Juliette.*

So vieles hat sich verändert, seit wir zurückgekommen sind, und dazu gehört auch ihr Name. Sie hat ihren alten Namen wieder angenommen. Sagte, wenn sie ihn nicht mehr benutzen würde, gäbe sie damit dem Geist meines Vaters zu viel Macht. Ihr ist klar geworden, dass sie ihre Jahre als Juliette nicht vergessen möchte – dass sie der jungen Frau von damals Achtung erweisen möchte, die leidenschaftlich um ihr Leben gekämpft hat. Juliette Ferrars war sie, als sie in der Welt bekannt wurde – und will es bleiben.

Ich bin der Einzige, der sie Ella nennen darf.

Das ist etwas nur zwischen uns. Eine Verbindung zu unserer gemeinsamen Geschichte. Eine Würdigung unserer Vergangenheit und meiner Liebe für Ella, die ich immer empfunden habe, welchen Namen sie auch trug.

Ich beobachte sie, während sie mit ihren Freunden lacht, einen Hammer aus Winstons Werkzeuggürtel zieht und so tut, als wolle sie Kenji damit hauen – was er zweifellos voll und ganz verdient hat.

Plötzlich tauchen Lily und Nasira auf. Lily trägt einen kleinen Hund auf dem Arm, den Ian und sie aus einem verlassenen Haus gerettet haben. Mit einem Aufschrei lässt Ella den Hammer fallen, Adam springt erschrocken zurück. Sie nimmt Lily das schmutzige Tier aus den Armen und küsst es ab, obwohl es erbost bellt. Dann sieht Ella mich an, während der Köter ihr weiter ins Ohr kläfft, und ich sehe Tränen in ihren Augen. Sie weint wegen eines Hundes.

Juliette Ferrars, einer der am meisten gefürchteten und verehrten Menschen unserer Welt, vergießt Tränen wegen eines Hundes. Das würde vielleicht niemand verstehen, aber ich weiß, dass sie zum ersten Mal in ihrem Leben so ein Tier in den Armen hält. Ohne Zögern, ohne Angst, ohne Gefahr zu laufen, der unschuldigen Kreatur etwas zuleide zu tun. Für Ella ist das pures Glück.

Aus Sicht der Welt ist Ella überlebensgroß.

Aus meiner Sicht?

Ist sie die ganze Welt.

Deshalb protestiere ich nicht, als sie das Wesen in meine Arme legt, sondern halte still, während das Vieh mit derselben Zunge mein Gesicht ableckt, mit der es sich zweifellos auch das Gesäß säubert. Ich halte auch still, als seine schmutzigen Krallen sich in meinen Mantel bohren und in der Wolle verfangen. Ich bin tatsächlich so reglos, dass sich das Tier nach und nach beruhigt und an meine Brust schmiegt. Es winselt und starrt mich so lange auffordernd an, bis ich schließlich die Hand hebe und ihm über den Kopf streiche.

Und als ich Ella lachen höre, bin ich glücklich.

# 3

»Warner?«

»Mr Warner?«

Ich zucke beinahe zusammen bei dieser Stereoansage meines Namens, lasse mir aber nichts anmerken und setze ruhig und behutsam den Hund auf den Boden. Dann wende ich mich in Richtung der bekannten Stimmen, aber das räudige Tier legt offenbar keinerlei Wert auf seine Freiheit. Stattdessen stemmt es eine Pfote an mein Bein, winselt und blickt ebenso jämmerlich wie erwartungsvoll zu mir hoch.

Will es gefüttert werden? Oder gekrault?

Dann bellt es auffordernd, aber nachdem ich ihm einen scharfen Blick zugeworfen habe, lässt es sich zu Boden plumpsen und legt den Kopf auf seine Vorderpfoten. Allerdings so dicht bei mir, dass die Schnauze meinen Stiefel berührt. Ich seufze.

»Mr Warner?« Wieder Castle.

Er und seine Tochter starren mich beide an, dann wirft Nouria ihrem Vater einen etwas frustrierten Blick zu.

Ich schaue zwischen den beiden hin und her. Deren Rollenverteilung scheint immer noch nicht endgültig geklärt zu sein.

»Ja?«, sage ich mit einer unguten Vorahnung.

Die beiden wollen mich um ein Gespräch unter vier Augen bitten, das spüre ich auf Anhieb. Dass ich jetzt deshalb einen Anflug von Wut spüre, ist vollkommen irrational, was mir auch bewusst ist. Aber die beiden wissen einfach nicht, welche Ängste ich auszustehen habe, sobald ich Ella allein lassen muss. Ich habe sofort den Impuls, Blickkontakt zu ihr zu suchen oder nach ihrer Hand zu greifen, verbiete mir das aber. Worauf sich mein Puls drastisch beschleunigt – ein Symptom der neuen Panikneigung, die ich in letzter Zeit entwickelt habe. Das fing kurz nach unserer Rückkehr ins Refugium an; als Ella zum Soundtrack entsetzter Schreie aus dem Flugzeug auf die Krankenstation befördert wurde, wo sie dann zehn Tage lang schlief. Es war, gelinde gesagt, eine schwierige Zeit für mich. Weshalb mir mein Gehirn jetzt – sobald ich Ella nicht sehe – versucht, einzureden, sie sei tot.

Castle sagt: »Können wir Sie kurz entführen? Etwas Wichtiges müsste besproch–«

Nouria unterbricht die Äußerung ihres Vaters, indem sie ihm eine Hand auf den Arm legt. Ihr Lächeln wirkt gezwungen.

»Ich brauche nur ein paar Minuten deiner Zeit«, sagt sie und wirft einen kurzen Blick auf jemanden – Ella vermutlich. »Ich verspreche, dass es nicht lange dauern wird.«

Ich will mich weigern.

Stattdessen sage ich »Klar« und schaue Ella an, die mich anscheinend beobachtet hat. Ich lächle, während mein Gehirn auf Hochtouren läuft, um mich davon zu überzeugen, dass meine Ängste auf eine reale Bedrohung hinweisen. Jeder Tag, den Ella überlebt, ist ein Sieg, und ich zähle diese Tage, habe eine mentale Liste angelegt. Je länger sie wird, desto kürzer werden meine Panikanflüge inzwischen. Ich habe mich zwar bemüht, meine Ängste vor Ella zu verbergen, spüre aber, dass sie mich beobachtet. Dass sie sich Sorgen um mich macht.

Und sie hat auch gemerkt, dass mein Lächeln gerade alles andere als entspannt ist.

Sie lässt mich nicht aus den Augen, während sie Kenji irgendein Werkzeug – Schraubenschlüssel? – in die Hand drückt. Dann kommt sie zu mir und ergreift meine Hand, was mir kollektives Augenverdrehen der gesamten Mannschaft einbringt. Zum Glück lässt sich Ella von solchen Reaktionen nicht beeindrucken; und ich bin so dankbar für die beruhigende Berührung, dass ich einen Stich in der Brust spüre.

»Was ist los?«, sagt Ella zu Nouria. »Vielleicht kann ich auch helfen.«

Ich merke einen Anflug von Sorge bei Nouria, aber sie hat sich immer eindrucksvoll unter Kontrolle, es ist ihr nicht anzusehen. Sie grinst nur und sagt: »Ich glaube, du hast heute genug zu tun. Warner und ich müssen nur kurz etwas klären. *Unter vier Augen.*«

Letzteres sagt sie mit so bedeutungsvollem Unterton, als ginge es um die Hochzeit. Ich sehe Nouria forschend an, aber sie weicht meinem Blick aus.

Ich wende mich Ella zu, weil sie meine Hand gedrückt hat. *Alles okay mit dir?*, fragt sie mich stumm.

Das hat sie in letzter Zeit häufig gemacht – sie spricht mit ihren Gedanken und Gefühlen zu mir.

Einen Moment lang starre ich sie wortlos an. In mir tobt ein emotionaler Tumult, ein chaotischer Mix aus Angst, Freude, Liebe, Panik. Ich beuge mich vor, küsse Ella zärtlich auf die Wange. Ihre Haut ist so seidig weich, dass meine Lippen dort verweilen wollen, obwohl mir das genervte Schnaufen der ganzen Truppe nicht entgeht.

In letzter Zeit habe ich überdies eine Angst entwickelt, Ella zu berühren.

Seit wir aus Ozeanien geflohen sind, habe ich kaum mehr getan, als sie in den Armen zu halten. Auf dem Rückflug ist sie fast gestorben. Sie war schon extrem geschwächt, als wir Emmaline fanden. Weil Ella ihre gesamte Kraft hatte aufwenden müssen, um sich gegen das zerstörerische Programm zur Wehr zu setzen, das Besitz von ihrem Gehirn ergreifen wollte, war sie bereits extrem geschwächt gewesen. Zu allem Überfluss hatte sie sich auch noch Andersons Apparatur aus dem Arm gerissen, was eine große klaffende Wunde verursacht hatte. Sie blutete noch immer aus Ohren, Nase, Augen und Mund, nachdem sie Max' Lichtbann durchbrochen hatte, und hatte schwere Hautverletzungen an den Fingern. Zu diesem Zeitpunkt war sie so schwach, dass auch die von Evie angelegten Verstärkungen versagten. Außerdem war Ella unglücklich gefallen, als sie aus dem Lichtbann zu Boden gestürzt war, und hatte sich den Oberschenkel gebrochen. Mit letzter Kraft hatte sie dann ihre Schwester getötet und das Kapitol von Ozeanien in Brand gesteckt.

Als im Flugzeug mein Adrenalinrausch nachließ und ich zum ersten Mal den Knochen bemerkte, der sich durch Ellas Hosenbein bohrte –

Diese Erinnerung möchte ich lieber für immer vergessen.

Die nächsten Stunden waren grauenvoll. Auf dem Rückflug hatten wir weder unsere Heilerinnen bei uns noch ausreichend Schmerzmittel, lediglich ein Erste-Hilfe-Set. Ella hatte enorm viel Blut verloren und so mörderische Schmerzen, dass sie bewusstlos wurde, und ich war mir ziemlich sicher, dass sie noch vor der Landung sterben würde. Dass sie diesen entsetzlichen Flug überlebt hat, war das reinste Wunder.

Als wir endlich im Refugium angekommen waren, legten Tana und Randa, unsere Heilerinnen, sofort los, machten aber keine Versprechungen; auch als die Wunden nach und nach verheilten, war Ella nicht ansprechbar, öffnete die Augen nicht.

Tagelang war nicht klar, ob sie durchkommen würde.

»Aaron«, sagt sie jetzt.

*»Geheimnisse«*, flüstere ich und zwinge mich, sie loszulassen. »Nichts Beunruhigendes.«

Sie schaut mir forschend in die Augen, und ich spüre, wie Glück und Zweifel in ihr um die Oberhand ringen.

»Gute Geheimnisse?«, fragt sie hoffungsvoll.

Mir geht das Herz auf beim sanften Klang ihrer Stimme, dem vertrauensvollen Lächeln. Ich bewundere immer wieder die Komplexität und Lebendigkeit ihrer Gefühle, nachdem sie so viel Grausamkeit und Brutalität durchmachen musste.

Ella verfügt über enorme seelische Stärke; dagegen bin ich der reinste Waschlappen.

Ich habe schon vor langer Zeit den Glauben an die Menschheit, an die Welt verloren. Ella dagegen bewahrt sich – obwohl sie so viel Blutvergießen und Düsternis erleben musste – den Glauben an die Menschen und die Hoffnung. Sie strebt unermüdlich nach einer besseren Zukunft. Und ist immer freundlich und hilfreich im Umgang mit den Menschen, die sie liebt.

Für mich ist es nach wie vor kaum zu glauben, dass ich zu diesen Menschen zähle.

Ich spüre jetzt deutlich Castles und Nourias wachsende Ungeduld, was meine Laune weiter verschlechtert; aber schließlich werfe ich Ella noch ein Lächeln zu und wende mich – ohne ihre Frage beantwortet zu haben – zum Gehen. Keine Ahnung, was Nouria von mir will, aber ich vermute stark, dass es nicht Erfreuliches ist. Wahrscheinlich ist Ellas Leben auf irgendeine Weise bedroht, an die noch keiner gedacht hat.

Allein bei diesem Gedanken packt mich wieder lähmende Angst.

Meine Hände fangen zu zittern an, ich stecke sie in die Hosentaschen. Jetzt ist zögerndes Bellen zu vernehmen, dann höre ich das Klacken von Krallen, als der räudige Hund sich an meine Fersen heftet. Ich schließe einen Moment lang die Augen.

Dieser Ort ist der reinste Zoo.

Obwohl ich die Wichtigkeit unserer Arbeit natürlich anerkenne, finde ich mittlerweile ehrlich gesagt alles und jeden hier unerträglich.

Ich bin erschöpft.

Ich will nichts so sehr wie mit Ella aus diesem ganzen Theater entfliehen. Vor allem will ich, dass sie endlich in Sicherheit ist. Ich will, dass niemand sie mehr umbringen möchte. Zum ersten Mal wünsche ich mir nur eines: in Ruhe und Frieden zu leben. Von niemandem mehr gebraucht zu werden außer von meiner Frau.

Aber mir ist klar, dass diese Wünsche absolut unrealistisch sind.

Ich sehe mich noch ein letztes Mal nach Ella um, aber leider landet mein Blick stattdessen auf Kenji. Dessen Gedanken so laut sind, dass ich sie nicht überhören kann. Mich packt sofort die Wut, als mir klar wird, dass er mir folgen wird.

Wenn ich zwischen ihm und diesem Hund als Verfolger wählen dürfte, würde ich allemal das verwahrloste Tier wählen.

Adam, der das Geschehen beobachtet hat, lacht und sagt etwas zu Winston, das ich nicht hören kann. Die beiden haben sichtlich ihren Spaß an dem Chaos, das mein Leben ist.

Ergeben folge ich schließlich Castle und Nouria, die zweifellos das Büro ansteuern – das von allen »Einsatzzentrale« genannt wird und wo wir schon etliche von Nouria und Sam geleitete Sitzungen abgehalten haben.

Und prompt taucht wie erwartet Kenji neben mir auf und marschiert den unkrautüberwucherten Pfad entlang. Am Rande erscheinen irgendwelche Figuren, deren Gefühle mir auf die Nerven gehen. Einige Leute betreiben infolge einer verzerrten Wahrnehmung meiner Person immer noch eine Art bescheuerte Heldenverehrung. Aber die sehen nur mein Gesicht. Meinen Körper.

Ich finde diese Wahrnehmung bedrängend. Und Kenjis Ärger höre ich gerade so überdeutlich, dass ich Kopfschmerzen davon bekomme. Aber immer noch besser Ärger als Trauer, sage ich mir.

Kollektive Trauer einer Menschenmenge ist nicht auszuhalten.

»Ganz ehrlich – ich hatte geglaubt, du seist jetzt endlich kein Arschloch mehr, seit J wieder bei uns ist«, sagt Kenji trocken. »Aber jetzt merke ich, dass sich rein gar nichts geändert hat. Alle meine Versuche, dein beschissenes Verhalten zu verbessern, waren umsonst.«

Ich höre den Hund hecheln.

Dann bellt er.

»Und jetzt reagierst du also nicht mal, oder wie?« Kenji schnaubt erbost. »Warum? Warum benimmst du dich so? Das muss doch echt nicht sein!«

Manchmal sehne ich mich so sehr nach Stille, dass ich dafür morden würde. Stattdessen schotte ich mich ab, versuche, so viele Stimmen auszublenden wie irgend möglich. Früher hatte ich es leichter. Als Oberkommandeur und Regent von Sektor 45 ließ man mich in Ruhe. In Omega Point verbrachte ich einen großen Teil der Zeit in Einzelhaft. Und als wir dann das Hauptquartier vom Sektor 45 übernahmen, hatte ich meine privaten Räume.

Aber hier im Refugium drehe ich langsam durch.

Ich fühle mich regelrecht bombardiert von den Emotionen

anderer und kann diesem höllischen Zustand nicht entkommen. Ella verbringt gern Zeit mit diesen Leuten, und die wiederum machen am liebsten alles im Rudel. Die Mahlzeiten werden gemeinsam im Hauptzelt eingenommen. Abends hängen alle zusammen im Ruhezelt herum, wo es niemals ruhig ist. In der Schlacht wurden etliche Unterkünfte beschädigt oder zerstört, sodass viele Leute während der Aufbauarbeiten zusammenwohnen müssen. Nouria und Sam waren so nett, uns Ellas ehemaligen Raum auf der Krankenstation zur Verfügung zu stellen; das war die einzige Option, um uns das Hausen mit anderen zu ersparen. Dafür riecht unser Zimmer nach Desinfektionsmitteln und erinnert an Tod. Es gibt nur ein einziges schmales Krankenbett, wegen dem Ella und ich jeden Abend Debatten haben. Trotz meines leidenschaftlichen Protests besteht sie darauf, dass ich das Bett bekommen soll, während sie am Boden schlafen will.

Das war das einzige Mal, dass ich wirklich wütend auf sie war.

Ich habe nichts dagegen, auf dem kalten Boden zu schlafen. Ich kann Unbequemlichkeit gut aushalten. Was ich aber unerträglich finde, ist, jede Nacht wach zu liegen und mit den Schmerzen und dem Leid derer konfrontiert zu sein, die noch nicht genesen sind. Weil es mich an diese entsetzlichen zehn Tage erinnert, in denen ich in diesem Zimmer gestanden und darauf gewartet habe, dass Ella wieder zum Leben erwacht.

Dieses extreme Bedürfnis nach Stille treibt mich allmählich zum Wahnsinn. Wenn ich könnte, würde ich diesen Anteil von mir einfach töten.

*»Fass mich nicht an!«*, sage ich barsch, weil ich spüre, dass Kenji die Absicht hat, gleich meine Schulter oder meinen Arm zu berühren. Ich muss mich enorm beherrschen, um ihn nicht körperlich abzuwehren.

»Und warum musst du so etwas sagen?«, erwidert er gekränkt. »Warum unterstellst du mir, dass es mir *Spaß macht*, dich zu berühren? Ich will nur dafür sorgen, dass du mir endlich zuhörst.«

»Also, was willst du von mir, Yamamoto?«, sage ich barsch. »Ich lege keinen Wert auf deine Gesellschaft.«

Sein Schmerz ist so massiv, dass es mir vorkommt, als würde er eine Delle in meiner Brust hinterlassen. Und prompt schäme ich mich. Ich versuche inständig, nicht darauf zu achten, aber –

Ella liebt diesen Idioten nun mal.

Ich bleibe abrupt stehen. Der Hund prallt an mein Bein, wedelt begeistert mit dem Schwanz und bellt dann wieder. Ich hole tief Luft, starre auf einen Strauch.

Dann sage ich, freundlicher: »Also, worum geht es?«

Es dauert einen Moment, weil Kenji seine Gefühle niederringen muss. Schließlich sagt er, ohne mich anzusehen: »Ich wollte dir nur mitteilen, dass ich ihn habe.«

Ich erstarre, meine Wahrnehmung verstärkt sich. Langsam wende ich mich Kenji zu. Und plötzlich nehme ich auch Kenji Yamamoto viel deutlicher wahr als gewöhnlich: die müden Augen, die gebräunte Haut, die dicken schwarzen Augenbrauen, das glänzende Haar, das dringend geschnitten werden müsste. Den verblassenden Bluterguss an seiner Schläfe, die verbundene linke Hand. Ich höre das Rascheln von Blättern, sehe ein Eichhörnchen unter einen Busch springen, was den Hund zu einer Bellsalve veranlasst.

»Du hast was?«, frage ich vorsichtig.

»Ach, jetzt bist du plötzlich interessiert?« Kenji sieht mich mit zusammengekniffenen Augen an. »Bist bereit, mich als menschliches Wesen zu betrachten? Weißt du, was? Da scheiß ich drauf. Keine Ahnung, wieso ich überhaupt noch irgendetwas für dich tue.«

»Du tust es nicht für mich.«

Kenji schnaubt gereizt, wendet den Blick ab, sieht mich dann wieder an. »Ja, sie verdient schließlich einen schönen Ring, oder? Du elender Nichtsnutz. Wer macht denn bitte ohne Ring einen Heiratsantrag?«

»Ich darf dich daran erinnern, dass du dich gegenwärtig nicht in der Position befindest, dich als moralisch überlegen aufzuspielen«, sage ich schneidend. »Nachdem du ihr Hochzeitskleid *ruiniert* hast.«

»Das war ein Versehen!«, verteidigt sich Kenji. »Ein Missgeschick!«

»Dein ganzes Dasein ist ein Missgeschick.«

»Oh, wow.« Er wirft die Hände in die Luft. »Ha, ha. Echt reife Reaktion.«

»Hast du ihn nun oder nicht?«

»Ja. Ich hab ihn.« Kenji steckt die Hände in die Hosentaschen. »Aber weißt du, wo ich jetzt so darüber nachdenke … vielleicht sollte ich ihn ihr selbst überreichen. Weil ich nämlich alles für dich erledigt habe. *Ich* habe Winston gebeten, ihn zu entwerfen. *Ich* war derjenige, der jemanden gefunden hat, der das verdammte Ding angefertigt hat –«

*»Weil ich nicht von ihrer Seite weichen wollte, während sie leblos auf der Krankenstation lag!«* Ich bin kurz davor, zu brüllen, was Kenji nicht entgeht. Er tritt einen Schritt zurück, beäugt mich.

Ich bemühe mich um ein Pokerface, aber zu spät.

Während Kenji mich anstarrt, spüre ich, dass sein Zorn verraucht. Aber ich bin immer noch wütend.

Er kapiert es einfach nicht. Dass ich ihn ständig umbringen will, liegt nicht an seiner Dummheit – sondern an seinem permanenten Mitgefühl.

Ich trete auf ihn zu, sagte gedämpft: »Wenn du wirklich glaubst, ich bin blöde genug, dir das zu erlauben, hast du mich eindeutig unterschätzt, Yamamoto. Ich darf dich nicht umbringen, aber ich kann dir locker das Leben zur Hölle machen.«

Er grinst schief. »Ich gebe ihr den Ring nicht, Mann. Würde ich niemals tun. Hab dich nur verscheißert.«

Ich starre ihn an. Kann kaum sprechen, weil ich ihn schon wieder am liebsten erwürgen würde. »Du hast mich nur *verscheißert*? Findest du so was etwa witzig?«

»Ach Mann, ehrlich, du bist einfach zu ernsthaft.« Er verzieht das Gesicht. »Juliette hätte das witzig gefunden.«

»Wenn du das glaubst, kennst du sie nicht gut genug.«

»Egal.« Kenji verschränkt die Arme vor der Brust. »Ich kenne sie länger als du, Arschloch.«

Jetzt wird meine Wut so übermächtig, dass ich wirklich kurz davor bin, Kenji zu attackieren. Was er wohl spürt, denn er macht hastig einen Rückzieher.

»Nein, nein, du hast schon recht«, sagt er und deutet auf mich. »Mein Fehler, Bro. Hab gerade nicht an diese Sache mit dem gelöschten Gedächtnis gedacht. Ich meinte ja nur, dass – ich kenne sie eben auch, versteht du?«

»Du hast noch fünf Sekunden Zeit, um zum Punkt zu kommen.«

»Schau mal, und wer sagt denn so etwas?«, erwidert Kenji, erneut in Rage. »Was soll das überhaupt heißen? Was willst du denn nach fünf Sekunden tun? Und wenn ich gar keinen Punkt habe? Obwohl … nee, ich habe tatsächlich einen. Mein Punkt ist: Ich hab die Schnauze voll von alldem. Von deiner Haltung. Davon, ständig dein miserables Benehmen zu rechtfertigen. Ich habe mir wirklich eingebildet, du würdest dir jetzt mehr Mühe geben – für J, nach allem, was sie durchgemacht hat –«

»Ich weiß nur allzu gut, was sie durchgemacht hat«, sage ich finster.

»Ach, wirklich?«, erwidert Kenji mit gespieltem Erstaunen. »Dann weißt du ja vielleicht auch Folgendes«, er hebt dramatisch die Hände, »*Eilmeldung*: Sie ist ein durch und durch liebenswerter Mensch. Andere Menschen liegen ihr am Herzen. Sie droht nicht ständig damit, jemanden umzubringen. *Und sie mag meine Scherze.*«

»Sie hat eben eine soziale Ader.«

Kenji schnaubt erbost und schaut hilfesuchend zum Himmel auf. »Ich hab mich echt bemüht, weißt du – aber ich verstehe einfach nicht, was sie an dir findet. Sie ist – sie ist wie Sonnenschein. Und du wie eine dunkle drohende Gewitterwolke. Sonne und Regen passen nicht –«

Kenji unterbricht sich und blinzelt.

Ich gehe weiter, bevor er seinen Gedanken zu fassen bekommt. Es lohnt sich nicht, den Rest dieses Satzes zu hören.

»Oh mein Gott«, sagt er plötzlich laut. *»Oh mein Gott.«*

Ich gehe schneller.

»Hey! Lauf nicht vor mir weg, wenn ich dir gerade etwas Tolles sagen –«

»Wage es nicht –«

»Und ob ich das sagen werde, Mann. Das muss sein.« Kenji rennt mir nach und verstellt mir den Weg. Geht rückwärts vor mir hier und grinst wie ein Vollidiot.

»Hab mich geirrt«, sagt er und zeichnet mit den Händen ein Herz in die Luft. »Sonne und Regen ergeben zusammen einen Regenbogen.«

Ich bleibe abrupt stehen. Schließe die Augen.

»Echt, ich könnte kotzen«, sagt Kenji, noch immer lächelnd. »Du widerst mich ja so was von an.«

Mein Ärger hält sich in Grenzen, weil ich klar und deutlich spüre, dass Kenjis Worte nicht der Wahrheit entsprechen. Er freut sich aufrichtig für uns.

Vor allem für Ella.

Diese Erkenntnis versetzt mir einen Stich ins Herz. So viele Leute sind Ella in Liebe ergeben. Es ist schwierig, überhaupt einen einzigen Menschen zu finden, der einem bedingungsloses Glück wünscht – doch bei ihr sind es viele.

Sie hat sich eine eigene Familie geschaffen.

Ich existiere am Rand dieses Phänomens: Bin mir darüber im Klaren, dass ich ihr Licht mit meiner Dunkelheit verschatte, bin ständig besorgt, dass sie mich als ungenügend empfinden könnte. Ihre Freundschaften haben große Bedeutung für sie; das weiß ich schon lange, und ich habe mich um ihrer willen bemüht, umgänglicher zu sein. Freundlicher. Ich protestiere nicht, wenn sie mit diesen Menschen Zeit verbringen will; schlage nicht mehr vor, dass wir zu zweit auf unserem Zimmer essen sollen. Ich bin an ihrer Seite, sitze ruhig neben ihr, wenn sie mit Leuten plaudert und lacht, deren Namen ich mir nicht mal merken kann. Ich beobachte, wie sie in Gesellschaft dieser Menschen aufblüht, während ich mich bemühe, deren Stimmen auszublenden, damit in meinem Kopf Ruhe herrscht. Und ich fürchte ständig, dass es mir trotz meiner Bemühungen nicht gelingen wird, so zu sein, wie sie mich haben möchte.

Es ist nämlich wahr: Ich bin unausstehlich.

Und frage mich, ob es nur eine Frage der Zeit ist, bis Ella selbst zu dieser Erkenntnis kommt.

Ich fühle mich schlagartig erschöpft.

»Gib mir jetzt den Ring, oder lass mich in Ruhe«, sage ich matt. »Nouria und Castle warten auf mich.«

Kenji erspürt die Veränderung in meiner Stimmung und reagiert ausnahmsweise mit angemessener Ernsthaftigkeit. Zuerst sieht er mich unangenehm lange an. Dann greift er in seine Tasche und bringt ein dunkelblaues Samtetui zum Vorschein.

Das er mir hinhält.

Ich empfinde einen unangenehmen Anfall akuter Nervosität, als ich das Etui betrachte. Dann schließen sich meine Finger um das Kästchen, und mein Blick verliert sich in der Ferne.

Ich hatte nicht damit gerechnet, dass ich mich so fühlen würde wie jetzt.

Das Herz schlägt mir bis zum Hals, ich komme mir vor wie ein aufgeregtes Kind. Und wünsche mir zum einen, dass Kenji nicht Zeuge dieses Zustands wäre, und zum anderen, dass mir der Inhalt dieses Etuis nicht so unfassbar wichtig wäre. Aber es ist nun mal so.

Mir liegt unglaublich viel daran, dass er Ella gefällt.

Schließlich öffne ich behutsam den Deckel, klappe eine Lasche weg, und die kostbaren Objekte darin glitzern und funkeln, bevor ich sie richtig erkenne, verströmen farbiges Licht. Ich wage es nicht, sie herauszunehmen, betrachte sie nur mit klopfendem Herzen.

Ich könnte mich nicht für einen von beiden entscheiden.

Kenji hatte mir gesagt, zwei Ringe seien albern. Aber da ich selten etwas auf seine Meinung gebe, habe ich auch nicht darauf geachtet. Jetzt allerdings, da ich die Ringe vor Augen habe, frage ich mich, ob Ella das womöglich auch absurd findet. Der eine soll der Verlobungsring, der andere der Ehering sein – aber sie sind beide umwerfend schön, so unterschiedlich sie auch sind.

Der goldene Verlobungsring ist traditioneller – schlicht, schmal und elegant. In der Mitte sitzt ein einziger Stein, der aus einem alten Ring stammt und in dem ich auf Anhieb Merkmale von Ella dargestellt fand: Er ist zart und kraftvoll zugleich. Der Goldschmied hatte mir eine Auswahl an Juwelen aus unterschiedlichen Stilepochen geschickt. Und mich hatte sofort die außergewöhnliche Aura eines handgeschliffenen Diamanten fasziniert. Er war schon vor sehr langer Zeit bearbeitet worden und deshalb nicht ganz makellos, aber mir gefiel, dass er nicht mit einer Maschine geschliffen worden war. Einen stumpfen, aber unzerstörbaren Stein zu glitzernder Schönheit zu erwecken, fand ich eine passende Geschichte für Ella.

Kenji hatte mir versichert, dass es tatsächlich einen Prinzess-Schliff bei Diamanten gebe, was er für Ella witzig gefunden hätte, weil es ihn an seinen lächerlichen Kosenamen für sie erinnerte. Ich erklärte ihm klipp und klar, dass ich null Interesse an einem Ring hätte, der an so etwas Albernes erinnert; außerdem will ich nicht, dass meine Frau beim Anblick ihres Verlobungsrings an einen anderen Mann denkt. Und mir gefiel die eckige Form dieses Schliffs überhaupt nicht – zu kantig und hart, was gar keine Ähnlichkeit mit Ella hatte.

Ich trug dem Juwelier auf, den Diamanten in filigranes Mattgold zu fassen, und der zarte Ring selbst sollte eine Zweigform haben. Dieses Design wiederholt sich im Ehering: ein zarter Zweig mit zwei eingefassten einander gegenüberliegenden Smaragdblättern.

»Echt wunderschön, Mann. Sie wird's lieben.«

Ich klappe das Etui zu, lande abrupt wieder in der Wirklichkeit. Als ich aufschaue, beobachtet mich Kenji nachdenklich, und ich fühle mich unter seinem Blick so rasend unwohl, dass ich mir überlege, unsichtbar zu werden.

Was ich dann auch tue.

»Mistkerl«, sagt Kenji wütend. Streicht sich mit beiden Händen durchs Haar, starrt auf die Stelle, an der ich gestanden habe. Ich stecke das Etui in meine Hosentasche und gehe weiter.

Der Hund bellt zweimal.

»Mal wieder so was von erwachsen, dein Benehmen, Bro«, ruft Kenji mir nach. »Echt nett.« Dann fügt er giftig hinzu: »Und übrigens: *Gern geschehen*, du Scheusal.«

Der Hund folgt mir bellend bis zur Einsatzzentrale.

# 4

Der naturbelassene Holztisch trägt die Spuren seines langen Lebens, wurde berührt von den Händen zahlloser Menschen, die für die Revolution kämpften. Ich betaste mit den Fingerspitzen die Rillen und Furchen im Holz, und das leise Ticken einer Wanduhr bestätigt mir, was ich ohnehin schon weiß: dass ich bereits viel zu lange hier bin. Jede weitere Sekunde triebt mich weiter in den Wahnsinn.

»Warner –«

»Kommt nicht infrage«, sage ich entschieden.

»Wir haben es doch noch nicht einmal ausführlich besprochen. Du solltest den Vorschlag nicht von vornherein ablehnen«, erwidert Nouria. Trotz ihres ausdruckslosen Tonfalls spüre ich ihre Gereiztheit. Nouria gelingt es nie, vor mir zu verbergen, dass sie mich nicht leiden kann.

Ich schiebe lautstark meinen Stuhl zurück, um aufzustehen. Ich sollte mir wahrscheinlich Sorgen darüber machen, dass ich sehr häufig an Mord als Lösung meiner Probleme denke. Aber ich habe jetzt keine Zeit, das zu analysieren.

Die haben mich von Ella weggeholt für *das hier*.

»Ich habe meine Haltung zu diesem Thema bereits deutlich gemacht.« Ich schaue zur Tür. »Und daran hat sich nichts geändert.«

»Ich verstehe dich«, sagt Nouria. »Du machst dir Sorgen um ihre Sicherheit – das tun wir alle. Aber wir brauchen auch dringend Hilfe hier. Deshalb müssen wir die Regeln etwas verändern.«

Als ich Nouria jetzt ansehe, weiß ich, dass meine Augen lodern vor Zorn. Zugleich nehme ich den Raum wahr, in dem wir uns befinden: dunkle Wände, alte Landkarten, ein schiefes Bücherregal, in dem Kaffeebecher mit Macken stehen. Die Luft riecht abgestanden. Die Atmosphäre ist trist, und die Sonnenstrahlen, die durchs Fenster fallen, erzeugen zugleich düstere Schatten.

Wir haben zwar die Macht übernommen, damit aber auch eine enorm schwierige Situation.

Diejenigen, die unter dem Reestablishment zufrieden gelebt haben, verursachen jede Menge Probleme: missachten Befehle; weigern sich, ihre Posten zu verlassen; führen sich in ihren Sektoren auf, als hätten sie noch immer die Herrschaft. Uns fehlt es an Ressourcen, um all diese Personen aufzuspüren – von denen die meisten auch wissen, dass man sie verhaften und für ihre Verbrechen bestrafen würde –, und während einige so dreist sind, in ihren Ämtern zu bleiben, sind andere klug genug, um abzutauchen und aus dem Untergrund Söldner für Spionage und Attentate anzuheuern. Diese ehemaligen Anführer haben sich verschworen, rekrutieren Elitesoldaten und versuchen, uns zu infiltrieren, um unser System aus dem Inneren heraus zu zerstören. Sie sind vermutlich die größte Bedrohung für unsere Ziele.

Und beunruhigen mich extrem.

Ich spreche darüber kaum mit Ella, weil sie sich erst vor so kurzer Zeit erholt hat. Aber unsere Regierung steht auf wackligen Füßen. Die Geschichte hat uns gezeigt, dass Revolutionen oft scheitern – sogar nachdem der Sieg errungen wurde –, weil Rebellen oft nicht imstande sind, die notwendigen Anforderungen dessen, wofür sie gekämpft haben, umzusetzen. Und, noch schlimmer: Nicht selten sind sie fürs Regieren völlig ungeeignet. Dieses Problem hatte ich immer schon mit Castle – und jetzt habe ich es mit Nouria und Sam.

Wer für eine Revolution kämpft, ist häufig naiv.

Versteht nicht, wie die Welt wirklich funktioniert oder wie schwierig es ist, die Ansprüche und Bedürfnisse von zahllosen Menschen zu erfüllen. Es ist ein täglicher Kampf, die Führung nicht aus der Hand zu geben, und ich liege oft wach, weil ich über mögliches Unheil nachdenke, das unsere Feinde anrichten könnten, und an den Hass, den sie vermutlich gegen uns schüren werden.

Dennoch weigern sich meine eigenen Verbündeten, mir zu vertrauen.

»Ich weiß, dass wir Hilfe brauchen«, erwidere ich kalt. »Ich bin schließlich nicht blind. Aber die Regeln in dieser Hinsicht zu verändern, bedeutet, Juliettes Leben aufs Spiel zu setzen. Wir können es uns nicht erlauben, Zivilisten hier hereinzubringen –«

»Du erlaubst uns ja nicht einmal Soldaten!«

»Das ist nicht wahr!«, widerspreche ich vehement. »Ich hatte nie Einwände dagegen, zusätzliche Soldaten anzustellen, um das Gelände zu sichern.«

»Von außen, ja. Aber du hast dich geweigert, sie ins Innere des Refugiums –«

»Ich habe mich gar nicht geweigert. Und ich gebe hier keine Befehle, Nouria. Falls du das vergessen hast: Juliette hatte das angeordnet –«

Castle räuspert sich. »Mit allem Respekt, Mr Warner«, sagt er, »uns allen ist bewusst, wie sehr Ms Ferrars Ihre Meinung zu schätzen weiß. Wir hatten gehofft, dass Sie sie umstimmen könnten.«

Ich fahre herum, sehe ihn an. Und mir fällt plötzlich auf, wie sehr er in kurzer Zeit gealtert ist. Seine Dreadlocks werden grau, seine bronzefarbene Haut wirkt faltiger als noch vor Kurzem. Die vergangenen Monate haben an uns allen gezehrt.

»Sie wollen, dass ich Juliette überrede, ihr eigenes Leben zu riskieren? Sind Sie verrückt geworden?«

»Hey«, schnauzt Nouria mich an. »Bleib respektvoll!«

Ich merke, wie ich innerlich erstarre. Der erste Impuls ist, wie früher zur Waffe zu greifen. Es kostet mich enorme Überwindung, überhaupt zu sprechen. »Als Erstes erlaubst du dir, mich an meinem Hochzeitstag von meiner Verlobten wegzuholen. Und als Nächstes verlangst du von mir, Personen ohne Sicherheitskontrolle an dem einzigen sicheren Ort zuzulassen, den Ella *auf der ganzen Welt* hat –«

»Die wären nicht unkontrolliert!« Jetzt verliert Nouria die Beherrschung und springt auf. Wenn sie wütend ist, beginnt ihre Haut durch ihre Superkraft leicht zu leuchten, bekommt einen fast außerirdischen Schimmer.

»*Du* sollst diese Personen nämlich checken«, sagt sie und deutet auf mich. »Weil du durch deine Kraft feststellen kannst, ob sie bedrohlich sind oder nicht. Und genau das ist der Zweck dieses Gesprächs. Wir erhoffen uns deine Mitarbeit.«

»Soll ich denen dann vierundzwanzig Stunden am Tag folgen, oder wie? Oder dachtest du, ich mache einmal einen Check, und das reicht dann aus?«

»Natürlich nicht vierundzwanzig Stunden«, antwortet Nouria. »Diese Helfer würden nicht hier wohnen … es wären Teams, die tagsüber bei den Aufbauarbeiten helfen und –«

»Wir sind gerade mal zwei Wochen an der Macht«, unterbreche ich sie. »Hältst du es im Ernst für sinnvoll, Fremde an unserem Rückzugsort zuzulassen? Meine Kräfte sind keineswegs unfehlbar. Es gibt Leute, denen es gelingt, ihre wahren Gefühle vor mir zu verbergen.« Als ich weiterspreche, klingt meine Stimme härter. »Das ist bereits vorgekommen. Mir können durchaus Fehler unterlaufen. Das heißt also, ich tauge nicht als hundertprozentige Absicherung gegenüber Unbekannten. Was auch bedeutet, dass dein Plan nicht durchführbar ist.«

Nouria seufzt. »Ich gebe zu, dass es diese kleine Lücke in dem Plan gibt. Aber sie ist winzig, und ich finde, wir sollten es dennoch probie–«

»Auf gar keinen Fall.«

»Mr Warner.« Castles Stimme klingt ruhig und eindringlich zugleich. »Uns ist bewusst, dass wir Ihnen viel abverlangen. Und wir wollen Sie keineswegs unter Druck setzen. Sie sind unverzichtbar. Keiner von uns kennt sich mit den Interna des Reestablishment so gut aus wie Sie. Keiner von uns kann das System von innen heraus besser analysieren als Sie. Unsere Wertschätzung für Sie als Teammitglied ist enorm hoch. Aber Sie sollten verstehen, dass wir keinen Handlungsspielraum mehr haben. Die Situation ist kritisch, und wir brauchen Ihre Unterstützung.«

»Und das ist Ihr Plan?« Ich muss mich zusammennehmen, um nicht laut zu lachen. »Sie beide glauben wirklich, Sie könnten mich mit dieser Good-Cop-Bad-Cop-Nummer weichklopfen?« Ich schaue Nouria an. »Wobei du der Bad Cop bist, vermute ich mal?«

»Es gibt unfassbar viel zu tun«, erwidert Nouria aufgebracht. »Wir schaffen es nicht mal, unsere Unterkünfte schnell genug wieder aufzubauen. Unsere Leute brauchen Privatsphäre und Räume, in denen sie ruhig schlafen können. Die Kinder müssen wieder Unterricht bekommen. Und wir können nicht mehr endlos Generatoren zur Stromerzeugung benutzen und uns von Fertigmahlzeiten ernähren.« Sie gestikuliert so heftig, dass sie versehentlich einen Papierstapel vom Tisch stößt. »Wir können kaum unsere eigenen Leute im Refugium versorgen – wie sollen wir uns dann um die Menschen von Sektor 241 und den anderen Sektoren kümmern?«

Einen Moment lang fällt die Fassade, und ich spüre das ganze Ausmaß von Nourias Verzweiflung.

»Wir sind am Anschlag«, sagt sie leise und streicht sich übers Gesicht. »Wir brauchen dringend Hilfe. Haben zu viele von uns in der Schlacht verloren. Hier ist zu vieles kaputt, der Aufbau geht zu langsam voran. Und die Augen der gesamten Welt sind jetzt auf uns gerichtet. Wir brauchen Teams, die uns hier unterstützen und für uns arbeiten. Wenn das nicht zeitnah passiert, gehen wir unter.«

Ich schweige einen Moment.

Sie hat natürlich recht – die Zustände im Refugium sind verheerend. Und der gesamte Planet sieht nicht besser aus. Ich habe Haider, Stephan, Lena und die Zwillinge bereits in ihre Kontinente zurückgeschickt, damit sie vor Ort das Chaos eindämmen. Nasira ist als Einzige von den Kindern der ehemaligen Obersten Befehlshaber hiergeblieben. Mit der Begründung, ihr Bruder Haider käme gut allein klar und sie wolle an meiner Hochzeit teilnehmen. Was mir schmeicheln würde, wenn ich nicht wüsste, dass sie lügt.

Sie will einfach nur bei Kenji bleiben.

Dennoch bin ich dankbar für ihre Anwesenheit. Nasira ist klug und kompetent und war in den letzten Wochen eine enorme Hilfe hier. Wie Nouria richtig sagt: Das Refugium ringt darum, seine eigenen Leute zu versorgen, aber währenddessen schaut die ganze Welt auf uns und wartet darauf, wie es weitergeht.

Oder vielmehr: schaut auf *Ella*.

Aber die wenigsten wissen, dass sie erst seit vier Tagen wieder bei Bewusstsein ist. Als sie endlich wieder zu sich kam, musste sie sofort mit der Arbeit beginnen. Die ganze Welt wartete auf den Beweis, dass sie am Leben ist, und trotz meiner massiven Proteste absolvierte Ella einige öffentliche Auftritte, hielt Reden, sprach über die Zukunft. Sie bestand auf der Gründung eines Komitees, das die dringendsten Aufgaben in Angriff nehmen soll: den Aufbau von Städten, Schulen, Krankenhäusern. Die Organisation der Infrastruktur. Die Schaffung von Arbeitsplätzen.

Weltweit.

Dennoch war kaum Zeit, um über das alles in Ruhe nachzudenken. Ich war fast pausenlos damit beschäftigt, an Ellas Seite zu sein und die dringlichsten Aufgaben zu erledigen. Wenn ich ehrlich mit mir bin, muss ich zugeben, dass Kenjis Patzer – das falsche Gebäude abzureißen – vermutlich kaum zu vermeiden war. Es gibt so viel Arbeit und viel zu wenige Mitarbeiter, da werden Details leicht übersehen.

Das heißt: Wir machen viele Fehler.

Und schon die alltäglichen Aufgaben nehmen zu viel Zeit in Anspruch. Hütten aufbauen, Gras mähen, Essen machen, abspülen. Sobald Ella wieder auf den Beinen war, zerrte sie mich mit in die Küche, klatschte mir zweifelhaft aussehende Gummihandschuhe an die Brust, streifte selbst welche über, die sehr schmuddlig waren, und lächelte beim Anblick eines Topfs mit klebrigen Überresten von Haferbrei, als sei das ein Geschenk. Wäre Ella ein Haus, dann wäre sie eine wunderschöne Villa mit vielen Räumen und Türen, die alle jederzeit offen stehen.

Ich dagegen wäre ein Spukhaus, von Geistern heimgesucht.

*»Und ich möchte dich daran erinnern«*, Nourias gereizte Stimme bringt mich in die Realität zurück, »dass du nicht der einzige Mensch unter der Sonne bist, der eine Hochzeit

plant. Ich bedaure, dass du offenbar nicht mal imstande bist, von deiner Verlobten lange genug getrennt zu sein, um ein kurzes dringendes Gespräch über Rettungsmaßnahmen für die Welt zu führen. Aber wir müssen weitermachen, Warner, auch wenn das bedeutet, dass du dein privates Glück zurückstellen musst.«

Ihre Worte berühren einen heiklen Punkt.

»Das ist wahr«, erwidere ich tonlos. »Es gibt kaum Menschen, denen mein privates Glück jemals wichtig war. Ich erwarte nicht, dass du eine Ausnahme von dieser Regel bist.«

Diese Aussage bereue ich, sobald ich sie ausgesprochen habe.

Ich wappne mich innerlich, während Nouria diese unerwartet emotionale Äußerung verarbeitet. Sie schaut zur Seite, betroffen, jedoch auch wütend. Ihr Zorn gewinnt schließlich die Oberhand, aber als sie mich wieder ansieht, entdecke ich eine Spur Mitgefühl in ihrem Blick. Und erst da wird mir klar, dass ich reingelegt wurde.

*Das war keineswegs alles.*

Ich atme tief ein; der eigentliche Anlass dieser Unterredung wird mir gleich offenbart werden.

»Da wir gerade darüber sprechen«, sagt Nouria und wirft ihrem Vater einen hilfesuchenden Blick zu, »ich … also … es tut mir wirklich sehr leid, Warner, aber wir müssen die Hochzeit verschieben.«

Ich starre sie fassungslos an.

Bin wie vor den Kopf geschlagen. Fühle mich dumpf, während ich zugleich merke, wie sich eine beängstigende Panik in meinem Körper breitmacht. Dann spüre ich alles Mögliche auf einmal: Wut, Trauer, Konfusion, die altbekannte Angst ebenso wie den altbekannten Schmerz – das Ganze getoppt von dem resignativen Gedanken: In meinem Leben löst sich jede Freude auf wie Tau, in dem Moment, in dem ich begonnen habe, der Sonne Vertrauen zu schenken.

Das war's dann also. War ja zu erwarten.

»Die Hochzeit verschieben«, wiederhole ich tonlos.

»Dieser Tag heute ist für alle ungut«, sagt Nouria schnell, »ganz viel Blödes passiert auf einmal. Wir haben ein Riesenproblem mit der Kanalisation, das schnell behoben werden muss. Damit sind die meisten beschäftigt, und der Rest steckt bis zum Hals in anderen Projekten. Wir haben keine Leute frei, die irgendetwas für ein Fest vorbereiten könnten – und wir haben wirklich alles versucht, brauchen aber heute Abend den Generator für anderes. Die Stromverbindung ist immer wieder gestört, und es soll heute Nacht eiskalt werden, wir können die Leute schließlich nicht im Bett erfrieren lassen.«

»Aber ich hatte mit Brendan gesprochen, und er hat angeboten –«

»Brendan ist kurz vorm Kollabieren. Wir haben ihm in letzter Zeit zu viel aufgehalst. Winston hat mir schon gedroht, mich umzubringen, wenn ich ihn heute Nacht nicht in Ruhe schlafen lasse.«

»Verstehe.« Ich starre auf den Tisch, dann auf meine Hände. Fühle mich wie versteinert, obwohl mein Puls rast. »Wir würden den Generator doch nur für eine Stunde brauchen.«

»Eine Stunde?« Nouria lacht, aber es klingt alles andere als erheitert. »Warst du schon mal bei einer Hochzeit? Im Freien? Abends, wenn es schon dunkel ist? Man braucht Licht, Wärme und Musik. Ganz zu schweigen davon, dass wir dann so spät am Tag noch Leute in der Küche haben müssten, die Essen kochen und servieren … und niemand hatte Zeit, eine Torte zu backen –«

»Ich brauche keine Hochzeitsfeier«, falle ich ihr ins Wort. Meine Stimme hört sich absurd nervös an, sogar in meinen eigenen Ohren. »Nur eine Person, die uns offiziell traut. Es muss kein Fest geben.«

»Ich denke, das sieht Juliette vielleicht anders.«

Jetzt schaue ich auf.

Darauf habe ich keine geeignete Antwort – weil ich nicht für Ella sprechen kann. Ich würde ihr niemals eine Hochzeitsfeier vorenthalten, wenn sie sich eine wünscht.

Plötzlich erscheint mir das ganze Vorhaben von Unheil überschattet. Am Tag nachdem ich Ella den Antrag gemacht hatte, wurde sie von ihrer Schwester attackiert, fiel ins Koma und war halbtot, als wir uns wiedersahen. Heute Morgen hatten wir nun endlich heiraten wollen, aber ihr Kleid war ruiniert, und jetzt –

»Verschieben auf wann?«, bringe ich mühsam hervor.

»Ehrlich gesagt … das kann ich gerade nicht einschätzen.« Nouria ist anzumerken, dass ihr zunehmend die Nerven durchgehen. Ich versuche, sie durchdringend anzustarren, aber sie schaut immer wieder zu Castle, der nur den Kopf schüttelt. »Ich hatte gehofft, dass wir gemeinsam in den Kalender schauen können«, sagt sie dann, »und einen anderen Termin anvisieren, bei dem es weniger irr zugeht als jetzt gerade –«

»Das kann nicht dein Ernst sein.«

»Doch, klar.«

»Du weißt doch so gut wie ich«, sage ich erhitzt, »dass es null Garantie dafür gibt, wann und ob es hier jemals ruhiger zugehen wird. Ob wir die gesamte Lage überhaupt in den Griff –«

»Aber jetzt sofort ist eben ein schlechter Zeitpunkt, okay?« Sie verschränkt abwehrend die Arme vor der Brust. »Es geht einfach nicht.«

Ich schaue zur Seite. Mein Kopf ist vom rasenden Hämmern meines Herzschlags erfüllt, und ich merke, wie ich den Kontakt zur Wirklichkeit verliere. Mit äußerster Kraft gelingt es mir, mich in den Griff zu kriegen.

»Ist das vielleicht eine Form von perverser Rache?«, frage ich, ohne Nouria anzusehen. »Versuchst du, meine Hochzeit zu torpedieren, weil ich mich gegen die Zivilisten im Refugium wehre? Weil ich Juliettes Leben nicht gefährden will?«

Nouria schweigt so lange, dass ich sie schließlich anschauen muss. Sie sieht mich mit einem seltsamen Blick an, in dem ich etwas wie Schuldgefühle und Reue zu entdecken glaube.

»Warner«, sagt sie ruhig. »Der Vorschlag zum Verschieben der Hochzeit kommt von Juliette.«

# 5

Ich spüre das Gewicht des Samtetuis in meiner Hosentasche, eine Kante drückt sich an meinen Oberschenkel, während ich auf dem Felsvorsprung sitze und auf den Friedhof hinunterschaue. Er wurde gleich nach der Schlacht angelegt, und das Denkmal erinnert an alle, die wir verloren haben.

Diese Stelle hier ist mein Zufluchtsort geworden.

Nur noch selten kommt jemand hierher. Für einige ist die Trauer zu schlimm, andere finden die Zeit einfach nicht. Ich bin jedenfalls dankbar für die Stille. Das war einer der wenigen Orte, an die ich mich während Ellas Genesung zurückziehen konnte. Weshalb ich inzwischen sehr vertraut bin mit dem Anblick und meinem Sitzplatz, einer glatten Fläche auf einem großen Felsen. Die Aussicht von dieser Klippe ist erstaunlich friedvoll.

Aber heute beruhigt mich nicht einmal das.

Plötzlich nehme ich ein Geräusch wahr – ein entferntes Trillern, das mein Gehirn als Vogelzwitschern erkennt. Der Hund gibt ein aufgeregtes Bellen von sich.

Ich starre ihn an.

Das räudige kleine Tier hat vor Nourias Büro auf mich gewartet und ist mir dann hierher gefolgt. Ich habe nichts getan, um diese Treue zu fördern. Und weiß nicht, wie ich den Hund loswerden soll.

Als könne er meine Gedanken spüren, schaut der Hund – oder ist es eine Hündin? – mich hechelnd an und sieht dabei aus, als grinse er. Dann hebt er erneut den Kopf und bellt zum Himmel hoch.

Das seltsam vertraute Zwitschern ertönt erneut.

In letzter Zeit haben wir alle wieder häufiger Vögel gehört. Castle, der immer schon behauptet hatte, dass nicht alles verloren sei, sagt jetzt, dass sie nicht komplett ausgestorben waren. Hat erklärt, dass Vögel sich bei Sturm und Regen verkriechen wie Menschen. Auch wenn Vögel krank sind oder sich dem Tode nahe fühlen, suchen sie sich einen Unterschlupf. Castle meint, die Vögel hätten sich entweder aus Angst oder wegen Erkrankungen während der Herrschaft des Reestablishment versteckt. Und jetzt, da Emmalines Wettermanipulationen nicht mehr stattfinden, seien die Vögel aus ihren Verstecken gekommen. Die Theorie ist nicht ganz schlüssig zu beweisen, wird aber immer wahrscheinlicher. Sogar ich schaue dieser Tage immer wieder zum Himmel auf, um vielleicht eines der geflügelten Wesen zu entdecken.

Ein kalter Wind fegt jetzt durch das Tal, peitscht mir ins Gesicht, zerzaust mein Haar. Ich bereue, dass ich meinen Mantel in der Einsatzzentrale gelassen habe. Der Hund winselt und stupst mit der Schnauze auffordernd mein Bein an. Widerstrebend lege ich dem zweifellos verlausten Tier die Hand auf den Kopf, worauf es sich beruhigt und schwanzwedelnd zu meinen Füßen einrollt.

Ich seufze.

Der Tag hatte strahlend sonnig begonnen, aber jetzt ziehen Wolken auf, und es wird von Stunde zu Stunde kälter.

Nouria hat recht; die Nacht wird brutal frostig werden.

So ungern ich von Ella getrennt bin, so konfus war ich nach der Unterredung mit Nouria und Castle. Ich sehnte mich danach, sofort zu Ella zu gehen; ich sehnte mich genauso sehr danach, allein zu sein. Schließlich bin ich hier gelandet – meine Füße trafen die Entscheidung, weil mein Kopf nicht dazu imstande war –, wo ich jetzt grübelnd in ein Tal des Todes starre.

Der Morgen dieses Tages war aufregend, aber von Hoffnung geprägt gewesen, und ich hatte nicht auf Kriegsfuß mit der Uhr gestanden.

Der Nachmittag hat sich als sinnlos und leer erwiesen.

Und der Abend existiert nicht mehr.

Von den zahllosen lokalen und internationalen Missständen abgesehen, um die ich mich kümmern müsste, habe ich keinen Grund mehr, mich zu beeilen. Heute Abend wollte ich heiraten.

Wie sich herausgestellt hat, wird das nicht geschehen.

Ich ziehe das Samtetui aus der Tasche, umklammere es einen Moment. Dann atme ich tief ein und klappe es auf. Starre auf den glitzernden Inhalt wie ein Kind, das zum ersten Mal Feuer sieht. *Staunend.*

Ich denke allerhand Negatives über mich – aber für dumm hatte ich mich nie gehalten.

Ich klappe den Deckel zu, stecke das Etui wieder ein.

Nouria hat nicht gelogen, als sie sagte, meine Hochzeit werde heute Abend nicht stattfinden. Sie hat auch nicht gelogen, als sie sagte, dass das Verschieben Ellas Vorschlag gewesen sei. Ich verstehe eben nur nicht, weshalb sie mir nichts davon gesagt hat – nicht einmal heute Morgen in dem Bekleidungsgeschäft. Und noch verwirrender: Ich habe auch keinerlei Zweifel am Heiraten bei ihr gespürt. Wenn sie mich nicht heiraten wollte, hätte ich das doch gemerkt.

Ich fröstle, beiße die Zähne zusammen.

Trotz des brausenden Windes scheint der Hund fest zu schlafen, atmet ruhig. Ich betrachte sein struppiges braunes

Fell und bemerke zum ersten Mal, dass eine Ohrspitze fehlt.

Langsam atme ich aus, beuge mich vor, den Kopf in die Hände gestützt. Spüre wieder die Kanten des Kästchens an meinem Bein.

Ich versuche, mich gerade aufzuraffen, um ins Refugium zurückzugehen und mich der Arbeit zu widmen, als ich spüre, dass Ella sich nähert. Ich erstarre, richte mich auf.

Mein Herz schlägt schneller.

Ich habe sie gespürt, lange bevor ich sie sehen kann, und als sie dann auftaucht, tut mein Herz einen Sprung. Als sie mich entdeckt, hebt sie die Hand und bleibt dabei mit dem Ärmel an einer Brombeerranke hängen. Dieses Gebiet ist ebenso verwildert wie viele andere, eine Brandrodung wäre hier angebracht.

Ella versucht, sich zu befreien, reißt sich schließlich los und betrachtet stirnrunzelnd den Ärmel. Dann schaut sie auf und zuckt mit den Schultern, als wolle sie sagen: *Ich mochte diesen Pulli ohnehin nicht besonders.* Was mich zum Lächeln bringt.

Sie lacht.

Die Windböen werden heftiger, pusten ihr das dunkle Haar ins Gesicht. Ihre Augen sehe ich kaum, nur ihre roten Lippen und geröteten Wangen. Mit einer Hand versucht sie, ihre Haare aus dem Gesicht zu halten, mit der anderen schiebt sie Gestrüpp beiseite. Ihr Pullover ist moosgrün, sie trägt schwarze Jeans und Tennisschuhe und scheint von einer weichen, leicht verschwommenen Aura umgeben zu sein, während sie auf mich zukommt.

Wolken schieben sich vor die Sonne, die jedoch immer wieder hervorbricht. In diesem bewegten Licht wirkt Ella fast unwirklich, wie eine Figur aus einem Traum. Und sieht so sehr wie sie selbst aus, dass ich extrem berührt bin; die

Szene kommt mir vor wie ein Bild aus einer meiner Lieblingserinnerungen.

»Ich hab dich überall gesucht«, sagt sie atemlos, als sie bei mir ist, und lässt sich mit einem Lachen neben mir auf dem Felsen nieder. Sie riecht nach Aprikose – ein neues Shampoo –, und der Duft steigt mir zu Kopf.

Ella piekt mich mit dem Finger in den Bauch. »Wo hast du die ganze Zeit gesteckt?«

»Hier.«

»Sehr witzig«, sagt sie, aber ihr Lächeln verschwindet, als sie mir ins Gesicht schaut. Ich weiche ihrem Blick aus.

»Hey«, sagt sie leise.

»Hi.«

»Was ist los?«

Ich schüttle langsam den Kopf. »Nichts.«

»Das stimmt nicht«, flüstert sie.

Ich schließe die Augen.

Sobald sie mir nah ist, spüre ich die gewaltige Veränderung in mir. Meine Muskeln lockern sich, meine Gliedmaßen werden schwer. Die ganze Anspannung, die ich mit mir herumschleppe, scheint sich zu verflüchtigen und nimmt meinen Elan mit sich; ich werde fast lethargisch vor Erleichterung.

Ich atme kurz ein.

»Hey«, sagt sie wieder und streicht mit ihren kühlen Fingerspitzen über meine Wange. »Wen soll ich umbringen?«

Ich rücke ein wenig von ihr ab, lächle matt, während ich auf den Boden schaue und frage: »Hast du Nouria gesagt, dass du die Hochzeit verschieben willst?«

Das Entsetzen ist ihr anzusehen.

Sie starrt mich an, Angst, Schock und Zorn mischen sich zu einer undefinierbaren Gefühlsmasse. Ich wende wieder den Blick ab, während sie das zu verarbeiten versucht, aber ihre Reaktion verbessert meinen Zustand ein klein wenig. Bis sie sagt –

»Ja.«

Ich fühle mich wie vom Blitz getroffen.

»Aber Nouria sollte dir das nicht sagen.«

Ich betrachte Ellas Gesicht. Sie versucht, ihren Schock zu verbergen. Schaut zur Seite, dann auf ihre Hände. Ich verstehe nicht, was hier vor sich geht, und äußere das.

Sie schüttelt unentwegt den Kopf. Krallt die Hände ineinander. Wiederholt: »Nouria sollte dir das nicht sagen. Das war nicht – sie war nicht –«

»Aber es ist wahr.«

Ella sieht mich an. »Schon, ja, aber sie – sie sollte nicht die Person sein, von der du das erfährst. Ich habe das vor einigen Tagen mit ihr besprochen. Ich hatte gesagt, wenn wir bis dahin nicht alles auf die Reihe kriegen würden … nicht rechtzeitig … sollten wir vielleicht lieber noch warten –«

»Ah.« Ich blicke zum Himmel auf, betrachte die Wolken.

Ella holt tief Luft. »Ich wollte es dir selbst erklären«, sagt sie dann, ruhiger. »Ich wollte nur noch abwarten, bis ich … Genaueres wüsste. Wie sich der heutige Tag entwickeln würde. Es gab einige Hindernisse heute Vormittag, die uns viel Zeit gekostet haben, aber ich hatte immer noch gehofft, dass es vielleicht klappt. Alle haben sich total ins Zeug gelegt … Kenji hatte mir gesagt, es könnte vielleicht noch werden, aber wenn Nouria –«

»Verstehe.« Ich streiche mir durchs Haar, reibe mir den Nacken. »Du hast also mit allen darüber gesprochen? Mit allen außer mir?«

»Aaron. Es tut mir total leid. Das hört sich furchtbar an. Ich höre – ich höre mich selbst diese Worte sagen, sie klingen schrecklich.«

Ich atme zittrig ein. Weiß nicht mehr, was ich mit meinen Armen und Beinen machen soll. Würde sie am liebsten abreißen. Sie kribbeln plötzlich wie von tausend Nadelstichen.

Ich starre auf den Boden und murmle: »Hast du es dir anders überlegt? Wegen dem Heiraten?«

*»Nein!«*, antwortet sie, so leidenschaftlich, dass ich ruckartig aufschaue. Ich sehe die ängstliche Sorge in ihren Augen, die ich selbst auch empfinde; aber sie wirkt auch geplagt von Schuldgefühlen und Resignation, einer Kombination, die ich nicht nachvollziehen kann. Ihre Liebe für mich ist jedenfalls eindeutig. Als Ella meine Hände ergreift, intensiviert sich das Gefühl, ist so überwältigend, dass ich mich am liebsten hinlegen würde.

Etwas in meiner Brust scheint sich zu entkrampfen.

»Ich liebe dich«, flüstert Ella. »Ich liebe dich so sehr. Ich will nur einfach, dass es gut wird – für uns beide. Ich möchte, dass du ein schönes Hochzeitsfest bekommst. Weil ich nämlich denke, dass dir das wichtiger ist, als du selbst vielleicht glaubst.«

»Nein, wirklich nicht.« Ich schüttle den Kopf. »Das ist mir nicht wichtig, Liebste. Nur du. Dass du meine Frau wirst, meine Familie.«

Sie widerspricht nicht, sondern umklammert fest meine Hand. Ich spüre die Turbulenzen ihrer Gefühle, schließe die Lider, um diese Wucht besser auszuhalten. Als ich die Augen wieder aufmache, sehe ich Tränen in Ellas glitzern.

Was sich anfühlt, als treibe mir jemand einen Pfahl durchs Herz.

»Nein«, flüstere ich, streiche ihr behutsam mit dem Handrücken übers Kinn. Ihre Haut fühlt sich kühl und zart an. »Natürlich kannst du die Hochzeit so lange verschieben, wie du möchtest. Wir heiraten einfach dann, wann du es willst. Mir ist alles recht.«

»Aaron –«

Ich küsse sie zärtlich auf die Wange, lasse mein Gesicht dort ruhen. Wir sind allein hier, ungestört mit unseren Gedanken. Ella berührt meine Brust, stößt einen kleinen Seufzer aus, dann wandert ihre Hand in meinen Nacken, umfasst meinen Hinterkopf.

Mein Körper reagiert so schnell, dass mein Verstand nicht hinterherkommt.

Ich nehme ihr Gesicht in beide Hände und küsse sie so, wie ich sie seit Tagen küssen wollte. Seit *Wochen*. Ihr weicher Mund nimmt mich auf, ich koste ihren Geschmack, und meine Hände gleiten über ihren Körper, ziehen sie dichter an mich.

Als ihr Verlangen erwacht, ist es so vehement, dass ich mich berauscht fühle. Ihre Gefühle so intensiv zu erleben, ist überwältigend. Je leidenschaftlicher ich sie küsse, desto heftiger begehrt sie mich, was gefährlich ist, ich kann nicht mehr denken, vergesse alles andere um mich her.

Als meine Lippen ihren Hals liebkosen, stöhnt sie leise, flüstert meinen Namen, und mein Körper gerät in Aufruhr. Meine Hände sind unter ihrem Pullover gelandet, wollen die Haut spüren, nähern sich dem Verschluss ihres BHs, Ellas Finger steuern inzwischen auf den Reißverschluss meiner Hose zu, und irgendwo in meinem Hinterkopf raunt eine Stimme, es gäbe bestimmt einen besseren Ort … wärmer … bequemer … kein *Friedhof* –

Der Hund bellt laut, und Ella reißt sich mit einem Aufschrei los.

»Großer Gott«, keucht sie, drückt eine Hand auf die Brust, »ich hab gar nicht – Oh Gott, war der Hund die ganze Zeit schon hier?«

Ich versuche, wieder Luft zu bekommen, während ich sie ansehe. »Ja, war er«, antworte ich schließlich.

Und ziehe sie erneut an mich, um sie weiterzuküssen, so hemmungslos, dass mir die Szene selbst unwirklich erscheint, dass ich mich selbst kaum wiedererkenne. Einen Moment spüre ich, dass Ella überrascht ist, dann drängt sie sich an mich, erwidert den Kuss genauso wild und ungehemmt. Ich habe sie so lange nicht so berühren können wie jetzt – wir waren uns so lange nicht wirklich nah –

Irgendetwas lenkt mich ab.

Ich lasse Ella los, ringe nach Atem, hoffe, dass der gedämpfte Warnton in meinem Kopf ein Irrtum war.

»Was ist?«, fragt Ella, legt die Hände an mein Gesicht, träge und weich, lustvoll und unbehelligt von den Störgeräuschen, die mich ablenken. Ihre Lippen wandern langsam über meinen Hals, warm und herrlich weich, und ich schließe die Augen.

»Nichts«, flüstere ich und wünsche mir dabei inständig, wir hätten ein Schlafzimmer – oder zumindest mal ein brauchbares Bett. »Nichts. Ich dachte nur, ich hätte etwas gehört –«

»Das kann nicht wahr sein. Hier habt ihr euch versteckt?«

Ich erstarre schlagartig, Eiseskälte vertreibt die lustvolle Hitze aus meinem Körper.

»Mist«, flüstert Ella.

»Ihr habt echt keinerlei Schamgefühl, oder wie? Wolltet ihr etwa gerade einen Friedhof schänden? Könnt ihr nicht mal bei dieser Kälte eure Kleider anbehalten?«

»Kenji«, sagt Ella ruhig, aber mit warnendem Unterton.

»Ja?« Er verschränkt die Arme vor der Brust. »Ich habe es schon mal gesagt und kann es nur wiederholen: voll eklig. Ich muss mir gleich die Augen auswaschen.«

Ich lege Ella den Arm um die Schultern. »Was willst du, Yamamoto?«, knurre ich.

»Von dir nichts, schönen Dank. Aber Juliette brauche ich.«

»Wozu?«, fragen sie und ich gleichzeitig.

Kenji pustet Luft aus, schaut zur Seite, sieht dann wieder Ella an. Antwortet nur: »Du musst einfach mitkommen, okay?«

»Oh.« Sie sieht Kenji groß an. »Okay.«

»Was ist los?«, frage ich Ella. »Brauchst du Hilfe?«

Sie schüttelt den Kopf. Ich spüre, dass sie besorgt ist, aber sie setzt ein Lächeln auf. »Nein, nicht nötig. Nur Routinesachen in den ehemaligen Sperrzonen. Es ist uns gelungen, einen der Städteplaner aus der Zeit vor dem Reestablishment aufzuspüren, und er will jetzt seine Ideen mit uns besprechen.«

»Ah«, sage ich.

Sie verheimlicht mir etwas.

Ich spüre das ganz deutlich – was sie gerade gesagt hat, ist nicht die ganze Wahrheit. Weshalb ich sofort ein flaues Gefühl im Magen habe.

»Du hast ja auch jede Menge zu tun, oder?« Ihr Lächeln ist bemüht.

»Ja.« Ich wende den Blick ab. »Kann man wohl sagen.«

Sie zögert. »Dann treffen wir uns – heute Abend?«

»Heute Abend?« Ich sehe Ella an, schaue dann zum Himmel hoch.

Bis dahin sind es noch viele Stunden, die sie offenbar beabsichtigt ohne mich zu verbringen. Erst keine Hochzeit, jetzt das. Ich verstehe nicht, warum sie nicht aufrichtig zu mir ist. Ich will mit ihr darüber reden, sie konkret fragen, aber nicht hier, vor Kenji –

Ellas Gefühle verändern sich plötzlich.

Sie starrt mich mit besorgtem Blick an, und ich spüre Angst – *um mich*.

»Ich kann aber auch hierbleiben«, sagt sie leise. »Ich muss nicht unbedingt mitgehen.«

»Ähm, also, Prinzessin, du solltest –«

»Sei still, Kenji.«

»Wir brauchen dich aber!«, protestiert er und breitet die Arme aus. »Du musst dabei sein – wir können nicht ohne dich entsch–«

»Aaron.« Ella legt mir eine Hand auf die Brust. »Wirst du klarkommen?«

Ich richte mich auf. Weiche zurück.

Diese Frage löst in mir eine Reaktion aus, auf die ich nicht stolz bin. Das Mitgefühl in ihrer Stimme, die Unterstellung, dass ich ein paar Stunden ohne sie nicht überstehen würde, machen mich wütend.

Dann trifft mich die Erkenntnis wie ein Vorschlaghammer.

Ella glaubt, ich sei psychisch instabil und hilflos.

»Na klar«, antworte ich, ohne sie anzusehen. »Wie du schon erwähnt hast: Ich habe jede Menge zu tun.«

»Ah ja«, sagt sie gedehnt. »Okay.«

Ich merke, dass sie mich immer noch forschend betrachtet, und obwohl ich nicht einschätzen kann, was sie in meinem Gesicht erkennt, scheint sie jetzt doch überzeugt zu sein, dass ich in ihrer Abwesenheit nicht zu Staub zerfalle. Was in etwa der Wahrheit entspricht.

Ein angespanntes Schweigen entsteht.

»Also gut«, sagt Ella schließlich bemüht munter. »Dann bis heute Abend? Oder vielleicht auch früher – ich meine, hängt davon ab, wie schnell ich –«

Kenji gibt ein Geräusch von sich, das nach einem unterdrückten Lachen klingt. »Ja, sieh mal zu, dass du deinen Terminplan auf die Reihe kriegst.«

»Liebste«, sage ich leise. »Ist wirklich alles in Ordnung?«

»Absolut.« Sie bemüht sich um ein noch strahlenderes Lächeln. Drückt meine Hand, küsst mich flüchtig, lässt mich dann los. »Ich komme, sobald es geht, zurück, ich versprech's.«

Sie lügt immer noch. Das fühlt sich an wie ein Schlag in die Magengrube.

»Hey, tut mir übrigens echt leid wegen der Hochzeit, Mann«, sagt Kenji jetzt und verzieht das Gesicht. »Wer hätte gedacht, dass wir null Freizeit mehr haben, sobald wir eine totalitäre Regierung zu Fall gebracht haben.«

Ich schlucke mehrmals, weil mir die Brust eng wird. »Also wussten darüber schon alle Bescheid.«

»Na ja, es war ja Js Vorschlag. Es gibt eben so wahnsinnig viel zu tun, und heute Abend wäre wirklich schwierig geworden, und sie dachte, es wäre besser, dann einfach –«

»Kenji«, sagt Ella scharf. Sie wirft ihm einen Blick zu, den ich nicht deuten kann, aber ihr Zorn erstaunt mich.

»Mein Fehler, Prinzessin.« Kenji hält die Hände hoch. »Mein Fehler. Mir war nicht klar, dass es problematisch ist, den Bräutigam über seine eigene Hochzeit auf dem Laufenden zu halten. Aber ich verstehe wohl auch nicht so viel von Hochzeiten.« Sein Unterton ist erstaunlich bitter.

Ich habe nicht die geringste Ahnung, was sich zwischen den beiden gerade abspielt.

Ella verdreht die Augen. So ärgerlich über Kenji habe ich sie noch nie erlebt. Sie schlägt die Arme um sich vor Kälte, stapft auf ihn zu und murmelt: »Das kannst du jetzt erst mal wiedergutmachen.« Dann marschieren die beiden davon.

Ohne mich.

Nachdem sie verschwunden sind, bleibe ich so lange auf dem Felsen, bis ich endgültig völlig durchgefroren bin. Was mir nichts ausmacht, aber der dumpfe Schmerz in der Brust ist schwer erträglich.

Als ich heute Morgen aufwachte, hatte ich geglaubt, dieser Tag würde der glücklichste meines Lebens sein. Stattdessen –

Fühle ich mich leer und niedergeschlagen.

Der Hund jault plötzlich. Als ich mich ihm zuwende, gibt er eine Art freundliches Knurren von sich und stemmt seine Vorderpfoten an mein Bein. Ich sehe ihn streng an und hebe den Zeigefinger, um ihm zu bedeuten, dass er augenblicklich damit aufhören soll. Langsam lässt sich das Tier aufs Hinterteil sinken, wedelt aber weiter freudig mit dem Schwanz.

Und bellt erneut.

Ich seufze angesichts des hoffnungsvollen Blicks. »Wahrscheinlich sollte ich nicht undankbar sein«, sage ich zu dem Hund. »Du scheinst das einzige Wesen zu sein, das heute Interesse an mir hat.«

Ein Kläffen.

»Also gut. Du darfst mitkommen.«

Der Hund springt hechelnd auf, das Schwanzwedeln wird noch rasanter.

»Aber wenn du irgendwo in Zimmern auf den Boden machst – oder an meinen Stiefeln kaust oder auf meine Kleider pinkelst –, wirst du sofort wieder vor die Tür gesetzt. Du wirst deine Ausscheidungen bei dir behalten, bis du angemessen weit von mir entfernt bist, ist das klar?«

Zustimmendes Bellen.

»Okay«, sage ich und setze mich in Bewegung.

Der Hund flitzt so schnell los, dass er mit der Schnauze an meine Waden stößt. Ich höre, wie er hechelnd hinter mir am Boden herumschnüffelt.

»Als Erstes«, verkünde ich, »musst du ein Bad nehmen. Mit meiner Hilfe natürlich nicht. Aber es wird sich jemand finden.«

Jetzt gibt das Tier eifriges Kläffen von sich, und mir wird plötzlich klar, dass ich auf seine Gefühle Einfluss nehmen kann. Die Kommunikation ist natürlich nicht ganz präzise, weil der Hund nicht alles verstehen kann, was ich zu ihm sage. Aber ich bin sicher, dass er wesentliche Aussagen begreift.

Aus irgendeinem unerklärlichen Grund vertraut er mir. Und noch verblüffender: Meine Ansage hat ihn glücklich gemacht.

Ich verstehe zwar nicht viel von Hunden, habe aber noch nie von einem gehört, der gern badet. Doch dann kommt mir der Gedanke, dass dieses Tier einen früheren Besitzer gehabt haben muss, wenn es das Wort *Bad* versteht.

Ich bleibe stehen und drehe mich um. Betrachte den Hund genauer: das struppige braune Fall, das unvollständige Ohr. Er setzt sich und kratzt sich mit dem Hinterbein hinter dem Ohr, was ziemlich unmanierlich aussieht.

Aber jetzt ist jedenfalls klar, dass es sich um einen Rüden handelt.

Mehr lässt sich allerdings nicht bestimmen. Die Rasse ist nicht erkennbar, er ist eindeutig ein Mischling und entweder noch jung oder von Natur aus klein. Er hat kein Halsband, ist zweifellos unterernährt und unübersehbar kastriert. Was heißt, dass er früher einmal ein Zuhause gehabt hat. Eine Familie. Die er verloren hat, weshalb er dann verwilderte.

Ich überlege unwillkürlich, was er erlebt haben mag.

Jetzt schaut er mit seinen dunklen Augen zu mir auf, und wir sehen uns eine Weile schweigend an. »Du willst mir also sagen, dass du *Lust* darauf hast, ein Bad zu nehmen?«

Begeistertes Bellen ist die Antwort.

»Echt seltsam«, sage ich, während ich weitergehe. »Ich nämlich auch.«

# 6

Als ich das Hauptzelt betrete, ist es schon neun Uhr abends. Ella ist noch immer nicht wiederaufgetaucht, und ich war nicht sehr erfolgreich mit meinen Bemühungen, nicht daran zu denken. Rein verstandesmäßig ist mir klar, dass sie nicht in Gefahr schwebt; aber mein Geist war eben schon immer mein ärgster Feind. Die ganzen verunsichernden Unklarheiten dieses Tages haben dazu geführt, dass ich völlig verspannt bin und mich schrecklich dünnhäutig fühle.

Die schlimmsten Unklarheiten sind für mich solche, die ich nicht beherrschen oder töten kann.

Da ich meinen Gedanken nicht entkomme, zerrütten meine Ängste meine Nerven. Und zwar so gründlich, dass ich mir mental wie eine offene Wunde vorkomme, so empfindlich, dass sogar der kleinste Luftzug Schmerzen verursacht. Dieser enorm anstrengende Zustand führt dann dazu, dass ich extrem reizbar bin. Und Menschen in meiner Nähe überhaupt nicht mehr ertragen kann.

Ich weiß einfach nicht, was hier vor sich geht.

Während ich auf die erstaunlich kurze Schlange an der Essenausgabe zusteuere, halte ich im Zelt nach bekannten Gesichtern Ausschau. Der Raum ist nicht einmal mehr annähernd so weitläufig wie vorher; ein großer Teil wurde als Schlafunterkunft abgeteilt. Dennoch ist er leerer, als ich erwartet hatte, die Tische sind nur vereinzelt belegt, und ich kenne niemanden persönlich, bis auf –

Sam.

Mit einem Becher Kaffee und einem Aktenstapel neben sich ist sie in die Lektüre von Papieren vertieft.

Ich stelle mich in die Schlange, nehme dann meinen Alubehälter in Empfang. Suche mir einen Platz in einer Ecke, lasse mich zögernd nieder. Ich habe so lange wie möglich abgewartet, um die Mahlzeit mit Ella gemeinsam einnehmen zu können; jetzt allein essen zu müssen, fühlt sich ein wenig nach Niederlage an. Es mag trübsinnig sein, mich mit diesem Gedanken aufzuhalten und mich einsam und allein zu fühlen. Es lässt sich aber gerade nicht ändern.

Sogar der Hund ist weg.

Dass ich wahrhaftig denke, ich würde die heutige Stille des Raums bereitwillig gegen den üblichen chaotischen Radau tauschen, wenn nur Ella bei mir wäre, geht mir immens auf die Nerven. Weil ich damit meine kindische Sehnsucht nur verschlimmere.

Ich reiße den Deckel der Verpackung ab und beäuge den Inhalt: eine gelatineartige Pampe, die wohl irgendein Pfannengericht sein soll. Ich lege die Plastikgabel auf den Tisch, lehne mich zurück. In einem Punkt muss ich Nouria jedenfalls Recht geben.

Das ist keine akzeptable Ernährung.

Nachdem ich jemanden für die Hundebetreuung gefunden hatte, habe ich den Nachmittag damit verbracht, E-Mails zu erledigen. Bei den meisten handelte es sich um Berichte von den anderen Kindern der ehemaligen Obersten. Alle ringen mit gravierenden Problemen. Zum Glück hat Nasira hier ein gut funktionierendes Netzwerk aufgebaut, das es uns ermöglicht, leichter mit den anderen in Kontakt zu treten. Das Refugium bietet mancherlei Vorteile, aber seit jeher lässt die technische Ausstattung enorm zu wünschen übrig. Omega Point dagegen war ausgerüstet mit exzellenter modernster Technologie, die sich sogar mit der des Reestablishment messen konnte. Mir war mittlerweile klar, dass ich davon regelrecht verwöhnt gewesen war; offenbar ist das nicht bei allen Stützpunkten eine Selbstverständlichkeit.

Als sich abzeichnete, dass das Refugium unser neuer Stützpunkt sein würde, verlangte ich bessere Ausstattung. Im Zuge dessen etablierten Nouria und ich unsere gegenseitige Antipathie.

Im Gegensatz zu Sam ist Nouria leicht gekränkt; bei geringster Kritik am Refugium – oder ihrem Führungsstil – ist sie sofort eingeschnappt. Was es schwierig macht, Veränderungen voranzutreiben, Fortschritt einzuleiten.

Aber ich ließ nicht locker.

Wir übernahmen so viele Geräte vom lokalen Militärstützpunkt wie möglich und bezogen die Räume unserer internen Grundschule, um dort eine funktionierende Kommandozentrale aufzubauen. Nouria und Sam waren komplett unvertraut mit den technischen Möglichkeiten und weigern sich bis heute, mehr als die simpelsten Funktionen zu lernen.

Die können von Glück sagen, dass ich ihre Hilfe nicht benötige.

So verbringe ich jetzt täglich viel Zeit, umgeben von bunten Kinderkrakeleien; über meinem Schreibtisch hängen Buntstiftbilder von nicht identifizierbaren Kreaturen; sonderbar geformte Bienen und Schmetterlinge baumeln von der Decke. Meine Jacke landet auf einem regenbogenfarbigen Kleiderständer; mein Holster befestige ich an einem gelben Stuhl, der mit bunten Handabdrücken verziert ist.

Dieser absurde Widerspruch entgeht mir nicht.

Doch mit Unterstützung von Nasira und Castle – der mir zu meinem Erstaunen eröffnet hat, dass der größte Teil der technischen Innovationen in Omega Point ihm zu verdanken gewesen war – sind wir auf gutem Weg, eine Ausstattung zu erreichen, die an die des Hauptquartiers von Sektor 45 heranreicht.

Ich habe an diesem Nachmittag stundenlang gearbeitet, um – neben allen anderen anliegenden Aufgaben – einen Plan zu entwickeln, der es uns ermöglicht, Helfer von außen zu beschäftigen, ohne unsere Sicherheit – und vor allem die von Ella – zu gefährden. Normalerweise bin ich hoch konzentriert, wenn ich mich mit so etwas beschäftige. Aber heute wurde ich ständig von meinen eigenen Gedanken abgelenkt. Die mich daran erinnerten, dass heute eigentlich mein Hochzeitstag sein sollte –

Was ich auch tue – ich muss unentwegt daran denken.

Ich seufze, lege die Hände auf die Oberschenkel und spüre dabei natürlich wieder das Etui in meiner Hosentasche.

Ich balle die Fäuste, löse sie wieder.

Lasse den Blick durch den Raum schweifen, unruhig und nervös. Es wundert mich noch immer selbst, wie leicht ich mein geschätztes Alleinsein aufgebe, um mit Ella zusammen sein zu können. Es hat damit zu tun, dass ich gelernt habe, die Auswirkungen ihrer Anwesenheit – meine Welt heller und vielfältiger zu machen – zu genießen. Und wenn Ella nicht bei mir ist, wird der Unterschied sehr deutlich.

Dieser Tag ist wirklich seltsam und schwierig.

Ich weiß schon, dass Ella mich liebt – und weiß auch, dass es aufrichtig ist, wenn sie sagt, dass sie mit mir zusammen sein möchte. Aber heute muss ich sowohl Enttäuschung als auch verwirrende Unklarheit verkraften. Ella verheimlicht eindeutig etwas vor mir, und seit Stunden will ich ihr klärende Fragen stellen, um aus dieser zermürbenden Unsicherheit herauszukommen. Solange das nicht stattgefunden hat, weiß ich einfach nicht mehr, was ich glauben oder fühlen soll.

Außerdem fehlt sie mir furchtbar.

Ich bereue jetzt sogar, den Hund jemand anderem überlassen zu haben.

Als ich vom Friedhof zurückgekommen bin, habe ich im ganzen Refugium nach einer Person gesucht, die ihn betreuen konnte, aber niemanden gefunden, den ich kannte. Viele unserer Leute sind mit dem Wiederaufbau in den ehemaligen Sperrzonen beschäftigt, insofern war es wohl nicht erstaunlich, keinen zu treffen; verwunderlich war für mich eher, dass ich enttäuscht darüber war. Die ganze Zeit hatte ich mich nach einem einzigen Moment Ruhe gesehnt. Und jetzt, da ich plötzlich so viel davon habe, weiß ich gar nicht, ob ich das überhaupt will.

Diese Einsicht hat mich ziemlich schockiert.

Ich war gerade schon dabei, die Idee des Hundebads aufzugeben, als sich eine junge Frau näherte, sichtlich nervös. Ihr Gesicht war so rot wie ihre Haare, als sie stammelnd ihre Vermutung äußerte, ich könnte vielleicht Hilfe brauchen.

Was ich zu schätzen wusste, obwohl die Unterhaltung sich als keineswegs ideal erwies.

Die junge Frau gehörte dieser hartnäckigen albernen Truppe von Personen an, die mich unbedingt immer noch wie eine Art Held behandeln wollen. Ich habe gegen die Elitesoldaten meines Vaters gekämpft, um Ella zu beschützen, was mir nicht gelungen ist. Die fehlgeleiteten Trottel, die sich als Fans von mir fühlen, haben mein Scheitern irgendwie idealisiert und einen der schlimmsten Tage meines Lebens in ihrem Gehirn als einen Anlass zum Feiern verankert.

Mir wird ganz schlecht davon.

Sie romantisieren meine Person und mein gesamtes Dasein und objektifizieren mich obendrein auch noch teilweise bei dem ganzen Prozess. Sobald ich dieser jungen Frau ins Gesicht schaute, wurde sie noch zittriger, ihre Gefühle waren unangemessen, aber authentisch, was ich als höchst widerwärtige Mischung empfand.

Ich dachte mir, sie wäre vielleicht entspannter, wenn ich beim Sprechen nicht sie, sondern den Hund anschaute, was dann auch klappte. Ich erklärte, er brauche Futter und müsse gebadet werden, und sie bot sofort an, sich um ihn zu kümmern. Weil ich keinerlei Bedrohung bei ihr spürte, nahm ich das Angebot an.

»Hat er einen Namen?«, fragte sie.

»Er ist ein Hund«, sagte ich und blickte stirnrunzelnd auf. »Du kannst ihn ›Hund‹ nennen.«

Weil ich sie angesehen hatte, erstarrte sie prompt, und ihre Pupillen weiteten sich durch eine Gefühlsmischung, mit der ich häufig konfrontiert bin: ängstliche Scheu und Verlangen. Was mir wieder einmal bestätigte, was ich schon wusste: dass die meisten Menschen enttäuschend sind und deshalb gemieden werden sollten.

Danach sagte die junge Frau nichts mehr, sondern nahm den zappelnden, winselnden Hund in ihre zittrigen Arme und entfernte sich. Seither habe ich beide nicht wiedergesehen.

Es kommt mir nicht wie eine Übertreibung vor, wenn ich behaupte, dass dieser Tag eine kolossale Enttäuschung darstellt.

Ich schiebe meinen Stuhl zurück, stehe auf, nehme den Alubehälter mit; die ungenießbare Speise kann ich dem Hund anbieten, sollte ich ihn jemals wiedersehen. Beim Blick auf die Wanduhr wird mir klar, dass es mir lediglich gelungen ist, weitere dreißig Minuten totzuschlagen.

Weshalb ich mir vornehme, den Tag als Reinfall zu verbuchen und am besten ins Bett zu gehen, da ich Ella wohl heute auch nicht mehr zu Gesicht bekommen werde. Komplett in meiner trüben Stimmung versunken, merke ich erst mit Verzögerung, dass Sam meinen Namen ruft.

Ich fahre herum.

Sie winkt mich zu sich, aber ich habe gerade null Interesse an einem Gespräch, will mich nur zurückziehen und Wunden lecken. Dennoch ich zwinge mich dazu, die kurze Strecke zwischen uns zurückzulegen. Aber zu Freundlichkeit kann ich mich beim besten Willen nicht aufraffen.

Als ich vor ihr stehe, starre ich sie wortlos an, statt sie zu begrüßen.

Sie sieht extrem erschöpft aus, hat dunkelblaue Schatten unter den Augen. Ihre Haut wirkt regelrecht grau, ihr kurzes blondes kurzes Haar ist stumpf und strähnig.

Auch sie hat keine Zeit für Höflichkeiten.

»Hast du die jüngsten Berichte aus den Sektoren«, sie schaut auf ihre Papiere, reibt sich dabei mit dem Handballen ein Auge, »18, 22, 36, 37, 142 bis 223 und 305 gelesen?«

»Ja.«

»Ist dir aufgefallen, was sie gemeinsam haben?«

Ich seufze, spüre den Widerstand in meinem Körper, als ich antworte: »Ja.«

Sam legt die Hände auf den Papierstapel, schaut zu mir hoch. »Super. Dann wirst du ja sicher jetzt auch verstanden haben, warum Juliette unbedingt durchs Land touren sollte. Sie muss Auftritte absolvieren – muss physisch anwesend sein –«

»Nein.«

»Es gibt Aufstände in den Straßen, Warner«, erwidert Sam. Ihre Stimme klingt außergewöhnlich hart. »Gegen *uns*. Nicht gegen das Reestablishment – gegen *uns*!«

»Menschen sind ungeduldig und undankbar«, sage ich scharf. »Schlimmer noch: Sie sind dumm. Verstehen nicht, dass Veränderungen Zeit brauchen. Sie haben geglaubt, der Fall des Reestablishment würde sofortigen Frieden und Wohlstand für die ganze Welt bedeuten. Und begreifen nicht, weshalb sich ihr Leben nicht in den zwei Wochen, seit wir an der Regierung sind, grundlegend geändert hat.«

»Ja, mag sein – aber die Lösung kann ja wohl kaum darin bestehen, die Reaktion des Volkes zu ignorieren. Diese Menschen brauchen Hoffnung – sie müssen Juliettes Gesicht sehen können –«

»Sie hat doch Fernsehauftritte gehabt – und einige Reden hier in der Region gehalten –«

*»Das reicht nicht aus!«*, fällt Sam mir ins Wort. »Bitte hör mich an. Alle hier wissen, dass du der Grund bist, weshalb Juliette nicht aktiver ist. Du willst sie so zwanghaft schützen, dass du damit unsere gesamte Bewegung gefährdest. Aber sie selbst hat sich entschieden, die Regierung zu übernehmen, Warner. Es war ihre Entscheidung, das Reestablishment zu stürzen – sich die Verantwortung des Regierens aufzubürden. Und jetzt braucht die Welt sie auch, was heißt, dass du dich auf die Reihe kriegen musst. Du musst mehr Mut zeigen.«

Ich erstarre, spüre die Schärfe ihrer Erkenntnis.

Und schweige.

Sam gibt einen Ton von sich, der entfernte Ähnlichkeit mit einem Lachen hat. »Glaubst du vielleicht, ich wüsste nicht, wie es ist, an der Seite einer Person zu leben, deren Leben ständig bedroht ist? Denkst du, ich wüsste nicht, wie viel Angst man hat, sobald dieser Mensch aus der Tür tritt? Hast du eine Vorstellung, wie viele Attentatsversuche es schon auf Nouria gab?«

Ich schweige weiterhin.

»Das ist so was von scheißschwer«, sagt Sam aufgebracht. Ich wundere mich über das Kraftwort, sie drückt sich sonst gemäßigter aus. Sie fährt sich mit beiden Händen durchs Haar, reibt sich dann wieder die Augen. »Das ist so unglaublich mühsam und schwer auszuhalten.«

»Ja«, sage ich jetzt leise.

Sie sieht mich an. »Schau, ich weiß, dass du keine böse Absicht hast. Dass du Juliette nur beschützen willst. Aber so behinderst du nicht nur sie, sondern uns alle. Ich weiß nicht, was ihr beide zusammen durchgemacht habt, es muss etwas sehr Dramatisches gewesen sein, weil Juliette sich eindeutig mehr Sorgen um dich macht als um sich selbst. Aber –«

»Was?« Ich runzle die Stirn. »Das ist nicht –«

»Glaub mir. Ich hatte etliche Gespräche mit ihr über das Thema. Juliette will nichts tun, was dich beunruhigen könnte. Sie glaubt, du würdest gerade irgendetwas verarbeiten – sie hat mir aber nicht verraten, was –, und will dich nicht weiter belasten, indem sie Risiken eingeht. Was heißt, *ich* muss das klären. Und zwar sofort.«

»Mir geht's *bestens*«, knurre ich.

»Na, das ist ja prima.« Sam bringt ein Lächeln zustande. »Wenn das so ist, dann sag ihr das bitte. Und ermutige Juliette, auf eine internationale Tour zu gehen – oder zumindest auf eine nationale. Sie ist sehr überzeugend, wenn sie vor Menschen spricht – die Leute *glauben* ihr. Das hast du ja selbst bereits erlebt. Und du weißt vermutlich besser als jeder andere, wie sehr Juliette das Volk am Herzen liegt. Es ist ihr ein aufrichtiges Anliegen, die Zukunft dieser Menschen zu verbessern – und genau daran muss die Welt jetzt erinnert werden. Die Menschen brauchen Zuspruch und Hoffnung. Heißt: Du musst zulassen, dass Juliette ungehindert ihre Arbeit erledigt.«

Mein Puls beschleunigt sich. »Ich würde sie niemals davon abhalten, ihre Aufgaben zu erledigen. Ich will sie nur schützen.«

»Und genau darum geht es«, erwidert Sam. »Du stellst ihre Sicherheit über alles – zum Schaden der gesamten Welt. Du triffst Entscheidungen aus Angst, Warner. Du kannst nicht zur Heilung des Planeten beitragen, wenn du nur um das Wohl einer einzigen Person besorgt bist –«

»Ich habe mit dieser Planetenrettung überhaupt nichts zu tun«, sage ich scharf. »Ich habe auch niemals so getan, als würde mich die Bewahrung dieser erbärmlichen Zivilisation interessieren. Wenn du mich für einen Revolutionär hältst, dann irrst du dich. Ich merke gerade, dass ich etwas klarstellen muss, und zwar Folgendes: Wenn Juliette etwas zustößt, kann die Welt von mir aus zur Hölle gehen. Und du gern auch, falls dir das als Begründung nicht reicht.«

Sam schiebt ihren Stuhl so abrupt zurück, dass ein schrilles unangenehmes Kreischen ertönt, das im ganzen Raum widerhallt. Sie springt auf, förmlich glühend vor Zorn. Die wenigen Leute, die sich hier aufhalten, schauen überrascht und neugierig zu uns herüber. Sam ist klein und zierlich, kann aber eine massive Ausstrahlung haben und sieht im Moment aus, als wolle sie mir an die Gurgel gehen.

»Du bist nichts Besonderes«, sagt sie. »Du bist nicht der einzige Mensch unter der Sonne, der Leid zu ertragen hatte. Du bist nicht der Einzige, der nachts nicht schlafen kann, weil er sich Sorgen um geliebte Menschen macht. Ich empfinde keinerlei Mitgefühl für deinen Schmerz oder deine Probleme.«

»Gut.« Meine Wut ist mindestens so heftig wie ihre. »Dann sind wir uns ja einig.«

Sie schüttelt den Kopf, wirft die Hände in die Luft. Sieht einen Moment lang aus, als wolle sie lachen. Oder weinen.

»Was um alles in der Welt sieht Juliette nur in dir? Du bist ein rücksichtsloser, herzloser Egomane. Dir ist nichts wichtig außer dir selbst. Ich hoffe, dir ist klar, wie viel Glück du hast, dass Juliette dich an ihrer Seite duldet. Wäre sie nicht, dann wärst du nicht mal hier. Ich jedenfalls würde nicht für dich einstehen.«

Ich senke den Blick, bemüht, mir die Wirkung dieser verbalen Tiefschläge nicht anmerken zu lassen. Mein Körper und meine Seele sind dem Mond nicht unähnlich, gezeichnet von Kratern, den Folgen emotionaler und physischer Misshandlung, dass ich mir ein Leben ohne Gewalt gar nicht mehr vorstellen kann.

»Gute Nacht«, sage ich ruhig und wende mich zum Gehen.

Ich höre Sam tief seufzen, als ich weggehe, spüre ihr Bedauern. »Warte, Warner«, ruft sie mir nach. »Es tut mir leid – das war übertrieben – Es war ein langer Tag, ich wollte nicht –«

Ich drehe mich nicht mehr um.

# 7

Ich liege zwischen zwei dünnen Decken auf dem kalten Boden des Krankenzimmers und stelle mich schlafend, als ich höre, wie die Tür aufgeht und Ella hereinkommt.

Mitten in der Nacht.

Sie verströmt einen leicht chemischen Geruch, was mich irritiert, aber vor allem spüre ich ihre Befürchtungen, als sie auf Zehenspitzen hereinschleicht. Die sich plötzlich in Erleichterung verwandeln, als sie glaubt, ich schliefe schon.

*Erleichterung.*

Das begreife ich nicht.

Sie ist *erleichtert*, weil sie glaubt, ich sei nicht mehr wach. Ist erleichtert, weil sie nicht mit mir sprechen muss.

Der Druck in meiner Brust nimmt zu.

Ich horche, wie sie sich im Dunkeln auszieht, überlege, wie ich mich am besten bemerkbar machen kann, und wappne mich innerlich gegen ihre Überraschung und Enttäuschung, dass ich doch noch nicht schlafe. Als sie sich ins Bett legt und zudeckt, nehmen ihre Emotionen plötzlich eine verblüffende Wendung: Da ist auf einmal ein intensives Glücksgefühl.

Was mir noch mehr Angst macht.

Ella ist nicht nur erleichtert, sondern regelrecht *glücklich* darüber, mich gemieden zu haben. Sie ist *glücklich*, dass sie schlafen kann, ohne von mir gestört zu werden.

Mein Herz rast, die Angst verstärkt sich. Jetzt wage ich es kaum noch, etwas zu sagen, weil der Klang meiner

Stimme dieses Glücksgefühl zerstören würde. Aber ich muss mit Ella reden. Ich muss wissen, was da zwischen uns abläuft – und will gerade sprechen, als ich merke, wie sich ihr Atem verändert hat.

Sie ist eingeschlafen.

Ich liege vollständig bekleidet seit Stunden hier, ohne ein Auge zuzutun. Ella dagegen ist binnen Sekunden eingeschlafen.

Ich fühle mich wie erstarrt. An diesen kalten Boden genagelt durch Angst, das vertraute Kribbeln und Stechen in den Gliedern.

Meine Augen fliegen auf; das Atmen fällt schwer.

Ich hatte nicht gewusst, wohin mit dem Schmucketui. Ich wollte es nirgendwo ablegen, weil ich fürchtete, es würde vielleicht verschwinden oder von Ella entdeckt werden. Deshalb drückt das Kästchen jetzt noch immer an mein Bein und erinnert mich an alles, was ich zu meinem Entsetzen offenbar gerade verliere.

Unwillkürlich berühre ich das Schmuckstück, das ich selbst trage, den Jadering an meinem kleinen Finger, der so mit mir verbunden ist, dass ich mir meine Hand ohne ihn gar nicht mehr vorstellen kann. Ich drehe den Ring wie so häufig, frage mich dabei, ob es ein Fehler war, dieses Symbol des Leids all die Jahre so dicht an meinem Körper zu tragen.

Der Ring ist ein Geschenk meiner Mutter; das einzige, das ich als Kind jemals bekam. Dennoch sind die mit diesem Gegenstand verbundenen Erinnerungen so düster und schmerzhaft – die Tyrannei meines Vaters, das Leiden meiner Mutter, der Verrat meines Großvaters.

Oft schon wollte ich dieses Andenken an meine qualvolle Kindheit ablegen und wegschließen. Jetzt sehe ich mich vor meinem inneren Auge mit sechs, sieben, acht

Jahren und danach – wie ich verzweifelt diesen Ring umfasste, während ich schrie wegen der höllischen Schmerzen, die meinem Rücken zugefügt wurden.

Lange Zeit hatte ich nicht vergessen wollen. Der Ring erinnerte mich an die Brutalität meines Vaters und an meinen Hass auf ihn, der mich am Leben erhielt, wenn auch nur aus Trotz.

Außerdem ist dieses Schmuckstück das Einzige, was mir von meiner Mutter geblieben ist.

Aber vielleicht hat es mich eben auch an meine eigene Finsternis gefesselt, dieses Symbol, das dazu verdammt war, unweigerlich die Torturen meiner Vergangenheit heraufzubeschwören.

Manchmal fürchte ich, für immer und ewig in diesem Teufelskreis gefangen zu bleiben: unfähig zum Glück, stets verfolgt von meinen Dämonen.

Ich schließe die Augen, während sich Szenen des Tages in einer Dauerschleife in meinem Kopf abspielen. Offenbar bin ich verdammt dazu, die Ereignisse ständig aufs Neue zu erleben und sie durchforsten zu müssen auf Hinweise darauf, was mit meinem Leben gerade geschieht. Und obwohl ich mich angestrengt bemühe, das alles aus meinem Gehirn zu vertreiben, höre ich die Stimmen von Sam und Kenji –

*Du bist ein rücksichtsloser, herzloser Egomane.*

*Ich hoffe, dir ist klar, wie viel Glück du hast, dass Juliette dich an ihrer Seite duldet.*

*Ich hab die Schnauze voll von alldem. Von deiner Haltung. Davon, ständig dein miserables Benehmen zu rechtfertigen.*

*Ich verstehe einfach nicht, was sie an dir findet.*

*Was um alles in der Welt sieht Juliette nur in dir?*

# 8

Als ich die Augen aufschlage, werde ich vom Sonnenlicht geblendet, das durch einen Spalt im Vorhang fällt. Am Einfallswinkel erkenne ich, dass es noch früh am Tag ist.

Ich weiß nicht, wann ich eingeschlafen bin; weiß nicht mal, wie mir das überhaupt gelungen ist – wahrscheinlich nur durch absolute Erschöpfung. Mein Körper ist der Versuchung erlegen, obwohl mein Geist sich mit einer Serie von Albträumen herumgeschlagen hat, die mir jetzt wieder einfallen, als ich mich blinzelnd aufrichte.

Ich habe geträumt, vor einer unerklärlichen Naturkatastrophe auf der Flucht zu sein. Es war so ein verschwommenes Handlungselement, das nur im Traum Sinn ergibt, nicht mehr im Wachzustand.

Ich konnte nicht aufhören zu rennen.

Musste zwanghaft immer weiter laufen, um nicht vernichtet zu werden, und suchte dabei verzweifelt nach Ella, von der ich getrennt worden war. Als ich endlich ihre Stimme hörte, kam sie von weit oben: Ella saß – unbehelligt von der Bedrohung – auf einem hohen Baum und schaute vergnügt in die Wolken, während ich am Erdboden um mein Leben lief. Die Naturkatastrophe – so was wie ein Tornado oder Tsunami oder beides kombiniert – nahm an Heftigkeit zu, und ich rannte schneller, konnte nicht stehen bleiben, um mit Ella zu sprechen, nicht einmal, um auf den Baum zu klettern, der so unglaublich hoch war, dass ich nicht verstand, wie sie da hinaufgelangt war.

Panisch rief ich ihren Namen, aber sie hörte mich nicht, sondern wendete sich lachend jemand anderem zu, der neben ihr saß. Kenji. Und Nasira, von der die beiden zweifellos in die Baumkrone geflogen worden waren.

Ich schrie wieder mehrmals Ellas Namen, diesmal blickte sie nach unten zu mir, freundlich lächelnd – und ich sank auf die Knie, am Ende meiner Kräfte.

Ella winkte mir zu, als mir schwarz vor Augen wurde.

In diesem Moment klopft es laut an der Zimmertür, und ich schrecke hoch, noch umfangen von dem Traum. Dann sehe ich, dass Ella nicht mehr da ist. Nur das zerwühlte Bettzeug weist darauf hin, dass sie hier geschlafen hat.

Ich streiche mir mit der Hand übers Gesicht, als ich mich zur Tür schleppe, merke dabei, dass ich noch in den Klamotten stecke, die ich gestern den ganzen Tag getragen habe. Meine Augen brennen, mein Magen ist leer, mein Körper kraftlos.

Ich fühle mich völlig ausgelaugt.

Als ich die Tür öffne und Winston davorsteht, bin ich so überrascht, dass ich einen Schritt zurückweiche. Mit Winston rede ich selten. Ich habe keinen bestimmten Anlass, ihn nicht zu mögen, aber wir sind auch nicht gerade versessen aufeinander. Ich weiß nicht mal, ob ich sein Gesicht überhaupt schon so dicht vor mir gesehen habe.

»Wow.« Er blinzelt. »Du siehst ja vielleicht scheiße aus.«

»Guten Morgen.«

»Ach so, ja. Guten Morgen.« Er holt tief Luft, versucht zu lächeln, rückt dabei nervös seine Brille zurecht.

Ich registriere erstaunt, dass es Winston offenbar *sehr nervös* macht, mit mir zu sprechen.

»Sorry, ich war nur so überrascht«, sagt er hastig. »Weil du sonst immer so – na ja … gepflegt bist. Vielleicht magst du erst mal kurz duschen, bevor wir losgehen.«

Diese Äußerung finde ich so absurd – und dreist –, dass ich Winston die Tür vor der Nase zumache. Und abschließe.

Das Klopfen setzt sofort ein. »Hey«, schreit er. »Im Ernst – ich soll dich zum Frühstück abholen, aber ich finde wirklich, du –«

»Ich brauche keinen Betreuer«, rufe ich, während ich meinen Pullover ausziehe. Das Krankenzimmer ist eines der größeren, mit angeschlossenem Badezimmer. »Und ich brauche von dir auch keine Hygieneanweisungen.«

»Das sollte doch keine Beleidigung sein!« Nervöses Lachen. »Ganz ehrlich: Wirklich alle haben gesagt, du seist furchtbar schwierig, aber ich dachte mir, die übertreiben vielleicht zumindest ein bisschen. Jetzt merke ich, dass sie recht haben. Hör mal, du siehst gut aus. Und du riechst auch nicht schlecht oder irgendwas. Ich dachte nur einfach, du willst vielleicht duschen –«

»Und noch mal: Ich benötige keine Ratschläge von dir.« Ich ziehe meine Hose aus, lege sie sorgfältig zusammen, damit das Etui nicht aus der Tasche fällt. »Verschwinde jetzt.«

Ich stelle schon mal die Dusche an, höre Winston nur noch gedämpft. »Ach, komm schon, Mann, jetzt mach es doch nicht noch schwieriger. Ich war echt der Einzige, der sich hierhergetraut hat, um dich zu holen, alle anderen hatten zu viel Schiss. Sogar Kenji hat gesagt, er hat heute keinen Bock auf dein Benehmen.«

Ich halte inne.

Gehe wieder aus dem Badezimmer, nur mit Boxershorts bekleidet, und frage an der Tür: »Weshalb sollst du mich holen?«

Ich spüre, dass Winston zusammenzuckt, weil ich plötzlich so nah bin. »Ähm … also … kann ich dir nicht sagen«, antwortet er ausweichend.

Worauf mir sofort mulmig wird. Und ich merke, wie Winston draußen immer ängstlicher wird.

Irgendetwas stimmt nicht.

Ich werfe einen Blick auf Ellas ungemachtes Bett, schließe dann die Tür auf. Denke nicht mehr daran, dass ich fast unbekleidet bin. Was mir aber sofort wieder einfällt, als Winston mich übertrieben entsetzt anstarrt.

Und den Blick abwendet.

»Scheiße, warum tauchst du hier so auf?«

»Was ist los?«, frage ich schroff. »Wo ist Juliette?«

»Was? Weiß ich nicht.« Winston wendet sich ab, massiert seine Nasenwurzel. »Und ich darf nicht sagen, worum es geht.«

»Warum nicht?«

Er wirft mir einen kurzen Blick zu, schaut dann schnell weg, läuft rot an. »Um Himmels willen, ich bitte dich«, sagt er, reißt sich die Brille herunter und streicht sich übers Gesicht. »Zieh dir was an. So kann ich nicht mit dir reden.«

»Dann lass es, und geh.«

Winston schüttelt den Kopf, verschränkt die Arme vor der Brust. »Nicht möglich. Und ich kann dir nicht sagen, was los ist, weil es eine Überraschung sein soll.«

Der Aufruhr weicht schlagartig aus meinem Körper, mir ist nur noch leicht schwindlig. »Eine Überraschung?«

»Gehst du jetzt bitte duschen? Ich warte am Eingang zur Krankenstation auf dich. Aber sei dann bitte vollständig bekleidet, ja?«

Ich lasse die Tür zufallen, starre darauf, während mein Herz wild pocht. Ich spüre eine immense Erleichterung bei Winston, dann ein kurzes Glücksgefühl.

Er wirkt – freudig aufgeregt.

Schließlich wende ich mich ab, ziehe meine Unterhose aus und werfe sie in den Wäschepuff. Sehe dabei in dem großen Spiegel, wie mein Körper nach und nach von Wasserdampf umhüllt wird.

*Eine Überraschung.*

Einen Moment lang bin ich wie erstarrt. In dem gedämpften Licht wirken meine Augen anders – dunkler. Und es kommt mir vor, als sähe ich verändert aus, von Tag zu Tag sehniger. Ich hatte immer schon einen straffen, muskulösen Körper, aber irgendetwas ist anders geworden. Meine Schultern und meine Brust sind breiter, meine Beine stehen fester auf dem Boden. Meine Muskeln treten hervor –

Ich werde älter.

Bei unseren Recherchen über das Reestablishment stießen wir darauf, dass die Zwanziger früher einmal als die besten Jahre der Jugend galten. Es ist mir immer schon schwergefallen, mir eine Welt vorzustellen, in der Teenager noch als Kinder galten und die Twens unbeschwert jung sein und in eine vielversprechende Zukunft blicken durften.

Das hörte sich für mich wie eine Fantasie an.

Dennoch habe ich oft in Gedanken mit dieser Vorstellung gespielt. *In einer anderen Welt würde ich mit meinen Eltern in unserem Haus leben.* Müsste vielleicht nicht mal einen Job haben. In einer anderen Welt wäre ich noch nie mit dem Tod konfrontiert gewesen, hätte nie eine Pistole in der Hand gehabt, nie jemanden getötet. Die Gedanken kommen mir absurd vor, noch während ich sie denke: dass ich in einem Paralleluniversum noch als Jugendlicher betrachtet würde, frei von Verantwortung.

Total seltsam.

Gab es jemals eine Welt, in der Eltern ihre Aufgaben so erfüllten, wie man es von ihnen erwartete? In der Menschen nicht ermordet wurden, weil sie sich einem totalitären Regime widersetzten, und ihre Kinder elternlos zurückblieben?

Dieser beschädigte Planet wird von zahllosen Waisen bewohnt.

Ich stelle mir oft vor, wie es sich wohl anfühlen würde, in solch einer anderen Welt zu leben. Die Finsternis hinter mir lassen zu können im Austausch gegen eine Familie, ein Zuhause, Geborgenheit.

Ich wende mich von meinem Spiegelbild ab, trete unter die Dusche.

Niemals hätte ich geglaubt, dass ich einem solchen Traum jemals nahekommen würde, dass ich Vertrauen oder Liebe oder Seelenfrieden finden könnte. So lange habe ich nach einer Nische der Ruhe für mich gesucht, einem Ort, an dem ich unbehelligt sein kann. Ich habe mir eine Tür gewünscht, die ich schließen kann vor der Gewalt der Welt – und wenn es auch nur für einen Moment ist. Damals wusste ich noch nicht, dass ein Zuhause nicht immer ein Ort sein muss. Sondern auch eine Person sein kann.

Ich würde für den Rest meines Lebens auf dem kalten Boden dieses Krankenzimmers kampieren, wenn ich dafür immer mit Ella zusammenbleiben könnte. Dafür könnte ich auf Ruhe verzichten. Auf meinen Wunsch nach weitläufigen Räumen. Mein Bedürfnis nach Privatsphäre.

Aber *sie* zu verlieren –

Ich schließe die Augen unter dem Duschstrahl, das Wasser prasselt mir mit Wucht auf den Kopf, auf die Schultern. Die Hitze ist eine Wohltat. Ich will den gestrigen Tag aus meinem Körper waschen. Will eine Erklärung für diese ganzen Vorkommnisse – oder aber sie komplett vergessen. Wenn zwischen mir und Ella etwas aus der Balance ist, kann ich mich nicht mehr konzentrieren. Die Welt erscheint mir dann farblos, meine Knochen fühlen sich bleiern an. Ich sehne mich schmerzlich danach, die Distanz zwischen uns zu überbrücken.

Ich will diese Unsicherheit und diese Unklarheiten loswerden. Halte mein Gesicht in den Wasserstrahl, konzentriere mich darauf, ruhiger zu werden.

Zwar bin ich zu skeptisch, um optimistisch zu sein – aber obwohl ich mir den Gedanken verbieten will, behauptet eine innere Stimme hartnäckig, das Wort »Überraschung« sei eher selten mit etwas Negativem verbunden.

Vielleicht hat Winston sich nur ungeschickt ausgedrückt, aber sein Glücksgefühl danach scheint meine Theorie zu untermauern. Hätte er mich auf etwas Enttäuschendes vorbereiten wollen, hätte er bestimmt ein anderes Wort gewählt.

Trotz meines inneren Widerstands erfasst mich Hoffnung, und die gibt meiner Beherrschtheit endgültig den Rest. Ich lehne die Stirn an die Fliesen, lasse mir das Wasser über den Rücken strömen. Dort reagieren nur noch wenige Nerven, die Haut ist durch Narbengewebe zu stark geschädigt.

Ich richte mich ruckartig auf, weil ich etwas gehört habe.

Fahre mit klopfendem Herzen herum, als ich höre, wie die Badezimmertür aufgeht. Ich weiß schon, dass es Ella ist. Ich spüre sie immer, bevor ich sie sehen kann, und als sie zur Tür hereinkommt und mich anlächelt –

Bin ich so überwältigend erleichtert, dass ich mich an der Wand abstützen muss. Ella hält zwei Kaffeebecher in den Händen, ist so gekleidet wie häufig: weicher Pulli und Jeans. Ihr dunkelbraunes Haar ist zurzeit so lang, dass es ihr bis zu den Ellbogen reicht. Sie grinst mich fröhlich an, geht dann nach draußen, und ich folge ihr so hastig, dass ich fast ausrutsche. Halte mich am Türrahmen fest, während sie die Kaffeebecher auf den Tisch stellt. Ihre Tennisschuhe abstreift. Die Strümpfe auszieht.

Als sie ihren Pulli über den Kopf zieht, bleibt mir fast das Herz stehen. Sie wendet mir den Rücken zu, aber ich sehe, dass sie keinen BH trägt.

»Du hast so fest geschlafen heute Morgen«, sagt sie und wirft mir einen Blick über die Schulter zu, während sie ihre Jeans aufknöpft. »Ich wollte dich nicht wecken. Deshalb habe ich uns Kaffee geholt, aber die Schlange war echt lang. Tut mir leid, dass ich nicht da war, als du aufgewacht bist.« Sie zieht ihre Jeans nach unten. Darunter trägt sie einen winzigen Spitzenslip, und ich sehe ihr wie gebannt zu, als sie sich bückt, um aus ihrer Hose zu steigen.

Als Ella sich dann umdreht, stockt mir der Atem.

Sie ist so schön, dass ich sie kaum anschauen kann, es kommt mir vor, als sei ich in einen eigenartigen Traum geraten; die beklemmenden Ängste, die mich gestern geplagt haben, ergreifen auf der Stelle die Flucht. So schnell wird mir glühend heiß, dass mein Geist noch nicht erfasst, was mein Körper längst weiß. Es gibt immer noch so vieles, was ich Ella sagen will – so vieles, was ich sie fragen möchte. Aber als sie ihr Höschen abstreift, zu mir tritt, mich mit in die Dusche zieht und sich an mich schmiegt, ist alles andere vergessen.

Mein Gehirn schaltet sich ab.

Ihr weicher nackter Körper presst sich an meinen festen, strammen, und ich will nur noch das, nichts anderes mehr. Das Verlangen ist so groß, dass es mir vorkommt, als würde ich gleich zerbrechen.

»Na, mein Hübscher«, sagt Ella und schaut zu mir auf. Streicht über meinen Rücken, dann gleiten ihre Hände tiefer. Ich höre, dass sie lächelt, als sie sagt: »Du siehst viel zu gut aus, um hier drin allein zu sein.«

Ich bringe kein einziges Wort hervor.

Sie ergreift meine Hand, legt sie auf ihre Brust, führt meine andere Hand nach unten, um mir zu zeigen, was sie von mir will. Und wie.

Doch das weiß ich schon.

Ich weiß, wo sie sich meine Hände wünscht. Meinen Mund. Alles von mir.

Ich umschlinge Ella, lege ein Bein von ihr um meine Hüfte, küsse sie leidenschaftlich, öffne sie. Sie ist so weich und begehrend in meinen Armen, küsst sie mich so lustvoll und drängend, dass ich fast wahnsinnig werde. Ich beuge mich vor, küsse ihren Hals, dann lasse ich meinen Mund meine Hände ersetzen, überall auf ihrem Körper. Sie stöhnt sehnsüchtig, fast gequält, und die Laute lösen Schockwellen der Lust in mir aus, meine Haut scheint zu lodern. Ella lehnt sich an die Fliesen, um sich abzustützen, während sie sich mir fordernd entgegenwölbt.

Ich liebe es, wie hemmungslos sie mit mir ist, wie sehr sie sich vergisst, mir ihre Wünsche und Begierden anvertraut. Nie fühle ich mich Ella näher, als wenn wir so miteinander verbunden sind, wenn nichts als Offenheit und Liebe zwischen uns sind.

Dann umfasst sie zärtlich mein lustvollstes Organ, das ihr entgegenragt, und ich kneife die Augen zusammen, kann den Laut kaum unterdrücken, der aus mir hervorbrechen will. Kann nur noch denken, dass dieser Moment bitte niemals enden soll, dass ich stundenlang so verweilen will, ihr feuchter Körper an meinem, ihre Stimme an meinem Ohr, flehend, dass wir uns vereinigen sollen.

»Bitte«, wispert sie, »Aaron –«

Ohne Vorwarnung sinke ich vor ihr auf die Knie. Sie schaut fragend einen Moment auf mich herunter, dann weiten sich ihre Augen, als sie versteht.

Ich spüre, dass sie plötzlich verlegen ist, dass Lust und ein Anflug von Scham miteinander ringen, und schaue zu ihr auf, ihre sanft gerundeten Hüften schimmern nass im gedämpften Licht, ihr langes Haar haftet an ihrer Haut. Wassertropfen rinnen über ihre Brüste, ihren Bauch. Sie ist so überwältigend schön, dass ich vor Ehrfurcht erstarren könnte. Ihre Wangen sind gerötet, das Verlangen in ihren Augen ist so heftig, dass ich jetzt die Hände an ihre Hüften lege. Im nächsten Moment ist die Verlegenheit verschwunden, Ella stöhnt meinen Namen, wühlt in meinem Haar, ist schon so feucht und bereit für mich, und es ist unendlich berauschend, sie zu sehen, sie zu schmecken. Es kommt mir vor, als löse sich mein Geist aus meinem Körper, als sie sich endgültig vergisst, als ihre Beine zittern und sie nach mehr verlangt, nach *mir*, und als sie den Höhepunkt erreicht, krümmt sie sich und schreit in mein Haar. Ich richte mich auf, nehme ihre letzten Schreie in meinem Mund auf, küsse sie, während sie in meinen Armen erbebt, während ihr rasender Atem sich langsam beruhigt. Und jetzt ergreift sie die Initiative, liebkost mein steifes Lustorgan, bis ich glaube, gleich zu erblinden vor Begehren. Drückt mich sachte an die Wand, küsst meinen Hals, streicht über meine Brust, meine Hüften und sinkt dann vor mir auf die Knie, nimmt es in den Mund –

Ich stöhne, meine Hände suchen Halt an der Wand, ich vergesse zu atmen. Die Lust ist weiß glühend, Sterne explodieren unter meinen Lidern, und einen Moment lang erkenne ich mich selbst nicht wieder, scheine endgültig den Verstand verloren zu haben.

»Ella«, keuche ich.

»Ich will dich«, murmelt sie, ihr Atem heiß auf meiner Haut. »Bitte – jetzt –«

Obwohl mein Herz noch immer wie wild schlägt, trete ich einen Schritt beiseite.

Stelle die Dusche aus.

Ella richtet sich überrascht auf. Ich gehe nach draußen, greife nach zwei Handtüchern, reiche ihr eines. Sie nimmt es verwirrt, trocknet sich nicht ab.

»Aber –«

Ich nehme sie auf meine Arme, und sie kreischt lachend, als ich sie zu unserem einzigen Bett trage. Behutsam lege ich sie hin, und sie schaut zu mir auf, die Augen staunend und groß, Wasser tropft aus ihrem Haar. Mir wäre es einerlei, wenn wir diesen Raum überfluten würden. Ich steige über sie, beuge mich zu ihr hinunter, um sie zu küssen, bin so gnadenlos gierig nach ihr, dass ich mich kaum noch beherrschen kann. Liebkose mit der Hand ihre zweiten weichen Lippen, erst sachte, dann tiefer, fordernder. Sie wimmert an meinem Mund, drängt sich mir entgegen, hebt das Becken.

Und ich dringe in sie vor, ganz langsam, und die Lust ist so überwältigend, dass mir fast die Sinne schwinden. »Oh Gott, du fühlst sich so gut an«, keuche ich atemlos. »Ich kann gar nicht glauben, dass wir zusammen sind.«

Sie stöhnt nur meinen Namen, schlingt die Arme um meinen Nacken, als sie mich tiefer in sich zieht.

Ich spüre, wie dringend sie nach Erlösung verlangt, so heftig und verzweifelt wie ich selbst. Wir finden unseren Rhythmus, Ella umklammert meine Taille mit den Beinen, küsst mich unablässig weiter, auf Mund, Wangen, Kinn, jeden Teil von mir, an den sie herankommt – ihre fiebrigen Berührungen nur unterbrochen von Bitten um mehr – schneller, härter –

»Ich liebe dich«, raunt sie, »ich liebe dich so sehr –«

Als ich spüre, wie sie von der Welle ergriffen wird, lasse ich los, ergieße mich in sie mit einem unterdrückten Aufschrei, mein Körper bebt und zuckt, während er sich dieser gewaltigsten Form der Lust ergibt.

Danach lege ich mein Gesicht an Ellas Brust, lausche ihrem rasenden Herzen, bevor ich mich löse, um sie nicht zu erdrücken. Irgendwie gelingt es uns beiden, uns gemeinsam in das enge Bett zu quetschen.

Ella schmiegt sich an meine Seite, lässt ihr Gesicht an meinem Hals ruhen, und ich ziehe die dünne Decke über uns. Mit den Fingerspitzen streicht Ella spielerisch über meine Brust, zeichnet Muster, und allein diese Berührung erzeugt eine glühende Hitze in mir.

Ich könnte den ganzen Tag so weitermachen.

Es ist mir auch völlig egal, was gestern war. Ich brauche keine Erklärungen mehr. Das alles ist unwichtig, denn Ella ist hier bei mir, nackt in meinen Armen, während sie mich mit einer Zärtlichkeit streichelt, die mir alles sagt, was ich wissen muss.

Alles, was ich will, ist das. Sie.

Uns.

Ich merke gar nicht, dass ich eingeschlafen bin, bis ihre Stimme mich weckt.

»Aaron«, flüstert sie.

Es dauert einen Moment, bis ich die Augen aufschlage, meine Stimme wiederfinde. Schlaftrunken drehe ich mich zu ihr, küsse sie auf die Stirn. »Ja, Liebste?«

»Ich möchte dir etwas zeigen.«

# 9

Es ist ein kühler, strahlender Morgen. Durchs offene Fenster sehe ich glitzernde Tautropfen auf dem Gras, die Sonne steht noch nicht hoch am Himmel. Die Luft riecht frisch nach Morgendüften, die ich nicht genau bestimmen kann; es ist der Geruch des jungen Morgens, des Erwachens der Welt. Dass mir so etwas auffällt, ist außergewöhnlich; sogar ich selbst merke, dass meine Stimmung sich enorm verbessert hat.

Ella hält meine Hand.

Sie ist munter und vergnügt, hat sich noch schneller angezogen als ich und mich so enthusiastisch zur Tür rausgezogen, dass ich beinahe lachen musste.

Winston, dem wir am Eingang zur Krankenstation begegnen, ist allerdings ganz anderer Laune. Er spricht kein einziges Wort, als wir rauskommen, mustert uns nur und schaut dann demonstrativ auf seine Uhr.

»Hey, Winston«, sagt Ella strahlend, »was machst du denn hier?«

»Wer – ich?« Er deutet auf sich selbst. »Ach, gar nichts. Ich warte nur seit über einer Stunde«, er wirft mir einen erbosten Blick zu, »auf diesen Schwachkopf hier.«

»Was? Wieso?« Ella runzelt die Stirn. »Und nenn ihn nicht ›Schwachkopf‹.«

Mir wird erst jetzt bewusst, wie sehr ich gehofft hatte, Winstons Erscheinen vor unserem Zimmer habe etwas mit Ella zu tun.

Was offensichtlich nicht der Fall ist.

»Winston stand heute früh vor unserer Tür«, erkläre ich. »Hat behauptet, er habe … eine Überraschung für mich.«

Ella zieht die Augenbrauen hoch. »Eine Überraschung?«

*»Vor einer Stunde«*, betont Winston grimmig.

»Ja.« Ich sehe ihn an. »Vor einer Stunde.«

»Du bist wirklich eine kolossale Zumutung, ist dir das eigentlich klar?«, sagt er verärgert. »Ich meine, alle haben mich vorgewarnt, und wirklich angezweifelt habe ich das nicht – aber ganz ehrlich, jetzt erst hab ich verstanden, wie furchtbar egozentrisch du bist. Ich kann nicht mal mehr nachvollziehen, wieso ich eingewilligt habe, dich zu ho–«

»Winston.« Ellas Stimme ist ruhig, aber ihr Zorn ist hitzig und laut. Ich sehe sie an, nicht direkt überrascht, aber –

Doch, überrascht.

Es ist immer noch erstaunlich für mich. Dass jemand sich auf meine Seite stellt.

»Schau«, sagt sie zu Winston, »Warner ist vielleicht zu nett und höflich, um sich zu wehren, wenn du so über ihn sprichst –«

Winston hört sich an, als würde er ersticken.

»– aber ich bin das nicht. Also lass das. Nicht nur, weil es scheußlich ist. Sondern auch, weil es nicht stimmt.«

Winston starrt Ella fassungslos an. »Entschuldige mal bitte – Du glaubst, er sei *zu nett und höflich*, um zu widersprechen? Du glaubst, Warner hüllt sich deshalb in Schweigen und wirft Leuten Killerblicke zu, weil er *zu nett* ist? Um sich zu wehren?« Er wirft mir einen Blick zu. *»Der?«*

Ich grinse.

Ella ist empört, Winston fuchsteufelswild, und ich grinse breit. Lache beinahe.

»Ja«, sagt Ella entschieden. »Ihr habt alle zu viel Spaß daran, ihn zu schikanieren.«

Winston blickt um sich, als sei er unversehens auf einem anderen Planeten gelandet. Öffnet den Mund, um etwas zu erwidern, schaut dann wortlos zur Seite und verschränkt die Arme vor der Brust.

»Du hast aber schon mitbekommen, wie er sich aufgeführt hat, oder?«, sagt er schließlich. »Während du abwesend warst? Du hast doch bestimmt die Geschichten gehört, wie er –«

»Ja«, sagt Ella ernst. »Habe ich.«

»Und? Dann weißt du doch von all den Menschen, die er getötet hat. Und dass er sich allen gegenüber furchtbar benommen hat und dass ständig irgendwer hier wegen ihm am Weinen war und dass Nouria ihn am liebsten erschossen hätte – und da glaubst du immer noch, *wir* seien diejenigen, die irgendwen schikanieren und schlecht behandeln? Du glaubst wirklich, so läuft das hier ab?«

»Ja, glaube ich.«

»Und du«, Winston wendet sich zu mir, sichtlich bemüht, nicht auszurasten. »Teilst du diese Charaktereinschätzung?«

»Ja«, sage ich belustigt.

»Nee, ne? Du bist echt so ein Arschloch.«

*»Winston –«,* faucht Ella.

»Der hat mich hier *eine Stunde lang* warten lassen! Und das, nachdem ich ihm gesagt hatte, es gebe eine Überraschung für ihn – und nachdem er mir die Tür vor der Nase zugeknallt hat – mehrmals!« Winston schüttelt den Kopf. »Du hättest ihn mal hören sollen. Er ist so widerwärtig – und grob –«

»Hey, was zum Teufel ist hier los?« Kenji kommt auf uns zugelaufen. »Und wo hast du denn die ganze Zeit gesteckt?«, fragt er Ella. »Wir warten alle auf euch!«

»Wieso?«, erkundige ich mich.

Kenji wirft genervt die Arme in die Luft. »Im Ernst jetzt, du hast ihm nichts gesagt?«, fragt er Ella. »Worauf wartest du? Ich fand diese Idee von Anfang an blöd, aber allmählich wird's ja richtig lächerlich –«

»Ich wollte es ihm heute Morgen erzählen«, antwortet Ella steif. »Ich bin nur noch nicht dazu gekommen. Wir waren beschäftigt –«

»Kann ich mir vorstellen, Prinzessin«, sagt Kenji verdrossen. »Wieso sind deine Haare so nass?«

»Weil ich geduscht habe.«

»Du hast geduscht«, wiederholt er und beäugt sie skeptisch. »So, so.«

»Okay … worum geht's hier?«, frage ich und schaue zwischen Ella und den anderen hin und her, während mich schon wieder ein bedrohliches Unbehagen beschleicht. »Um diese Überraschung, oder was?«

»Die Überraschung?« Kenji sieht einen Moment lang verständnislos aus, dann dämmert ihm etwas, und er fragt Winston: »Augenblick mal – wir haben dich doch vor *einer* Stunde zu ihm geschickt?«

Jetzt fährt Winston endgültig aus der Haut. »*Das versuche ich schon die ganze Zeit zu erklären!* Dieser Mistkerl hat mich hier *eine Stunde lang* warten lassen! Dabei war ich wider besseres Wissen nett und freundlich zu ihm!«

»Ach, Scheiße«, murmelt Kenji erbost und fährt sich mit beiden Händen durchs Haar. »Als hätten wir heute nicht schon genug an der Hacke.« Er starrt mich aufgebracht an. »Du hast also Winston hier ewig stehen lassen und den verdammten Hund noch gar nicht bekommen?«

»Hund?« Ich runzle die Stirn. »Der *Hund* soll die Überraschung sein? Aber von dem weiß ich doch schon.«

»Was denn für ein Hund?« Ella sieht erst mich fragend an, dann die anderen. »Meint ihr den Hund von gestern?«

»Ja.« Kenji seufzt tief. »Yara hat den Hund am Abend gebadet und aufgehübscht. Ihm ein Halsband umgelegt und alles. Er sollte eine Überraschung für Warner sein, deshalb sollten wir alle nichts verraten. Das Viech hat jetzt eine peinlich kitschige Schleife auf dem Kopf.«

Ich spüre Ellas plötzliche Anspannung. »Wer ist Yara?«

Diesen leichten – *besitzergreifenden* – Anflug von Eifersucht finde ich sehr erfreulich.

»Du kennst Yara«, antwortet Kenji. »Junge Frau, groß, rothaarig. Leitet die Schulgruppe. Du hast schon mit ihr geredet –«

Als Kenji meine Miene sieht, unterbricht er sich. »Und wieso grinst du so vergnügt, du Vollpfosten? Wir sind jetzt eine Stunde im Verzug, nur weil du –«

*»Schluss damit!«*, sagt Ella wütend. »Hört endlich auf, Warner zu beschimpfen. Er ist weder ein Schwachkopf noch ein Vollpfosten, und egomanisch ist er auch nicht. Ich weiß nicht, was ihr euch alle dabei denkt, ihn in seiner Anwesenheit so zu behandeln – als sei er aus Stein! Und ihr alle macht das! Ihr beleidigt ihn ohne Ende, und er nimmt das alles hin, sagt nicht mal was dazu – und irgendwie bildet ihr euch jetzt wohl alle ein, euer Verhalten sei in Ordnung. Wieso das denn? Warner ist ein Mensch aus Fleisch und Blut. Wieso achtet ihr ihn nicht mehr? Warum glaubt ihr, er hat keine Gefühle? Was zum Teufel stimmt nicht mit euch?«

Mein Grinsen erstirbt augenblicklich.

Und ich spüre einen seltsamen Schmerz, der sich in etwa so anfühlt, als würde ich mich innerlich auflösen. Der Schmerz ist stechend und rätselhaft.

Ich wende mich Ella zu, sehe sie an.

Sie scheint die Veränderung in mir zu spüren – und die anderen wohl auch.

Dass ich mich gerade irgendwie entblößt habe, empfinde ich als beschämend. Das entstandene Schweigen ist qualvoll, und als Ella mich plötzlich vor allen anderen umarmt, höre ich, wie Winston sich räuspert.

Langsam hebe ich die Hand, streiche Ella übers Haar. Manchmal fürchte ich, dass meine grenzenlose Liebe für sie aus meinem Körper herausquellen, mich irgendwie umbringen wird.

Kenji wendet den Blick ab.

Dann sagt er leise: »Ja, also … ähm, jedenfalls, als ich zuletzt nach dem Hund geschaut habe, saß er im Hauptzelt und hat mit den anderen gefrühstückt.«

Ein weiteres kurzes Schweigen, dann seufzt Winston. »Soll ich Yara holen? Haben wir überhaupt noch genug Zeit?«

»Ich glaub nicht«, antwortet Kenji. »Wir sollten ihr lieber sagen, dass wir das mit dem Hund danach machen.«

»Wonach?«, frage ich, während ich vergeblich versuche, das Wirrwarr von Gefühlen in der Runde zu deuten. »Was soll das alles?«

Kenji schnauft geplagt. Er sieht erledigt aus. »J, das musst du ihm sagen.«

Sie lässt mich abrupt los und sagt panisch: »Aber ich habe doch geplant – ich wollte es ihm zuerst zeigen –«

»Dafür ist keine Zeit mehr, Prinzessin. Du hast zu lange getrödelt, und jetzt haben wir deshalb definitiv ein Problem. Du solltest ihm wirklich erklären, was Sache ist.«

»Was, hier? In Anwesenheit von euch allen?«

»Ja.«

»Auf gar keinen Fall. Das mach ich nicht.« Sie schüttelt trotzig den Kopf. »Ihr müsst uns zumindest Privatsphäre dafür geben.«

»Das kommt überhaupt nicht infrage.« Kenji verschränkt

entschieden die Arme vor der Brust. »Das habe ich schon oft genug gemacht, weshalb ich euch nicht mehr über den Weg traue. Wenn wir euch jetzt allein lassen, landet ihr wieder im Bett und kriegt überhaupt nichts geregelt. Und das ist absolut nicht zielführend für unser Vorhaben.«

»War das wirklich nötig?«, sage ich gereizt. »Sich hier über unser Privatleben auszulassen?«

»Wenn es uns alle eine Stunde unseres Lebens kostet – dann ja«, bemerkt Winston. Er stellt sich demonstrativ neben Kenji und verschränkt wie er die Arme vor der Brust.

Dann nickt Winston Ella zu. »Los. Sag's ihm.«

Sie sieht nervös aus.

Winston und Kenji starren uns jetzt beide auffordernd an, und ich bin nicht mal besonders ärgerlich darüber – weil ich selbst auch endlich erfahren will, was dieses ganze Theater zu bedeuten hat.

Ich sehe Ella an, während mein Herzschlag wieder zu rasen beginnt. Ich habe nicht die geringste Ahnung, was sie gleich sagen wird – und ob es etwas Gutes oder etwas Schlechtes sein wird. Obwohl ihre Nervosität eher darauf schließen lässt, dass etwas nicht stimmt. Ich wappne mich innerlich, als Ella tief Luft holt.

»Okay«, sagt sie und atmet aus. »Okay.« Dann atmet sie noch einmal hastig ein und sieht mich mit ängstlichem Lächeln an. »Also … ich wollte es dir nicht so sagen – aber ich denke schon eine Weile darüber nach, wie ich es am besten tun soll, weil ich eben will, dass alles genau richtig ist, verstehst du? Dass es für uns beide absolut passt – und dass es auch nicht irgendwie beiläufig ist. Ich will nicht, dass dieses große Ereignis stattfindet, und dann ist wieder öder Alltag – ich wünsche mir, dass es etwas ganz Außergewöhnliches ist – dass wir die Veränderung auch spüren – und es tut mir leid, dass ich nicht schon früher was zu dir gesagt habe, es sollte eine Überraschung sein, ist aber nicht rechtzeitig fertig geworden … und wenn ich dir davon erzählt hätte, wäre es keine Überraschung mehr gewesen … Kenji meinte, ich soll es dir sagen, aber ich – tut mir leid wegen gestern übrigens und wegen Nouria –, ich habe das alles von frühmorgens an mit ihr geplant, aber sie sollte nichts zu dir sagen, und das wusste sie auch, weil wir eine Absprache hatten, und ich wollte dir eigentlich gestern alles erklären, aber da wusste ich nicht genau, wie alles laufen würde, und ich musste noch Informationen abwarten, weil alle sich so bemüht haben, dass es rechtzeitig fertig wird, aber weil ich weiß, wie wichtig das für dich ist –«

»Das halte ich nicht länger aus«, murmelt Winston.

Kenji schreit plötzlich: *»Ihr beide heiratet heute.«*

Ich starre ihn fassungslos an.

»Kenji, was denkst du dir –«, faucht Ella.

»Du hast zu lange gebraucht –«

»Wir heiraten heute?« Ich sehe Ella an, und jetzt schlägt mein Herz aus einem anderen Grund rasend schnell. Einem viel besseren als Angst. *»Wir heiraten heute?«*

»Ja«, sagt sie und errötet heftig. »Ich meine – nur wenn du willst, natürlich.«

Ich lächle sie so glücklich an, dass ich einfach auch noch lachen muss, ich kann nichts dagegen tun und bin mir selbst fremd dabei.

Diese Laute von mir erkenne ich kaum.

Die Gefühle, die mich jetzt überkommen, sind kaum zu erklären – berauschende Erleichterung, und es kommt mir vor, als hätte mich jemand völlig ausgeknockt, aber es fühlt sich gut an. Wie eine Art wundervoller Wahnsinn.

Ich will mit dem Lachen aufhören, aber es gelingt mir nicht.

»Hm«, sagt Winston nachdenklich. »Ich hatte ja keine Ahnung, dass sein Gesicht so was überhaupt kann.«

»Versteh ich«, pflichtet Kenji ihm bei. »Ist superseltsam, wenn man das zum ersten Mal erlebt.«

»Ich kann nicht mal weggucken«, fügt Winston hinzu. »Ich will ja, aber es ist so faszinierend. Als käme ein Baby mit allen Zähnen im Mund zur Welt.«

»Ja, *ganz genau*! Genauso ist es!«

»Aber auch irgendwie schön.«

»Schon, ja.« Kenji seufzt.

»Hey, wusstest du, dass er Grübchen hat?« Winston wieder. »Ich wusste bisher nicht, dass er Grübchen hat.«

»Ach komm, Mann, das war aber bekannt –«

»Könntet ihr beiden – bitte – nur mal eine Sekunde *den Mund halten?*«, sagt Ella und kneift gequält die Augen zusammen. *»Nur eine einzige Sekunde?«*

Kenji und Winston ziehen pantomimisch einen Reißverschluss an ihren Lippen zu, heben ergeben die Hände und treten einen Schritt zurück.

Ella nagt an ihrer Unterlippe, schaut dann zu mir auf.

»Also«, sagt sie. »Was meinst du?« Sie faltet nervös die Hände, löst sie wieder. »Bist du heute Vormittag sehr beschäftigt? Es gibt da noch etwas, das ich dir zeigen möchte – etwas, woran ich gearbeitet habe in den letzten –«

Ich ziehe sie in meine Arme, sie lacht aufgeregt – bis sie mir in die Augen schaut. Ihr Lächeln erlischt, und dann ist da Sanftheit in ihrem Blick, eine intensive Zärtlichkeit, die so vielleicht auch gerade auf meinem Gesicht zu sehen ist. Ich spüre das Samtetui in meiner Tasche; ich habe die Schmuckstücke überall mit mir herumgetragen, wollte sie bei mir haben, um die Hoffnung nicht zu verlieren.

»Ich liebe dich«, flüstere ich.

Als ich sie küsse, lasse ich meine Hände über ihren Rücken gleiten, ziehe sie dichter an mich, atme den Duft ihrer Haut ein. Ella reagiert sofort, ihre zarten Hände umfassen mein Gesicht, halten es fest, während sie sich auf die Zehenspitzen stellt und den Kuss innig erwidert.

In mir lodern unkontrolliert Flammen auf.

Dann gehe ich ein bisschen auf Abstand, weil ich mir unseres Publikums bewusst bin, lehne aber meine Stirn an Ellas, lasse sie nicht los.

Und lächle wieder so belämmert wie ein Vollidiot.

»Puh, das hat jetzt echt eine krasse Wendung genommen«, bemerkt Winston.

»Ist es vorbei?«, fragt Kenji. »Ich musste die Augen zumachen.«

»Weiß nicht«, lautet Winstons Antwort. »Schon möglich, aber an deiner Stelle würde ich die Augen noch einen Moment geschlossen lassen, weil vielleicht doch –«

»Könnt ihr zwei bitte eure Kommentare für euch behalten?« Ich fahre herum und funkle die beiden wütend an. »Seid ihr ganz und gar unfähig, euch zu freuen für –«

Ich breche ab.

Winston und Kenji haben beide leuchtende Augen und grinsen wie Honigkuchenpferde.

»Gratulation, Mann«, sagt Kenji leise.

Seine Aufrichtigkeit erwischt mich unvorbereitet, bevor ich mich dagegen wappnen konnte, und haut mich deshalb fast um.

Eine unbekannte überwältigende Hitze breitet sich in meinem Kopf und meiner Brust aus und sticht in meinen Augen.

Ella ergreift meine Hand.

Ich kann nicht anders, als Kenji anzusehen, staune über seinen glücklichen, liebevollen Gesichtsausdruck, den er auch nicht zu verbergen versucht. Mir wird klar, dass er wohl eine größere Rolle gespielt hat bei der Organisation von Ellas Plänen, und als mir die Wahrheit bewusst wird, fühlt sich das wie ein elektrischer Schlag an.

Kenji wünscht sich, dass ich glücklich bin.

»Danke«, sage ich zu ihm.

Er lächelt, aber nur kurz. Alles andere kommt in seiner Miene zum Ausdruck, in dem kurzen Nicken, mit dem er mir antwortet.

»Jederzeit gern«, sagt er leise.

Eine Stille entsteht, die durch ein Schniefen von Winston unterbrochen wird.

»Okay, Leute, das war ein zauberhafter Moment, aber ihr müsst jetzt mal damit aufhören, sonst breche ich in Tränen aus.« Er lacht, während er seine Brille abnimmt und sich die Augen wischt. »Außerdem warten Unmengen von Arbeit auf uns.«

»Arbeit«, sage ich und schaue auf meine Uhr. Es ist kurz nach acht Uhr morgens. »Ich muss zumindest kurz in der Kommandozentrale vorbeischauen. Was meinst du, wie lange wir weg sein werden? Ich muss ein paar Anruftermine umlegen und einige zeitkritische Dokumente versenden, und wenn –«

»Nicht diese Art von Arbeit«, sagt Kenji mit einem eigenartigen Lächeln. »Darum musst du dir heute keinerlei Gedanken machen, das ist alles geregelt worden.«

»Geregelt?«, wiederhole ich stirnrunzelnd. »Wie denn?«

»Juliette hat gestern Abend alle benachrichtigt. Wir können natürlich nicht komplett alles stehen und liegen lassen, haben aber die dringendsten Aufgaben für heute verteilt. Wir übernehmen sie schichtweise.« Er zögert. »Alle außer euch beiden natürlich. Ihr habt heute keinerlei Berufstermine.«

Das ist irgendwie eine noch größere Überraschung als alles andere.

Wenn alles für uns geregelt wurde, bedeutet das, dass die Pläne für heute nicht spontan entstanden sind. Dass sich nicht wundersamerweise alles irgendwie passend gefügt hat.

Sondern von langer Hand vorbereitet und sorgfältig geplant wurde.

»Ich verstehe das wohl nicht so richtig«, sage ich langsam. »Sosehr ich natürlich Freizeit zu schätzen weiß – aber die Trauung wird doch nicht länger als etwa eine Stunde dauern. Wir brauchen jemanden, der uns offiziell traut, und zwei Zeugen. Ella hat ja nicht mal mehr ein Kleid. Und Nouria meinte, niemand hätte Zeit, um Essen vorzubereiten oder eine Torte zu backen oder irgendwas aufzubauen, deshalb wird es bestimmt nicht –«

Ich sehe Ella an, weil sie meine Hand drückt.

»Ich weiß, dass wir uns auf eine kleine Zeremonie geeinigt hatten«, sagt sie leise. »Ich weiß, dass du nichts Großartiges erwartest. Aber ich dachte mir eben, dass du es so schöner finden würdest.«

Ich starre sie verdattert an. »Wie denn?«

Wie aufs Stichwort erscheint am Ende des Gangs ein blonder Schopf, weil Brendan um die Ecke späht. »Guten Morgen allerseits! Passt es jetzt, dass alle antanzen? Oder braucht ihr noch einen Moment?«

Bei Brendans Anblick beginnt Winston zu strahlen und versichert seinem Freund, dass es gleich so weit sei.

»Verstanden!«, verkündet Brendan und ist prompt wieder verschwunden.

Erneut sehe ich fragend Ella an, während mein Gehirn auf Hochtouren arbeitet. In meinem Leben gab es keine Anhaltspunkte, um mir ein solches Geschehen zu erklären – abgesehen von dem Geburtstagskuchen, den Ella im letzten Monat für mich organisiert hat. Mein Gehirn bemüht sich, zu begreifen, was sich hier abspielt, und versteht es doch nicht richtig. Jedenfalls scheint Ella irgendetwas Aufwendiges vorbereitet zu haben.

Heimlich.

Ihr ausweichendes Verhalten, die Halbwahrheiten und fehlenden Erklärungen – meine Ängste, dass sie mir etwas verheimlicht –

All das ergibt plötzlich Sinn.

»Seit wann hast du das alles geplant?«, frage ich, und dann spüre ich ihre freudige Aufregung, in einer Intensität, wie ich sie bislang nur bei Kindern erlebt habe.

Mir bleibt fast die Luft weg.

Sie schlingt die Arme um mich, blickt zu mir hoch. »Weißt du noch, wie ich auf dem Rückflug, als das Adrenalin nachließ, anfing durchzudrehen? Wie ich auf den Knochen starrte, der aus meinem Bein ragte, und schrie?«

Mit einer solchen Äußerung hatte ich jetzt nicht gerechnet.

»Ja«, antworte ich vorsichtig. Ich habe nicht das geringste Interesse, mir die Ereignisse während dieses Fluges wieder vor Augen zu halten. Oder darüber zu sprechen. »Natürlich weiß ich das noch.«

»Und weißt du auch noch, was ich zu dir gesagt habe?«

Ich seufze und schaue zur Seite. »Dass du kein Hochzeitskleid tragen könntest, solange ein Knochen aus deinem Bein ragt.«

»Genau.« Sie lacht. »Ich war ziemlich neben der Spur.«

»Das war nicht lustig«, flüstere ich.

»Nein«, sagt sie und streicht mir über den Rücken. »Nein, war es nicht. Aber trotzdem seltsam, was da in meinem Kopf vor sich ging. Wir waren gerade durch die Hölle gegangen, aber ich dachte nur daran, wie unpraktisch es war, dass ich so viel Blut verlor. Dann habe ich doch noch zu dir gesagt, ich könnte dich nicht heiraten, wenn das nicht aufhören würde, weil sonst mein Hochzeitskleid und dein Anzug blutverschmiert seien und alles, was wir anfassen würden. Und du«, sie holt tief Luft, »hast dann gesagt, du würdest mich auch auf der Stelle heiraten. Mit blutigen Zähnen, einem gebrochenen Bein, getrocknetem Blut im Gesicht und blutenden Ohren.«

Es ist eine Qual für mich, daran zu denken, was mein Vater ihr angetan hatte. Was ihre eigenen Eltern ihr angetan hatten. Ella hat so viel gelitten und geopfert, um das Reestablishment zu Fall zu bringen und die Welt zu retten. Weil ihr dieser Planet und seine Bevölkerung so sehr am Herzen liegen.

Mir ist plötzlich ganz übel.

Am allerschlimmsten finde ich, dass all die Forderungen an Ella nie enden. Es scheint gleichgültig zu sein, auf welcher Seite der Historie wir uns befinden, bei den Guten oder bei den Bösen – so oder so wollen alle Leute mehr von ihr. Sogar jetzt, nach dem Sieg über des Reestablishment. Niemand scheint auch nur einen Gedanken darauf zu verschwenden, dass Ella lediglich ein einziger Mensch ist und dass sie schon so viel gegeben hat. Je mehr sie gibt, desto mehr wird von ihr verlangt, und sobald die Dankbarkeit aufgebraucht ist, verwandelt sie sich in – Ansprüche und Erwartungen. Wenn es nach den Leuten ginge, würden sie Ella leersaugen wie Vampire – aber das werde ich zu verhindern wissen.

»Aaron.«

Ich reiße mich aus meinen Gedanken und sehe sie an. »Ja, und das habe ich auch genau so gemeint, meine Liebste.«

»Aber ich sah grauenhaft aus.«

»Kein bisschen.«

»Ich sah aus wie ein Monstrum«, sagt sie grinsend. »Ich hatte eine große klaffende Wunde am Arm, die Haut an meinen Händen war aufgeplatzt, ich habe aus den Augen und aus der Nase geblutet. Und hatte noch einen frisch angenähten Finger. Ich war quasi Frankenstein. Weißt du, der Unhold aus dem Roman?«

»Ella – bitte – darüber müssen wir doch jetzt nicht reden –«

»Und ich konnte nicht aufhören zu schreien«, spricht sie unbeirrt weiter. »Ich hatte solche schlimmen Schmerzen und war so außer mir wegen des vielen Blutes und hab das irrste Zeug geredet, und du hast neben mir gesessen und dir das alles ruhig angehört. Hast jede absurde Frage beantwortet, als sei ich nicht völlig von Sinnen. Und das *stundenlang*. Ich weiß das alles noch ganz genau, Aaron. Ich erinnere mich an alles, was du gesagt hast. Sogar als ich weggetreten war, habe ich deine Worte in meinen Träumen gehört, wie eine Endlosschleife. Hat sich angefühlt, als sei deine Stimme in meinem Kopf gefangen.« Sie hielt inne. »Ich glaube, ich kann mir nicht mal annähernd vorstellen, wie das alles für dich gewesen sein muss.«

Ich schüttle den Kopf. »Nicht wichtig. Darum geht es nicht –«

»Aber natürlich ist das wichtig«, widerspricht sie vehement. »*Mir* ist das wichtig. Du sollst dich ja nicht nur um mich sorgen, ich will das auch für dich tun.« Sie beugt sich zurück, um mir ins Gesicht zu schauen. »Du bringst so viel Energie dafür auf, zu überlegen, was für mich das Beste ist. Bist immer um meine Sicherheit besorgt und mein Glück und alles, was ich vielleicht brauche. Das will ich für dich auch tun. Ich will mich auch darum kümmern, dass du glücklich bist.«

»Ich bin schon glücklich, Liebste«, sage ich leise. »Du machst mich glücklich.«

Sie schaut zur Seite, und als sie mich wieder ansieht, stehen Tränen in ihren Augen. »Aber wenn du dir aussuchen könntest, unter welchen Umständen wir heiraten – dann sähen die anders aus, oder?«

»Ella«, murmle ich und ziehe sie wieder an mich. »Süße, weinst du etwa? Mir ist eine Hochzeitsfeier wirklich nicht wichtig, ich muss so was nicht haben. Ich heirate dich so, wie wir jetzt sind, in diesen Klamotten und vom Fleck weg.«

»Aber wenn du es anders haben *könntest*, würdest du es auch anders *wollen*, oder nicht?«, insistiert sie. »Schöner und feierlicher, oder?«

»Na ja … schon –«, gebe ich zu. »Wenn die Welt anders wäre. Wenn unsere Lage anders wäre, wenn wir mehr Zeit und Möglichkeiten hätten. Eines Tages können wir das ja vielleicht nachholen, aber vorerst –«

»Nein.« Ella schüttelt den Kopf. »Ich will nichts nachholen. Ich möchte, dass unser Hochzeitstag eine symbolische Bedeutung bekommt, dass er unvergesslich wird. Ich will, dass wir beim ersten Mal alles richtig machen. Ich möchte feierlich zu dir geleitet werden. Ich möchte, dass du mich in einem bezaubernden Kleid siehst. Ich will Fotos. Und ich will, dass du das alles bekommst. Das hast du verdient.«

»Aber – wie –«

Ich schaue auf, weil ich plötzlich viele Schritte und Stimmengewirr höre. Jede Menge Leute kommen auf uns zu. Vorneweg Nasira und Brendan, gefolgt von Lily, Ian, Alia, Adam, James, Castle, Nouria, Sam und zahllosen anderen …

Alle halten etwas in den Händen: Blumen, abgedeckte Tabletts mit Speisen, bunte Geschenkschachteln, weiße Tischwäsche und –

Mein Herz pocht so heftig, dass mir schwindlig wird, und ich hole hastig Luft. Als ich spreche, erkenne ich meine eigene Stimme kaum.

»Ella … was hast du getan?«

Ihre Augen schimmern, als sie mich anlächelt.

»Wie bist du an diese vielen Blumen gekommen? Wo –«

»Okay, Leute.« Winston hebt schniefend die Hände. Seine Augen sind gerötet. »Wir plaudern jetzt keine weiteren Geheimnisse mehr aus. Schluss damit.«

Kenji schaut demonstrativ zur Seite, als er zu mir sagt: »Ganz ehrlich, Bro: Ich hab versucht, sie zu überreden, damit sie dich einweiht. Ich steh nicht hinter diesem ganzen Hochzeitsüberraschungshumbug. Ich hab ihr gesagt, ich an deiner Stelle würde auf jeden Fall Bescheid wissen wollen.« Jetzt sieht er mich an. »Aber sie wollte nichts davon hören. Bestand auf der Überraschung. *Ich sage zu ihr: Wenn du zurückkommst und nach Farbe riechst, merkt er das doch! Der Mann ist doch nicht blöd!* Sie darauf: Blablabla, ach was, das merkt er nicht, blablabla, ich bin die Herrscherin der Welt blabla –«

*»KENJI!«*

»Was?«

Ella hat die Fäuste geballt und starrt ihn wütend an. Sie sieht aus, als würde sie ihm gleich einen Kinnhaken versetzen. »Bitte. Sei jetzt still.«

»Wieso?« Kenji schaut sich um. »Was hab ich denn gesagt?«

»Farbe«, wiederhole ich nachdenklich. »Natürlich. Mir war letzte Nacht aufgefallen, dass du irgendeinen chemischen Geruch verströmt hast. Den ich aber nicht zuordnen konnte.«

»Was?«, sagt Ella bestürzt. »Wie ist das denn möglich? Du hast doch geschlafen!«

Ich schüttle den Kopf und lächle, um sie zu beruhigen, weil ich merke, dass sie jetzt ein schlechtes Gewissen hat.

»Wofür war die Farbe?«, frage ich.

»Nee!« Winston klatscht in die Hände. »Jetzt reicht's! Seid ihr beiden bereit? Gut. Kenji und ich gehen voraus.«

# 10

Ella umklammert meine Hand wie einen Rettungsanker und strahlt wie die Sonne, während wir auf unbekannten Wegen im Refugium unterwegs sind. Ihre Begeisterung ist ansteckend, und ich fühle mich regelrecht belastet davon. Mein Körper hat keine Ahnung, wie er mit so viel Freude umgehen soll.

Aber Ella so zu erleben –

Ich finde keine Worte, um zu beschreiben, was das mit mir macht, sie so fröhlich zu sehen. Ich weiß nur, dass ich mir wünsche, es möge für immer so bleiben.

Wir folgen Kenji und Winston, zu denen sich Nasira und Brendan gesellt haben. Die anderen sind dicht hinter uns. Ich scheine der Einzige von allen zu sein, der nicht weiß, wo wir hingehen, und Ella weigert sich weiterhin hartnäckig, etwas preiszugeben.

»Sagst du mir zumindest, ob wir das Gelände des Refugiums verlassen werden?«, frage ich.

Sie wirft mir ein Lächeln zu. »Ja und nein.«

Ich runzle die Stirn. »Gehen wir dorthin, wo ich das sehe, was du mir zeigen willst? Oder ist das noch woanders?«

Sie grinst vergnügt. »Ja und nein.«

»Verstehe.« Ich blinzle. »Du spannst mich also absichtlich auf die Folter.«

»Ja.« Sie piekt mich in den Bauch. »Und nein.«

Ich lache und schüttle den Kopf, und Ella piekt mich noch mal in den Bauch.

»Autsch«, murmle ich.

Sie strahlt und schlingt beim Gehen beide Arme um meine Hüften, obwohl sie deshalb ständig ins Stolpern kommt. Und ich bin so absurd glücklich, als habe jemand mein Gehirn ausgetauscht. Ich bin kaum imstande, einen klaren Gedanken zu fassen.

Kurz darauf bemerkt Ella: »Macht echt keinen Spaß, dir in den Bauch zu pieken. Zu viele harte Muskeln. Geht überhaupt nicht richtig.« Sie lässt die Hand unter mein Hemd gleiten und streicht über meine Brust. »Das würde viel besser klappen, wenn du wenigstens ein bisschen Fett am Leib hättest.«

Ich atme tief ein, um mich zu beruhigen. »Tut mir leid, dich enttäuschen zu müssen.«

»Von Enttäuschung war nicht die Rede«, erwidert sie kokett. »Ich liebe deinen Körper.«

Die Worte sorgen prompt für schwelende Hitze in meinem Innern. Ich spanne die Muskeln an, während Ellas Fingerspitzen meinen Nabel umkreisen und langsam wieder nach oben wandern, Spuren auf meine Haut zeichnen.

Schließlich lege ich meine Hand auf die ihre. »Das«, sage ich, »lenkt mich ziemlich vom Gehen ab.«

»Was denn?« Sie schaut nicht mal auf den Weg. Ein Arm liegt auf meiner Hüfte, der andere ist schamlos halb unter meinem Hemd verschwunden. »Das hier, meinst du?« Sie lässt ihre Hand über meine Bauchmuskeln und tiefer gleiten. »Das lenkt dich ab?«

»Ja«, ächze ich.

»Und was ist damit?«, fragt sie mit Unschuldsblick, während eine Hand in meinen Hosenbund rutscht. »Lenkt dich das auch ab?«

»Ella.«

»Ja?«

Ich lache, aber es klingt sehr kurzatmig. Nervös. Es kostet mich enorme Anstrengung, zu verhindern, dass die gesamte Truppe auf den ersten Blick erkennen kann, was ich jetzt am liebsten tun würde.

»Möchtest du, dass ich damit aufhöre?«

»Nein.«

Sie kichert. »Gut, weil –«

»Wenn ihr euch schon an eurem Hochzeitstag peinlich aufführen wollt«, ruft Kenji jetzt über die Schulter, »könnt ihr dann bitte wenigstens flüstern? Wir sind hier alle dicht beieinander, okay? Niemand will eure obszönen Unterhaltungen mit anhören.«

»Genau«, bekräftigt Nasira und dreht sich zu uns um. »Kein Bettgeflüster und kein Liebesgesäusel. Darauf legt hier keiner wert. An den normalen Tagen auch nicht, aber ganz besonders nicht an eurem Hochzeitstag.«

Ellas Hand verflüchtigt sich auf der Stelle.

Sie nimmt Kenji und Nasira ins Visier, wohingegen ich erst mal wieder Luft kriegen muss. Ellas Wirkung auf mein Nervensystem ist nicht im Handumdrehen abzubauen.

Ich konzentriere mich auf meinen Atem.

»Allmählich bekomme ich den Eindruck, dass ihr ein und dieselbe Person seid«, sagt Ella. »Und ich bin mir überhaupt nicht sicher, ob ich das als Kompliment meine.«

Die beiden lachen lauthals, und Kenji zieht Nasira beim Gehen dichter an sich. Nasira legt den Arm um ihn und küsst ihn rasch auf die Wange.

Kenjis Bemerkungen sind inzwischen harmloser geworden, weniger bissig, als habe er keine Lust mehr, ständig jemanden zu provozieren. Nasira und er sind quasi unzertrennlich, man sichtet sie ständig in irgendwelchen dunklen Ecken. Uns allen fehlt Privatsphäre, die wenigsten haben zurzeit ein Zimmer für sich. Weshalb Ella und ich nicht die Einzigen sind, die öffentlich Zärtlichkeiten austauschen.

Aber jedenfalls wirken Kenji und Nasira sehr glücklich zusammen.

Ihn kenne ich noch nicht so lange – aber von Nasira hätte ich nie geglaubt, dass ich sie einmal so erlebe.

Was sie von mir wahrscheinlich auch behaupten würde.

»Wisst ihr, eigentlich solltet ihr beiden jetzt überhaupt nicht zusammen sein«, sagt Winston, während er sich zu uns umdreht und dann rückwärts vor uns hergeht. »Braut und Bräutigam sollen an ihrem Hochzeitstag nicht zusammen rumhängen. Das entspricht gar nicht der Tradition.«

»Stimmt«, fügt Brendan hinzu. »Und da die beiden ja so unschuldige Seelchen sind, wollen wir doch verhindern, dass sie versehentlich ungehörigen Körperkontakt haben, nicht wahr?«

»Tja, ich denk mal, dafür ist es zu spät«, bemerkt Kenji.

»Im Ernst?«, sagen Brendan und Nasira wie aus einem Munde.

Brendan lacht, aber Nasira fährt herum und beäugt Ella, die jetzt heftig errötet, was für Nasira Beweis genug ist.

»Wow«, sagt sie und nickt. »Allerhand. Du hast interessante Prioritäten.«

»*Großer Gott.*« Ella bedeckt das Gesicht mit den Händen. »Manchmal kann ich euch echt nicht leiden, Leute.«

Ich beschließe, dass ein Themawechsel angebracht wäre.

»Kommen wir jetzt bald mal an diesem mysteriösen Ziel an?«, erkundige ich mich. »Wir sind schon so lange unterwegs, überqueren wir demnächst eine Grenze ins Ausland?«

»Dein Ernst?«, ruft Winston nach hinten. »Wir sind doch grade mal *fünf Minuten* auf Achse.«

»Drei Kilometer bei Hitze bergauf sprinten, im Anzug«, sagt Kenji, »und der Typ vergießt keinen Tropfen Schweiß und erlaubt mir nicht mal dreißig Sekunden Pause. Aber *das hier* – das ist ihm zu anstrengend. Total einleuchtend, oder?«

»Achte nicht auf sie«, sagt Ella und ergreift meine Hand. »Ist nicht mehr weit.« Ich spüre wieder ihre intensive Vorfreude.

»Was hat sich seit gestern eigentlich verändert?«, frage ich. »Dass die Hochzeit jetzt doch stattfindet?«

Ella schaut zu mir hoch. »Was meinst du damit?«

»Gestern hat Nouria mir mitgeteilt, es sei aus verschiedenen Gründen absolut ausgeschlossen, dass wir zeitnah heiraten könnten. Aber heute«, ich werfe einen Blick nach hinten auf all die Leute, die viel Zeit und Arbeit für uns aufgewendet haben, »scheinen diese Gründe keine Rolle mehr zu spielen.«

»Ach so.« Ella seufzt. »Ja, gestern war ein totaler Chaostag. Ich wollte wirklich nicht verschieben, aber es gab so viele blöde Zwischenfälle. Unsere ruinierten Kleider waren schon ein Hindernis, aber abends zu feiern, hat sich dann logistisch als der reinste Albtraum erwiesen. Mir ist klar geworden, dass wir entweder abends heiraten könnten, dabei auf alles Mögliche verzichten müssten – oder um einen Tag verschieben und das Ereignis dann *vielleicht* doch schöner und würdiger gestalten –«

»Einen Tag?«, frage ich stirnrunzelnd. »Aber Nouria hat sich angehört, als sei alles so schwierig, dass wir erst in Monaten heiraten könnten.«

»Monate?«, wiederholt Ella schockiert. »Wieso das denn?«

»Wahrscheinlich war Nouria sauer auf dich«, kommentiert Kenji von vorne. »Sie wusste, dass Juliette die Trauung niemals so lange verschieben würde. Wollte dich vermutlich nur piesacken.«

»Ernsthaft«, sage ich verärgert. Nouria und Sam habe ich mir offenbar zu mächtigen Feindinnen gemacht.

»Tut mir echt leid, dass sie das zu dir gesagt hat«, murmelt Ella und umarmt mich. Ich lege ihr den Arm um die Schultern.

»Nouria hat es sicher einfach ein bisschen übertrieben mit unserem Ausweichmanöver«, sagt Ella. »Ich wusste natürlich nichts davon. Dann musst du ja gestern einen furchtbaren Tag gehabt haben.«

»Nein, nein«, lüge ich, lasse meine Finger durch ihr Haar gleiten und sehe sie an. Im Sonnenlicht wirken ihre Augen grüner, fällt mir zum ersten Mal auf, im Schatten dominiert das Blau. »War alles okay.«

Aber das nimmt Ella mir nicht ab.

Ihre Hand streicht über meine Hüfte. »Ich war so beschäftigt damit, alles hinzukriegen, dass ich nicht mal –«

Sie unterbricht sich, und ihre Gefühle verändern sich plötzlich.

»Hey«, sagt sie. »Was ist das?«

»Was denn?«

»Das hier.« Sie berührt mein Bein in einer Weise, die wieder Kenjis Entrüstung auf den Plan rufen würde. »Diese Schachtel hier.«

*»Ah. Ja.«*

Ich bleibe unvermittelt stehen, und mein Herz schlägt schneller, während die anderen an uns vorbeiströmen und uns Glückwünsche zurufen. Jemand steckt Ella ein selbstgebasteltes Diadem ins Haar, und sie bedankt sich mit höflichem Nicken, bevor sie das Ding diskret wieder abnimmt.

Mich zu berühren, wagt niemand.

Weiter vorn höre ich Winston in die Hände klatschen. »Okay, wir sind fast da. Juliette, du und Warner, ihr – Moment mal, wo ist Juliette denn?«

»Hier hinten!«, ruft sie.

»Warum zum Teufel seid ihr so weit hinten?«, schreit Kenji.

Ich höre Murmeln von Winston und genervte Äußerungen von Kenji, gefolgt von beruhigenden Lauten seitens Brendan und Nasira. Das Ganze könnte ziemlich komisch sein, wenn ich in der Stimmung zum Lachen wäre.

Stattdessen stehe ich wie versteinert da.

»Wir kommen gleich!«, ruft Ella. »Ihr könnt schon ohne uns vorbereiten!«

»*Ohne euch vorbereiten?* Wenn ich dahinterkomme, dass du das von Anfang so geplant hast, Prinzessin, macht Nasira dir die Hölle heiß!«

»Tu ich gar nicht!«, ruft Nasira munter. »Im Gegenteil: Von mir aus könnt ihr beiden euch sehr gern die Kleider vom Leib reißen, falls ihr das vorhabt!«

»Oh mein Gott, Nasira!«

»Was denn?«

*»Nicht auch noch ermutigen!«*, rufen Kenji und Winston gleichzeitig aus.

»Wieso denn nicht?«, wendet Brendan ein. »Ich finde das romantisch.«

Sie zanken noch eine Weile weiter, während es in meinem Kopf drunter und drüber geht. Das Etui in meiner Hosentasche scheint jetzt glühend heiß zu sein, macht unweigerlich auf sich aufmerksam.

So war das alles nicht geplant.

Es gelingt mir einigermaßen, mich mit der Erinnerung zu trösten, dass bislang alles zwischen Ella und mir überraschend und außerplanmäßig passiert ist; diese Situation ist also letztlich keine Ausnahme.

Mal ganz abgesehen davon, dass ich eigentlich gar keinen Plan habe.

In einem perfekten Szenario hätte ich Ella mit dem Verlobungsring den Heiratsantrag gemacht, dann würde sie ihn jetzt schon tragen. Stattdessen hat sie ihn noch immer nicht bekommen, obwohl jetzt die Trauung schon kurz bevorsteht. Ich überlege schnell, welche Ausreden ich noch erfinden könnte, sehe dann aber keinen Sinn darin. Ich weiß schließlich nicht, wie sich alles entwickeln und was als Nächstes passieren wird.

Vielleicht habe ich später gar keine Zeit für eine würdevolle Übergabe.

Ich schlucke mehrmals, versuche, mich in den Griff zu bekommen. Ich begreife nicht mal, warum ich so furchtbar nervös bin.

Nein, das stimmt nicht.

Ich weiß es genau. Ich habe nämlich Angst, dass ihr die Ringe vielleicht nicht gefallen könnten, und habe keine Ahnung, was ich dann machen sollte. Ich müsste Ella ohne Ring heiraten und mir dabei vorkommen wie der blödeste Idiot unter der Sonne, der es nicht mal schafft, seiner Verlobten einen passenden Ring zu schenken.

Diese Vorstellung versetzt mich derartig in Panik, dass ich die Augen schließen muss.

Als Ella »Aaron« sagt, reiße ich die Augen wieder auf.

Sie lächelt mich an.

Und ich begreife, dass sie bereits ahnt, was sich in dem Etui befindet.

Was mich absurderweise noch nervöser macht. Um mich zu beruhigen, schaue ich mich um und stelle erst jetzt fest, dass wir allein sind. Die anderen sind inzwischen weit entfernt und verschwinden nach und nach aus unserem Blickfeld, und mir wird bewusst, dass ich nicht die geringste Ahnung habe, wo wir überhaupt sind.

In der Nähe sehe ich asphaltierte Straßen, gesäumt von dürren Bäumen. Die Luft riecht kühl und frisch, und die Sonne ist heller hier, fern von Waldstücken. Ich höre wieder Vogelzwitschern und schaue zum Himmel auf, um mich zu orientieren, durchforste mein Gehirn nach alten Landkarten und Informationen über dieses Gebiet. Es sieht kultivierter, weniger wild aus als die Landschaft beim Refugium. Ich bin mir recht sicher, dass wir uns den einstigen Sperrzonen nähern – was aber eigentlich nicht sein kann, da wir uns noch in Nourias Schutzraum befinden. Die Lichtkuppel, die uns von der Außenwelt abschirmt, ist deutlich zu erkennen.

»Wo sind wir?«, frage ich, vergesse meine Nervosität einen Moment lang. »Das ist doch nicht –«

»Das erfährst du gleich«, antwortet Ella lächelnd. Sie lässt das Diadem zu Boden fallen und tritt vor mich. Ihre Hand wandert meinen Schenkel hinauf, umkreist das Etui mit den Fingerspitzen. »Aber erst mal muss ich wohl eine krass anzügliche Bemerkung über etwas Hartes in deiner Hose machen.«

Ich streiche mir peinlich berührt übers Gesicht. »Bitte nicht.«

Ella verkneift sich ein Grinsen, stellt pantomimisch einen Reißverschluss an ihren Lippen dar und wirft den Schlüssel weg.

Ich muss lachen, seufze aber dann und starre in die Ferne.

»Also, was ist in dem Kästchen?«, fragt Ella mit leuchtenden Augen. »Ist es für mich?«

»Ja.«

Als ich dennoch keinerlei Anstalten mache, das Objekt zutage zu fördern, runzelt sie die Stirn.

»Kann ich es … haben?«

Zögernd ziehe ich das Samtetui aus der Tasche und umklammere es so lange, dass Ella schließlich sachte meine Faust umschließt.

»Aaron. Was ist los?«

»Nichts.« Ich hole tief Luft. »Alles in Ordnung. Ich –« Ich zwinge mich, die Faust zu öffnen und ihr das Etui hinzuhalten. »Ich hoffe eben nur, dass du den Inhalt magst.«

Sie nimmt die kleine Box lächelnd von meiner Handfläche. »Ganz bestimmt.«

»Und es ist auch nicht schlimm, wenn es nicht so sein sollte. Wenn du es scheußlich findest, kann ich immer noch –«

»Weißt du, so nervös habe ich dich noch nie erlebt.« Sie legt den Kopf schräg und beäugt mich. »Total süß, finde ich.«

»Ich fühle mich wie ein kompletter Idiot.« Ich versuche zu lächeln, was jedoch misslingt. »Aber es freut mich, dass du das immerhin unterhaltsam findest.«

Während ich spreche, klappt sie das Etui auf und zieht scharf die Luft ein, starrt mit großen Augen auf den Inhalt. Schlägt dann eine Hand vor den Mund, und die Gefühle sind ein solches Wirrwarr, dass ich sie kaum identifizieren kann – Überraschung, Glück, Verwirrung –

Jetzt nichts zu sagen, kostet mich enorme Überwindung.

»Woher hast du den?«, fragt Ella verblüfft. Vorsichtig nimmt sie den Verlobungsring aus dem Etui, betrachtet ihn bewundernd, schaut dann zu mir auf. »So etwas habe ich noch nie gesehen.«

»Habe ich für dich anfertigen lassen«, bringe ich mühsam hervor, weiterhin total angespannt. Da Ella noch nicht gesagt hat, wie sie den Ring findet, fällt mir das Atmen schwer.

Dennoch gelingt es mir, das funkelnde Schmuckstück wieder an mich zu nehmen und behutsam Ellas linke Hand zu ergreifen. Zum Glück zittern meine Hände nicht, als ich ihr den Ring an den Finger stecke.

Wie ich geahnt habe, sitzt er perfekt.

Ich habe Ellas Finger sorgfältig abgemessen, während sie auf der Krankenstation im Koma lag.

*»Anfertigen lassen?«* Ella starrt auf ihre Hand, wo der Ring glitzert und in allen Farben funkelt. Der Brillant ist groß, aber nicht protzig und passt wunderbar zu ihr.

Finde ich jedenfalls.

Ich beobachte sie, wie sie ihre Hand hin und her dreht und den Ring betrachtet. »Wie konntest du ihn anfertigen lassen?«, fragt sie. »Und *wann*? Ich dachte, in dem Etui sei ein schlichter Ehering, nicht –«

»Eheringe sind auch noch drin. Unter der Lasche.«

Als Ella jetzt zu mir aufschaut, schimmern Tränen in ihren Augen, was mir ins Herz schneidet, aber auch die Hoffnung auf Erlösung mit sich bringt. In diesem Fall wäre ich ausnahmsweise dankbar dafür, Ella zumindest ein klein wenig weinen zu sehen.

Zaghaft klappt sie die Lasche hoch und nimmt ihren darunter verborgenen Ehering heraus.

Mit zitternder Hand hält sie ihn hoch und betrachtet ihn. Der Ring aus Mattgold ist fast so zart wie ein Faden und hat die Form eines Zweigs. Die zwei Blättchen aus Smaragd funkeln im Sonnenlicht.

Ella steckt ihn an ihren Finger und seufzt begeistert, als er sich perfekt an den Verlobungsring schmiegt – was natürlich so geplant war.

»Die Blätter – das sollen wir sein«, sage ich und komme mir dümmlich und einfallslos dabei vor.

Ich hasse mich mal wieder aus tiefster Seele.

Ella bleibt stumm, und jetzt muss ich die Frage einfach stellen. »Gefallen dir die Ringe? Falls nicht, kann ich jederzeit –«

Sie klappt das Etui zu und fällt mir um den Hals, drückt mich so fest, dass mir fast die Luft wegbleibt. Dann bedeckt sie mein Gesicht mit Küssen und lacht und weint gleichzeitig.

»Wie kannst du mich das fragen?«, sagt sie, während sie ihre Tränen wegwischt. »Ich liebe diese Ringe. Sie sind atemberaubend schön. Und wahrscheinlich hast du daran nicht gedacht, als du sie hast anfertigen lassen – aber die Smaragde erinnern mich an deine Augen. Sie sind wundervoll.«

Ich blinzle verblüfft. »Meine Augen?«

»Ja«, sagt sie sanft. »Und du hast ganz recht. Die zwei Blätter sind wie wir. Wir wachsen von unterschiedlichen Seiten des Wegs aufeinander zu, seit wir uns kennen, nicht wahr?«

Meine Erleichterung fühlt sich so berauschend an wie eine Droge.

Ich ziehe Ella an mich und küsse sie, ganz langsam zuerst, aber dabei bleibt es nicht lange, und binnen Kurzem gleitet Ellas Hand wieder unter mein Hemd, bringt meine Haut zum Glühen.

»Ich liebe dich«, flüstert sie, küsst meinen Hals, mein Kinn, meinen Mund. »Und die Ringe will ich nie wieder ablegen.« Die Leidenschaft hinter ihren Worten ist so stark, dass ich kaum noch atmen kann. Ich schließe die Augen, als ich die Ringe an meiner Brust spüre, wo sie feurige Kreise ziehen.

Ich begehre Ella so sehr, dass mein Verstand sich komplett abschaltet.

Als wir uns voneinander lösen, scheint Lava durch meine Adern zu strömen. Unser Zusammensein heute Morgen hat den Damm gebrochen; in ihrer Genesungszeit habe ich es kaum gewagt, Ella zu berühren, und danach gefürchtet, die körperliche Nähe könnte ihr zu viel sein. Ich wollte, dass sie sich in Ruhe erholen und wieder zu sich finden konnte, ohne sich bedrängt zu fühlen.

Aber jetzt –

Jetzt, da sie wieder bereit für mich ist – und mein Körper sich erinnert –, kann ich gar nicht genug von ihr bekommen.

»Ich bin so froh, dass dir die Ringe gefallen, Liebste«, wispere ich an ihren Lippen. »Aber den Ehering werde ich erst mal wieder an mich nehmen.«

»Was?« Sie löst sich von mir und starrt erschüttert auf ihre Hand. »Wieso?«

»So gebieten es die Regeln«, sage ich lächelnd und streiche ihr zärtlich über die Wange. »Aber ich verspreche dir: Nachdem ich dir den Ring heute angesteckt habe, werde ich ihn nie wieder zurückverlangen.«

Als sie keine Anstalten macht, den Ring abzuziehen, greife ich sachte nach dem Etui, das sie in der rechten Hand hält.

Widerstrebend lässt sie los, seufzt dann tief, als sie den Ehering vom Finger zieht. Ich halte ihr das geöffnete Etui hin, und nachdem sie den Ring zurückgesteckt hat, klappe ich es zu und verstaue es in meiner Hosentasche.

In den letzten Minuten scheint mein Herz auf vielfache Größe angeschwollen zu sein.

»Jetzt sollten wir wohl weitergehen, wenn du den Ring wiederbekommen möchtest«, sage ich und nehme sie in die Arme. Dann flüstere ich ihr ins Ohr: »Heute werde ich dich heiraten. Und dann so lange mit dir Liebe machen, bis du deinen Namen nicht mehr weißt.«

Ella gibt ein überraschtes Keuchen von sich, ihre Hände krallen sich in mein Hemd, und sie zieht mich dichter zu sich, knabbert an meiner Unterlippe, bevor sie meinen Mund erobert, als wolle sie mich verschlingen – ungestillter Hunger. Sie drückt sich an mich, weich und hart begegnen sich, und es ist wie ein herrlicher Rausch für mich, zu spüren, wie sehr sie danach verlangt.

*Nach mir.*

Ihr Mund ist heiß und süß, ihre Zunge wild und geschmeidig. Ihre Hand wandert zu meinem Schritt, und ein halb erstickter Laut dringt aus meiner Kehle. Ich umfasse ihr Gesicht mit beiden Händen, während sie mich berührt, küsse sie härter, tiefer, ohne von meiner Lust erlöst zu werden, Ella scheint mich mit Absicht zu peinigen – uns beide –, weil sie weiß, dass wir hier nichts anderes tun können, dass wir von jeder Menge Leute erwartet werden –

»Ella«, ächze ich flehend, als ich mich losreiße und vergeblich versuche, mich abzuregen, meinen Verstand wieder zu aktivieren. In diesem Zustand kann ich mich unmöglich in eine Menschenmenge begeben. Ich kann nicht mal einen klaren Gedanken fassen.

Meine Gedanken drehen durch.

Ich will ihr die Kleider vom Leib reißen. Vor ihr auf die Knie fallen und sie schmecken, vor Lust zur Raserei treiben. Ich will, dass sie mich anfleht, bevor es ihr kommt, hier, mitten in irgendeiner Einöde.

»Ich kann wirklich nicht begreifen, was du mit mir anstellst, Liebste«, sage ich atemlos. »Du kannst dir gar nicht vorstellen, wie sehr ich dich will. Du kannst dir nicht vorstellen, was ich jetzt gerade alles mit dir machen möchte.«

Meine Worte haben nicht die angestrebte Wirkung. Ella lässt sich nicht ablenken.

Im Gegenteil: Ihr Verlangen scheint sich noch zu steigern. Dass sie mich jemals so begehren würde – dass ich jemals in ihr die gleiche Begierde auslösen würde wie sie in mir –

Das erscheint mir noch immer kaum fassbar.

Und es ist suchterzeugend.

»Und du kannst dir auch nicht vorstellen, was du mit mir anstellst, wenn du mich so ansiehst«, sagt sie leise.

Ich atme zittrig ein, als sie nach meinen Händen greift und sie unter ihren Pullover schiebt, auf ihre Brüste legt. Sie keucht, als ich die weichen Rundungen streichle, ihr ganzer Körper scheint unter Strom zu stehen.

Ihre Haut fühlt sich wie fließende Seide an.

»Oh Gott«, keuche ich, »du bist einfach überwältigend.«

Ella schüttelt den Kopf, schließt die Augen, während sie meine Berührungen genießt. »Kenji hatte recht«, flüstert sie. »Uns darf man wirklich nicht allein lassen.«

Ich sauge an ihrem Hals – aber so behutsam, dass keine Male zurückbleiben –, bis sie verlangend stöhnt. Ihre Hände nähern sich meinem Hosenknopf, und in meinem Wahn wehre ich mich nicht dagegen, vergesse, wo wir sind und was wir tun sollten – bis ich spüre, wie ihre Finger mein hitziges Lustorgan umfassen, kühle Finger auf meiner fiebrigen Haut, und es kommt mir vor, als ginge ich in Flammen auf.

Ich bin wirklich kurz davor, Ella den Pullover auszuziehen, ihren BH aufzureißen, sie komplett zu entkleiden, und dann –

Das ist Irrsinn.

Einzig ein gnadenloser, grausamer Akt der Selbstbeherrschung bringt mich dazu, meine Hand auf die ihre zu legen und meinen Atem zu regulieren.

»Das geht jetzt hier nicht«, sage ich keuchend und hasse mich selbst dabei. »Nicht hier. Nicht jetzt.«

Ella schaut um sich, als erwache sie aus einem Traum, als erkenne sie nur langsam die Realität. Diesen verwirrten

Moment nutze ich, um meine Kleidung zu ordnen, wobei ich staunend feststelle, dass ich tatsächlich kurz davor gewesen bin, etwas vollkommen Wahnwitziges zu tun.

Ellas Enttäuschung ist massiv.

»Wir brauchen ein Bett, Liebste«, sage ich. Meine Stimme klingt noch immer heiser vor Begehren. »Ich brauche Stunden. Tage. Mit dir allein.«

Sie nickt, und der Ring funkelt wild, als sie sich an meine Brust lehnt. »Ja. Bitte. Ich hoffe sehr, dass du nicht vorhast, heute Abend einzuschlafen.«

Ich lache, aber es klingt zittrig. »Eines Tages werden wir ein richtiges Bett haben«, sage ich und küsse sie auf die Stirn. »Und dann werde ich wohl kaum noch Schlaf finden.«

Plötzlich zuckt Ella zurück.

Ihre Augen werden groß, als ihr offenbar etwas einfällt, dann strahlt sie wieder übers ganze Gesicht. Packt mich an der Hand und zieht mich mit einem ungeduldigen Laut hinter sich her.

»Ella – warte –«

»Los, komm, ich muss dir doch was zeigen!«, ruft sie, bevor sie losrennt.

Und mir bleibt nichts anderes übrig, als ihr zu folgen.

# 11

Ich höre Ella lachen, vergnügt und übermütig wie ein Kind, während ihr Haar, glänzend im Sonnenschein, hinter ihr herflattert. Sie sprintet über eine freie Fläche in eine verlassene Straße, und ich bin so fasziniert von dieser ganzen Szenerie, dass ich erst mit etwas Verspätung ein Geräusch wahrnehme: das unangenehm schrille Quietschen von Metall auf Metall. Meine Stiefel klingen laut auf dem Asphalt, sobald wir in die Straße einbiegen, und die Sonne ist grell und gnadenlos, weder durch Wolken noch durch Bäume abgemildert. Ich laufe langsamer, als das penetrante Geräusch lauter wird, und als ich die Quelle plötzlich vor mir sehe, bleibe ich abrupt stehen.

Ein Spielplatz.

Eine rostige Schaukel, die vom Wind herumgewirbelt wird.

Vor der Herrschaft des Reestablishment gab es solche Orte – Spielplätze – hauptsächlich in den späteren Sperrzonen, in dicht besiedelten Wohngebieten.

In bewaldeten Gegenden wie dem Ort, an dem das Refugium gebaut wurde, gab es ebenso wenig Spielplätze wie auf offenen Flächen.

Wieder versuche ich mir zu erklären, wo wir hier sein könnten.

Ich nähere mich den rostigen Geräten. Zu meinem Erstaunen fühlt sich der Boden unter meinen Füßen weicher an; die Spielfläche wurde offenbar auf einer Art Gummischicht angelegt. Rundherum ist sie von Betonplatten umgeben, auf denen Metallbänke mit abblätterndem Lack stehen. Früher war um die Fläche mit den Spielgeräten wohl Rasen, von dem inzwischen am Rand nur noch schlammige Erdflächen übrig geblieben sind.

Ich runzle die Stirn.

Diese Gegend hier kann unmöglich zum Refugium gehören – und dennoch gibt es keinen Zweifel, dass wir uns noch immer unter Nourias Lichtschutzschirm befinden.

Ich drehe mich um, halte nach Ella Ausschau. Sehe sie gerade noch, bevor sie um eine Ecke in eine andere Straße abbiegt, und mache mir Vorwürfe, dass ich getrödelt habe. Ich sprinte los, und auf der Kreuzung entdecke ich Ella wieder, die plötzlich stehen bleibt und sich umdreht.

Sie hat gespürt, dass ich verschwunden war.

Diese kleine Geste bringt mich zum Lächeln, während ich die Hand hebe, um mich bemerkbar zu machen. Ella hopst ungeduldig auf und ab und winkt mich zu sich. Legt die Hände als Sprachrohr an den Mund und schreit: »Beeil dich!«

Ich renne weiter, registriere dabei die Umgebung. Die alten Straßenschilder wurden so zugerichtet, dass sie nicht mehr zu entziffern sind, aber über Kreuzungen gibt es hie und da noch Ampeln. Und an Laternenpfosten hängen die schwarzen Lautsprecher, die vom Reestablishment überall angebracht wurden.

Also haben auch unter dem Regime hier Menschen gewohnt.

Als ich Ella schließlich eingeholt habe, will sie mich sofort weiterziehen, obwohl sie ziemlich außer Atem ist. Rennen ist ihr immer schon weniger leichtgefallen als mir. Aber jetzt sträube ich mich und frage stattdessen: »Liebste, wo um alles in der Welt sind wir hier?«

»Sage ich dir gleich«, antwortet sie freudestrahlend. »Obwohl ich eigentlich glaube, dass du es dir schon denken kannst.«

»In einer ehemaligen Sperrzone«, sage ich.

»Ja.« Ihr Lächeln wird ein wenig schwächer. »So ähnlich jedenfalls.«

»Aber wieso –«

Sie schüttelt den Kopf und zerrt wieder an mir. »Nee, es gibt noch keine Erklärungen. Komm schon, wir sind fast da!«

Sie ist so ausgelassen, sprüht vor Energie, dass ich unwillkürlich lachen muss. Einen Moment lang stemme ich mich noch gegen ihre Versuche, was sicher sehr komisch aussieht, wie in einem Comic. Es ist bestimmt frustrierend für Ella, dass sie ihre Kräfte nicht auf mich anwenden kann, aber sie würde das auch nicht tun, wenn sie es könnte; sie würde mich nie übervorteilen, um ihren Willen durchzusetzen. So ist Ella nicht.

Sie ist und war immer ein besserer Mensch, als ich jemals sein werde.

Ihre Augen funkeln, der Wind spielt mit ihrem Haar, ihre Wangen sind gerötet vom Rennen und von der Aufregung. Sie sieht absolut hinreißend aus.

*»Aaron!«*, sagt sie jetzt gespielt erzürnt. Sicher keine sinnvolle Idee, ihr das zu sagen, aber auch das finde ich bezaubernd. Schließlich lässt sie mich los und hebt ergeben die Hände.

Ich streiche ihr lächelnd eine Haarsträhne hinters Ohr, und der gespielte Zorn verfliegt im Nu.

»Du willst mir also wirklich nicht verraten, wo wir hinlaufen?«, frage ich. »Nicht mal ein klitzekleiner Hinweis? Ich darf keine einzige Frage stellen, um mich zu orientieren?«

Sie schüttelt hartnäckig den Kopf.

»Verstehe. Und gibt es einen bestimmten Grund, warum dieses Ziel so ein extrem gehütetes Geheimnis ist?«

»Das war eine Frage!«

»Stimmt.« Ich blinzle und schaue stirnrunzelnd in die Ferne.

Ella stemmt die Hände in die Hüften. »Jetzt kommt bestimmt gleich die nächste Frage, oder?«

»Ich würde nur gern wissen, wie es Nouria gelungen ist, eine ehemalige Sperrzone in ihren geschützten Bereich zu übernehmen. Und ich möchte wissen, warum niemand mir auch nur ein Sterbenswörtchen darüber gesagt hat, dass sie so etwas plant. Und weshalb –«

»Nein, nein, ich kann diese Fragen nicht beantworten, ohne die Überraschung zu verderben.« Ella pustet genervt die Luft aus und überlegt. »Und wenn ich jetzt verspreche, das alles zu beantworten, sobald wir da sind?«

»Wie weit ist es noch?«

»Aaron!«

»Okay, okay.« Ich lache in mich hinein. »Verstanden. Keine Fragen mehr.«

»Schwörst du's?«

»Ja. Ich schwöre.«

Sie gibt einen kleinen Freudenlaut von sich, küsst mich flüchtig auf die Wange und ergreift wieder meine Hand. Diesmal leiste ich keinen Widerstand, folge ihr schweigend und bereitwillig.

Die Straße macht eine Biegung und gibt weiterhin nichts darüber preis, wo wir uns aufhalten. Wir gehen mitten auf dem mit Schlaglöchern übersäten Asphalt. Mit Autos ist nicht zu rechnen, aber es fühlt sich dennoch seltsam an, auf den Fahrbahnen der alten Welt zu Fuß unterwegs zu sein.

Es gibt erstaunlich viel Grün hier, Bäume, Rasenstücke, wucherndes Gras, Überbleibsel aus der Vergangenheit, denen es irgendwie gelungen ist, zu überleben. Während wir weitergehen, verstärkt sich dieser Eindruck; die Äste der Bäume entlang der schadhaften Straße bilden eine Art Tunnel. Die Sonnenstrahlen, die durch das Geflecht der Zweige fallen, zaubern flirrende Licht- und Schattenmuster auf den Asphalt.

Ich merke, dass wir uns jetzt wirklich dem Ziel nähern, da Ella wieder in diesen aufgeregten Zustand gerät, diesen Mix aus Freude und Nervosität. Schließlich biegen wir in eine Sackgasse ein – und bei dem Anblick, der sich mir dort bietet, bleibe ich stehen wie angewurzelt.

Eine Wohnstraße.

Etwa zehn Einfamilienhäuser, umgeben von Rasenflächen. Hier war ich noch nie, und mir ist klar, dass diese Straße wie eine Art Rückblick in die Vergangenheit ist. Die Häuser – wie alle in den einstigen Sperrzonen – befinden sich durch Alter, Verwahrlosung und die Witterung in unterschiedlichen Stadien des Verfalls. Dächer sind eingestürzt, Fenster vernagelt, andere zerbrochen, Haustüren hängen schief in den Angeln. Ein Anblick, der überall auf dem Kontinent in etwa gleich sein dürfte – mit einer Ausnahme.

Mittendrin steht ein intaktes Haus. Das einladend und behaglich aussieht. Das ein Zuhause für jemanden sein könnte.

Die makellosen Außenwände sind in einem angenehmen Weißton gestrichen – nicht zu weiß –, Haustür und Fensterläden in hellem Salbeigrün. Das Dach ist neu gedeckt. Dieser Anblick löst eine Erinnerung bei mir aus, an ein anderes Haus, in einer anderen Zeit, an anderem Ort. Ein hellblaues Haus.

Doch am Unterschied in der Ausstrahlung kann es keinen Zweifel geben.

Das Haus meiner Eltern war atmosphärisch geprägt von Düsternis und Verfall, wie ein Museum des Grauens. Dieses Haus hier mit seinen großen, glänzenden Fenstern strahlt Hoffnung und Zuversicht aus. Und im unteren Raum sehe ich durch die Fenster: Menschen. Viele bekannte Menschen, deren Stimmen sogar bis hierher gedämpft zu hören sind.

Es kommt mir vor, als träume ich.

Der Rasen müsste dringend gewässert werden, der einzige Baum im Vorgarten sieht auch völlig vertrocknet aus. Zwei rostige Mülltonnen stehen in einer Gasse neben dem Haus, in der sich eine Katze träge in der Sonne rekelt. Ich kann mich nicht einmal mehr daran erinnern, wann ich zuletzt eine Katze gesehen habe. Fühle mich, als sei ich in eine Zeitmaschine geraten, in eine Vision von einer Zukunft, von der ich nicht ahnen konnte, das ich sie jemals haben würde.

»Ella«, flüstere ich. »Was hast du getan?«

Sie drückt meine Hand und lacht leise.

Ich wende mich ihr langsam zu, von so vielfältigen Gefühlen erfasst, dass ich mich nur davor fürchten kann.

»Was ist das hier?«, bringe ich mühsam hervor. »Was sehe ich?«

Ella atmet mehrmals tief ein, bevor sie spricht.

Dann sagt sie: »Die Idee hatte ich schon lange, aber es war damals nicht machbar. Ich wollte immer diese alten Wohngegenden wieder zum Leben erwecken und vor dem Verfall bewahren. Leider werden wir dennoch viele dieser Häuser abreißen müssen, weil sie schon zu stark zerfallen sind. Was dann aber auch bedeutet, dass wir neuere, bessere Bauten errichten können – und damit können wir innerhalb unserer Infrastrukturprojekte zugleich Arbeitsplätze schaffen.« Sie sieht mich an. »Ich habe übrigens ein wichtiges Gespräch mit unserem neuen Stadtplanungsteam gehabt.« Sie lächelt etwas angespannt. »Ich bin nicht dazu gekommen, dir gestern davon zu berichten. Wir hoffen, dass wir diese Wohnviertel schrittweise wiederherstellen können. Priorität hat dabei die Unterbringung von Menschen mit Beeinträchtigung oder besonderen Bedürfnissen und von Älteren. Das Reestablishment hat alle Menschen, die als unwert erachtet wurden, in Anstalten gesteckt, weshalb es nirgendwo entsprechende Unterkünfte gibt. Auch nicht für all die Waisen, was bedeutet – na ja, das weißt du ja selbst.« Sie schaut zur Seite, schlingt die Arme um sich. Als sie mich wieder anschaut, sehe ich in ihren Augen Trauer und immense Dankbarkeit zugleich.

»Ich glaube, ich habe mich überhaupt noch nicht ausreichend bedankt für alles, was du geleistet hast«, sagt sie, und ihre Stimme bricht. »Du kannst nicht erahnen, wie unendlich viel mir das bedeutet. Ich danke dir. *So sehr.*«

Sie wirft sich in meine Arme, und ich halte sie ganz fest, noch immer außerstande, zu sprechen. Ich spüre alle ihre Gefühle gleichzeitig, Liebe und Schmerz und Angst – vor der Zukunft, merke ich.

Das Schicksal der Anstaltsinsassen lag Ella seit jeher enorm am Herzen. Nachdem wir den Sektor 45 zurückerobert hatten, sprachen wir oft bis spät in die Nacht über ihre Projekte, und sie sagte, nach dem Fall des Reestablishment wolle sie als Erstes die Kliniken wieder öffnen und einrichten, damit die Menschen aus den Anstalten dort versorgt werden könnten.

Während sie im Koma lag, hatte ich dieses Projekt gestartet.

Wir hatten die Kliniken nicht nur mit Ärzteteams und Pflegepersonal ausgestattet, sondern auch mit Geräten, Medikamenten und ehemaligen Soldaten vom gesamten Kontinent, die tatkräftig mit anpackten. Der Plan ist, jeden einzelnen Menschen aus den Anstalten sorgfältig zu untersuchen und dann zu entschieden, ob die Person weiter medikamentöse Behandlung oder Rehamaßnahmen braucht. Wer halbwegs gesund und unversehrt ist, kann zu seiner Familie zurückkehren oder in entsprechenden Projekten untergebracht werden.

Ella hat sich gefühlte tausend Mal bei mir dafür bedankt, worauf ich jedes Mal erwidert habe, meine Bemühungen seien nicht der Rede wert.

»Du bist ein einzigartiger Mensch«, sagt sie jetzt. »Ich bin so unendlich dankbar für dich.«

Was bei mir einen ziehenden Schmerz im Körper auslöst, der gleichzeitig irgendwie lustvoll ist. »Ich bin ein Nichts«, widerspreche ich. »Wenn ich irgendetwas zustande bringe, dann liegt das einzig und allein an dir.«

»Sag doch so was nicht.« Sie drückt mich fest. »Bitte sprich nicht so schlecht über dich selbst.«

»Na, es stimmt aber.«

Ich hätte niemals so zügig Dinge vorantreiben können, wäre es Ella nicht gelungen, das Militär hinter sich zu bringen. Eine im Prinzip gigantische Aufgabe, die letztlich nur durch Mundpropaganda gelang, weil die Streitkräfte aus meinem alten Sektor so viel Gutes über sie zu berichten hatten.

Während ihrer kurzen Regierungszeit im Sektor 45 ermöglichte Ella den Streitkräften Urlaub, um ihre Familien zu besuchen. Wer Kinder hatte, bekam auf ihr Geheiß größere Essensrationen. Die Todesstrafe schaffte sie generell ab. Das alles empfindet Ella noch immer nicht als große

Leistung. Für sie waren das schnell getroffene Entscheidungen beim Essen, während sie mit ihrer Gabel herumfuchtelte und sich darüber ereiferte, dass die Grundbedürfnisse unserer Streitkräfte nicht erfüllt worden waren.

Aber was sie geleistet hat, ist großartig und hat entsprechend positive Auswirkungen.

Ihr Mitgefühl und die von ihr geschaffenen Erleichterungen brachten Ella auf dem gesamten Kontinent Unterstützung und Loyalität seitens der Streitkräfte ein. Deshalb war kaum Überredung nötig, damit Soldaten und Soldatinnen Befehle von Juliette Ferrars bereitwillig befolgten; und für die Umsetzung ihrer Projekte waren die Streitkräfte auch mir gern behilflich.

Bei den einstigen oberen Militärs allerdings stießen wir auf andere Herausforderungen.

Jedenfalls tut Ella meiner Ansicht nach viel zu sehr ab, wie sie durch ihre Sichtweise und ihre entsprechenden Handlungen das Leben von so vielen Menschen zum Guten hin verändert. Sie weigert sich stur, das als etwas Besonderes anzuerkennen, sagt lediglich, das alles sei doch aus Gründen der Menschlichkeit völlig selbstverständlich. Ich dagegen halte ihr immer wieder vor Augen, wie wenige Menschen es gibt, die über solche hohen moralischen Standards verfügen. Und von den wenigen schaffen es wiederum viele nicht, über ihre eigenen Probleme und Kämpfe weit genug hinauszublicken, um das Leiden anderer zu erkennen. Und schließlich: Sogar wem das gelingt, ist häufig nicht imstande, entsprechend zu handeln.

Dass Juliette Ferrars sich selbst nicht als Ausnahme von diesen Tatsachen sieht, macht sie umso außergewöhnlicher.

Ich versuche, zu mir zu finden, während ich sie in den Armen halte und über ihre Schulter auf dieses Haus blicke.

Höre gedämpftes Gelächter, eine Tür wird geöffnet, Stimmengewirr und Gesprächsfetzen dringen heraus.

»Wo sollen diese Stühle hin?«, schreit jemand; die Antwort fällt leiser aus und ist nicht bis zu uns zu hören. Etwas in mir beginnt wieder zu zittern.

Als mir klar wird, dass in diesem Haus die Vorbereitungen für unsere Hochzeit stattfinden.

*In unserem Haus.*

»Nein, das stimmt überhaupt nicht«, murmelt Ella an meiner Brust. »Du verdienst alles Gute der Welt, Aaron. Ich liebe dich von Tag zu Tag mehr – und das hätte ich nie für möglich gehalten.«

Diese Offenbarung bringt mich fast um.

Ella lehnt sich zurück und schaut mich an. Sie kämpft mit den Tränen, und ich kann sie kaum ansehen, weil ich fürchte, davon angesteckt zu werden.

»Du beklagst dich nie, wenn ich jede Mahlzeit mit den anderen zusammen einnehmen will«, sagt sie. »Du beklagst dich nicht, wenn wir abends Stunden im Hauptzelt verbringen. Du beklagst dich nicht darüber, dass du in unserem Zimmer auf dem Boden schlafen musst, was jetzt schon seit zwei Wochen der Fall ist. Aber ich kenne dich. Deshalb weiß ich auch, wie schwer erträglich das alles für dich sein muss.« Sie zieht scharf die Luft ein und wendet den Blick ab.

»Du brauchst Ruhe«, fährt sie fort. »Du brauchst viel Raum und Privatsphäre. Und du sollst wissen, dass mir das alles voll und ganz bewusst ist. Ich weiß alles zu schätzen, was du für mich tust, und ich nehme ganz genau wahr, jedes einzelne Mal, wenn du dein Wohlbefinden für mich hintanstellst. Aber ich möchte mich auch um dich kümmern. Ich möchte dir Ruhe schenken. Ein Zuhause. Ein Zuhause für uns beide.«

Jetzt wird das Brennen in meinen Augen so schlimm, dass ich es kaum noch in den Griff bekomme, obwohl ich das sonst unter allen Umständen zu vermeiden versuche. Aber es ist zu stark; ich bin zu überwältigt von meinen Emotionen; ich bin zu viel von allem. Ich schaue weg und ringe nach Atem, aber alles an mir fühlt sich erschüttert an, wie bei einem gewaltigen Beben.

Als Ella zu mir aufblickt, macht sie große Augen.

Und ich frage mich in diesem Moment, was sie in mir sieht. Ob sie gerade in mich hineinschauen kann. Dann staune ich über mich selbst, weil ich mir diese Frage stelle. Ella ist der einzige Mensch, der jemals meine Fassade durchschaut hat.

Aber ich schüttle nur stumm den Kopf, wage es nicht, zu sprechen.

In dem Schweigen spüre ich einen Schreck bei Ella. Sie beißt sich auf die Lippe, fragt dann: »Habe ich mich geirrt? Findest du es scheußlich?«

»Scheußlich?« Ich lasse sie ruckartig los, und der Schock gibt mir meine Stimme zurück. »Ella, ich … wirklich, ich habe dich einfach nicht verdient. Die Gefühle, die du in mir auslöst – was du zu mir sagst … das versetzt mich in Angst und Schrecken. Weil ich dann denke, die Welt wird jeden Moment bemerken, dass ich deiner überhaupt nicht würdig bin. Ich warte ständig auf irgendein Unheil, auf etwas, das alles rückgängig macht und mich in die Hölle befördert, wo ich hingehöre, und dann wird all das Gute verschwinden. Du wirst verschwinden. Gott, ich darf gar nicht daran den–«

Ella schüttelt vehement den Kopf. »Aaron, du und ich … Menschen wie wir denken so etwas, weil wir bisher nichts anderes erlebt haben. Wir glauben, dass alles Gute verschwinden wird, weil es in unserem Leben immer so gewesen ist. Glück war nie von Dauer. Deshalb erwarten wir wieder nur das, was wir schon kennen.«

Jetzt bekomme ich echte Panik, mein treuloser Körper lässt mich schmählich im Stich, mein Puls rast wie verrückt. Ella ergreift meine Hände, gibt mir Halt.

Ich schaue ihr in die Augen.

»Aber weißt du, was mir klar geworden ist?«, sagt sie. »Mir ist klar geworden, dass wir die Macht haben, aus diesem Teufelskreis auszubrechen. Wir können uns dafür entscheiden, glücklich zu sein und andere Menschen glücklich zu machen. Und je öfter wir das tun, desto schneller wird dieser Zustand zu unserer neuen Normalität werden und die Vergangenheit ersetzen. Glück wird sich nicht mehr eigenartig und fremd anfühlen, wenn wir es tagtäglich erleben.«

»Ella –«

»Ich liebe dich«, sagt sie. »Ich habe dich immer geliebt. Und ich bleibe bei dir.«

Ich ziehe sie fest an mich, atme ihren Duft ein. Das Atmen fällt mir so viel leichter, wenn sie bei mir ist, hier in meinen Armen. Dann fühlt sie sich real an.

»Ich habe nicht die geringste Ahnung, wie ich dir für all das danken soll«, flüstere ich in ihr Haar. »Du kannst dir gar nicht vorstellen, wie viel mir das bedeutet, meine Liebste. Das ist das größte Geschenk, das ich in meinem ganzen Leben bekommen habe.«

Sie lacht leise.

»Ist zu früh zum Bedanken«, erwidert sie. »An dem Haus muss noch ganz viel gemacht werden. Von außen sieht es tatsächlich schon ganz gut aus, aber innen herrscht Chaos. Wir haben gerade mal das eine Zimmer rechtzeitig fertigbekommen, aber das war –«

*»Wir?«* Ich beuge mich zurück, betrachte sie fragend.

Als sie meinen Gesichtsausdruck sieht, lacht Ella schallend. »Natürlich *wir*«, antwortet sie. »Glaubst du vielleicht, das hätte ich allein geschafft? Alle haben mitgeholfen. Haben ganz viel Zeit für dich investiert.«

Ich schüttle den Kopf. »Das haben sie bestimmt nur für dich getan, nicht für mich.«

»Du liegst ihnen auch am Herzen, Aaron.«

»Das ist eine sehr liebenswürdige Lüge«, wende ich lächelnd ein.

»Es ist keine Lüge.«

»Das ist vermutlich die größte Lüge, die du mir jemals aufgetischt hast.«

»Nein!«, protestiert sie. »Sogar Ian hat mitgeholfen. Er hat mir beigebracht, wie man eine Holztäfelung macht – und war total geduldig! Und du weißt ja, dass er eher ein schwieriges Verhältnis zu mir hat. Selbst Nouria hat mit angepackt. Übrigens vor allem sie. Ohne sie wäre das alles nicht möglich gewesen.«

Das finde ich angesichts ihrer unverhohlenen Antipathie mir gegenüber extrem erstaunlich. »Sie hat diese Gegend mit dem Schutzschild versehen? Für mich?«

Ella nickt. Runzelt dann die Stirn. »Ja. Na ja, schon. Also, das ist auch Teil eines größeren Plans.«

Ich grinse. »Was du nicht sagst.«

Nourias Engagement hier – und das der anderen – erscheint mir wesentlich plausibler, wenn dahinter tatsächlich ein größeres Projekt steht. Das behalte ich aber für mich. Ella scheint wirklich nicht begreifen zu wollen, wie sehr die Leute hier mich verabscheuen, und ich möchte ihr um keinen Preis ihre Illusionen nehmen.

»Wir wollen für das Refugium eine größere Siedlung anlegen«, erklärt sie, »und befinden uns damit in der ersten Phase. Wir hatten Scouts beauftragt, das passende

Gelände dafür zu suchen, und hier sind sie fündig geworden. An diesem Ort gibt es im näheren Umkreis die besterhaltenen Häuser, weil sie früher von der Kommandeurin und Regentin des Sektors und ihrem Team genutzt wurden.«

Ich ziehe fasziniert die Augenbrauen hoch.

Davon hat Ella mir bislang kein Wort erzählt. Offenbar hat sie dieses Projekt seit Tagen vor mir geheim gehalten – was ich mit etwas zwiespältigen Gefühlen betrachte. Einerseits bin ich enorm erleichtert, weil damit die beunruhigende Distanz zwischen uns erklärt ist. Andererseits hätte ich mir allerdings gewünscht, an den Prozessen beteiligt zu sein.

»Deshalb also – ja, wir haben uns hier schon mal ein großes Gelände der ehemaligen Sperrzone gesichert«, spricht Ella weiter. »Das bis vor Kurzem vom Militär kontrolliert wurde. Ich habe mir eben gedacht, dass – solange wir strengste Sicherheitsvorkehrungen treffen müssen, und das kann noch eine ganze Weile dauern – wir nicht wie im Gefängnis leben können. Deshalb müssen wir das Refugium erweitern, um für unsere Leute angenehme Lebensbedingungen zu schaffen.«

Sie seufzt. »Es wird alles noch ein langer Weg sein, mit brutal viel Arbeit. Aber ich möchte den Menschen, die im Wiederaufbau tätig sind, zumindest sichere Unterkünfte, Privatsphäre und weitere Annehmlichkeiten bieten können. Deshalb will ich als Erstes die Wohnhäuser in dieser Gegend wieder herrichten lassen, anschließend Schulen und ein richtiges Krankenhaus. In einem Teil des unbebauten Landes können wir Parks anlegen. Ich hoffe, dass diese Siedlung zu einer neuen Hauptstadt werden kann, während wir mit der Regenerierung der Welt beschäftigt sind. Und wenn sich vielleicht eines Tages weltweit die Lage beruhigt hat und wir weniger bedroht sind, können wir die Schutzmaßnahmen aufgeben und uns mit den anderen Teilen der Welt vereinigen.«

»Wow«, bringe ich lediglich hervor.

Ich schaue die Straße entlang, dann in die Ferne. Was Ella hier plant, ist ein gewaltiges Unterfangen. Und ich staune, wie viel von dem Gelände bereits gesichert wurde. »Das ist eine fantastische Idee, Ella. Absolut brillant, wirklich.« Ich sehe sie an, zwinge mich zu einem Lächeln. »Ich wünschte nur, ich hätte gleich von Anfang an daran beteiligt sein können.«

Sie runzelt die Stirn. »Ich hätte dir wirklich so gern davon erzählt. Aber das ging einfach nicht, sonst hättest du die Gegend doch garantiert besichtigen wollen, und dann wäre dir das ganze Baumaterial an dem Haus aufgefallen, und du hättest dich erkundigt, warum so viele Leute daran arbeiten, und hättest bestimmt gefragt, wer da später drin wohnen soll, und –«

»So viele Fragen hätte ich nicht gestellt.«

Sie sieht mich zweifelnd an.

»Na gut, du hast recht.« Ich nicke. »Ich hätte die Überraschung verdorben.«

»HEY!«

Beim Klang der vertrauten Stimme fahre ich herum. Kenji kommt hinter dem Haus hervor, in einer Hand einen Klappstuhl, in der anderen etwas, das ein Zweig mit einer Blüte zu sein scheint. »Kommt ihr beiden jetzt endlich mal rein? Brendan beklagt sich, weil das Licht verloren geht oder irgend so ein Scheiß – behauptet, wenn die Sonne erst mal hoch am Himmel steht, sei das schlecht zum Fotografieren. Und Nasira ist auch schon total ungeduldig, sie meint, J müsste sich jetzt endlich fertig machen.«

Ich starre erst verblüfft zu Kenji hinüber, sehe dann Ella an. Sie sieht doch schon wunderschön aus. »Wie, fertig machen?«, frage ich belämmert.

»Ich muss mein Brautkleid anziehen«, antwortet sie lachend.

»Und Make-up«, ruft Kenji. »Nasira sagt, sie brauchen Zeit für ihr Make-up. Und für ihre Haare.«

Ich mache große Augen. »Du hast ein Hochzeitskleid? Aber ich dachte –«

Ella küsst mich auf die Wange. »Okay, ein paar Überraschungen kann es heute noch geben.«

»Ich bin mir nicht sicher, ob ich weitere Überraschungen verkrafte, Liebste«, sage ich lächelnd.

»Ich hab auch noch eine zu bieten«, verkündet Kenji und stützt sich auf den Klappstuhl. »Diese wunderschöne Bruchbude da drüben?« Er deutet auf das baufällige Haus nebenan. »Das ist meins.«

Worauf mein Lächeln schlagartig erstirbt.

»Ganz genau, mein Bester.« Kenji grinst breit. »Wir werden künftig Nachbarn sein.«

# 12

Kurz darauf wird Ella von einem weiblichen Tornado – darunter Nasira und Lily – entführt. Die Frauen kommen aus dem Haus gestürmt und zerren Ella mit sich, bevor ich mich überhaupt richtig von ihr verabschieden kann.

Ich höre nur ein kurzes Kreischen –

Dann ist sie spurlos verschwunden.

Und ich stehe wie vor den Kopf geschlagen da und starre auf dieses Haus, das künftig mein eigenes sein soll, was ich immer noch nicht glauben kann. Kenji kommt auf mich zumarschiert.

»Los, Mann«, sagt er grinsend. »Wir beide haben auch noch einiges zu tun.«

Ich sehe ihn konsterniert an. »Was denn?«

»Also erst mal ist das hier für dich.« Er hält mir den Blütenzweig hin. »Zum Anstecken. Das ist ein – eine –«

»Ich weiß, was eine Boutonniere ist«, erwidere ich steif, während ich das Arrangement entgegennehme. Es handelt sich um eine einzige Gardenienblüte inmitten ihrer eigenen Blätter, mit einem schmalen schwarzen Seidenband zusammengebunden und mit einer Nadel festgesteckt. Das Arrangement ist elegant und duftet betörend. Gardenien sind sogar meine Lieblingsblumen.

Ich sehe Kenji an, kann meine Verwirrung nicht verbergen.

Er zuckt mit den Schultern. »Nun schau nicht so, Bro. Ich habe keine Ahnung, was für eine Blume das ist. J hat mir nur gesagt, was sie sich wünscht.«

»Warte.« Jetzt bin ich endgültig völlig verwirrt. »*Du* hast das hier so zusammengestellt?«

»Ich hab nur gemacht, was sie mir aufgetragen hat.« Er hebt die Hände. »Wenn es dir nicht gefällt, musst du mit deiner Verlobten reden, weil ich nämlich nichts –«

»Aber wie konntest du diese Blume beschaffen? Und die anderen, die ich vorhin gesehen habe – woher kommen die? Ich verstehe nicht, wie –«

»Ach so.« Kenji lässt die Hände sinken. Starrt mich einen Moment lang an, bevor er sagt: »Das ehemalige Hauptquartier. Erinnerst du dich, dass ihr im Sektor 45 auch immer diese aufwendigen Blumenarrangements hattet? Niemand wusste, wo die eigentlich herkommen, aber alle fanden es seltsam, dass die Leute vom Reestablishment an Orchideen und so was rankamen, während die Zivilisten froh sein konnten, wenn sie irgendwo einen Löwenzahn fanden. War Js Idee. Sie meinte, wir sollten den Typen aufspüren, der in dieser Gegend hier solche Aufträge für das Reestablishment erledigt hat. Der hat uns dann geholfen, alles zu beschaffen. Aber die Blumen sind erst gestern Abend geliefert worden. Was für J ein weiterer Grund zum Verschieben war.«

»Ach so«, sage ich verdattert. »Ja, natürlich.«

Ich bin nicht deshalb erstaunt, weil Ella so ungeheuer findig und einfallsreich ist, denn das weiß ich längst. Sondern weil ich noch immer kaum glauben kann, dass jemand für mich einen derartigen Aufwand betreibt.

Ich fühle mich ziemlich konfus, während ich jetzt Anstalten mache, mir die Blüte an meinen Pullover zu stecken.

»Ähm … tu das mal noch nicht«, sagt Kenji. »Los, komm mit.«

»Warum?«

»Weil wir, wie gesagt, noch einiges zu erledigen haben.«

Er wendet sich zum Gehen, während ich wie angewurzelt stehen bleibe.

»Was genau?«, frage ich.

»Ach, du weißt schon.« Er macht eine vage Geste und runzelt die Stirn. »So Hochzeitssachen?«

Ich verziehe genervt das Gesicht. »Falls der Zweck meiner Frage sich dir nicht erschlossen haben sollte, Yamamoto, gestatte mir, sie auszuführen: Wenn du das bitte genauer darstellen würdest?«

Er lacht lauthals. »Machst du eigentlich auch mal irgendwann etwas, das man dir sagt, ohne vorher eine Million Fragen zu stellen?«

»Nein«, lautet meine schlichte Antwort.

»Dachte ich mir.« Er lacht wieder. »Okay, also J ist jetzt vermutlich eine ganze Weile damit beschäftigt, sich schminken und frisieren zu lassen, weshalb du uns inzwischen dabei helfen kannst, im hinteren Garten alles vorzubereiten. Aber vorher hat Winston noch eine Überraschung für dich.«

»Ich verzichte dankend.«

Kenji blinzelt. »Was soll das denn nun heißen?«

»Ich habe keine Lust mehr auf Überraschungen.« Ich merke, wie mich bei dieser Vorstellung schon wieder die Unruhe packt. »Ich verkrafte keine weiteren.«

»Hör mal, ganz ehrlich: Ich kann mir gut vorstellen, wie dir gerade zumute ist.« Kenji seufzt. »Dir schwirrt vermutlich der Kopf. Ich habe wirklich versucht, das J klarzumachen. Habe ihr gesagt, dass ich es nicht für eine gute Idee halte, jemanden mit einer Hochzeit zu überfallen. Aber sie wollte eben nichts davon hören. Hat ihren eigenen Kopf. Jedenfalls – das ist eine super Überraschung, ich versprech's dir. Außerdem kann ich dir dabei schon mal eine kleine Führung durch dein neues Heim anbieten.«

Dieser letzte Satz sorgt dafür, dass ich mich in Bewegung setze.

Langsam und mit klopfendem Herzen steige ich die Treppenstufen zum Eingang hinauf. Das Haus hat eine Veranda mit frisch gestrichenen Balken und Geländern, die groß genug ist für einen Tisch und Stühle. Vorsichtig schiebe ich die angelehnte Haustür auf und überschreite zögernd die Schwelle. Holzdielen knarren unter meinen Füßen, als ich den großen Eingangsraum betrete, und das Stimmengewirr verstummt plötzlich.

Alle starren mich an.

Einen Moment verschlägt es mir vor Unsicherheit die Sprache. In meinem ganzen Leben habe ich mich noch nie in einer derartig sonderbaren Lage befunden, weshalb ich auch keinerlei Taktik dafür auf Lager habe.

Ich versuche, rasch zu überlegen, was Ella jetzt wohl tun würde.

»Ich danke euch«, sage ich schließlich. »Für alles.«

Daraufhin gibt es Jubelgeschrei und Applaus, die Spannung ist gebrochen. Die Leute rufen Glückwünsche, und während ich mich langsam entspanne, kann ich einzelne Gesichter erkennen, von denen einige mir bekannt sind, andere nicht. Adam winkt mir von ganz hinten zu, und ich sehe, dass er den Arm um die Taille einer jungen blonden Frau gelegt hat. Ihr Name fällt mir wieder ein.

*Alia.*

Sie ist unglaublich still und zurückhaltend, gehört zu dem Team aus Omega Point und ist eng mit Winston befreundet. Heute wirkt sie außergewöhnlich froh und glücklich.

Was auch für Adam gilt.

Ich nicke ihm zu, und er lächelt, flüstert Alia dann etwas ins Ohr. James taucht plötzlich neben seinem Bruder auf und klopft ihm auf den Arm, worauf die drei etwas besprechen und Alia mehrmals entschieden nickt. Sie küsst Adam auf die Wange und verschwindet dann durch eine Tür. Wie gebannt starre ich auf die geschlossene Tür, weil ich vermute, dass Ella sich dahinter aufhält.

Jetzt verfalle ich wieder in Schweigen, betrachte fasziniert die schadhaften Wände und Fenster eines Hauses, das heute, morgen und künftig mein Zuhause sein wird.

Es ist einfach unfassbar.

Ich würde am liebsten auf die Knie fallen und die brüchigen Dielen küssen.

»Komm mit.« Kenjis Stimme reißt mich aus meinem Tagtraum. Er geht voraus, bewegt sich in dem kleinen Haus, als sei er vollkommen vertraut damit – und dann wird mir klar, dass es wohl auch so ist.

Er hat schließlich tagelang hier gearbeitet. Für Ella. Und mich.

Ich habe schlagartig ein schlechtes Gewissen.

»Hallo, hallo?« Kenji wedelt mit der Hand vor meinem Gesicht herum. »Möchtest du die Küche sehen oder lieber nicht? Ich meine, ich würde es nicht unbedingt empfehlen, weil da noch am meisten gemacht werden muss. Aber ist schließlich dein Haus.«

»Nee, ich muss die Küche nicht sehen.«

»Okay, dann geht's gleich zur Sache. Erst Winston, dann der Garten, einverstanden? Du arbeitest ja sonst auch im Anzug, sollte also kein Problem für dich sein.«

Ich seufze. »Nein, ich habe tatsächlich kein Problem mit körperlicher Arbeit, Yamamoto. Im Gegenteil: Ich hätte gerne schon früher mit angepackt.«

»Super, das ist genau, was wir brauchen.« Kenji haut mir schwungvoll auf den Rücken, und ich beiße die Zähne zusammen, um ihm nicht an die Gurgel zu gehen.

»Also gut«, fährt er fort. »Ich werd dich jetzt mal nicht weiter im Ungewissen lassen, weil ich glaube, dass du Überraschungen nicht leiden kannst. Außerdem denke ich mir, dass du dir Dinge gerne vorher vorstellst, weil das dabei hilft, Ängste vor Unbekanntem zu reduzieren. Ich erkläre dir also alles Schritt für Schritt, was meinst du dazu?«

Ich starre Kenji an, als sähe ich ihn zum ersten Mal. »Was?«

»Was soll das heißen – *was?*«

»Woher weißt du, dass ich Überraschungen nicht mag?«

»Bro, du hast wohl vergessen, dass ich dich schon mal bei einer ausgewachsenen Panikattacke erlebt habe.« Kenji tippt sich an die Schläfe. »Irgendwas hab ich schon in der Birne, nicht wahr?«

Ich funkle ihn finster an.

»Na ja, okay, also«, er räuspert sich, »es gibt da auch so eine Ärztin, mit der wir jetzt zusammenarbeiten. Sie gehört dem Team an, das Gutachten für die Leute aus den Anstalten erstellt. Die Frau ist irre klug und erklärt uns allerlei spannende Sachen über die ehemaligen Insassen und über das, was die durchgemacht haben. Du solltest echt mal mit der reden. Da war zum Beispiel ein Patient, der psychisch und körperlich gesund und wohlauf war und zu seiner Familie hätte zurückkehren können. Aber er konnte nicht in ein Flugzeug steigen, ohne eine schwere Panikattacke zu kriegen. Die Ärztin hat Sam erklärt, dass solche Menschen den Personen vertrauen müssen, die es steuern. Und dieses Vertrauen bringen Leute mit Angststörungen nicht auf. Sie können die Kontrolle nicht abgeben. Da musste ich an dich denken.«

Ich finde diesen Vergleich total inakzeptabel und teile das Kenji mit. »Ich habe null Problem mit dem Fliegen«, füge ich hinzu.

»Ja, weiß ich, aber – du verstehst trotzdem, was ich meine, oder? So allgemein?«

»Nein.«

Kenji seufzt ergeben. »Ich will damit doch nur sagen, dass es wahrscheinlich hilfreich für dich ist, wenn du ziemlich genau weißt, was als Nächstes passieren wird. Dir ist es wichtig, die Kontrolle zu behalten. Du magst es nicht, wenn du Dinge nicht weißt, sondern stellst dir lieber vor, wie sie wohl ablaufen könnten.«

»Du hattest ein einziges Gespräch mit einer Ärztin und glaubst jetzt, du könntest Psychoanalyse mit mir machen, oder wie?«

»Natürlich nicht!« Kenji wirft frustriert die Arme in die Luft. »Weißt du, was – egal. Gehen wir. Winston erwartet uns.«

»Halt, warte.«

Kenji sieht mich stirnrunzelnd an. »Was?«

»Es könnte ein winzig kleines Körnchen Wahrheit dran sein. An dem, was du gesagt hast. Aber wirklich nur ein ganz winziges.«

»*Wusste ich's doch.*« Er deutet mit dem Finger auf mich. »Ich hab zu der Ärztin gesagt: Sie sollten wirklich mal mit diesem einen Mann reden, den wir kennen, der könnte echt gut Hilfe gebrauchen, weil er nämlich –«

»Das hast du nicht gemacht«, knurre ich. »Sag mir, dass du das nicht gemacht hast.«

»Doch, habe ich. Sie ist total klug und könnte dir garantiert viele Sachen erklären. Als sie von den Problemen der Anstaltsinsassen berichtet hat, habe ich gesagt: Ach, faszinierend, hört sich fast an, als würden Sie über Warner sprechen.«

»Ah ja.« Ich nicke. »Verstehe. Am besten sollte ich dich wohl gleich hier auf der Stelle umbringen, oder? In meinem eigenen Haus. An meinem Hochzeitstag. Dein Ableben könnte dein Geschenk für mich sein.«

»Genau, *das jetzt hier*!«, ereifert sich Kenji. »Das ist doch das perfekte Beispiel! Um ein Problem zu lösen, fällt dir nichts anderes ein, als jemanden zu ermorden! Wieso merkst du nicht selbst, was für ein Riesenproblem du hast?« Er schüttelt den Kopf. »Weiß nicht, Mann. Ich finde, du solltest dir wirklich überlegen, ob du nicht –«

Ich ziehe scharf die Luft ein, starre an die Decke. »Um Himmels willen, Yamamoto. Wo ist Winston, und was will er von mir?«

»Hat da jemand meinen Namen gesagt?« Winston streckt den Kopf aus einer Tür weiter vorn im Flur. »Kommt rein. Hab schon alles vorbereitet.«

Ich werfe Kenji noch einen vernichtenden Blick zu, bevor ich auf die Tür zusteuere und skeptisch in den Raum spähe. Es handelt sich wohl um ein Schlafzimmer, das allerdings dringend Reparaturen benötigt. Und einen neuen Anstrich. Winston hat dort etwas eingerichtet, was eine Art Einsatzzentrale zu sein scheint – auf einem Klapptisch sehe ich eine sorgfältig arrangierte Auswahl von Krawatten, Fliegen, Manschettenknöpfen und Socken. Ich starre darauf, als mir dämmert, worum es geht, werde aber von einem unangenehmen durchdringenden Geruch abgelenkt.

»Was um alles in der Welt stinkt hier so?«, frage ich und beäuge misstrauisch die Holztäfelung an den Wänden.

»Tja.« Winston zuckt mit den Schultern. »Das wissen wir leider auch nicht. Vielleicht eine tote Ratte hinter der Täfelung. Oder mehrere tote Ratten.«

»Was?« Ich werfe ihm einen scharfen Blick zu.

»Oder«, erklärt Kenji munter, »es ist einfach nur Schimmel!«

»Erfreuliche Alternative«, bemerke ich düster.

»Okay.« Winston klatscht strahlend in die Hände. »Über die Ratten können wir morgen noch quatschen. Bist du bereit für deinen Anzug?«

»Welchen Anzug?«

»Deinen Hochzeitsanzug natürlich.« Winston sieht mich mit befremdetem Blick an. »Du hast doch wohl nicht gedacht, dass du in deinen Alltagsklamotten heiraten würdest, oder?«

»Die natürlich gut aussehen«, wirft Kenji hastig ein.

Ich schaue Winston an. »Bislang habe ich an diesem Tag nichts von dem vorherahnen können, was dann passiert ist. Woher soll ich also bitte schön wissen, dass du meinen Anzug aus dem abgerissenen Gebäude retten konntest? Davon hat mir keiner was gesagt.«

Winston lacht. »Nee, zu retten war da nichts mehr. Ich hab dir einen neuen genäht.«

Einen Moment lang verschlägt es mir die Sprache, und ich starre die beiden fassungslos an. »Du hast mir einen neuen Anzug genäht? Wie? Warum? *Wann?*«

»Wieso fragst du das?«, erwidert Winston lächelnd. »Wir können dich doch nicht ohne einen passenden Anzug heiraten lassen.«

»Aber wie hast du das denn geschafft? Du hattest doch gar keine Zeit –«

»Außer nachts?« Brendan kommt herein. »Und indem er wie wild gearbeitet hat? Ja, er hat heute Nacht kaum geschlafen, um deinen Anzug zu nähen, größtenteils von Hand. Weshalb es auch nicht nett von dir war, Winston heute Morgen so unfreundlich zu behandeln.«

Ich blicke von Brendan zu Winston zu Kenji.

Mir fällt nichts ein, was ich sagen könnte, und ich denke gerade angestrengt darüber nach, als Adam und James in der offenen Tür auftauchen und mit den Knöcheln einen Trommelwirbel am Rahmen klopfen.

»Hi!« James stürmt auf mich zu. »Haben sie dir erzählt, dass ich das einzige Kind bin, das bei der Hochzeit dabei sein darf?«

»Nein.«

»Ist aber so«, verkündet der Kleine. »Meine Freunde sind aller superneidisch, weil die inzwischen zur Schule gehen müssen.«

»Und gibt es einen bestimmten Grund«, frage ich vorsichtig, »warum du eine Sondererlaubnis bekommen hast?«

James verdreht die Augen, hechtet dann ohne jede Scheu auf mich und drückt mich fest. Ich erstarre vor Schreck.

»Ganz viele Glückwünsche«, höre ich ihn an meinem Bauch murmeln. »Ich freu mich so für euch beide.«

Ich rufe mir in Erinnerung, dass James nicht nur mein Bruder, sondern auch ein Kind ist und keine Zurückweisung erleben darf. Deshalb tätschle ich ihm steif den Kopf, was bei den Anwesenden unterschiedliche Reaktionen hervorruft: Kenji prustet vor Lachen, Winston schnaubt verblüfft, Brendan verfällt in eine Art Schockstarre, und Adam glotzt mich mit offenem Mund an.

Ich räuspere mich und mache mich möglichst behutsam von James los.

»Danke schön«, sage ich zu ihm.

»Gern geschehen«, erwidert der Junge strahlend. »Und vielen Dank für die Einladung.«

»Ich habe dich ni–«

»Also!«, ruft Adam aus, der sich sichtlich ein Lächeln verkneifen muss. »Wir, ähm, wollten nur kurz ein paar Details mit dir absprechen, oder, James?«

Der Junge nickt bedeutungsvoll. »Ganz genau.«

»Als Erstes: Hat jemand mit euch über die Ehegelübde gesprochen? Wollt ihr eine traditionelle Trauung, oder möchtet ihr selbst sprechen?«

»Traditionell«, antwortet Kenji rasch, bevor ich überhaupt zu Wort komme. »Das habe ich Castle schon mitgeteilt.« Zu mir sagt er: »Castle übernimmt übrigens die Zeremonie, das wusstest du, oder?«

Ich blinzle. »Nein. Wusste ich nicht. Aber wieso glaubst du, dass ich unsere Ehegelübde nicht selbst verfassen möchte?«

Kenji zuckt mit den Schultern. »Na ja, weil du mir nicht so der Typ zu sein scheinst, der gerne vor einer größeren Menschenmenge über Gefühle redet. Aber freut mich ja, wenn ich mich irre«, fügt er hastig hinzu. »Wenn du das Gelübde gerne selbst schreiben und dann vor zig Leuten, die du größtenteils kaum kennst, zu Juliette sagen möchtest, dass ihr Gesicht dich an den Sonnenaufgang erinnert – kein Problem, jederzeit. Castle ist flexibel.«

»Da würde ich mich noch lieber selbst pfählen.«

»Genau.« Kenji grinst. »Das hatte ich mir eben gedacht.«

Während er sich Adam zuwendet, um weitere logistische Details zu besprechen, betrachte ich erstaunt Kenjis Hinterkopf.

*Wieso und warum*, hätte ich gern gefragt. *Woher wusstest du das?*

Winston klappt einen Kleidersack auf, hängt ihn an einen Haken an der Wand und zieht den Reißverschluss auf, während Brendan einem Karton ein Paar Schuhe entnimmt.

Adam erklärt: »Ich habe eigentlich ein paar Fragen an Warner, aber ich muss Castle erst Bescheid sagen wegen der Gelübde ... ach, und die Musik muss auch noch geklärt werden ... wir kommen gleich wieder –«

Und ich fühle mich, als sei ich in einer merkwürdigen Parallelwelt gelandet, einem Universum, das ich mir für mich niemals hätte vorstellen können. Niemals hätte ich mir denken können, dass ich irgendwo auf meinem absonderlichen Lebensweg –

Freunde gewinnen würde.

# 13

Der hintere Garten ist ein kleines Rechteck mit verdorrtem Rasen, der aber weitgehend von zwei Reihen betagter Holzklappstühle verdeckt ist. In der Mitte wurde ein Gang frei gelassen, der zu einem provisorischen Hochzeitsbogen führt. Er besteht aus zwei kräftigen in die Erde gerammten Holzpfählen, oben durch Schnüre mit einem dicken Ast verbunden. Um diesen simplen Bogen sind bunte Wiesenblumen gewunden, deren Blätter und Blüten im Wind erzittern und die Morgenluft mit einem intensiven Duft erfüllen.

Dieser Anblick ist atemberaubend schön in seiner Schlichtheit, und ich bleibe ergriffen stehen.

Ich trage einen dunkelgrünen, perfekt sitzenden dreiteiligen Anzug mit weißem Hemd und schwarzer Krawatte. Der ursprüngliche Anzug war schwarz gewesen, aber Winston hatte mir erklärt, er habe sich jetzt für dieses sehr dunkle Grün entschieden, weil er sich vorgestellt habe, wie gut es zu meinen Augen und den goldblonden Haaren passen würde. Eigentlich hätte ich widersprechen wollen, war aber so beeindruckt von seiner Arbeit, dass ich den Mund hielt und wortlos die schwarzen Lackslipper anzog, die er mir reichte. Gedankenverloren berühre ich die Gardenie an meinem Revers, spüre gleichzeitig die Samtschatulle in meiner Hosentasche.

Am anderen Ende des Gartens wurden Klapptische aufgestellt, die noch mit Tischdecken verschönert werden müssen – diese Aufgabe wurde mir übertragen. Außerdem soll ich in dem noch unmöblierten Wohnzimmer und Esszimmer – wo abends der Empfang stattfinden soll – Tische und Stühle aufstellen. Zwischen Trauung und abendlicher Feier gibt es eine Pause, in der unsere Gäste sich um ihre Angelegenheiten kümmern können und Ella und ich fotografiert werden sollen.

Das klingt alles so unfassbar für mich, dass mir ganz mulmig ist.

Weshalb ich auch noch keine der mir übertragenen Aufgaben erledigt habe. Sondern stocksteif dastehe, die Lehne eines Klappstuhls umklammere und auf den Hochzeitsbogen starre, unter dem ich in Kürze meine Braut erwarten werde.

Die Ereignisse dieses Tages brechen erneut mit solcher Wucht über mich herein, dass mir fast schwindlig wird. Kenji hat vollkommen recht: Ich habe keinerlei Freude an Überraschungen. Das trifft wirklich zu, und dennoch – wäre ich gern ein Mensch, dem Überraschungen Spaß machen. Ich möchte eigentlich so leben können, möchte mich über vollkommen unerwartete Gesten der Zuwendung von dem Menschen freuen können, den ich am meisten liebe. Ich weiß nur einfach nicht, wie ich mit solchen Erlebnissen umgehen soll; habe keinerlei Erfahrung, wie ich so etwas annehmen und verarbeiten kann.

Ich bin so glücklich, dass ich mich körperlich unwohl fühle; ich bin so voller Hoffnung, dass ich einen unangenehmen Druck auf der Brust habe, der mir das Atmen erschwert.

Deshalb zwinge ich mich jetzt, ruhig ein- und auszuatmen und meine üblichen Gedankenübungen zu machen, mit denen ich mir einzureden versuche, dass meine Ängste überflüssig sind. Dabei spüre ich aber plötzlich eine vertraute nervöse Energie hinter mir.

Langsam drehe ich mich um, erstaunt darüber, dass sie überhaupt zu mir kommt.

»Hey«, sagt Sam, um ein Lächeln bemüht. Sie ist festlich gekleidet, trägt offenbar sogar ein leichtes Make-up, ihre Augenlider schimmern im Sonnenlicht. »Großer Tag heute.«

»Ja.«

»Hör mal – es tut mir leid.« Sie seufzt. »Ich wollte nicht so aggressiv sein dir gegenüber. Ich wollte dich nicht kränken, wirklich.«

Ich nicke, schaue dann zur Seite. Mein Blick fällt auf den halb verfallenen Holzzaun, der meinen Garten vom Nachbargrundstück trennt. Zweifellos wird Kenji mich für den Rest unseres Lebens von dort drüben nerven und stressen.

Sam seufzt erneut, diesmal noch lauter. »Ich weiß, dass wir beide nicht immer einer Meinung sind«, sagt sie. »Aber ich hoffe, dass sich das vielleicht ändert, wenn wir uns besser kennenlernen.«

Jetzt sehe ich sie wieder an, betrachte sie forschend.

Ich spüre, dass sie das aufrichtig meint, halte diese Annahme aber für unwahrscheinlich. In diesem Moment nehme ich aus dem Augenwinkel wahr, dass Nouria mit ihrem Vater und drei weiteren Leuten in den Garten kommt, und schaue zu ihr hinüber. Sie trägt ein schlichtes hellgrünes Etuikleid, das den goldbraunen Schimmer ihrer Haut unterstreicht. Nouria lächelt und wirkt glücklich; und sogar mir ist klar, dass das zurzeit eher selten vorkommt.

Auch ihre Frau blickt zu der Gruppe hinüber, scheint meine Gedanken zu erahnen. »Ich weiß, dass Nouria manchmal ein bisschen hart mit dir umgeht«, sagt Sam, »aber sie steht zurzeit eben wahnsinnig unter Druck. Noch nie zuvor musste sie so viele Menschen und Details gleichzeitig im Blick haben, und das System des Reestablishment abzubauen, ist wesentlich schwieriger, als wir erwartet hatten – du kannst dir gar nicht vorstellen –«

»Meinst du?« Ich lächle grimmig. »Du hältst mich für unfähig, die Belastungen einzuschätzen, mit denen wir zu ringen haben?«

Sam wendet den Blick ab. »Das habe ich nicht gesagt. Und auch nicht gemeint.«

»Unsere Lage ist schlimmer als nur prekär«, sage ich. »Und wie du auch über mich denkst – und was du meinst, von mir zu verstehen –, ich versuche lediglich zu helfen.«

Jetzt seufzt Sam zum dritten Mal.

Natürlich sollten wir alle aus dem Refugium gerade in dieser extremen Lage zusammenhalten. Aber Sam und Nouria haben in letzter Zeit eine Antipathie mir gegenüber entwickelt, weil ich sie immer wieder hinterfrage und nicht widerspruchslos ihren Strategien oder Denkweisen beipflichte, wenn ich sie unzulänglich finde. Überdies weigere ich mich, um des lieben Friedens willen den Mund zu halten.

Was die beiden enorm aufregt – und das wiederum ist mir egal.

Ich bin nicht damit einverstanden, irgendetwas zu tun, das Ellas Leben gefährden könnte, und wenn unsere Bewegung scheitert, würde genau diese Gefährdung eintreten.

»Ich möchte, dass wir beide uns um einen Neuanfang bemühen«, sagt Sam jetzt und sieht mich mit entschlossenem Blick an. »Wir haben in letzter Zeit zu viel gestritten, und ich nehme an, du pflichtest mir bei, dass das nichts Gutes bewirkt. Wir sollten uns alle einig sein.«

»Ach ja?«, erwidere ich. »Nouria hat mich vorsätzlich in dem Glauben gelassen, die Hochzeit sei auf einen unbestimmten Zeitpunkt verschoben. Hat also die Unwahrheit gesagt, um mich zu entmutigen und mir wehzutun. Erachtest du solche miesen Psychospielchen als geeignete Basis für eine harmonische Zusammenarbeit?«

»Sie wollte dich nicht verletzen. Sie wollte dich schützen.«

»In welcher Form von Realität soll das die Wahrheit sein?«

»Weißt du, was dein Problem ist?«, sagt Sam jetzt aufgebracht.

»Ja. Gibt eine endlos lange Liste.«

»Oh Gott«, sagt sie gereizt. »Das – *genau das* – ist dein Problem. Du bist unkooperativ, kannst dich nicht auf Kompromisse einlassen und bist der Überzeugung, dass du alles besser weißt. Du bist einfach unfähig zur Teamarbeit –«

»Nouria und du, ihr könnt einfach nicht mit konstruktiver Kritik umgehen, das ist alles.«

*»Konstruktiv?«* Sam starrt mich fassungslos an. »Deine Kritikweise hältst du im Ernst für *konstruktiv*?«

»Du kannst sie gerne nennen, wie du möchtest«, sage ich schroff. »Aber ich werde mich weiterhin weigern, den Mund zu halten, wenn ich der Meinung bin, dass ihr beide falsche Entscheidungen trefft. Ihr vergesst regelmäßig, dass ich innerhalb des Reestablishment aufgewachsen bin – weshalb ich sehr viel über die Denkweise des Feindes weiß, viel mehr als ihr bereit seid, euch vorzustellen –«

»Alles in Ordnung bei euch?« Castle tritt zu uns, ein zweifelndes Lächeln auf den Lippen. »Wir reden heute aber nicht über Arbeit, nicht wahr?«

»Alles bestens«, antwortet Sam gespielt heiter. »Ich habe Warner nur gerade daran erinnert, wie viel Nouria dafür getan hat, ihn und Juliette an ihrem Hochzeitstag zu schützen. Denn sicher sind sich alle einig darüber, wie angreifbar beide bei einem solchen Anlass sein würden.«

Das veranlasst mich vorerst zum Schweigen.

»Ja – natürlich«, sagt Castle verwundert. »Natürlich, Aber das wussten Sie ja sicher schon, oder, Mr Warner? Die Nachricht über die bevorstehende Trauung hat sich natürlich schon herumgesprochen, und alle fürchteten etwaige Zwischenfälle –«

Mit Blick auf Sam frage ich leise: »Habt ihr mich deshalb gestern alle angelogen?«

Mit unbewegter Miene antwortet Sam: »Nouria hielt es für unumgänglich, dass du selbst der Überzeugung sein musstest, dass die Heirat heute nicht stattfinden würde. Die anderen Kinder der Obersten wussten über den wahren Termin Bescheid, und Nouria befürchtete, dass auch nur der kleinste Hinweis in unseren Kommunikationswegen eine Gefährdung darstellen könnte. Deshalb wollten wir sichergehen, dass du absolut nichts davon wusstest. Die Benachrichtigungen, die Juliette gestern Abend rausgeschickt hat, waren allesamt verschlüsselt.«

»Verstehe.« Ich schaue zu Nouria hinüber, die sich mit Tana und Randa unterhält. Beide halten einen kleinen schwarzen Koffer in der Hand.

Die Bemühung um unsere Sicherheit hätte ich eigentlich rührend finden müssen. Aber weil man mir nicht zugetraut hat, einen Plan für mich zu behalten, verbessert sich meine Laune kein bisschen.

»Dir ist schon klar, dass man mich einfach hätte bitten können, Stillschweigen zu bewahren, oder?«, sage ich. »Ich bin zu Diskretion voll und ganz imstande –«

»Was ist los mit euch beiden?«, fragt Castle stirnrunzelnd. »Das ist nicht die Stimmung, die ich an einem solchen Tag erwartet –«

»Sir?« Ian steht an der Schiebetür, die der einzige Zugang zum Garten ist, und winkt Castle aufgeregt zu sich. »Können Sie bitte mal kommen? Jetzt sofort?«

Castle schaut stirnrunzelnd zwischen mir und Sam hin und her. »Unerfreuliche Themen können zur Genüge später erörtert werden, ist das klar? Heute ist ein Tag zum Feiern. *Für uns alle.*«

»Keine Sorge«, erwidert Sam. »Alles gut – nicht wahr, Warner?«

Ich wende den Blick nicht ab, als ich antworte: »Schon möglich.«

Darauf verfallen wir beide in Schweigen, und Castle wendet sich kopfschüttelnd zum Gehen.

Schließlich holt Sam tief Luft.

»Jedenfalls«, sagt sie laut und schaut an mir vorbei, als suche sie nach einem Fluchtweg. »Aufregender Tag. Herzlichen Glückwunsch und so.«

Ich beiße die Zähne zusammen. Es bleibt mir aber erspart, etwas auf diese klägliche Höflichkeitsfloskel zu erwidern, weil in diesem Moment lautes Gebell ertönt, begleitet von einer leisen, mahnenden Stimme.

Sam und ich fahren beide herum. Ein Tier, das ich kaum erkenne, scharrt wie wild an der inzwischen wieder geschlossenen Schiebetür und bellt nonstop. Das zuvor stumpfe, verfilzte Fell glänzt jetzt kastanienbraun, und eine weiße Zeichnung ist zum Vorschein gekommen. Am Hals leuchtet ein rotes Halsband, auf dem Kopf sitzt eine alberne Schleife im gleichen Farbton. Die für dieses Geschmacksverbrechen verantwortliche Person steht hinter dem Hund und fleht ihn an, still zu sein.

Kenji hatte den Namen der jungen Frau erwähnt: Yara.

Doch sie findet keinerlei Gehör, das Tier tobt und kratzt unablässig an der Tür – *meiner* Tür –, die sicher in Kürze ruiniert sein wird, wenn es nicht damit aufhört.

»Lass ihn raus«, rufe ich.

Yara zuckt zusammen und fingert nervös an der Schiebetür herum. Als es ihr endlich gelingt, sie zu öffnen, rast die Kreatur wie ein geölter Blitz nach draußen und reißt Yara an der Leine mit sich.

Sam gelingt es nicht, ein angewidertes Schnauben zu unterdrücken.

»Ich wusste gar nicht, dass du Tiere nicht leiden kannst«, sage ich, ohne sie anzusehen.

»Oh nein, ich liebe Tiere. Die können viel menschlicher sein als Menschen.«

»In diesem Fall bin ich ganz deiner Meinung.«

»Das schockiert mich.«

Ich sehe sie erstaunt an. »Warum bist du eigentlich so wütend?«

Sam seufzt, weist mit diskretem Kopfnicken auf Yara, die mir übertrieben begeistert zuwinkt, obwohl sie vom Hund herumgezerrt wird.

Ich ziehe fragend die Augenbrauen hoch.

»Ach, schau doch nicht so«, sagt Sam gereizt. »Du hast ja keine Ahnung, was Nouria und ich alles durchmachen, seit du hier eingetroffen bist. Und seit du als Held gefeiert wirst, ist es noch schlimmer geworden. War kein guter Moment für uns, als wir gemerkt haben, wie viele von uns geschätzte Leute erschreckend oberflächlich sind.«

»Vielleicht hilft es dir ja«, sage ich, während ich zögernd die Hand hebe, um Yara zu grüßen, »dass ich diesen Kult selbst auch nicht leiden kann.«

»Quatsch«, kontert Sam sofort, aber ich spüre einen Anflug von Unsicherheit bei ihr.

Ich beuge mich vor und sage leise: »Würde es dir gefallen, von aller Welt auf dein Äußeres reduziert zu werden? Und die ganze Zeit unerträgliche Gefühle von wildfremden Menschen zu spüren, die dich im Geiste ausziehen?«

Sam richtet sich auf, wirft mir einen forschenden Blick zu. Ich merke, dass sie beginnt, nachzudenken und ihr Urteil über mich zu hinterfragen.

»Hi!« Yara bleibt vor uns stehen.

Obwohl ich einen Anflug von innerer Abwehr spüre, muss ich zugeben, dass sie zweifellos eine liebenswürdige junge Frau ist. Sie hat viel für das verwahrloste Tier getan – und damit auch für mich –, wozu sie einem fremden Menschen wie mir gegenüber nicht verpflichtet gewesen wäre. Aber trotz ihrer Großzügigkeit lösen einige ihrer heftigen Gefühle körperliches Unbehagen bei mir aus.

Der Hund jedenfalls ist schlau genug, sich erst mal ruhig vor mir niederzulassen. Dann hebt er vorsichtig eine Pfote, um sie mir ans Bein zu legen, lässt sie aber sofort wieder sinken, als ich ihm einen strengen Blick zuwerfe. Anschließend starrt mich das Tier mit seinen großen dunklen Augen an und wedelt dabei wie verrückt mit dem Schwanz.

»War sehr nett von dir, dass du dich seiner angenommen hast«, sage ich, fixiere dabei aber weiter den Hund. »Er sieht jetzt viel besser aus vorher.«

»Ach, das hat mir Spaß gemacht«, erwidert Yara und zögert einen Moment, bevor sie hinzufügt: »Du siehst – du siehst heute echt toll aus.«

Ich lächle spärlich.

Ich möchte überhaupt nicht wissen, was Yara jetzt gerade empfindet. Will es nie wissen – aber ganz besonders nicht an meinem Hochzeitstag.

Um mich abzulenken, bücke ich mich und streichle den Kopf des Hundes, der das sichtlich genießt. Er beschnüffelt mich, und ich ziehe rasch die Hand weg, bevor er auf die dumme Idee kommt, mich abzulecken. Stattdessen inspiziere ich sein Halsband, an dem ein Metallplättchen mit einer Aufschrift hängt. Ich drehe es zu mir.

steht darauf.

»So wolltest du ihn doch nennen, nicht?«, sagt Yara lächelnd. *»Hund?«*

Jetzt blicke ich unwillkürlich auf und sehe Yara an, was ich besser hätte lassen sollen, denn ihr Lächeln wirkt prompt sehr zittrig.

Ich merke, dass Sam sich das Lachen verkneifen muss.

»Ja«, antworte ich gedehnt. »Hab ich wohl so gesagt.«

Yara strahlt. »Also, jedenfalls gehört Hund jetzt dir. Herzlichen Glückwunsch zur Hochzeit und so.«

Ich richte mich abrupt auf. »Was?«

»Ach so, und er ist bereits kastriert worden, hatte also wahrscheinlich schon mal eine Familie. Du hast eine gute Wahl getroffen. Die Rasse kann ich nicht erkennen, er ist sicher ein Mischling, aber nicht verwildert, und ist bestimmt –«

»Ich fürchte, hier liegt ein Missverständnis vor. Ich will keinen Hund. Ich wollte nur, dass du ihn wäschst und ihm was zu fressen gibst –«

Jetzt kann Sam sich nicht mehr beherrschen und prustet vor Lachen. Ich fahre herum und funkle sie aufgebracht an.

»Was findest du daran witzig? Was soll ich denn mit einem Hund anfangen?«

»Na ja«, sie sieht mich verständnislos an, »ihm ein schönes Zuhause geben und ihn lieb haben, vielleicht?«

»Oh, ich – tut mir so leid«, stammelt Yara panisch. »Ich hab gedacht, er sei *dein* Hund, Warner – ich wusste nicht, dass – ich meine, er gehorcht niemand anderem und scheint sehr auf dich fixiert zu sein –«

»Keine Sorge, Yara«, sagt Sam jetzt freundlich. »Du hast alles richtig gemacht. Warner hat nur nicht erwartet, dass du so großzügig bist, und ist jetzt … na ja, also … geradezu überwältigt von Dankbarkeit. Nicht wahr, Warner?« Sie starrt mich auffordernd an. »Das war doch unheimlich nett von Yara, dass sie … *Hund* hier so schön gepflegt und fein gemacht hat für deine Hochzeit, nicht?«

»Sehr nett«, murmle ich.

Yara sieht mich nervös an. »Wirklich?«

Ich werfe ihr einen kurzen Blick zu. »Ja, wirklich.«

Sie errötet.

»Yara«, sage ich, »könntest du«, – sie lächelt entzückt –, »dich während der Hochzeit weiterhin um *Hund* kümmern? Und ihm Futter geben?«

»Aber klar, gern.« Yara wirft mir noch einen letzten verstohlenen Blick zu und zieht an der Leine. Der Hund winselt und fängt dann zu bellen an, während sie ihm gut zuredet und ihn mit Mühe Richtung Haus zieht.

Ich schaue entnervt zum Himmel hoch. »Was für ein Irrsinn.«

»Wieso?« Ich höre, dass Sam grinst. »Juliette freut sich ganz bestimmt über einen Hund.«

Ich sehe Sam finster an. »Weißt du, ich hab mal einen Hund beobachtet – erst hat er gekotzt und dann das Erbrochene gefressen.«

»Schon klar, aber –«

»Und dann hat er es erneut ausgekotzt.«

Sam verschränkt die Arme vor der Brust. »Na ja, das war aber nur dieser eine Hund.«

»Ein anderer hat direkt vor mir sein Geschäft gemacht, während ich auf Patrouille war.«

»Das ist aber völlig norm–«

»Und dann seinen eigenen Kot gefressen.«

»Okay, aber trotzdem noch besser als viele furchtbare Dinge, die Menschen tun.«

Eine Erwiderung bleibt mir erspart, weil plötzlich hektische Betriebsamkeit ausbricht. Leute kommen angelaufen und streuen Blumen auf den schmalen Gang zwischen den Stühlen. Tana und Randa, die identische grüne Kleider tragen, beziehen links und rechts des Hochzeitsbogens Position. Die schwarzen Koffer haben sie nicht mehr bei sich. Stattdessen halten beide eine Geige in der Hand, worauf mich wieder eine Art Schreck durchzuckt. Und ich spüre einen Anflug von Angst.

Es geht los.

»Aber du hast schon recht«, sage ich leise zu Sam, während ich mir überlege, wofür Ella so lange braucht, »Juliette hätte bestimmt gern einen Hund.«

»Warte mal – entschuldige, aber hast du mir gerade in irgendwas recht gegeben?«

Ich schnaube, was sich fast wie ein Lachen anhört.

»Weißt du«, sagt Sam sinnend, »ich glaube beinahe, das war die angenehmste Unterhaltung, die wir beide je hatten.«

»Dann hast du aber keine hohen Ansprüche.«

»Bei dir, Warner, kann ich mir ja nur niedrigste Ansprüche erlauben.«

Es gelingt mir, zu lächeln, aber jetzt bin ich endgültig total abgelenkt. Castle schreitet nämlich zum Bogen, in der Hand ein Notizbuch mit Ledereinband, am Revers einen Lavendelzweig. Im Vorbeigehen nickt er mir zu, und mir wird die Brust eng.

»Ich habe sie übrigens gesehen«, sagt Sam leise.

Ich sehe sie mit großen Augen an.

»Juliette.« Sam lächelt. »Sie sieht wunderschön aus.«

Ich überlege gerade, was ich sagen könnte, als ich spüre, wie sich eine vertraute Person nähert; seine Hand landet auf meinem Arm, und zum ersten Mal zucke ich nicht zusammen.

»Hey, Mann«, sagt Kenji. Er sieht erstaunlich gut aus im Anzug. »Bist du bereit? Weil wir nicht so viele sind, machen wir keinen offiziellen Einzug wie in der Kirche, sondern Juliette selbst wird gleich zum Bogen gehen. In zehn Minuten, hat Nasira gesagt ...«

Kenji verstummt und wendet sich ab, weil Nasira gerade zum Hochzeitsbogen schreitet, groß und aufrecht in einem zarten himbeerroten Tüllkleid. Sie strahlt Castle an, der das Lächeln erwidert, stellt sich dann direkt neben den Bogen und arrangiert ihr Kleid.

Mir wird plötzlich beängstigend klar, wo Ella gleich stehen wird. Und wo *ich* stehen werde.

»Aber ich bin noch nicht mit den Tischdecken fertig«, sage ich hastig, »und mit dem Aufstellen der Stühle im Haus –«

»Ist mir nicht entgangen.« Kenji gelingt es mit Mühe, den Blick von Nasira abzuwenden und mich anzusehen. »Nicht schlimm. Wir haben uns darum gekümmert. Du warst ja so beschäftigt damit, eine halbe Stunde hier zu stehen und ins Leere zu starren. Wir wollten dich nicht dabei stören.«

»Okay, ich geh dann mal«, verkündet Sam und lächelt mich herzlich an. »Nouria hält mir einen Platz frei. Viel Glück für alles.«

Ich nicke ihr zu, merke dabei zu meinem eigenen Erstaunen, dass ich mir einen Waffenstillstand zwischen uns sogar plötzlich vorstellen kann, auch wenn es noch ein weiter Weg sein mag bis dahin.

»Okay.« Kenji faltet die Hände vor dem Bauch. »Musst du noch mal aufs Klo oder so, bevor wir anfangen? Ich denke ja, du solltest noch mal gehen, auf Vorrat, weil es nämlich echt unangenehm für dich wäre, wenn du –«

»Hör auf.«

»Ach so, stimmt ja!« Kenji schlägt sich an die Stirn. »Ganz vergessen, Bro – du bist der Typ, der nie aufs Klo muss, oder?«

»Genau.«

»Na klar. Weil das menschlich wäre, und wir beide wissen ja, dass du in Wahrheit ein Roboter bist.«

Ich seufze und widerstehe dem Impuls, mir entnervt durch die Haare zu fahren.

»Nee, aber im Ernst jetzt«, sagt Kenji, »gibt es noch irgendwas zu tun, bevor du da nach vorne gehst? Den Ring hast du, ja?«

»Nein.« das Herz schlägt mir jetzt bis zum Hals. »Und ja.«

»Na dann.« Kenji weist mit dem Kopf auf den Hochzeitsbogen. »Nimm mal deine Position ein, und stell dich unter das Blumending. Castle zeigt dir genau, wo.«

Ich schaue Kenji perplex an. »Kommst du nicht mit?«

Er erstarrt, sein Mund steht leicht offen. Einen Moment zu spät wird mir klar, was ich gerade gesagt habe – aber ich will es auch nicht rückgängig machen, obwohl mir der Grund dafür selbst nicht klar ist.

Und es ist mir im Moment auch egal.

Ich spüre meine Beine kaum noch.

Und Kenji, muss ich zugeben, macht sich nicht über mich lustig. Sondern sein Gesicht entspannt sich ganz langsam, während seine dunklen Augen in mein Inneres zu schauen scheinen, was ich verabscheue.

»Doch«, sagt er schließlich. »Natürlich komme ich mit.«

# 14

Das grelle Sonnenlicht scheint mir in die Augen, und ein sachter Wind weht durch den Garten, zupft an Blättern, Röcken, Blüten. Der betörend süße Duft der Gardenie an meinem Revers steigt mir in die Nase, der Hemdkragen kratzt am Hals, und der Krawattenknoten ist zu eng. Ich falte die Hände vor mir, um nicht daran zu zerren, spüre den Wollstoff meines Anzugs, der eigentlich leicht und weich ist, mir aber dennoch grob und beengend vorkommt, während ich in den harten, unbequemen Schuhen auf dem Gras stehe und auf eine Menschenmenge blicke, die gleich am verletzlichsten Augenblick meines gesamten Lebens teilnehmen wird.

Ich bekomme kaum noch Luft.

Die einzelnen Gesichter verschwimmen vor meinen Augen, aber ich spüre die Emotionen der Leute, und der tosende Irrsinn ihrer Gefühle und Gedanken bricht über mich herein – und das, obwohl mein Zustand bereits chaotisch genug ist. Ich merke, wie sich die Panik nähert – mein Herzschlag beschleunigt sich rasant –, während ich versuche, mit diesem ganzen Tumult fertig zu werden, das Tohuwabohu aus Aufregung und gespannter Erwartung der anderen auszublenden. Es fällt mir schwer, meinen eigenen Gedanken noch zu folgen, meine eigene Wahrnehmung zu fühlen. Verzweifelt versuche ich, in diesem ganzen Durcheinander einen inneren Ruhepunkt zu finden.

Was quasi unmöglich ist.

Tana und Randa heben ihre Geigen und werfen sich einen Blick zu, dann beginnt Tana die ersten Töne von Pachelbels Kanon in D-Dur zu spielen. Randa steigt ein, und die ausdrucksstarken, gefühlvollen Klänge erfüllen die Luft und steigern meinen angespannten Zustand mit ihrer Intensität bis ins nahezu Unerträgliche. Ich schlucke mehrmals, versuche angestrengt, mich im Griff zu behalten. Meine Hände kribbeln, fühlen sich abwechselnd heiß und kalt an, und ich balle sie zu Fäusten.

»Hey, Mann«, flüstert Kenji neben mir. »Alles okay mit dir?«

Ich schüttle fast unmerklich den Kopf.

»Was ist?«

Ich merke, dass Kenji mich von der Seite anschaut. »Oh Scheiße – hast du eine Panikattacke?«

»Noch nicht«, murmle ich, während ich mich auf meinen Atem konzentriere. »Es ist zu laut hier.«

»Die Musik?«

*»Die vielen Leute.«*

»Okay. Okay. Shit. Ach herrje, du spürst also gerade alles, was die empfinden? Oh Scheiße. Okay. Was soll ich machen? Soll ich auf dich einreden? Soll ich einfach auf dich einreden? Konzentrier dich doch auf mich, auf meine Stimme. Und versuch alles andere auszublenden.«

»Weiß nicht, ob das klappt«, sage ich und atme zittrig ein. »Aber ich versuch's.«

»Super. Okay. Also, als Erstes: Mach mal die Augen auf. Gleich wird nämlich Juliette auf dich zukommen, und das willst du garantiert nicht versäumen. Ihr Kleid ist der Hammer.« Er flüstert, und ich höre, dass er versucht, dabei die Lippen nicht zu bewegen. »Ich darf dir noch nichts darüber erzählen, soll nämlich eine Überraschung sein, aber egal, wir scheren uns jetzt den Teufel um Überraschungen, weil das hier nämlich ein Notfall ist, und ich könnte mir denken, dass dein Gehirn bei Js Anblick sofort diese unheimliche Nummer abzieht wie immer, du weißt schon – wenn du absolut gar nichts mehr außer ihr wahrnimmst –, und dir alles andere komplett egal ist, und dann wird's dir sofort besser gehen, weil … ähm, ja, also –«, er lacht nervös, »weißt du was? Mir wird gerade klar, dass du in ihrer Nähe andere Menschen nicht mehr wahrnimmst, das heißt also, ich kann – ja, genau, ich werde sie jetzt einfach beschreiben, weil sie, wie gesagt, unglaublich hinreißend aussieht. Ihr Kleid finde ich wunderschön, und da ich nicht mal was von Kleidern verstehe, sagt das also was aus.«

Kenjis Stimme ist wirklich wie eine Rettungsleine.

Je mehr er redet und meinen Kopf mit leicht verdaulichem Unsinn füllt, desto mehr beruhigt sich mein Herz, und die Eisenklammern um meinen Brustkorb beginnen sich langsam zu lösen.

Jetzt wage ich es tatsächlich, die Augen zu öffnen, sehe zunächst alles verschwommen und höre auch noch das Donnern meines Herzschlags in den Ohren. Ich werfe einen Blick auf Kenji, der geradeaus schaut und so entspannt aussieht, als sei alles in bester Ordnung. Auch das hat eine positive Wirkung auf mich, und es gelingt mir, so weit die Fassung wiederzufinden, dass ich immerhin auf den mit Blütenblättern bestreuten Pfad blicken kann.

»Also, Juliettes Kleid glitzert total, aber der Stoff ist trotzdem weich«, redet Kenji weiter. »Winston und Alia mussten auf die Schnelle ein neues entwerfen, aber sie konnten ein Kleid umgestalten, das ihr beide gestern im Versorgungszentrum gekauft habt. Da war ganz viel so bauschiger, zarter Stoff dran, weiß grade nicht, wie der heißt –«

»Tüll.«

»Ja. Genau. Tüll. Jedenfalls hat Alia das Ding erst mal nachts umgestaltet und dann ganz viele kleine Glitzerperlen draufgenäht – sieht aber nicht kitschig, sondern wunderschön aus. Und dann hat es kleine Tüllärmel, die keine richtigen Ärmel sind, sondern so von der Schulter hängen – hey, wie sieht's aus, hilft mein Gequassel?«

»Ja.« Zum ersten Mal seit Minuten gelingt mir ein tiefer Atemzug.

»Super. Genau – die hübschen Ärmelchen – und dann hat es einen langen, zarten Rock – Ähm, okay, Bro, jetzt bin ich bisschen am Ende mit meinen Details vom Kleid, aber – Hey, hier ein Funfact: Wusstest du eigentlich, dass Tana und Randa Geigenvirtuosinnen waren, bevor das Reestablishment an die Macht kam?«

»Nein.«

»Doch, ist so. Die beiden haben quasi angefangen, Geige zu spielen, sobald sie keine Windeln mehr getragen haben. Ist das nicht cool? Nasira hat uns geholfen, die Geigen, auf denen die beiden heute spielen, aus alten Beständen des Reestablishment zu konfiszieren. Und sie spielen dieses Stück *auswendig*. Weiß nicht, wie es heißt, aber ist bestimmt was Edles, wahrscheinlich von irgendeinem vornehmen alten Typen –«

»Natürlich weißt du, wie es heißt«, sage ich, den Blick starr geradeaus gerichtet. »Das kennt doch jeder.«

»Na, ich jedenfalls nicht.«

»Das ist ein Werk des deutschen Komponisten Johann Pachelbel«, erkläre ich, bemüht, nicht die Stirn zu runzeln. »Es wird Kanon in D-Dur genannt, weil es in dieser Tonart gespielt werden muss. Hast du überhaupt keine Ahnung von klassischer Musik?«

»Nee. Ich versteh nicht mal, was du da gerade gesagt hast.«

»Wie kann man nur –«

»Ja, okay, nun halt die Klappe, das kümmert doch keinen – und jetzt verändert sich die Musik, hörst du das? Wenn sie so hoch klingt, muss Juliette jede Sekunde rauskommen –«

Plötzlich erheben sich alle Gäste gleichzeitig, Unruhe entsteht, alle verrenken sich den Hals, und im ersten Moment sehe ich Juliette überhaupt nicht.

Aber dann doch.

Die Erleichterung ist so heftig, dass mir einen Moment lang schwindlig wird und ich fürchte, gleich umzukippen.

Ella sieht atemberaubend aus, glitzernd und funkelnd im Sonnenlicht. Das Kleid ist der reinste Traum, mit einer schimmernden Korsage, einem weichen, üppig fallenden Rock und zarten angedeuteten Ärmeln aus Tüll.

Sie leuchtet wie die Sterne.

Ich habe sie noch nie mit Make-up gesehen, was ihre natürliche Schönheit nun so betont, dass sie fast unwirklich erscheint. Ihr Haar ist elegant hochgesteckt, ein langer, feiner Schleier weht hinter ihr her.

Sie sieht nicht aus, als gehöre sie in diese Welt oder diesen schäbigen Garten oder diese verwahrloste Wohngegend oder überhaupt auf diesen ramponierten Planeten. Sie steht über alldem. Über uns allen. Ist ein Lichtstrahl aus dem Inneren der Sonne.

Eine bedrohliche Hitze breitet sich in meinen Augen aus, und ich kämpfe dagegen an, aber als Ella mich ansieht und lächelt – verliere ich diesen Kampf beinahe.

»Hab dir doch gesagt, das Kleid ist toll«, flüstert Kenji.

»Kenji.«

»Ja?«

»Danke«, raune ich, ohne den Blick von Ella zu wenden. »Für alles.«

»Jederzeit gerne«, antwortet er leise. »Das ist der Anfang eines neuen Kapitels für uns alle, Mann. Für die ganze Welt. Diese Hochzeit macht jetzt schon Geschichte. Das ist dir klar, oder? Danach wird nichts mehr so sein wie vorher.«

Ella schwebt auf mich zu, ist fast schon in Reichweite. Mein Herz tobt, und es kommt mir vor, als gehe ich in Glück unter. Jetzt lächle auch ich, wie ein ganz gewöhnlicher Mann, und schaue auf die außergewöhnlichste Frau, der ich je begegnet bin.

»Glaub mir«, flüstere ich Kenji zu. »Das ist mir klar.«

## Autorin

TAHEREH MAFI ist die Nummer 1-*New-York-Times*-Bestsellerautorin der Fantasyreihe »This Woven Kingdom« und der »Shatter-Me«-Reihe, die die Welt im Sturm eroberten. Mehr Informationen zur Autorin auf Instagram und auf ihrer Website taherehmafi.com

*Von Tahereh Mafi sind bei cbj erschienen:*
Die »Shatter Me«-Reihe
Band 1: Shatter Me (31638)
  Band 1.5: Destroy Me (E-Only, 31763)
Band 2: Unravel Me (31639)
  Band 2.5: Fracture Me (E-Only, 31764)
Band 3: Ignite Me (31640)
Band 4: Restore Me (31641)
  Band 4.5: Shadow Me (E-Only, 31390)
Band 5: Defy Me (31642)
  Band 5.5: Reveal Me (E-Only, 31766)
Band 6: Imagine Me (31643)
  Band 6.5: Believe Me (E-Only, 31767)

Spin-off, Band 1: Watch Me (16767)

Die »This Woven Kingdom«-Reihe
Band 1: This Woven Kingdom (16685)
Band 2: These Infinite Threads (16686)
Band 3: All This Twisted Glory (16687)
*In Vorbereitung:*
Band 4: Every Spiral of Fate (16764)

## Übersetzerin

MARA HENKE hat in Berlin Theaterwissenschaften und Amerikanistik studiert. Sie liebt Lyrik und experimentelle Texte, große Städte und alles, was romantisch ist.

Mehr zu unseren Büchern auch auf Instagram

Tahereh Mafi

# SHATTER ME

**Shatter Me**
Band 1, 336 Seiten,
ISBN 978-3-570-31638-2

**Unravel Me**
Band 2, 432 Seiten,
ISBN 978-3-570-31639-9

**Ignite Me**
Band 3, 400 Seiten,
ISBN 978-3-570-31640-5

**Restore Me**
Band 4, 336 Seiten,
ISBN 978-3-570-31641-2

**Defy Me**
Band 5, 272 Seiten,
ISBN 978-3-570-31642-9

**Imagine Me**
Band 6, 352 Seiten,
ISBN 978-3-570-31643-6

**Join Me**
Alle Shorts in einem Band,
496 Seiten,
ISBN 978-3-570-31655-9

*E-Onlys*

**Destroy Me**
Band 1.5, 133 Seiten,
ISBN 978-3-641-31763-8

**Fracture Me**
Band 2.5, 63 Seiten,
ISBN 978-3-641-31764-5

**Shadow Me**
Band 4.5, 69 Seiten,
ISBN 978-3-641-31765-2

**Reveal Me**
Band 5.5, 72 Seiten,
ISBN 978-3-641-31766-9

**Believe Me**
Band 6.5, 170 Seiten,
ISBN 978-3-641-31767-6

30481_12

cbt

www.cbj-verlag.de

Tahereh Mafi

# Watch Me – Ein Shatter-Me-Roman

352 Seiten, ISBN 978-3-570-16767-0

Vor zehn Jahren versank die Welt im Krieg: Rebellen stürzten das grausame Reestablishment und gründeten die New Republic voller Hoffnung auf eine bessere Zukunft. Doch die Macht der Republik ist fragil, ihre Feinde lauern überall. Als sich die Lage immer weiter zuspitzt, wittert James Anderson seine Chance, endlich aus dem Schatten seines Bruders Aaron Warner heraustreten und sich beweisen zu können. Auf der Seite des Reestablishment hat Rosabelle Wolff ebenfalls auf diesen Moment gewartet. Militärisch abgeschottet auf einer Insel planen die überlebenden Anhänger des Reestablishment, die Macht wieder an sich zu reißen. Tödlich präzise und gerissen ist Rosabelle ihre perfekte Waffe.


20371

cbj

www.cbj-verlag.de